저자 통구스카 | 표지 노뉴

# |목차|

# 저녁, 59페이지, 산타 마리아

　도시 북쪽에서 진입한 레인저 1소대가 시가지 서쪽의 생존자들을 무사히 구해냈다. 웨스턴 모텔의 생존자까지 합쳐, 살아남은 민간인은 총 서른네 명이었다. 부상자가 다수였으나 생명에는 지장이 없었다. 이미 죽은 사람들을 제외할 때의 이야기지만.

　그들을 향해 분노하는 사람이 있었다. 레인저 중대장, 레이 에머트 대위다.

　"내 부하들이 이런 쓰레기 새끼들을 구하려고 죽었다니!"

　민간인들이 겁을 집어먹었다. 격노한 중대장의 손이, 권총 홀스터 위에 있었기 때문이다. 나는 그의 분노를 이해한다.

　민간인들의 정체는 범죄자 집단이었다. 사람들이 떠난 도시에서, 버려진 현금이나 귀중품을 훔치려고 했던 것.

　처음부터 수상했다. 산타 마리아는 오랫동안 생존자의 신호가 없었다. 그것이, 구조를 요청할 입장이 아니었기 때문이라면? 생존자들은 모두 남성이었고, 인종이 각양각색이라 가족이라 보기도 어려웠다. 사람을 외양으로 판단하면 안 되겠지만, 외모와 복색이 단정하지 않았다. 여기에 보기 흉한 문신들까지. 우연이 겹치면 필연이다.

　이들은 죽을 위기를 겪고 제정신이 아니었다. 추궁을 받자 울면서 사실을 털어놨다. 제때 탈출할 수 있었으나, 한 몫 챙기려고 일부러 숨어있었다면서. 소지품을 검사하자 약간의 귀금속과 마약이 발견되었다.

　중대장이 기어코 권총을 뽑았다. 부들부들 떨면서, 금방이라도 쏠 것만 같았다. 간부들이 그를 만류했다. 저들을 죽이면, 병사들의 죽음이 정말로 무의미해진다고. 목숨을 바치고도 누구 하나 구하지 못한 셈이 되어버린다고.

에머트 대위는 결국 방아쇠를 당기지 못했다. 분을 못 참고 벽을 걷어찼는데, 발목이 부러졌다. 굉장히 아팠나보다. 중대장이 체면 불구하고 끙끙댔으니까. 그러나 누구도 웃지 않았다. 그건 슬픈 광경이었다.

복귀하기 전에 많은 사람들이 인사를 청해왔다. 자신을 기억해달라거나, 언젠가 다시 만나길 바란다면서. 기념품을 교환하자는 요청도 많았다. 난처했다. 가지고 온 물건이 없어서였다. 그 외에 편지 주고 받고 주소를 적어주는 사람도 있었고, 자기 이름 한글로 써달라는 사람도 있었다. 75연대로 오라고 꼬시는 경우는 황당했다. 그게 내 맘대로 되는 문제던가.

어찌되었건 모두 우호적인 모습을 보여주었다.

나는 실력으로 인정받은 것이다.

다만 3소대장, 존 프레이 중위는 태도가 어중간했다. 작전 중 내가 그의 지시를 따르지 않았기 때문이다. 칭찬인지 비난인지 애매한 말을 늘어놓았다. 그래도, 그것은 따뜻한 퉁명스러움이었다. 마지막에 선물이라며 지포라이터를 주었다. 상당한 고급품이었다. 뚜껑 안쪽에, 삐뚤빼뚤 직접 새긴 문자열이 보였다.

「Rangers lead the way. J.E.F.」

멋진 선물 고맙다고 하자, 그는 머리 한 번 긁고 또 보자며 떠나버렸다.

정말로, 다시 만날 수 있을까?

떠나기 전 레인저 중대와 기념사진을 찍었다. 이번 임무에서, 맥과이어 대위의 촬영 팀이 한 일이라곤 이것뿐이었다. 나는 대위에게 위로의 말을 건넸다. 성과가 없어 유감이라고. 그러나 그는 고개를 저었다.

"모르는 모양인데, 드론이 포착한 영상이 모두 녹화되어있다네. 제대로 각도 잡고 찍은 것보단 못하지만, 오히려 현실감 넘쳐서 좋더군. 임무는 대성공이지."

그 생각은 하지 못했다.

"개인적으로도 유익하고 놀라운 경험이었네. 자네를 별로 믿지 않았거든. 그냥 프로파간다라고 생각했지. 세상에 존 바실론 같은 사람이 정말로 있군."

그가 웃는 얼굴은 처음이었다.

"그동안 많은 거짓을 진실로 바꿔왔어. 그게 내 일이었으니까. 하지만 이번엔 진실을 있는 그대로 전해도 거짓이 될까봐 걱정이야. 정말, 보람 있는 과업이 되겠어."

부끄러워하는 내게, 그는 악수를 청했다.

"전에는 동성무공훈장을 받았지? 이번엔 최소한 은성 이상을 받겠어. 내가 가져갈 영상이 뿌려진다면, 위에서도 안 주곤 못 배길 테니. 미리 축하하네. 내 상관이 싫어하겠군."

마지막 말이 무슨 뜻인지 알 수 없었다. 되물었으나 그는 답을 주지 않았다. 별 일 아니지만, 때 되면 알게 될 것이라고.

돌아가는 길에, 헬기는 산타 마리아 상공을 통과했다.

"봐요 소위, 당신이 싸웠던 거리입니다."

헬기 파일럿이 기내방송으로 말했다. 아무래도, 날 생각해서 항로를 잡은 것 같았다. 레인저 중대 주둔지를 숨겨주려는 목적도 있겠지만.

싸움의 흔적은 노을에 물들어 있었다. 죽음의 선연한 흔적들, 도로 위에 뿌려진 핏자국도, 따뜻한 빛에 젖은 지금은 그저 적막한 풍경일 뿐이었다. 생경한 느낌이 들었다. 목숨 걸고 달렸던 200미터. 그 치열하고 사나웠던 현장과, 지금 보는 풍경이 너무나 달라서.

감염변종들이 하늘을 보고 있었다. 위로 손을 뻗은 모습들. 입을 뻥긋 뻥긋 하는데, 전혀 들리지 않았다. 일그러진 얼굴들. 무언가 고통스럽게 전하려는 사람처럼 보여서, 이 또한 묘한 기분이었다.

두 바퀴 선회한 헬기 두 대가, 석양을 왼쪽에 끼고 하늘을 가로질렀다.

# 저널, 62페이지, 캠프 로버츠

산타 마리아에 다녀온 이튿날 아침. 나는 TV의 모든 채널에서 내 모습을 볼 수 있었다. 한결 같은 자막이 낯 뜨거웠다. '산타 마리아의 기적'이란다. 애국적 보도에 목마른 언론들은, 나를 두고 온갖 긍정적 논평들을 쏟아냈다. 국방부 대변인도 등장했다. 그는 내가 미국시민이라는 사실을 강조하면서, 영웅적 행위에 걸맞는 보상을 검토 중이라고 발표했다.

난민문제에 대한 언론의 태도가 호의적으로 변하는 것 같아 다행이었다.

캡스턴 중위는 이 일을 심각하게 받아들였다.

"한겨울 소위. 자네가 뛰어나다는 건 안다. 그래도 이번엔 지나쳤어. 어떻게 전장 한복판으로 혼자 달려갈 생각을 했나. 혹여 죽으면 자네를 의지하는 사람들은 어쩌려고."

사람을 구하기 위해서였다고 했으나, 그는 납득하지 않았다.

"고귀한 마음가짐이야. 하지만 합리적으로 생각하게. 자네에겐 세상이 필요로 하는 재능이 있어. 오래 살아야 하네. 그럼 자네로 인해 살아남는 사람도 많아질 테니까. 당장 구하지 못할 사람들은, 냉정히 말하면 적은 수에 지나지 않아."

나는 말했다. 세상에 특별하지 않은 사람은 없다고. 당장 구하지 못한 한 사람을, 나중에 구할 다른 사람들로 대신할 순 없는 거라고. 중위는 이제 다른 문제를 지적했다.

"혹시 난민들에 대한 책임감을 느끼고 있나? 자네가 활약하면, 나머지 난민들에 대한 대우도 개선될 거라고. 그렇게 생각해서 위험을 무릅쓰는 건 아닌가?"

언제나 고마운 사람이었다. 다음엔 좀 더 조심하겠다고 약속하고서야, 그는 못 미더운 눈치로나마 나를 놓아주었다.

난민구역으로 가는 길에 마커트 대위를 만났다. 경례를 붙이자, 입맛 쓴 표정으로 답례를 돌려주었다. 그는 중국계 거류구에서 나오는 길이었다. 인종차별주의자가 그곳에서 뭘 하고 있었을지 의문이다.

거류구 중앙 공터에 사람들이 몰려있었다. 무슨 일인가 했더니 방송 시청이었다. 사방이 뚫린 대형 천막을 쳐놓고, 그 아래 화이트 스크린을 걸었다. 프로젝터에서 쏜 빛이 선명한 것은 우중충한 겨울 날씨 덕분이었다.

중앙 공터엔 군경의 순찰이 잦다. 얼굴 익힌 병사를 금방 찾아낼 수 있었다. 이게 무슨 일이냐고 묻자, 국방부 공보처의 지시사항이라고 했다. 그는 날 신기한 눈으로 보더니, 저거 진짜냐고 물어보았다. 그렇다고 답해주었다. 그는 좋아했다. 내기에서 이겼다고.

······내기?

그가 떠난 뒤, 먼발치에서 화면을 보았다. 객관화된 나의 모습은 낯설었다. 화면 속에서, 다른 사람 같은 내가 다섯 감염변종과 격렬한 몸싸움을 벌였다. 따다다닥 부딪히는 변종의 이빨이 가까워질 때, 국적 불문하고 모든 난민들이 숨을 죽였다. 하나하나 처리할 때마다 한 겹씩 더해지는, 누군가가 참지 못한 깊은 탄성들. 듣고 있자니 얼굴이 화끈거렸다. 자랑스럽기 전에 부끄러운 일이었다. 군용 드론의 촬영 해상도는 왜 저렇게 높을까. 그런 생각만 들었다.

누군가 눈치 채기 전에 떠나려고 했는데, 이미 한 사람 돌아보았다. 그를 시작으로 많은 수가 웅성거렸다. 전보다 노골적인 적의는 줄어들었다. 대신, 주눅 들었거나 두려워하는 눈빛이 늘어났다. 그 외에 열망과 탐욕이 있었고, 가끔은 숭배의 눈빛도 연보였다.

　부풀어 오르는 감정들 앞에서, 난 물러나고 싶어졌다. 자연스럽고자 노력했다. 도망치는 것처럼 보이지 않았기를 바란다.

## 저널, 63페이지, 캠프 로버츠

「겨울동맹」이 예전보다 조용해졌다. 정확하게는, 내가 있을 때 한정으로.

공개된 영상이 너무 충격적이었던 모양이다. 다들 나를 보는 눈이 예전 같지 않다. 어려워하는 사람이 늘었고, 아첨하는 사람도 늘었다. 심지어는 박진석 씨도 예외가 아니었다. 변하지 않은 건 이유라 씨와 민완기 부장님 정도. 민 부장님은 그저 감탄했다며 웃었다.

어쨌든 확실한 건, 더는 누구도 나를 어리다고 무시하지 않는다는 사실.

변화한 분위기가 내게도 불편했지만, 감내해야 할 것이다. 차츰 나아지기를 기대하면서.

# 내실

## 캠프 로버츠

이 세계관의 종말에는 일정한 주기가 있었다. 빙하기와 간빙기가 반복되듯이, 험한 사건 한 번 겪으면 조용한 때가 찾아온다. 세상 끝나가는 분위기를 만끽하라는 배려 같았다. 물론 이는 다음 무대를 준비하기 위한 시간이기도 했다.

겨울은 지금이 간빙기라고 판단했다. 종말의 수레바퀴가 다시 구를 때를 대비해야 한다. 이 기회에 내실을 다지고, 「겨울동맹」의 전투력을 구체화해야 할 것이었다.

그래서 작전과장에게 훈련계획을 승인받았다. 겨울의 직속상관이 대대장이라 당연한 일이었다. 작전과장은 계획서 제출을 요구했으나, 깐깐하게 굴진 않았다. 오히려 많은 배려를 해주었다. 훈련복과 전투식량을 불출해주고, 샤워나 식사를 할 때 미군 시설을 써도 좋다는 허가까지 내주었다. 산타 마리아의 기적은 그에게도 무척 인상적이었던 모양이다.

겨울은 산타 마리아에서 획득한 경험 자원을 「교습」에 투자했다. 리더십에 필수적이라 익힌 적이 많다. 「재능이익」이 크게 작용했다. 즉 부담이 적었다. 그래도 10등급과 11등급의 경계는 고민스러웠다. 여력을 남겨, 전투기술을 최대한 강화하고 싶었다.

길게 이어진 고민. 그것은 유라를 보았을 때 끝났다. 훈련을 시작하겠다는 말을 듣고, 그녀는 높은 의욕만큼이나 대단한 긴장감을 드러냈다. 걸을 때 오른발과 오른손이 같이 나갔다. 겨울은 고개를 끄덕인 뒤 「교습」을 11등급으로 증가시켰다.

전투대원은 예비로 3배수를 뽑았다. 훈련을 진행하면서 부적격자를 쳐낼 작정이었다. 남녀비율은 동일하게 맞췄다.

세계관의 가장 특별한 존재, 플레이어를 제외하고, 나머지 인물들은 상식의 범위에 있다. 훈련은 체력 단련(PT)부터 시작됐다.

"시, 시작부터, 너무, 하시는 거, 아녜요?"

"네, 아니에요."

겨울의 가벼운 대답. 그녀는 겨울을 원망스럽게 바라보다가, 그나마도 못하고 고개를 푹 숙였다. 숨 헐떡이느라 말이 제대로 나오지 않는다. 2마일(3.2km) 달리기는 난생 처음이었으리라. 답답한 모양인지, 주황색과 노란색이 섞인 베스트(Vest)를 벗어던졌다. 턱선을 따라 굵은 땀방울이 흘러내렸다.

그래도 유라는 양호한 편이었다. 여러 명이 여기저기서 구토를 했다. 나머지는 체면이고 뭐고 쭉 뻗어서 움직이지 않았다. 남자라고 다르지 않았다.

겨울이 뽑은 예비대원들은 처음부터 우수자원이 아니었기 때문이다.

훈련에 조언을 해주겠다고 낀 3중대 피어스 상사는, 겨울의 지시가 사리에 맞는 것을 이채로워했다. 덤으로 기술보정을 받은 소년의 체력에 조금 놀란 것 같았다.

시키는 입장이라고 가만히 있었던 게 아니다. 함께 달리면서, 겨울은 선두를 추월하여 연병장 한 바퀴를 더 돌고 왔다. 그걸 본 상사가 호기롭게 웃으며 자신도 한 바퀴를 더 돌았다.

그러고도 두 사람보다 일찍 들어온 전투조원이 존재하지 않았다.

"확실히 비범하십니다, 물소위님."

"상사님도 나이에 비해 대단하시네요."

피어스 상사가 또 웃음을 터트렸다. 요것 봐라 싶은 표정이다.

겨울은 시청자 메시지를 살폈다. 방송을 생각한다면 자동진행으로 넘겨야 할 부분이지만, 그러면 「교습」의 효과를 보기 어렵다. 불가피한 수동진행. 그러나 의외로 반응이 나쁘지 않았다.

남자는 여자가 예쁘면 에어로빅을 해도 좋아하는 생물이었다. 물론 여자도 땀에 젖은 섹시한 남자를 좋아했다. 시청자들이 느끼는 만족감의 정체였다. 유라의 몸매를 좀 더 엿봐달라는 요청을 받았을 때, 겨울은 한숨을 쉬고 싶어졌다.

설상가상으로 시청자 퀘스트가 붙었다. 유라가 토하는 모습이 보고 싶다며, 좀 더 괴롭혀 달라고 한다. 이번에야말로 정말 한숨을 쉬고, 겨울은 임무를 거부했다.

속을 알 리 없는 상사는 겨울의 한숨을 다른 방향으로 해석했다.

"실망스러우십니까?"

"아뇨, 설마요. 그냥 다른 생각을 좀 했어요."

흐음, 하고 미심쩍어하는 흑인. 그러나 파고들지 않는다. 실용적인 대화로 넘어갔다.

"달리기가 가장 기본인 건 맞지만, 전투상황에서 정말 필요한 건 단기지구력입니다. 다들 좀 적응하고 나면 2마일 러닝보단 셔틀 러닝을 시키시죠."

"네, 그거 괜찮겠네요."

겨울은 증강현실 UI를 살폈다. 「교습」과 「통찰」의 연동이, 개인별로 적합한 운동량과 휴식시간을 알려주었다. 한계가 어디까지인지도.

"자, 이제 다들 일어나세요."

"네? 벌써요? 무리한 운동은 역효과 아녜요?"

"제가 보기엔 충분히 쉬었어요."

"히잉, 작은 대장님……조금만 더 쉬어요……."

어느 여성대원이 우는 소리를 냈다. 진행상 너무 몰아치는 이미지를 만드는 것도 좀 그렇다고 고민할 때, 옆에서 피어스 상사가 주의를 환기했다. 그는 자신의 모자를 가리켰다.

"소위님, 이걸 쓰고 있을 땐 악마가 되어야 합니다."

같은 모자를 겨울도 쓰고 있었다. 챙 넓은 교관모다. 휴식이 간절한 사람들을 향해, 소년이 유감스러운 표정을 짓는다.

"그렇다고 하네요. 모두 일어서세요."

"안 돼……."

여기저기서 우는 소리가 새어나온다. 남자 몇 명 제외하면 주로 여성들이었다. 피어스 상사는 정말로 악마가 되었다. 눕히고, 굴리면서 모두를 흙투성이로 만든다.

가장 잘 하는 사람은 유라가 아니었지만, 가장 열심히 하는 사람은 유라였다. 정말 힘들 때, 겨울 한 번 쳐다보고 이를 악무는 것이었다. 겨울은 그녀가 했던 말을 떠올렸다. 실망시키지 않도록 노력하겠다고. 그녀는 자신의 말을 실천하고 있었다. 좋은 사람의 조건이다.

점심시간. 모두에게 군용식량(MRE)을 나눠주었다. 이런 식량을 먹는 것도 훈련이라며, 작전과장이 방출해준 물자였다. 난민들에 대한 이전까지의 취급을 감안하면, 난민 의용부대에 거는 기대를 알 만했다.

"으……이거 좀 짜지 않아요?"

칭얼대는 몇몇 여성들. 원래 짜게 먹는 미국인 입맛에도 짠 것이 군용식량이었다.

"땀으로 잃은 염분을 보충해야 하거든요. 익숙해질 거예요."

지친 사람들은 먹는 것 자체를 힘겨워했다. 그래도 결국은 먹는다. 먹는 데 한 맺힌 사람들이었다.

휴식이 길어지자 다들 벗어던진 옷가지를 찾았다. 캠프 로버츠의 겨울 날씨는 한국의 늦가을 정도. 흐린 날의 바람은 한기를 느끼기에 충분했다.

이 시간을 이용하여 피어스 상사가 군가를 가르쳤다. 사람들은 외우는 것조차 힘들어했다. 영어로 되어있었으니까. 영어가 좀 되는 사람들은, 위트 넘치는 가사에 피식피식 웃었다.

오후에 한 바탕 더 굴리고서, 상사가 겨울에게 제안했다.

"다들 저녁먹이고, 샤워나 시킨 다음에, 숙소까지 구보로 복귀시키는 게 어떻습니까?"

"과시하라고요?"

겨울이 핵심을 짚자, 피부색 까만 상사가 하얀 이를 드러냈다.

"묻소위님은 눈치도 빠르시군요. 우리도 압니다. 난민들 사이에서 파워 게임이 치열하다는 걸. 구보 따위 별 것 아닌 것 같아도, 저 쓰레기통 한복판에선 눈에 아주 잘 띄겠지요."

"군가도 그래서 가르치셨어요?"

"겸사겸사입니다. 군가 하나 모르는 군인이 어디 있답니까?"

저녁은 예비대원들에게 행복한 시간이었다. 미군이 이용한 다음이었으나, 어쨌든 병영식당이 개방되었다. 전보다 초라해졌을지라도, 정규군을 위한 식단은 난민들의 배식과 질적으로 달랐다. 겨울은 그들의 폭식을 막기 위해 애를 써야만 했다. 탈이라도 나면 큰일이었다.

식후 온수샤워까지 제공되자 여성들은 울음을 터뜨렸다. 제한시간은 10분. 남자에겐 충분하고 여자에겐 너무나 부족한 시간. 그래도 다들 최고의 표정이었다.

겨울은 상사의 제안을 받아들였다. 어둑한 시간, 난민구역의 체크포인트를 구보로 뛰어 통과했다. 예비대원들은 낮에 배운 군가를 어물거리며 불렀다.

하낫 둘 셋 넷 하낫 둘 셋 넷

우리 늙은 할머니가 아흔 한 살이실 때

그녀는 재미로 PT를 하셨다네.

우리 늙은 할머니가 아흔 두 살이실 때

그녀의 앞길에 있으면, 그녀는 널 밟고 지나가셨을 거야.

우리 늙은 할머니가 아흔 세 살이실 때

그녀는 나무 위에서 PT를 하셨어!

......

우리 늙은 할머니가 아흔 일곱 되셨을 때
그녀는 죽어서 천국으로 직행하셨지
그녀는 진줏빛 문 앞에서 성 베드로를 만났어!
그녀가 말씀하셨지. "이봐, 베드로. 내가 늦지 않았길 바라네."
성 베드로가 그녀를 보며 웃었어.
그가 말했지. "엎드려 할망구. 팔굽혀펴기 열 개 실시!"

체크 포인트를 지키던 미군 병사들이 대놓고 웃었다. 그들이 보기
엔 예비대원들 모습이 색다를 것이었다. 몇 개의 구획을 통과하는 내
내, 구경 나온 난민들은 어벙한 표정이었다.

예비대원들도 이게 즐거워진 모양이었다. 다리가 아파 쩔쩔 매면
서도 자꾸만 피식거렸다.

# Day after apocalypse

**Data Loading** *86.8%*

## 저널, 65페이지, 캠프 로버츠

훈장 수여식이 열렸다. 맥과이어 대위가 예견했던 대로, 은성무공훈장이었다.

국방부에서 파견된 사람은 전과 동일했다. 그의 이름은 블리스. 공보처 소속의 소령이었다. 여전히 불안하고 신경질적인 모습이었으나, 전처럼 방독면을 쓰고 다니진 않았다. 「모겔론스」가 공기로는 전염되지 않는다는 게 거의 확실해진 시점이었다.

소령이 나를 보는 눈은 복잡했다. 찬탄과 불만이 뒤섞인 눈빛. 가만히 보면, 이놈은 뭔데 자꾸 날 여기 오게 만드나. 이런 느낌이었다.

이번에도 헌사는 대대장이 대독했다. 자리가 자리인 만큼, 나는 육군 정복 차림이었다. 늘어난 훈장이 제법 묵직했다. 전보다 훨씬 많은 카메라들이 이 장면을 담아갔다. 위험을 무릅쓰고 봉쇄선을 넘어온 기자들. 그들은 굶주린 동물처럼 내게 매달렸다.

"합중국 사상 최단기간, 최연소 소위 진급을 달성하신 소감이 어떻습니까?"

"산타 마리아 작전 당시의 상황을 말씀해주세요!"

"앞으로의 각오 한 말씀 부탁드립니다!"

여기까진 좋았다.

"애인이 있으십니까? 없다면 이상형이 어떻게 되십니까?"

"어떤 음식을 좋아하시죠?"

"팬들에게 하실 말씀은 없나요?"

이런 질문은 도대체 왜 나오는 걸까. 게다가 팬은 또 뭐람.

기자들에게 시달리는 내내, 블리스 소령이 옆에 붙어있었다. 그는 능숙하게 기자들을 제어했다. 방금 질문은 부적절했다, 쓴 것을 보여 달라, 이 부분은 이렇게 고쳐라, 이건 방송에 내보내지 말아라. 언론에 대한 명백한 간섭이었으나, 기자들은 쉽게 쉽게 받아들이는 분위기였다. 캡스턴 중위가 지적했던 애국적 보도의 한 단면이었다. 범지구적 위기 상황이라 더할 것이다.

아, 이제는 캡스턴 대위라고 불러야겠지. 승진일자가 오늘이라, 아직 입에 붙지 않았다. 날 발굴한 공로로 주어진 특진이란다. 좋은 일인데, 당사자는 인상을 쓰고 다녔다. 창피하다고. 내게 더 많은 포상이 주어져야 한다고 투덜거렸다.

축하하러 온 다른 병사들도 비슷한 말을 했다.

"전공만 보면 명예훈장을 받아도 모자랄 판인데, 고작 은성무공훈장이 뭐랍니까?"

"그러게. 명예훈장 역대 수훈자들을 다 털어 봐도, 한 번의 싸움에서 물 소위님만큼 활약한 사람은 없는데 말야. 기껏해야 존 바실론이나, 어디 머피 정도?"

"그 두 사람은 확실히……그래도 내가 보기엔 기어우르 소위님이 더 나은 것 같은데?"

래치먼과 시리스 병장의 대화. 난 그저 웃어주었을 뿐이다. 피어스 상사가 끼어들었다.

"정치놀음이지."

"무슨 말씀이십니까?"

"위에서 할 생각은 뻔하지. 난민지도자를 만들고는 싶은데, 한 사람에게 너무 강한 힘을 주고 싶지는 않다……. 뭐 이런 거 아니겠냐. 아프가니스탄에서 얻은 교훈이 있을 테니까."

피어스 상사가 든 예, 전에도 한 번 들어본 적 있었다. 영어 잘 한다는 이유 하나로 관리자 역할을 맡았을 때던가. 그럴 듯한 분석이다. 통제 불가능한 무장집단이 출현할 지도 모르니까. 달걀은 한 바구니에 몰아 담지 않는 법이었다.

"상사님은 의외로 그런 쪽에 자세하십니다. 겉보기엔 그냥 근육마초신데."

길레미가 이 말을 했다가 한 대 맞았다. 가볍게 쳤는데도 끙끙 앓는다. 상사가 대꾸했다.

"내 짬이 몇 년이라고 생각 하냐? 연대, 사단에 있는 동기들에게 얻어 듣는 게 얼만데. 정치는 군인들의 세계에도 있다. 이 바닥에서 별 달고 싶으면 정치를 잘 해야 해. 하다못해 평범한 장교나 너네 같은 꼴통들도 마찬가지야. 윌리엄 스웬슨 몰라? 위쪽에 밉보이면, 아무리 잘 싸워도 인정받기 힘들어."

상사는 별을 중의적인 의미로 말했다. 윌리엄 스웬슨이 누구인진 몰라도, 들은 사람 모두 끄덕끄덕 하는 걸 보니 억울한 경우를 당한 사람 같았다.

"근데 한 소위님, 정말로 이게 끝이랍니까?"

길레미의 질문. 난 고개를 저었다. 당장은 훈장뿐이지만, 차후 진급이 예정되어 있었다. 블리스 소령의 말에 따르면 '적합한 자격을 지니게 된 후'라고 한다.

적합한 자격이란 것은 보다 확실한 장교교육을 뜻했다. 나로 인해 난민 의용군 편성 계획이 계속해서 재평가되면서, 기대수준도 달라지고 있다는 것이었다.

일단은 현장에 있는 장교들에게서 추가 교육을 받고, 나중엔 군 교육시설에서 자격시험을 받게 된다고 한다. 구체적인 일정이 정해지는 대로 부하를 통해 알려주겠다고, 소령이 말했다. 알고 보니 그의 부하가 맥과이어 대위였다.

상사가 싫어하겠다던 대위의 말이 떠올랐다. 소령의 눈에 엿보이는 피로와 불편함. 이걸 말한 것이었구나 싶었다.

수여식 이후엔 미국 시민 거주구역에서 축하연이 열렸다. 공식 일정은 아니었고, 시민들의 요청을 캠프 사령이 승인한 것이라고 했다.

작은 꼬마를 비롯해 많은 사람들에게서 꽃다발을 받았다. 성인들은 악수를 청했다.

"당신의 헌신에 감사드립니다.(Thank you for your service.)"

미국 군인들이 시민들에게 가장 많이 듣는 말. 그것을 내가 들으니 기분이 이상했다. 이럴 때 어떻게 답해야 하더라? 가까스로 늦지 않게 생각해 낼 수 있었다.

"당신의 응원에 감사드립니다.(Thank you for your support.)"

몇 명의 아이는 사진을 찍고 싶어 했다. 나를 서슴없이 영웅이라 부른다.

특별한 일은 아니었다. 이곳 아이들은 군인, 소방관, 경찰관을 영웅이라고 배우고, 그것을 부모에게 확인 받으며 자라나니까. 그런 분위기를 정책적으로 만들어내기도 한다.

생경했다. 임관 이후로도 미국 시민 거주구역은 와본 적이 없었다. 처음 와본 이곳은, 난민 거주구역과 완전히 다른 세상이었다. 풍족하지는 않다. 허나 사람들이 웃음을 잃지 않았고, 아이들은 배고픔을 몰랐다. 잔디밭 너머의 이중 철조망은 문명과 야만의 경계처럼 보였다.

파소 로블레스에서 구출한 사람들과도 오랜만에 재회했다. 내게 끝까지 비우호적이었던 사람들 중에서도, '산타 마리아의 기적'……자꾸 이렇게 말하자니 부끄럽지만, 아무튼 이번 소식을 듣고 입장을 바꾼 경우가 있었다. 난 그들의 사과를 좋은 마음으로 받아들였다.

교장 스튜어트 해밀은 여전히 나를 학생으로 생각했다. 그는 대화하는 내내 착잡한 표정이었다. 좋은 사람이지만, 완고하다.

나중에 앉아서 쉬고 있는데, 베트남 참전용사라는 노인이 말을 걸었다. 주름이 많았고 눈이 깊었다. 그는 내가 겪은 전투들에 대해 묻다가, 자신의 과거를 꺼내놓았다.

"내가 겪은 전쟁은, 명예롭지 못한 싸움이 많았다오."

그의 회상은 무거웠다. 적과 민간인을 구분할 수 없었던 전장. 증오와 분노로 저질렀던 실수들. 그것들을 들려주며, 내게 이렇게 말하는 것이었다.

"당신은 올바른 싸움을 하고 있소. 끝까지 후회를 남기지 마시구려."

나는 노병의 당부를 새겨들었다.

# 저널, 68페이지, 캠프 로버츠

오늘의 뉴스엔 몇 가지 귀담아둘 만한 정보들이 있었다. 산타 마리아에서 마주쳤던 이상한 변종들. 그것들에게 정식으로 명칭이 붙었다.

「구울」.

형상은 크게 다르지 않지만, 능력 면에서 보통의 변종보다 월등한 개체라고 한다.

질병관리본부는 「모겔론스」가 숙주에 적응하는 단계를 넘어섰으며, 지금까지 발견된 그 어떤 질병이나 기생충과도 다른 존재라고 발표했다. 인간이 환경을 이용하고, 개발하고, 도구를 만들어내듯이, 「모겔론스」 또한 인간을 이용하고, 개발하여 도구로 만든다는 것이다.

이에 따라 변종의 분류기준이 재정립되었다. 능력을 척도로 강화변종을 구분하고, 기능과 형상을 척도로 특수변종을 구분하여, 각각의 변종에 별도의 등급과 이름을 붙이겠다고 한다.

한편 국방부에서는 변종집단을 차단할 새로운 대책을 내놓았다. 네트워크로 연결된 「노이즈 메이커」를 봉쇄선 이서 3천 개소에 설치하여, 변종들을 소음으로 유인하겠다는 것이었다. 이를 위해 지금까지 현장에서 실험을 거듭해왔다고.

지상군을 투입할 때 주변 일대를 교란하여 안전을 확보하겠다는 구상. 실현된다면 각지의 수용 캠프도 훨씬 안전해질 것이었다.

국방부는 나아가 오염지역마다 전진기지를 구축하겠다고 밝혔다. 여기에 포병을 배치해서 오염지역 화력지원을 강화하겠다는 계획이었다.

앞으로 내게도 관련된 임무가 내려오겠지.

# 샌 미구엘

훈련이 시작되고 며칠이 지난 시점에서, 겨울은 현장학습을 결심했다. 예비대원들은 캠프에서 나가는 것 자체를 두려워했다. 이 심리적 저항을 없앨 필요가 있었다.

한 명은 끝까지 거부했다. 여성이었는데, 너무 겁을 먹어서 이성을 잃을 정도였다. 겨울은 미련 없이 탈락시켰다.

현장이라곤 해도 다른 곳보다 훨씬 안전하다. 캠프 로버츠에서 가장 가까운 거점으로서, 임무부대가 하루에도 몇 번씩 지나는 길목이니까.

"그렇다고 안심하진 마세요. 외부에서 자꾸 유입되니까. 오늘 아침 항공정찰 결과로는 도시 전체에 몇 마리 정도 있나 봐요. 건물 안을 감안하면 좀 더 있을 수도 있고."

겨울의 가벼운 경고. 몇 명이 마른침을 삼킨다.

철길과 나란히 달리는 도로를 따라, 시가지 북쪽으로 진입했다. 가장 먼저 반파된 제분소가 보였다. 열차 잔해가 방치되어 있었다. 격렬한 전투의 흔적도 그대로였다. 폭탄 터진 자국과 도로에 뿌려진 검은 혈흔들. 다만 시체는 한쪽에 쌓아 불태워 놨다. 나중에 방문한 임무부대의 노력이었다.

"작은 대장님이 여기서 처음 싸웠던 거죠?"

"네, 맞아요. 제분소에서 식량을 챙기고 있는데, 탈선한 열차가 제분소를 들이받았어요. 객차마다 변종이 꽉 차있었죠."

예비대원들이 조심스럽게 열차를 살폈다. 가이드를 줄지어 따르는 관광객들 같았다.

"탈출하는 시민들이었겠죠?"

"승객 중에 감염자가 있었던 모양입니다."

"저기 인형이 있어요! 아이들도 탔나 봐요. 불쌍해라……."

그들 사이에서 속삭이는 대화. 여전히 군인보다는 민간인에 가까웠다.

거리는 아주 을씨년스러웠다. 곳곳에 미군이 남긴 표식이 있었다. 유사시를 대비해 만들어둔 쉘터와 무기, 식량의 위치를 알린다. 혹시 모를 생존자를 위해 연락수단도 마련해두었다.

"일단 분위기에 익숙해지려고 해보세요."

"아, 넵!"

긴장한 누군가가 필요 이상으로 크게 대답했다. 본인부터 깜짝 놀라고, 주위에서 눈총이 쏟아진다.

유라의 사정도 크게 낫진 않았다. 이미 외부임무를 한 번 경험한 입장인데도, 여전히 겁을 먹고 있었다. 손이 떨린다. 자신이 조장이라고 생각해서 참는 게 그 정도였다. 하긴 파소 로블레스로부터 많은 시간이 흐른 것도 아니었다.

"아, 저기 변종들이 있네요."

겨울이 발견했다. 도로변의 모텔 인근을 변종 한 놈이 어슬렁거리는 중이다. 사람들이 소스라치는 것과 놈이 이쪽을 발견하는 건, 거의 동시에 일어난 일이었다.

끄아아아아─!

달려오는 죽음의 형상. 소년은 사람들을 돌아보았다.

"쏘지 마세요. 잡아올 테니."

"네? 잡아온다고요?"

기겁 하는 사람들. 그러나 붙잡지는 못한다.

변종 입장에선 가장 가까운 먹이다. 달려들었다. 소년이 좌로 한 발 빠지며 회전했다. 「근접전투」 10등급, 제대로 된 돌려차기가 변종의 아래턱을 직격했다. 빠악! 거창한 소리. 빼물었던 혀가 잘렸다. 검게 변색된 작은 살덩이 하나가, 툭 하고 길가에 떨어졌다.

겨울이 정신 못 차리는 변종을 몇 대 더 패더니, 미리 준비한 천 뭉치를 입에 쑤셔 넣고, 재갈을 물리고, 머리 뒤에서 단단히 매듭지어, 뒷덜미를 잡은 채 질질 끌어왔다. 핏자국이 남는다. 변종이 입으로 줄줄 흘리는 탓이었다.

"헐……."

예비대원들 입장에선 황망하다. 그동안 감염변종은 막연한 두려움이었다. 실체 없는 두려움은 점점 더 커질 뿐이었다. 그게 너무 간단하게 박살났다. TV 화면으로 보는 것과 직접 보는 것은 완전히 다른 경험이었다.

"자, 보세요. 좀 더 가까이들 오세요. 이게 감염변종입니다. 진짜는 처음 보는 분들이 대부분이죠?"

일행은 기가 질린 얼굴로 고개만 간신히 끄덕거렸다. 엉덩방아를 찧은 여성, 달아나고 싶은 남성, 이러지도 저러지도 못하고 그냥 굳어버린 그 외의 사람들.

겨울은 변종 뒤에서 목덜미를 붙잡고 있었다. 꽈악 파고드는 억센 손가락. 여러 기술에서 중첩으로 붙은 근력보정 때문에, 보통의 변종은 겨울의 완력을 당해내지 못했다. 허우적허우적, 발광은 헛된 몸부림일 뿐. 소년이 말했다.

"일단 변종에게 잡히는 게 어떤 느낌인지부터 경험해보죠."

"네?!"

"오늘 여기 온 목적은 두려움을 극복하는 거예요. 유라 씨가 대장이니까 가장 먼저, 다음은 왼쪽부터 순서대로 오세요."

적잖은 시간이 필요했다. 유라는 눈물을 글썽거리며, 머뭇머뭇, 변종의 손닿는 거리로 들어왔다. 변색된 손 한 쌍이 그녀의 양 팔을 움켜쥔다.

"히익!"

완전히 굳어버리는 유라. 이것은 뿌리치는 연습이기도 한데, 영 움직이질 못한다. 지켜보던 겨울이 남는 손으로 변종의 뒤통수를 후려쳤다. 묵직한 타격음. 골이 흔들린 변종에게서 잠시 힘이 빠졌다. 유라가 얼른 빠져나온다. 몇 걸음 못 가 주저앉더니 훌쩍훌쩍 울었다. 여자들이 모여 위로해주었다.

겨울은 순서를 몇 바퀴 돌렸다. 변종이 더 이상 붙잡지 않게 될 때까지.

으어어어…….

천뭉치와 재갈에 막혀 작아진 신음. 변종이라도 기본적인 지능은 있다. 붙잡을 때마다 패니 학습효과가 허기와 본능을 넘어선 것. 이젠 사람이 다가와도 붙잡지 않고, 데굴데굴 눈만 굴렸다. 그 모습이 시무룩해 보인다. 사람들은 처음처럼 겁을 내지 않게 됐다. 오히려 대담하게 웃는 사람도 있었다.

"아, 적당할 때 또 와주네요. 아까 이 녀석이 지른 소리를 들었나본데요."

겨울의 말처럼, 도로 저 멀리로부터 소리 지르며 달려오는 변종 다섯이 있었다. 아직은 거리가 있다. 겨울이 변종을 고쳐 잡았다. 지금까지는 뒤통수를 봤지만, 이제 정면에서 붙잡은 셈. 남자들을 향해 내밀었다.

"이거, 목을 비틀어서 죽여보실 분?"

"네?……네에?!"

사람들이 다급해졌다. 저 멀리 달려오는 변종과 소년을 번갈아 바라본다. 총을 드는 사람들. 겨울이 그들을 막았다. 그리고 침착하게 재촉했다.

"시간 별로 없어요. 빨리요."

"……."

"그냥 제가 지목해야겠네요. 거기, 나오세요."

지목당한 남자는 처참한 표정이었다. 주위에서 밀어내니 어쩔 수 없이 나온다. 겨울이 고개를 끄덕였다.

"한 손은 뒤통수를 잡고……아니, 반대 방향으로요. 네. 그리고 남은 손은 턱을 받치세요. 앞으로 잡으면 물릴 수도 있으니까. 이제 양손에 힘을 꽉 주세요. 주시고, 확! 돌려요!"

우드드득. 확실하게 돌았다. 남자가 진저리를 치며 주저앉았다.

동시에 겨울이 권총을 뽑으며 뒤로 돌았다. 반회전하며 부채꼴로 열 발을 쏜다. 고작 10미터 거리에서, 무릎이 박살난 변종들이 요란하게 굴러왔다. 심하게 넘어졌다. 부딪힌 자리마다 살이 벗겨졌다.

다리를 못 쓰게 되자 팔로 기어오는 놈들. 겨울이 가서 팔을 죄다 뽑아 놨다. 명치를 쳐서 잠시 동안 숨도 못 쉬게 만들었다. 조용해진다. 어긋난 팔, 뼈가 깨진 무릎. 변종 다섯 마리는 바닥에 엎어져 버르적거리기만 했다.

"자, 아무나 나와서 하나씩 쏘세요."

잠시 후, 겨울이 한숨지었다.

"이번에도 지목해드려야겠네요."

지목당한 다섯 명이 부들부들 떠는 손으로 각자의 총을 조준했다. 세 명은 남자, 두 명은 여자. 예외 없이 망설이거나 두려워하고 있었다. 변종이라도 생김새는 사람과 같다. 좀 썩고 더러워서 그렇지. 따라서 저항감은 필연적이었다.

"쏘세요."

표정 없이 던지는 강한 요구. 눈치를 보던 끝에, 누군가 방아쇠를 당겼다. 그것을 신호로, 연쇄반응 같은 격발이 이어진다.

드드득! 퓩! 퓩! 드득!

서로 다른 종류의 화기들의 합창. 코앞에서도 못 맞춰서 다시 쏘는 사람이 있었다. 여자 한 명은 아예 눈을 감고 쐈다. 맞아서 다행이다.

그나마 이게 양호한 결과였다. 원래대로라면 절대 쏘지 못했을 사람도 있었다. 앞서 머리를 돌린 남자 역시 그렇다. 「교습」의 영향력이 그들의 행동을 단축시킨 것. 그것은 또한 부작용도 줄여줄 것이었다.

한 여성이 울면서 항의했다. "너무하세요. 여자한테 이런 걸 시키면 어떡해요."

겁에 질려 되는 대로 나오는 말이었다. 감정이 흘러넘치고 있을 뿐. 정신적인 여유를 되찾으면 스스로 부끄러워할 것이다. 몰아붙이는 건 바보짓이었다.

겨울은 죽어 넘어진 변종을 가리켰다. 온화한 목소리를 만들어낸다.

"보세요. 싸우는 데 필요한 힘은, 사실 방아쇠를 당기는 정도로 충분해요. 대단한 게 아니에요. 여자도 싸울 수 있고, 남자만큼 강해질 수 있어요."

한 명 한 명과 시선을 맞추며 다시 잇는 말.

"이런 세상에서 강한 사람이라는 건, 결국 살아남는 사람이거든요."

항의했던 여성이 고개를 숙였다. 작게 흐느끼는 소리만 난다. 겨울이 나지막한 목소리로 그녀를 달랬다.

"살아남으세요. 살아남게 해드릴 테니."

「교습」의 효율은 대상이 적을수록 증가한다. 겨울이 주말에도 유라를 굴리는 이유였다. 육체와 정신 양면에서 한계를 시험하는 훈련들을, 그녀는 이 악물고 견뎌냈다.

지금은 사격훈련이다. 10미터 거리에 대형 표적 여덟 개가 줄지어 있었다. 각 표적마다 열 개씩 숫자가 적혀있다. 그 중에서 쏴야 할 것은 7의 배수. 이동 간 사격이고, 한 자리에서 3초 이상 머무르면 안 된다.

7의 배수, 7의 배수. 유라가 끊임없이 중얼거린다.

겨울이 스톱워치를 누르고 호루라기를 불었다.

"야 이 개 같은 창녀야! 너 같은 갈보년은 태어난 게 잘못이야! 씨발, 왜 태어났어! 부모한테 미안하지도 않냐?! 아니면 너네 엄마도 창녀보지야?!"

중년 남성 한 명이 유라에게 붙어 온갖 욕설을 쏟아낸다. 거칠게 밀기도 했다. 유라가 입술을 깨문다. 타앙! 첫 사격은 빗나갔다. 곧바로 재사격, 재사격, 재사격. 3초가 지나기 전에 네 발을 쏘고 두 걸음 걸어 다시 조준한다. 흔들리는 조준선. 남자는 여전히 소리를 질렀다. 입 냄새가 지독하다. 유라는 혼란을 느꼈다. 42는 7의 배수가 맞던가? 열 오른 머리가 멍해서, 생각이 진행되지 않는다. 쐈다. 불확실한 여운을 남기고, 이동하는 그녀.

다음 표적이다. 흔들리는 눈동자가 표적 전체를 빠르게 훑었다.

19? 아냐. 25? 아냐. 63?……7 곱하기 9. 맞아. 쏴야지. 쐈나? 빗나갔어? 다시……아, 3초!

겨울은 그녀와 보폭 맞춰 이동하며 점수를 매겼다. 100점으로 시작해서 깎아가는 방식이었다. 빗나갈 때마다 감점. 3초 이상 정지 시 1초마다 감점. 잘못된 숫자를 쏴도 감점. 맞는 숫자를 쏘지 않아도 감점. 유라가 두 번째 표적을 통과했을 때, 점수는 79점까지 떨어졌다.

철컥. 탄이 바닥났다. 유라는 한 손으로 탄창을 빼내며, 다른 손으로 예비 탄창을 꺼냈다.

"앗!"

놓쳤다. 울상을 짓는 유라. 겨울은 5점을 깎았다. 허겁지겁 탄창을 줍는 그녀의 머리 위로, 입 냄새 심한 남자의 욕이 폭포수처럼 쏟아졌다.

경황없었던 그녀는, 결국 쏴야 할 숫자 두 개를 남겨놓고 다음 표적으로 뛰었다.

그래도 조금씩 나아졌다. 끝까지 처음 같았다면 최종점수는 0점이었을 것이다.

"47점이요?"

"네. 1분 19초에 47점. 잘 하셨어요."

"하아……."

유라는 얼굴을 감싸며 쪼그려 앉았다. 어깨가 가늘게 떨렸다. 훌쩍. 손끝으로 눈물을 훔친다. 이제껏 갖은 욕을 퍼부었던 남자가 굉장히 미안해했다.

"어……미안해요, 유라 양. 본심은 아닌 거 알죠?"

"알아요. 힘들어서 그래요. 좀 지나면 괜찮아질 거예요. 처음도 아니고."

겨울이 옆에 털썩 주저앉았다. 유라에게 손수건을 내밀었다. 묵묵히 받아들이는 그녀. 눈가를 꾹꾹 눌러 닦는다. 훈련을 돕던 중년인도, 눈치를 보다가 겨울 옆에 앉았다. 커흠, 흠! 헛기침을 한다. 겨울은 웃으며 주머니를 뒤졌다. 나온 것은 담배 한 갑. 아래를 툭 친 다음, 나이든 남자에게 내밀었다. 한숨 쉬며 한 대 뽑는 중년인. 그가 물자, 겨울이 불을 붙여주었다.

쓰읍-! 담배 끝이 눈에 띄게 타들어갔다. 중년 남자는 연기를 들이쉰 채 숨을 멈췄다가, 걱정스러울 지경이 되어서야 푸하 하고 내뱉었다. 그러더니 투덜거리는 말.

"담배 태울 수 있대서 좋다고 왔더니, 이거라도 없으면 못할 짓이구먼요. 욕을 잔뜩 준비하라기에 대체 무슨 일인가 했지……. 가장 힘든 사람은 유라 양이겠지만. 난 솔직히 유라 씨가 날 쏘면 어쩌나 무섭더라고요."

농담 반 진담 반이었다. 담배가 쭉쭉 없어진다. 겨울은 굳이 대꾸하지 않았다. 필요한 것은 조용한 시간이었다. 몇 분 지나 눈물 마른 유라가 물었다.

"이 연습은 왜 하는 거예요?"

직후, 유라가 덧붙였다.

"저기, 절대로 싫은 건 아니에요. 그냥 궁금해서……. 총은 멀리서 맞추는 게 더 중요하지 않나 싶기도 하고……."

그러다가 그녀가 기침을 했다. 콜록콜록. 방향이 바뀐 바람 탓에, 담배 연기를 잘못 마셔서 그렇다. 중년인이 머쓱한 표정으로 엉덩이를 옮겼다.

부드러운 미소를 만들고, 겨울이 말했다.

"다급할 때 침착함과 판단력을 유지하는 훈련이에요. 유라 씨는 전투조장이잖아요. 소대가 편성되면 분대장이 되실 거고요. 실전에서 유라 씨가 혼란에 빠지면, 유라 씨뿐만 아니라 분대 전체가 위험해질 거예요. 그걸 예방하고 싶어서요."

"그렇구나……."

마른세수를 하는 유라. 그녀는 빨아서 돌려주겠다고 손수건을 챙기고, 기합을 넣으며 일어섰다. 양 뺨을 스스로 때린다. 짜악! 그리고 잠시 혼자서 아파했다. 아까와 다른 의미로 글썽거리는 눈동자 한 쌍. 중년인이 웃음을 터트렸다. 모르는 척 새침을 떼고, 유라가 말했다.

"더 열심히 할래요. 다음은 뭔가요?"

그녀는 열심히 뛰고 굴렀다. 사격훈련도 몇 번 더 반복되었다. 잘 견뎌낸다. 겨울이 「간파」한 그녀의 잠재력이기도 하고, 기대에 부응하고 싶은 마음이기도 하고, 「교습」의 영향으로 소모가 줄어든 영향이기도 하다.

땅거미가 질 무렵, 유라는 완전히 녹초가 되어 있었다. 겨울이 부축해주겠다고 했으나, 그녀가 거절했다. 주위에 약한 모습 보이기 싫다는 이유였다. 동맹원들보다는 다른 조직의 눈을 더 신경 쓰는 눈치다. 자신이 맡게 될 역할을 잘 이해하고 있다는 증거였다.

"어라, 뭔가 일이 생긴 모양인데요?"

한 발 앞서가던 중년인이 놀란 소리를 냈다.

「겨울동맹」의 근거지 가까이에 사람들이 잔뜩 몰려있었다. 편을 가르듯이 나누어 서서, 서로에게 삿대질을 하며 목청을 돋우는 중이다. 겨울이 유라를 중년인에게 맡겼다.

"천천히 오세요. 먼저 가볼게요."

그가 가까워지자 분위기가 급변한다.

한쪽은 「겨울동맹」 사람들이었다. 익숙한 얼굴들이 빠르게 밝아진다. 환호성이 터져 나왔다.

다른 쪽은 「다물진흥회」 사람들이다. 겨울은 임화수와 같이 있던 어깨들을 알아봤다. 눈길을 마주치자, 모두 두려워하는 기색이 역력했다. 술렁이며 물러나는 무리. 뿐만 아니라, 같이 있던 여자와 아이, 노인들도 겁을 집어먹었다.

전투원이 아닌 사람들은 뭐 하러 왔지?

무리 사이에 끼어있던 두 명의 부장이 다가왔다.

"마침 잘 오셨습니다, 대장. 그렇잖아도 사람을 보내려던 참이었는데……."

장연철은 겨울을 무척이나 반겼다. 이마에 땀이 송글송글 맺혀있었다. 민완기도 태연한 척 하지만, 손이 가늘게 떨리고 있다. 부장으로서 가장 앞에 있었기 때문이다. 전형적인 학자가, 힘쓰는 덩치들 앞에 서는 게 쉬운 일은 아니었겠지. 두 부장 모두 책임감을 발휘한 셈이다.

겨울이 물었다.

"이게 무슨 일이죠? 설명을 부탁드려도 될까요?"

장연철이 뭐라고 대답하려는 찰나, 「다물진흥회」 쪽 가까운 자리에서 남자아이가 튀어나왔다.

"저 아저씨가 우리 몽이를 데려갔어!"

이제 열 살 쯤 되었을까. 작은 눈에 눈물과 미움이 가득했다. 아이 어머니로 보이는 여자가 급하게 뛰어나왔다. 그녀는 아이를 감싸 안고, 겨울에게 몇 번이나 고개를 숙였다.

"죄송합니다, 죄송합니다."

그러면서 뒤로 빠지려는 것을 겨울이 붙잡았다. 손길이 닿자 소스라치게 놀라는 어머니. 겨울은 안심하라는 의미로 곧장 손을 뗐다.

"잠시만요. 이야기를 들어보고 싶습니다. 해를 끼치진 않을게요. 약속하죠."

약속을 믿는 눈치는 아니었다. 다만 겨울에게 거스를 수 없어서 못 박힌 듯 서있을 뿐. 소년에 대한 온갖 풍문을, 좋지 않은 쪽으로만 들은 것 같았다. 하기야 「다물진흥회」 사람이니까.

남자아이가 어머니 품에서 뛰쳐나왔다. 겨울이 한 쪽 무릎 꿇어 눈높이를 맞췄다.

"형이 잘 몰라서 그러는데, 몽이가 뭐니? 혹시 강아지니?"

"강아지야! 엄마가 내 동생이라고 그랬어!"

무슨 일인지 감이 잡힌다. 겨울이 다시 물었다.

"그렇구나. 그런데, 몽이를 누가 데려갔다고?"

"저 아저씨!"

아이가 가리키는 방향을 보니, 당혹스러운 표정의 한 남자가 있었다. 주위가 분분히 흩어졌다. 겨울이 남자에게 손짓했다.

"이쪽으로 와보세요."

억울한 표정으로 다가오는 남자. 겨울이 그의 이름을 확인했다.

"제 기억이 정확한지는 모르겠는데, 성함이 유재홍 씨……셨던가요?"

그러자 남자의 표정이 환해졌다.

"맞습니다, 작은 대장. 기억하시는군요."

딱히 특별한 사람은 아니었다. 「겨울동맹」 구성원들의 이름을 최대한 외우려고 노력했을 뿐. 좋은 리더십을 위한 과제의 하나였다. 어쨌든 그는 자기 좋은 쪽으로 착각하는 모양이다. 겨울이 질문했다.

"묻겠는데, 이 아이의 강아지를 데려가셨나요?"

네, 아니오. 둘 중의 하나를 기대했건만, 장황한 대답이 쏟아져 나왔다.

"아아, 사실은 말입니다, 이게 서로 좀 오해가 있어서 말이죠……."

자기합리화가 필요한 사람은 말이 길어지는 법. 겨울은 인상을 찌푸리고 싶었지만, 최대한 인내했다. 그랬다간 훨씬 더 긴 변명이 붙을 것이었다.

"즉, 요약하면."

끝까지 들은 겨울이 불필요한 부분을 쳐냈다.

"주인이 없는 줄 알고 데려간 거다, 이거네요?"

유재홍이 반색하며 고개를 끄덕인다.

"맞습니다. 개 한 마리 돌아다니는데 주위에 사람은 없고 해서……."

남자아이가 빽 소리 질렀다.

"거짓말! 몽이는 내가 데리고 있었어! 니가 빼앗아갔잖아! 이 나쁜 새끼야!"

"어허! 어른한테 새끼라니, 어디서 배워먹은 버르장머리야!"

버럭 소리 지르는 유재흥. 삿대질을 어머니 쪽으로 돌린다.

"자식 교육 똑바로 시켜! 가정교육이 개판이니까 개 한 마리 제대로 간수 못해서 이 사단이 나는 거 아냐! 안에서 새는 바가지가 바깥에서 새고 그러는 거야. 알겠어?!"

「다물진흥회」쪽에서 불만의 웅성거림이 번졌다. 그러나 그 크기는 무척이나 작았다. 겨울이 그들의 누름돌이었다. 남자, 유재흥이 더욱 기세를 올렸다. 목소리가 크면 이긴다고 믿는 것 같았다. 겨울이 그의 삿대질을 붙잡았다.

"어? 작은 대장?"

폭주가 멋은 유재흥이 눈치를 본다. 겨울은 그의 손을 끌어내린 뒤, 여상한 낯으로 침착하게 물었다.

"다시 확인할게요. 재흥 씨가 강아지를 데려올 때, 주위에 사람은 없었던 거죠?"

"맞습니다! 그러니까 그 때 제가……."

"거기까지. 지금부터는 최대한 간단하게 대답해주세요."

재흥은 자기 말을 잘라놓자 불편해 보였으나, 고개를 끄덕였다. 겨울은 아이 어머니에게, 아드님 귀를 잠시 막아달라고 부탁했다. 다음에 할 질문의 대답을 예상할 수 있었기 때문이다. 그러나 물어보지 않을 수도 없었다. 추궁하려면.

"그럼 그 강아지는 어떻게 하셨어요?"

"어……저도 주인을 좀 찾아보려고 했는데, 그, 아시잖습니까. 우리 사정이 다 변변치 못해서……."

"짧게 해주세요."

"……삶아 먹었습니다."

작게 우물거리는 대답. 애완견이 잡아먹혔다는 말을 들으면 애가 얼마나 울부짖었을까. 아이 어머니가 두 눈을 질끈 감았다. 아이에게 강아지를 동생이라고 했을 정도니까, 어머니 쪽의 애착도 상당했을 것이다.

"유재홍씨. 스스로 한 말씀들이 앞뒤가 안 맞는다는 거 아시죠?"

고개를 기울이는 겨울. 음성이 점점 낮아졌다.

"처음부터 말이 이상하잖아요. 강아지를 챙길 때 주위에 아무도 없었으면, 이 아이는 어떻게 재홍 씨를 지목한 건데요? 사정 모르는 아이가 무턱대고 지목해서 정말로 개 도둑일 가능성이 얼마나 된다고 보세요?"

"개 도둑이라니! 말씀이 지나치십니다!"

"그럼 거짓말쟁이라고 불러드릴까요? 아니면 사기꾼? 어느 쪽이건 제가 도둑만큼이나 싫어하는 부류인데. 마음대로 골라보시죠."

그러자 개 도둑이 답답한 표정을 짓는다. 그는 허리에 손을 얹고, 땅을 보며 한참동안 묵묵했다. 이윽고, 그가 한숨처럼 내뱉는 말.

"작은 대장님, 그러시는 거 아닙니다."

"제가 뭘 잘못했죠?"

"우린 같은 편이잖아요!"

그는 속이 터진다고 가슴을 두드렸다.

"저 그렇게 멍청한 사람 아니에요. 적당히 둘러댔으니까 적당히 편 들어주셔야지! 어? 양쪽 사람들 다 보는데 이게 뭡니까? 창피하게시리. 이러면 대장한테도 좋을 게 없어요!"

"저한테 나쁠 건 또 뭔가요?"

"같은 편 안 지켜주는 대장을 누가 따르겠어요? 예? 고작 개 한 마리, 이런 사소한 일로도 이렇게 몰아붙이면은, 나중에 정말 중요한 일에서 대장을 믿을 사람이 있긴 하겠느냐……뭐, 이런 말이에요—."

그는 손을 딱딱 떨치며 열성적으로 떠들어댔다.

"말이 나왔으니까 말인데, 이 시국에 개를 키우는 게 말이나 됩니까? 사람 먹을 것도 부족한 데 개먹이가 웬 말이에요 그래? 사람 나고 개 났지 개 나고 사람 났습니까? 멀쩡한 사람이 그 꼴을 어떻게 봐요? 그건 보는 사람들 다 욕보게 만드는 거예요. 그 꼴을 참아줘야 하니까!"

"……."

"그래요. 제가 좀 잘못하긴 했습니다. 하지만 세상이 달라졌잖아요. 이럴 땐 융통성 있게, 응? 여기까지가 내 사람이다, 확실하게 정해놓고 확실하게 챙겨줘야, 이야— 이 사람이 내 대장이구나! 하고 충성을 바치는 거지. 응? 안 그래요? 그러니까, 대장님, 저 사람들 대충 보내고 우리끼리 다시 이야기합시다. 예? 체면 떨어진다니까 그러네."

"그만 하셔도 돼요."

겨울이 그의 말을 막았다.

아이는 울고 있었다. 먹었다는 부분은 못 들었어도, 눈치가 있었다. 엄마가 왜 귀를 막았나. 주위 사람들의 표정은 왜 저런가.

아이와 어머니를 향해, 겨울이 무릎을 꿇었다.

"죄송합니다."

낮은 비명이 편을 가리지 않고 번져나갔다.

개의치 않았다. 겨울은 머리가 땅에 가깝도록 고개를 숙였다.

"대신 사과드리겠습니다. 정말 죄송합니다."

미치겠네, 와 진짜 미치겠네. 이렇게 중얼거리는 건 옆에 있는 유재홍이었다. 이러지 말라고, 체면 깎인다며 겨울을 일으키려 애썼다. 무의미한 노력이었다.

이 상태가 오랫동안 계속되었다. 술렁이던 「다물진흥회」 쪽에서 남자 하나가 나섰다.

"큼, 거, 그만 됐으니 일어나 보쇼."

겨울이 답했다.

"전 지금 「다물진흥회」가 아니라 몽이 어머니와 형에게 사과드리는 겁니다."

"내가 몽이 아버지요."

"……."

겨울이 일어나 무릎을 털었다. 시선도 주지 않고, 원인제공자에게 던지는 말.

"유재홍 씨."

"뭐, 뭡니까?"

"선택권을 드릴 게요."

"선택권……이요?"

"네."

이어지는 말은 주위의 모두가 확실하게 들을 수 있는 크기였다.

"「겨울동맹」을 나가시던가, 아니면 저한테 좀 맞으시던가. 둘 중에 하나 고르세요."

두 눈을 꿈벅꿈벅, 제 귀를 의심하던 유재홍이 황당한 표정을 지었다.

"뭐라고요?"

"생각 같아선 그냥 나가라고 하고 싶은데, 그랬다간 곧장 살해당하시겠죠. 그래서 선택지를 드리는 거예요. 고르세요. 10초 안에 안 고르시면, 동맹 나가신다는 뜻으로 알겠습니다."

"아니, 잠깐! 잠깐만요! 대장! 작은 대장!"

대경실색한 개 도둑이 다급하게 매달렸으나, 겨울은 이미 손목시계를 보고 있었다. 장교가 되면서 PX에서 산 물건이다.

겨울의 말처럼, 동맹에서 추방되면 살아남기 힘들 것이었다. 이 꼴을 다른 조직들도 지켜보고 있었을 테니.

10초. 애초부터 짧은 시간이 체감으로는 더더욱 짧았다. 겨울이 시계에서 눈을 떼는 순간 유재흥은 비명으로 선택했다.

"맞겠습니다! 맞을게……!"

겨울이 곧바로 쳤다. 이빨과 함께 피가 튀었다.

최대한 보기 살벌하게 쳤다. 목적은 일벌백계다. 죽이려는 건 아니었으니 손속에 사정을 두었다. 진심으로 치면 일격에 사망한다. 적당히, 일주일 쯤 걷거나 먹기 힘들 정도가 좋다. 10등급 「근접전투」와 「통찰」의 연동은 최적의 강도와 횟수를 계산해주었다.

3분 정도 두들겨진 유재흥이 아이처럼 엉엉 울었다.

"사, 사려주세여! 잘모해서여! 이제 안 그헐게여."

후. 겨울은 숨을 돌렸다. 가슴 속 돌이 달아오르던 참이었다. 화를 내고 싶다. 그 욕구를 억누르며, 얼빠진 장연철을 향해 말했다.

"이 분 좀 데려가세요. 필요한 약이 있으면 나중에 따로 말씀해주시고요."

"예? 아, 네!"

장연철이 황급히 달려왔다. 평소 장연철과 친하게 지내는 사람, 그리고 친해져서 이득 보고 싶은 사람들이 얼른 붙어 그를 도왔다.

겨울보다 조금 늦게 도착해서 지금껏 지켜본 유라는, 머뭇거리며 다가와서 겨울의 눈치를 봤다.

"아직 화나신 거 아니죠?"

"그렇게 보이나요?"

차분한 대답에 안심한 그녀가 방긋 웃었다.

"아까 무릎 꿇으실 때, 멋있었어요. 역시 작은 대장이구나. 그렇게 생각했어요. 저 이상한 사람이 우리 편이니 뭐니 주워섬긴 건 신경 쓰지 마세요. 대장이 때려줄 때 속이 다 시원했거든요. 다들 마찬가지일걸요?"

"고마워요. 들어가서 쉬세요."

그녀는 들어가면서 겨울을 향해 엄지를 치켜세웠다.

겨울이 저녁 바람을 맞으며 속을 식히고 있는데, 민완기가 나란히 섰다.

"욕보셨습니다."

"아녜요. 한 번은 필요한 일이었어요. 이걸로 내실을 다지는 계기가 되었으면 해요."

"작은 대장님의 취임사를 아직 잊지 않았습니다. 장 부장에게도 언질을 해두죠."

잠시 뜸을 들이고서, 민완기가 말했다.

"의도한 건 아니었겠습니다만, 저쪽과 우리가 상부상조한 셈이군요."

개 도둑의 개 같은 소리 중에, 그래도 한 가지 의미심장한 것이 있었다.

이 시국에 개를 기르는 건 말이 안 된다는 것.

그렇다. 아무나 키울 순 없다. 애완동물을 먹이는 건 사치스러운 일이었다. 그러므로 '몽이 가족'은 「다물진흥회」 내에서 서열이 높은 편이라고 봐야 한다.

거기에 몽이 아빠는 왜 마지막이 되어서야 나섰을까. 어머니는 훨씬 먼저 나왔는데.

'억울한 피해자' 의식을 공유하기 위해 연출된 사건. 결국 「다물진흥회」도 내실을 기하고 싶었던 것이다. 가뜩이나 적대적인 겨울의 위상이 높아졌으니, 더더욱 절실했을 터.

유재홍은 미끼에 낚인 물고기였다. 물론 그 자신의 이기심이 원인이니 구제의 여지가 없다.

생각은 곧바로 「텔레타이프」 문자열이 되었다.

겨울이 평했다.

"재미없는 연극이었어요. 오늘 이후론 이런 일이 없었으면 좋겠네요."

"주의하지요. 대장님이 워낙 잘 때려주셔서, 다들 스스로 자제할 거라고 생각합니다만. 아, 한 대 피워도 되겠습니까?"

민완기가 담배를 물었다. 겨울이 불을 붙여주었다.

## 공익광고, 2042년 하반기

빛나는 세계, 사계절이 한 데 어우러진 풍경. 젊고 아름다웠던 시절의 모습 그대로, 은퇴한 노인은 숲 속의 오솔길을 걷는다. 봄빛 아지랑이 위로 여름을 알리는 꽃이 피었고, 졸졸 흐르는 시냇물엔 가을빛 단풍잎들이 떠내려 왔다. 만개한 벚나무 가지는 솜털 같은 첫눈에 덮여있다. 전자신호의 환상으로 빚어진 낙원 그 자체였다.

69세 김상순 노인은 고운 손을 뻗어 이름 없는 과실을 딴다. 한 입 깨물고, 혀가 달콤하게 녹아내리는 감각을 만끽했다. 시원한 바람 한 줄기, 그녀의 하얀 원피스를 스치고 지나간다. 길고 검은 생머리가 향기롭게 흩날렸다.

모든 것이 완벽한 이 때, 높은 하늘을 보는 노인은 근심어린 표정을 짓는다.

「나는 이렇게 행복한데, 석훈이는 괜찮으려나……. 요즘 경제도 불황이라고 하던데, 내가 뭔가 도울 방법이라도 있었으면…….」

그녀는 나무 가까이로 다가갔다. 둥치 가까운 낮은 곳에서 새싹이 돋아나, 금세 굵게 자라났다. 노인은 새로 자란 가지에 다소곳이 앉아, 긴 한숨을 쉬었다.

노인에게 공감하는 여성 나레이터의 목소리.

"사후보험 입적 후 2년이 지난 지금까지도, 김상순 노인은 현실에 두고 온 손자가 걱정스럽습니다. 아들내외가 교통사고를 당한 이후, 손자 주석훈씨를 기른 것은 김상순 노인이었습니다. 손자를 달리 돌봐줄 사람이 없으니, 걱정이 이만저만이 아니지요. 회사는 잘 다니고 있을까, 혹시 어디 아프지는 않을까, 결혼소식은 좀 더 기다려야 하는 걸까. 자주 찾아오지 못하는 걸 보면, 사정이 많이 안 좋은 것 같은데⋯⋯. 그 마음, 사후에도 이어지는 가족사랑은 얼마나 고귀한 것일까요."

화면이 바뀌었다. 포커스는 침울한 눈빛의 남자에게 맞춰졌다. 자막이 뜬다. 27세 주석훈. 정육점 운영. 매장은 한산했다. 손님이 보이지 않는다. 그가 적는 장부에는 붉은 글씨가 많았다. 나레이터가 그의 처지를 설명해 주었다.

"최근 주석훈 씨의 정육점은 제대로 수익을 내지 못하고 있습니다. 가상현실 시대에 접어들면서, 시민들의 식생활이 예전과 달라지고 있는 까닭입니다. 현실에서의 육류섭취는 이제 사치스러운 행위가 되었지요. 현실에서는 필수적인 영양소만 섭취하고, 가상현실에서 산해진미를 맛보는 쪽이 훨씬 더 경제적이니까요."

뒤이어 나타나는 자료화면들. 식품시장의 86%를 에너지 팩이 차지했다는 통계가 나온다. 에너지 팩. 모든 영양소의 성인 1일 섭취 권장량을 함유한 겔 형태의 식품으로, 별도의 조리 없이 곧바로 짜먹을 수 있게끔 만들어졌다. 소비자들의 인터뷰가 뒤따랐다.

「정보경 (23세, 대학생) : 이거에 만족하냐고요? 솔직히 맛은 없죠. 딸기 맛 사과 맛 포도 맛 이러는 데 인공적인 향이 너무 강해서 싫기도 하고⋯⋯. 그래도 영양 밸런스가 완벽하니까 건강엔 좋잖아요? 맛있는 건 대부분 건강에 나쁘니, 부작용 없는 가상현실에서 먹어야죠. 가격도 쓸데없이 비싸고.」

「박한수 (35세, 사무직) : 솔직히 현실 끼니 챙기기 귀찮아요. 가상현실에서 먹는 것들이 너무 맛있어서, 현실의 식사가 더욱 곤욕이라니까요? 좀 깬다고나 할까. 저도 빨리 은퇴해서 사후보험 적용받고 싶네요.」

「레악까나 소타릇 (29세, 외국인노동자, 캄보디아) : 아, 한국, 까상현실에서 먹는 밥, 씨사, 쪼아요. 한국 깜푸찌아 싸람들, 그냥 씩당 안 가요. 꼬기, 안 먹어요. 까상현실 밥, 꼐속 먹어요. 먹어도 먹어도 꼐속 먹고 시퍼요. 싸우보험, 친구들이랑 들었어요. 까족 껏도 들 꺼예요. 한국, 쩡말 멋쪄요.」

「장유선 (40세, 주부) : 글쎄, 한 10년 전까지만 해도 찌개도 끓이고 생선도 졸이고 그랬죠. 지금은 다 까먹었어요. 하나도 생각 안 난다니깐, 호호. 부자동네에선 여전히 외식도 하고, 잘 만들어 먹는다는데, 솔직히 돈 낭비 같지 않아요? 현실에서 만들어 먹어봐야 가상현실보다 여러모로 불편할 뿐이잖우. 많이 먹으면 화장실도 자주 가야하고. 그 사람들이야 뭐, 우린 다르다고 과시하려는 거겠지. 꼴사납게시리. 안 그래요?」

이런 배경으로 반투명하게 지나가는 것은, 아까 보여주었던 정육점의 장부. 포커스는 다시 사람 없는 매장의 쓸쓸한 주인을 잡는다. 정육점 주인, 주석훈이 하소연했다.

「가정환경이 어려워서 대학도 못 나왔어요. 배운 게 이것뿐이라, 장사 접으면 공장이나 가야죠. 외국인 노동자들이랑 같이 일하면서……. 희망이 없네요. 어떻게든 구매력 있는 동네……저기 강남이나 성북 쪽에 가게를 내면 되지만, 돈이 부족해요. 딱 천만 원, 천만 원만 더 있으면 되는데. 하아.」

여기서 화면이 갑자기 밝아진다. 풍경은 김상순 노인이 걷던 바로 그 꽃길이었다.

"걱정하지 마세요."

나레이터가 상냥한 목소리로 설명했다.

"김상순 님과 주석훈 님 같은 분들을 위해, 사후보험 약관대출 정책이 확대 시행됩니다. 기존에는 입적 이전에만 이용 가능한 서비스였지요. 이제는 달라졌습니다. 김상순 할머니처럼 사후보험을 이미 적용받고 계신 분들도, 보장기간을 담보로 대출을 받으실 수 있습니다."

희망찬 음악이 깔렸다. 따뜻한 느낌의 필터링을 거친 할머니와 손자의 사진이, 화면의 정 중앙에 자리 잡는다.

"보험 입적 후 자주 찾아오지 않는 가족에 대한 섭섭함, 사후보험을 적용받는 모든 노인 분들이 공감하실 것입니다. 하지만 가족들이 처해있을 경제적 어려움에 대해서는 생각해보셨나요? 약관대출은 단순히 가족만 돕는 일이 아닙니다. 돈이 돌면 경제가 살아나고, 경제가 살아나면 나라가 살아납니다. 나라가 살아나면 국민 모두가 행복해지겠지요. 당신의 가족애와 애국심을 보여주세요. 대한민국 사후보험이 당신을 돕겠습니다."

다른 모든 공익광고처럼, 광고가 끝날 무렵, 휘날리는 태극기가 화면에 가득했다.

"이 캠페인은 공익광고협의회, 국민연금공단, 사후보험공단이 함께합니다."

이후 약관대출 광고의 필수 안내사항을, 나레이터가 엄청나게 빠른 속도로 읽었다. 어지간한 래퍼를 능가한다. 젊은 사람도 알아듣기 힘들 정도. 그 사이에, 이런 내용이 있었다.

"……채무자가대출금상환을3회이상연체할경우가입자의사후보험서비스가중지될수있으며가입자의사상부는보존대기상태로전환됩니다5회이상연체시엔가입자의사상부보존이중지됩니다……."

## 저녁, 7페이지, 캠프 로버츠

전 세계의 난민들이 미국으로 몰려들었다.

어제 오늘의 이야기가 아니었지만, 갈수록 심해졌다. 언론에서는 바다가 보이지 않는다고 표현했다. 세계 각지에서 몰려든 해상난민들이, 미주 연안을 가득 메웠기 때문이다. 보도에 따르면 중형 선박 이상으로만 1만 척이 넘는다고 했다. 자잘한 소형선과 어선의 숫자는 헤아릴 수조차 없었다. 저토록 작은 배로 어찌 대양을 건넜는지 신기할 정도였다.

미국 서해안에서, 해상난민들의 주요 피신처는 샌프란시스코 만(灣), 미국-캐나다 국경 인근의 조지아 해협 등지였다. 샌디에이고 항만은 개방되지 않았다. 그곳은 미국 시민들을 위한 피난처였다. 군사기지와 함대 운용에 방해가 된다는 이유도 있었다.

그 중 샌프란시스코 항만의 인기가 가장 높았다. 겨울을 나기 위해서다. 비록 샌프란시스코가 북미 서부 오염의 발원지이긴 하지만, 상륙하지만 않으면 안전할 수 있었다. 변종이 헤엄을 치진 못하니까.

바다 위의 난민들은 의외로 굶주리지 않았다. 어선들로부터 식량을 공급받은 덕분이었다. 미국은 이들에게 최소한의 연료와 식량, 물자만 공급했다. 아무리 미국이라도, 당장은 오염지역에 고립된 시민들을 살리기에 바빴다.

피난한 선박들 사이에 싸움이 벌어지기도 했다. 개중엔 군함도 섞여있었기 때문에, 규모가 커지면 사실상의 전쟁이었다.

그 예가 바로 오늘 아침에 있었다. 샌프란시스코의 하늘을 날던 방송사 헬기가 군함간의 교전을 잡아냈다. 중국과 일본 구축함이 서로를 향해 함포와 미사일을 발사한 것이다. 자리싸움 때문이었다. 기자가 우울한 어조로 설명했다. 피난한 자국민들에게 조금이라도 더 넓은 자리를 주려고 몸싸움을 벌이다가, 결국 유혈사태를 빚고 말았다고. 나라가 사라진 뒤에도, 국민을 지키려는 군인들은 남아있었다. 그 끝이 비극이라는 게 슬플 따름이다.

멕시코 국경 인근에서도 말썽이 일어났다. 장대한 국경에 걸쳐 모든 밀입국자를 막을 순 없었다. 국경도시 엘파소와 러레이도에서 감염자 수백 명이 동시다발적으로 발병했다. 미국이 이런 사태를 예견하고 있었기에 망정이지, 제2의 샌프란시스코 사태가 벌어질 뻔 했다.

국경에 장벽을 세우고 항공정찰을 강화해도 무용지물이었다. 마약 밀수에 이용되던 땅굴이 지금은 멕시코 시민들의 탈출 경로로 이용되고 있었다. 심지어는 잠수함까지 동원되었다. 마약 카르텔이 보유한 밀수용 잠수함은 정식 선적도 없는 물건이었다.

백악관은 멕시코 정부에게 으름장을 놓았다. 불법 밀입국을 막지 못하면 멕시코의 도시들을 폭격하겠다는 경고였다. 그러나 대부분의 영토에서 통제력을 상실한 멕시코 정부에겐 그럴 능력이 없었다. 백악관은 그저, 뉴스를 긍정적으로 끝낼 무언가가 필요했던 건 아니었을까?

# 저널, 72페이지, 캠프 로버츠

유라 씨의 예비대원들에 대한 훈련이 마무리되었다. 미군 장교들의 도움을 받아 전술훈련도 실시했다. 3주가 지난 시점에서 절반 이상이 탈락했다. 훈련강도를 감안하면 좋은 결과였다.

남은 사람들 모두 보상 받을 자격이 있었다. 정수보다 많은 인원이었지만, 그들 모두를 정식 대원으로 받아들이기로 했다.

탈락이 예상되었으나 꿋꿋이 견뎌낸 사람도 있었다. 앞선 현장학습에서 울음을 터트렸던 여자다. 이름은 장한별. 그녀는 의외로 훌륭한 자질을 드러냈다.

정식 대원으로서 개인장비를 수령했을 때다. 새로 받은 총은 영점사격이 필요했다. 총을 사람에게 맞추는 과정이었다.

한별은 쉽게 쏘는 것 같았다. 사격이 끝나고 표적지를 보더니, 한숨을 푹 쉬며 말했다.

"휴……. 한 발도 안 맞았네요."

내가 잠깐 보자고 했다. 그녀는 창피해하며 종이를 내밀었다.

굉장히 잘 쐈다. 다섯 발을 쏘게 했는데, 좌로 치우친 위치, 손가락 한 마디 안에 모든 구멍이 다 뚫려있다. 타고난 재능이었다. 사격교관으로 붙은 미군들도 표적지를 보고 휘파람을 불었다. 나는 솔직하게 칭찬했다. 정말 잘 쏘셨다고.

그녀는 못미더운 눈치였다.

"괜히 위로해주실 필요 없어요."

정말로 잘 쏜 건데. 이상하다. 영점사격을 하기 전에, 분명히 이유를 설명했었으니까. 기억나지 않느냐고 묻자 한별 씨가 멋쩍어했다.

"그땐 긴장하고 있었거든요……."

제대로 안 들었다는 뜻이다. 그럴 수도 있지. 다시 설명해주었다. 사람마다 망막의 굴절률이 달라, 똑같이 조준해도 서로 다른 곳에 맞는다고. 거리가 가깝다면 상관없지만, 멀어질수록 문제가 된다고. 그래서 가늠자를 조율해야 조준하는 대로 맞추는 게 가능해진다고.

그제야 자기 실력을 깨달은 한별 씨가 환하게 웃었다.

난 모두에게 가늠자 나사 돌리는 법을 가르쳐주었다. 동시에 몇 바퀴나 돌려야 하는지 꼭 기억해두라고 당부했다. 그래야 나중에 새 총을 받더라도, 영점사격을 다시 할 필요가 없을 테니까. 총기 종류가 달라지면 어쩔 수 없겠지만.

다음 차례의 사격에서, 한별 씨는 표적지 정중앙에 굵은 구멍을 만들어놨다. 맞은 데 자꾸 맞아서 생긴 일이었다.

"지정사수를 따로 뽑을 필요는 없겠군요."

피어스 상사의 소감이었다.

사람들은 새로 받은 장비를 무척이나 아꼈다. 필요할 때 돌려쓰던 물건보다 질적으로 낫기 때문만은 아니었다. 특히 총기에 대한 애착이 대단했다. 스스로를 지킬 수단이 생긴 셈이었으니까.

대원들은 미군 이등병(PV2)으로 취급되었다. 내가 처음 받았던 지원병 신분보다 훨씬 좋은 대우였다. 급여도 정상적으로 지급된다. 「겨울동맹」의 입지가 다른 어떤 조직보다도 높아지는 순간이었다.

모두에게 시민권 증서가 수여되었다. 군 복무를 끝까지 수행하지 않으면 취소되는 조건이었어도, 남녀 불문하고 많이들 울었다. 그동안의 불안과 설움이 복받쳤을 것이다. 몇몇은 한국 국적을 포기하는 게 슬퍼서 울었다.

판사를 대신하여 캡스턴 대위가 시민권 선서식을 진행했다. 무시해도 좋을 요식행위인데, 미군 입장은 또 다른 모양이었다. 그는 모두가 오른 손을 들게 한 채 서약문을 읽었다.

"나 여기서 맹세하니, 나는 내가 지금까지 지배당했거나 시민이었던 다른 어떤 외국의 군주, 통치자, 국가, 그 외의 지배 권력에 대하여, 모든 충성과 신의를 완벽하고 확실하게 포기하겠다."

"나는 국내외의 모든 적으로부터 미국의 헌법을 지지하고 수호하겠다."

"나는……"

대위는 내게도 선서를 요구했다. 임관과 마찬가지로, 내 시민권 획득이 너무 급하게 이루어졌다는 이유였다. 정신은 절차보다 중요한 것이란다. 그의 성격이 이런 곳에서도 드러났다.

# Day after apocalypse

**Data Loading** *86.8%*

## 캠프 로버츠

「겨울동맹」은 빠르게 성장했다. 처음엔 대형 텐트 네 동, 80명 미만이었지만, 지금은 300명을 바라보고 있다. 가맹 희망자 심사는 두 부장의 역할이었다. 장연철과 민완기는 사람을 더 이상 받지 않기로 합의하고, 겨울에게 사후승인을 받았다. 더 늘어나면 관리가 불가능하다는 판단에서였다.

이미 빠른 성장의 부작용이 나타나기 시작했다. 개 도둑 유재흥이 대표적이었다. 꼭 그가 아니더라도 호가호위를 바라고 들어온 사람이 부지기수였다. 적어도 지금까지는, 그것이 난민구역 생태계의 법칙이었기 때문이다. 착취를 전제로 하는 약육강식의 피라미드.

그 외에 겨울이 걱정했던 다른 문제들도 있었다. 사람을 더 받지 않기로 한 건 어쩔 수 없는 결정이었다.

대신 조직단위로 끌어들였다. 보호를 약속하고 협력을 구한 것이다.

이로써 「겨울동맹」은 진정한 의미의 동맹으로 거듭났다. 당연한 수순이었다. 「다물진흥회」만 하더라도 천 명을 넘는다. 확실한 안전을 확보하려면 더욱 큰 세력을 만들어야 했다.

장연철의 제안으로 상징이 만들어졌다. 손재주 좋은 동맹원을 시켜, 여러 번 매듭지은 하얀 리본을 만들었다. 그는 이것을 「눈꽃」이라고 불렀다.

동맹조직들은 텐트 입구에 「눈꽃」을 내걸었다. 이것은 유행처럼 번졌다. 철조망으로 나누어진 구획 몇 개가 통째로 세력권에 들어왔다.

체력이 부족한 민완기 대신, 장연철이 더욱 정력적으로 움직였다. 삶의 보람을 찾은 사람 같았다. 그는 동맹세력들의 요청을 겨울에게 전달하는 창구 역할도 수행했다.

이런 식의 동맹세력 확대도 한계에 부딪히자, 그가 대담한 제안을 내놓았다.

"다른 조직들을 분열시키죠."

쿨룩, 쿨룩. 피로가 쌓여 감기를 얻은 민완기가, 기침 끝에 물었다.

"어려운 일입니다. 정말로 할 수 있겠습니까?"

"충분히 가능합니다!"

젊은 부장은 긴장감 속에서도 확신을 드러냈다.

"「한인애국회」 같은 거대조직들은 내부 부조리가 장난이 아닙니다. 지금까지는 약소 조직들에게 갑질 하면서 빼앗은 것들로 무마했지만, 이젠 우리 때문에 그것도 쉽지 않죠. 아랫사람들의 불만이 엄청나게 쌓여있습니다."

"그래서, 그 불만을 터트리시려고요? 너무 위험한데요?"

겨울이 묻자 열심히 고개 흔드는 연철.

"이 일을 하면서 좋은 인맥을 많이 얻었습니다. 전 드러나지 않을 겁니다."

첫인상과 많이 다른 면모였다. 하긴 이 정도가 가능하니까, 겨울이 합류하기 전까지 사람들의 중심에 있었을 것이다.

'능력이라는 건 책임감만으로도 어느 정도 해결되는 문제니까.'

재능이 아예 없다면 모르겠으나, 적어도 장연철은 그런 경우가 아니었다.

겨울이 반대의견을 제시했다.

"제가 보기엔 그래도 위험할 것 같아요. 열심히 해주시는 건 좋지만, 혹시라도 장 부장님한테 무슨 일이 생기면 곤란하거든요. 지금의 「겨울동맹」은 한창 불안정할 때잖아요."

"솔직히 제가 그렇게 대단한 사람은 아니잖습니까."

장연철이 긴장한 채로 웃으며 말했다.

"작은 대장님의 역할은 누구도 대신할 수 없겠지만, 제 역할은 다릅니다. 능력 면에서 저만큼 되는 사람은 얼마든지 있습니다. 추천해 드릴 수도 있고요."

"능력만 따지면 그렇겠죠."

작은 대장의 대답은 장연철을 상심하게 만들었다. 자기가 말했어도, 상대가 인정하는 건 좀 다른 문제다. 이성과 마음이 항상 함께하지는 않는 법. 내심 아니라고 해주기를 바랐을지도 모르겠다. 겨울이 조용히 이어 말했다.

"하지만 지금까지 해낸 일들이 있잖아요. 두 분 부장님의 공로를 의심하는 사람은 없을 걸요? 할 능력이 있는 것과, 실제로 해낸 것은 엄연히 다르다고 생각하지 않으세요? 장 부장님이 쌓아 온 신뢰를 누가 대신하겠어요?"

"신뢰……."

"능력 있다고 누구 하나 데려오면, 제가 그 사람을 장 부장님만큼 믿을 수 있을까요?"

책임감은 행동으로만 증명된다. 겨울의 말뜻이었다. 겨울은 기쁘게 동요하는 연철을 설득했다.

"전 반대하고 싶네요. 내실을 기할 때에요. 장 부장님이 위험해지면 곤란해요."

"저도 동감입니다."

기침을 섞어가며, 민완기가 겨울의 편을 들었다.

"장 부장님 계획이 성공해도 문제입니다. 크흠! 그건 다른 조직들을 지나치게 궁지로 모는 짓이에요. 그들이 극단적으로 나오지 말란 법도 없거든요. 쿨럭. 굳이 우리를 표적으로 삼지 않더라도, 보호 대상인 동맹세력을 마구 찔러버리면 어떻게 합니까?"

장연철이 반박했다.

"그땐 범인을 찾아서 강하게 응징하면 되잖습니까."

민완기가 인상을 찌푸리며 말했다.

"우린 한꺼번에 너무 컸어요. 구역이 너무 넓죠. 사건이 일어날 때마다 바로바로 범인을 찾을 수 있겠습니까? 설령 찾는다고 한들, 그들이 꼬리 자르듯이 범인을 던져버리면, 우리가 더 이상 뭘 할 수 있겠어요? 쿨룩, 커허음! 우리도 같이 홱 돌아서 본거지를 털어버릴까요? 아뇨, 안 됩니다. 우리는 미군이 내세운 롤 모델이니까, 미친 짓은 못 합니다."

그는 피로한 목소리로 못박았다.

"그런 일이 몇 번 반복되어 「겨울동맹」에 대한 신뢰가 무너지면, 지금까지 해온 일들이 모두 소용없게 될 겁니다."

합당한 지적이었다.

"그렇다면 이건 어떨까요?"

오기가 생긴 모양새로, 장연철이 새로 제안했다.

"겉으로 드러나지 않게 하는 겁니다."

"드러나지 않게⋯⋯아, 첩자요?"

겨울이 묻는 말에 장연철은 그렇다고 대답했다.

"우리만 당하란 법 있습니까? 편의만 적당히 봐줘도, 내통하겠다는 사람이 수두룩하게 나올 겁니다."

"장 부장님, 처음이랑 많이 달라지셨네요."

겨울이 말하자 장연철은 돌연 얼굴을 붉혔다. 음험해졌다는 의미로 이해한 것 같았다.

"아니, 뭐, 그, 이런저런 경험이 쌓이다보니 어쩔 수 없이……."

그러면서 흘깃, 기침하느라 정신없는 민완기를 훔쳐보았다. 같은 부장으로서, 전부터 장연철이 민완기에게 열등감을 느끼는 징후가 있었다. 겨울은 납득했다.

'보고 배웠구나.'

경쟁자를 모방하는 건 자연스럽다. 능력이 없으면 모방도 못 한다.

"뭘 부끄러워하세요. 칭찬이었는데."

"……그렇습니까?"

민망해하는 걸 보면 음험해지긴 한참 멀었다. 장연철이 분위기를 수습하려고 애썼다.

"아, 아무튼 지금이 아니면 안 됩니다. 우리 「겨울동맹」이 워낙 빠르게 성장해서 다들 경황이 없는 상태거든요. 다들 대세라고 여기죠. 사람들의 머리가 식기 전에 해치워야 합니다. 전에 작은 대장님이 걱정하셨던 문제에도 도움이 될 겁니다. 그 왜 마약이라던가……."

"다른 조직들의 내부정보를 얻겠다 이거죠?"

"맞습니다!"

겨울은 새롭게 고민했다. 여기까지 말하는 걸 봐서, 장연철 나름대로 많이 준비하고 내놓은 회심의 제안 같았다. 그가 처할 위험뿐만 아니라 앞으로의 의욕까지도 감안해야 할 것이다.

"해보세요."

마침내 겨울이 동의했다.

"정말입니까?!"

반색하는 연철에게 겨울이 안전을 당부했다.

"항상 안전을 최우선으로 생각하신다는 조건이에요."

"물론이죠! 제 목숨은 제게 가장 소중합니다."

"그렇다면 좋아요. 믿어볼게요. 민 부장님도 많이 도와주세요."

"쿨럭, 큼. 그러지요."

가래 낀 목소리로 대답하는 민완기였다. 겨울이 허락한 시점에서 더 이상 반대할 생각이 없는 것 같았다. 기운이 없어 보이기도 했고.

이제 이야기가 끝난 건가 싶었는데, 장연철은 아직 할 말이 남아있었다.

"조금 더 드릴 말씀이 있습니다만……."

"하세요."

"「겨울동맹」에 들어오고 싶어 하는 사람들이 있습니다."

겨울이 고개를 기울였다.

"당분간 직접적인 가입은 안 받기로 한 거 아니었나요?"

"그게, 도저히 자립이 불가능한 사람들이라서……."

"자립이 불가능해요?"

"장애인들이거든요."

"저는 반대입니다."

마지막 말은 민완기의 것이었다. 너무 즉각적인 반대라 장연철이 두 눈을 끔벅 거렸다. 감정은 그 뒤에 드러났다. 살짝 찌푸려진 얼굴로 뭐라고 하기도 전에, 민완기가 선수를 쳤다.

"그렇잖아도 「겨울동맹」의 구성비는 균형이 맞지 않는 상태입니다. 성비야……켈룩. 성비야 어쩔 수 없다지만, 노인과 아이, 아이들의 어머니가 너무 많아요. 산타 마리아의 기적이 있기 전까진 다른 조직들이 대놓고 비웃었습니다. 여기에 장애인들까지 더해지면 곤란합니다. 큼, 크흠. 흠. 그 사람들 받는 취급이야 모르는 바 아니고, 안타깝기도 합니다만, 여기서는 냉정해져야 합니다."

장연철의 낯빛이 어두워졌다. 조금 화가 난 것도 같았다.

겨울은 생각했다. 민완기는 장연철에 대하여, 반대하기 위해 반대하는 것처럼 보일 때가 있었다. 지금이 바로 그런 경우다.

'내게 보여주려는 걸까?'

그는 부장이 두 사람인 이유를 알 것이었다.

'혹은 연철 씨를 위한 것일지도.'

그는 겨울의 성향을 안다. 연철의 요망을 들어줄 걸 예상하고, 일부러 반대의견을 낸 거라면 어떨까. 겨울이 두 사람 중 연철 편을 들어준다면, 그는 좀 더 자신감을 얻을 것이다.

물론 그것이 순수한 배려라는 보장은 없다. 자신이 편해지기 위해서도 필요한 일이었다. 열등감은 쉽게 적대감을 불러오는 법이니까. 진정한 의미의 상호견제다.

그러므로 두 가지 추론이 함께 성립할 수도 있었다.

연철의 목소리가 조금 높아졌다.

"그 사람들, 전에도 우릴 찾아왔었어요. 작은 대장이 오기 전에 말입니다. 민 부장님도 기억나지 않으십니까? 의지할 데 없는 사람들의 모임이었던 우리조차도, 그 사람들 못 받아주겠다고 내보냈었잖아요. 그런데 지금 또 내치자고요?"

그런 일이 있었던 모양이다.

"대장님 취임사 잊으셨나요? 우리는 어려운 길로 가는 사람들입니다. 인간답게 살고 싶은 사람들이라고요. 그렇지 않습니까, 대장?"

잡념을 미뤄두고, 겨울이 수긍했다.

"맞아요. 그래도 만나보고 결정할게요. 같이 잘 사람들을 함부로 들일 순 없잖아요."

연철의 낯빛이 환해졌다.

"언제 만나시겠습니까?"

"당장 가능할까요?"

"그럼요! 그 분들도 기다리고 있겠다고 했거든요. 금방 다녀오겠습니다."

얼른 자리를 터는 연철. 예상대로, 민완기는 별로 실망한 것처럼 보이지 않았다. 다만 아까보다 심하게 기침을 하고서, 좀 쉬겠다며 침구를 찾을 뿐이었다.

잠시 후, 연철이 열일곱 명을 데리고 들어왔다. 잔뜩 주눅이 든 모습으로부터, 그들이 그동안 겪은 취급들을 유추할 수 있었다. 대표자는 겉으로나마 멀쩡해보였다. 곱게 늙은 여인이었다. 더러운 옷이나마 단정하게 입고 있다. 연철이 소개했다.

"장애우 공동체를 이끌고 계신 강영순 할머님이십니다. 언어장애가 있으셔서 필담을 하실 겁니다. 아, 혹시 수화를 아십니까?"

겨울은 고개를 저었다. 중요한 기술이 아니므로 소모량이 적은 편이지만, 겨울의 경험치 여유량도 적은 편이었다. 「교습」 탓이다. 유사시 생존계열에 최소한의 투자가 가능할 정도는 남겨두어야 한다.

의외로 기대했던 모양. 연철이 조금 시무룩했다. 겨울을 우상화하는 기미가 엿보인다. 못 하는 게 없는 초인쯤으로. 그가 말했다.

"듣는 덴 지장이 없으시니 편하게 말씀하셔도 됩니다."

"그럴게요. 장 부장님은 잠시 비켜주시겠어요?"

"네?"

당연히 자신도 낄 대화라고 생각했나보다. 연철은 머뭇거리다가, 겨울이 가만히 보고 있자 머뭇거리며 일어섰다. 가기 전에 노인을 응원했다.

"할머니, 잘 될 거예요. 작은 대장님은 좋은 분이거든요."

본인이 듣는 앞에서 잘도 그런 말을. 노인은 재밌다는 듯 웃었다. 겨울이 공손한 인사말을 건넸다.

"이미 아시겠지만, 정식으로 인사드리겠습니다. 한겨울입니다. 여기 있는 분들의 대표를 맡고 있습니다. 뵙게 되어 반갑습니다."

노인이 수첩을 펼쳐 글을 적었다. 다 쓰고 페이지를 펴서 겨울에게 향했다.

「반갑습니다. 강영순입니다. 헌앙하시군요. 가까이서 보니 멀리서 보다 훨씬 낫습니다.」

겨울이 상냥한 미소를 만들었다.

"칭찬 감사합니다. 글씨가 참 예쁘시네요."

노인은 다시 한 줄 적어보였다.

「제게는 목소리 같은 것이니까요.」

좋은 비유였다. 노인의 성품이 느껴지는 대목이기도 했다.

"단도직입적으로 여쭙겠습니다."

겨울이 말했다.

"왜 「겨울동맹」이 여러분을 받아들여야 한다고 생각하시나요?"

그러자 강영순 노인이 흐뭇하게 웃는다. 수첩에 자신의 만족감을 적어 내려갔다.

「설마 이런 질문을 받게 될 줄은 몰랐습니다.」

「문답무용으로 쫓겨나거나, 아무 이유 없이 받아들여지거나. 어디를 가더라도, 둘 중 하나일 거라고 생각했거든요. 지금까지는 모두 전자였습니다만.」

읽기 쉬운 맥락이었다.

"후자를 예상하셨다면 장연철 부장님 탓이겠네요."

노인이 펜을 고쳐 잡는다. 정갈한 동작이라 느려 보이는데, 막상 문장 완성되는 속도가 놀라울 만큼 빨랐다.

「결코 나쁘게 생각하는 건 아닙니다.」

「우리가 지금까지 살아남을 수 있었던 건, 장연철 님 같은 착한 분들 덕분이었지요. 그 중에서도 연철 님은 정말 많은 도움을 주셨습니다. 마음 깊이 감사하고 있어요.」

「다만 가끔은, 배려가 너무 깊으셨을 뿐이지요.」

장애인을 대등한 사람으로 보지 않았다는 뜻이었다. 장연철 본인의 입으로 말했었다. 자립이 불가능한 사람들이라고. 그것은 주위 환경이 적대적이어서, 사람들이 빼앗으려고만 들어서, 기회가 주어지지 않아서 불가능하다는 투가 아니었다.

"이해합니다. 착한 사람이 나쁜 세상에서 살면 그렇게 되기 쉽거든요."

겨울의 말에 그녀가 다시 웃었다.

「많은 사람들이 한겨울 님을 따르는 게 단지 용기 때문만은 아니었군요.」

"그렇게 말씀하시니 부끄럽네요. 아무튼, 처음 질문의 답을 주시겠어요?"

고개를 끄덕이는 강영순 노인.

「그동안 숱한 문전박대를 경험하면서, 기회만 주어진다면 말해보리라 생각한 것들이 많습니다. 여기 오기 전에도 많은 고민을 했지요.」

「우리들 각각이 할 수 있는 사람으로서의 구실보다, 겨울동맹과 지도자 한겨울 님이 얻을 수 있는 조직 차원의 이점들을 말씀드리고 싶군요.」

「조금 길어지더라도 양해해주시기 바랍니다.」

이것은 의외였다. 각자의 경력과 기술, 인성 같은 이야기가 나올 줄 알았는데. 사실 노인이 말한 조직 차원의 이점에 대해서는, 겨울도 이미 생각해놓은 바가 있었다. 막연한 정의감만으로 장애인 수용을 검토한 건 아니었기에. 겨울은 긍정적으로 반응했다.

"제 시간이라면 얼마든지 쓰셔도 돼요."

고마운 미소를 머금고, 노인은 생각 깊은 글귀를 한 줄씩 정성스럽게 늘려나간다. 마침내 채운 첫 번째 장은 이런 내용이었다.

「첫째는 순화된 평판입니다.」

「다른 단체의 많은 사람들이 한겨울 님에 대한 나쁜 소문을 퍼트리는 중입니다. 가장 흔한 건 인간백정이라는 평가지요. 하루에도 수십 건씩 일어나는 살인사건들이 귀하의 소행으로 둔갑되고 있습니다.」

「오늘 이렇게 만나기 전까진, 저조차도 조금 걱정했습니다. 장연철 님이 아무리 아니라고 하셨어도요. 지금 겨울동맹에 의탁한 사람들도 반쯤은 공포감에 기댄 것이 아닐까요?」

「우리를 받아주신다면 그런 평판이 제법 가라앉을 것입니다.」

「그렇게 되면 겨울동맹에 가담하길 망설이고 있는 더 많은 사람들이, 좀 더 쉽게 결단을 내릴 수 있지 않겠습니까?」

「유감스럽지만, 장애인을 동등한 사람으로 보는 사람은 별로 없으니까요. 모두에겐 이렇게 보이겠지요. 겨울동맹은 저렇게 쓸모없는 사람들을 거두어 주었다고. 한겨울 님은 불쌍한 사람들을 보살필 줄 아는 사람이라고.」

「소열제 유비는 인정과 인덕으로 촉한을 세웠습니다.」

「사람들의 마음을 얻으세요.」

연륜이 묻어나는 고아한 필치였다. 또한 예상했던 내용이 절반쯤 들어가 있었다. 읽으면서, 겨울이 묻는다.

"삼국지를 좋아하시나 봐요?"

노인은 자신의 입을 가리킨 뒤 한 문장 적었다.

「형편상, 사람보다 책이 더 편한 삶이었던지라.」

"아."

고개를 끄덕이고, 겨울은 수첩을 노인에게 돌려주었다. 노인이 곧바로 두 번째 장을 적기 시작했다. 많이 고민했다는 게 빈말은 아니었다. 적는 내내, 망설이거나 고치는 경우가 없었다.

「둘째는 믿을 수 있는 사람들입니다.」

「말씀드렸다시피, 우리가 아직 살아있는 것은, 장연철 님 같이 착한 분들의 도움 덕분이었답니다. 즉 우리는 겨울동맹을 여러 단체의 착한 이들과 연결 짓는 가교가 될 수 있습니다.」

「우리가 여기 있는 걸 알면 터전을 바꿀 분들도 계시겠지요. 다른 단체들이 썩 좋은 곳은 아니잖습니까. 착하기 때문에 손해를 보고들

계실 겁니다.」

「옳기지 않을 분들도, 겨울동맹에 호의를 품으시겠지요.」

「결국 첫째로 말씀드린 바와 크게 다르지 않습니다.」

크게 다르지 않아도, 미처 생각하지 못한 부분이었다. 겨울은 이미 마음을 굳혔지만, 곱게 늙은 노인이 어디까지 생각했는지 궁금했다. 다 읽은 수첩을 돌려주자 노인은 세 번째 페이지를 채우기 시작했다.

「마지막은, 우리 장애인들의 눈과 귀입니다.」

「이건 제 생각일 뿐입니다만, 겨울 님께서는 지금 부담을 느끼고 계시진 않은지요?」

「겨울동맹은 놀라울 만큼 빠르게 성장했고, 앞으로도 당분간은 그럴 것입니다. 빠른 성장에는 부작용이 있게 마련입니다. 언제나 사람들이 문제지요.」

「겨울동맹의 점점 더 많은 부분을 알 수 없게 되실 겁니다. 누구를 믿고 누구를 걸러야 할지도요. 반드시 여일 같은 자가 나타나 겨울 님의 의심을 부추길 것입니다.」

「그래서 드리는 권고입니다. 우리 장애인들을 통해 정보를 얻으세요.」

「장애인과 비장애인 사이에는 보이지 않는 벽이 있습니다. 아무리 선량한 비장애인이라도, 장애인을 완전히 대등하게 대하기 어려워합니다. 장애인은 항상, 어느 정도는 고립되어 있습니다. 비장애인들과 쉽게 뭉치지 못한답니다. 이 점을 이용하라고 드리는 말씀입니다.」

겨울은 다 읽고서 생각했다. 열일곱 명의 장애인이 무사히 살아남은 것은, 단순히 착한 사람들의 도움 때문만은 아닐 것이라고.

"여일이 누군가요?"

노인이 답변을 적었다.

「손권의 의심을 부추겨 권세를 얻은 간신배랍니다.」

"장애인 분들이라고 여일이 되지 말라는 법 있나요?"

그러자 필기 대신 고개를 흔들어 대답 삼는 노인이었다. 겨울이 미소를 지어냈다.

"솔직하시네요."

강영순 노인이 마주 웃는다. 겨울이 다른 질문을 던졌다.

"그럼 이제 각자 무엇을 할 수 있는지 듣고 싶네요. 이야기도 조금 나눠보고 싶고."

고개 끄덕인 노인은 장애인 공동체의 신상명세를 내밀었다. 미리 적어서 가지고 온 것이었다. 겨울은 빼곡한 내용을 꼼꼼하게 읽었다. 강영순 노인이 본 인격적 장단점까지 적혀있었다.

몇 명이 쓸 만 한 경력과 기술을 지녔다. 다양한 중장비를 11년간 다룬 소아마비 환자는 제법 인상적이었다. 영어교사와 전기기술자도 끼어있다. 세계관 배경 상, 역할을 기대하기 힘든 사람도 몇 명 있긴 했다. 예를 들면 프로그래머 같은.

강영순 노인의 수화를 보고 장애인들이 다가왔다. 눈 먼 사람은 다른 이가 끌어왔다. 겨울은 그들에게 간단한 질문 몇 가지 해본 뒤에, 최종 승낙했다.

"좋습니다."

환해지는 얼굴들을 향해, 겨울이 재차 미소를 만들었다.

"「겨울동맹」에 오신 걸 환영합니다. 앞으로 잘 부탁드려요."

그리고 연철을 불렀다.

"이 분들 자리 잡게 도와주세요. 자리라던가, 침구라던가. 소개도 좀 해주시고."

"알겠습니다! 감사합니다! 복 받으실 겁니다!"

그는 장애인들보다 더 기뻐하는 것 같았다. 새로운 가족들을 열성적으로 이끌고 간다. 그 모습에, 「겨울동맹」 사람들이 깊은 관심을 드러냈다.

그 중엔 박진석도 있었다. 몇 마디 대화 끝에, 사정을 알았는지 표정이 나빠진다. 곧장 겨울을 향해 다가왔다.

그는 혼자 오지 않았다. 몇 걸음 떨어진 두 사람이 함께였다. 예비 전투조장으로서, 진석이 벌써 만들어놓은 무리의 일원들이다. 유라 때와 달리 전원이 적정 연령의 군필자들로만 구성되었다. 겨울에겐 사후승인을 받았다. 어차피 전투조장이 될 것이니, 그 정도 권리는 있다고 생각하는 것 같았다. 겨울은 수용범위라고 생각했다.

지금은 아니지만.

"진석 씨. 어쩐 일이세요?"

"방금 이상한 이야기를 들었습니다. 장애인들을 받아주기로 하셨다는 거, 사실입니까?"

"네, 사실인데요."

여상스레 한 대답이 진석을 자극한 모양이다. 청년은 우울한 표정으로 다시 물었다.

"대체 무슨 생각을 하시는 겁니까?"

"뭔가 문제라도 있나요?"

"많습니다."

한숨을 쉬는 진석.

"저 사람들은 짐 덩어립니다. 장애인들을 받을 여유가 있으면, 실질적으로 도움이 될 사람들을 대신 받으셔야죠. 우리 동맹은 규모에 비해 싸울 수 있는 사람이 비정상적으로 적잖습니까. 건장한 남자로만 열일곱을 받으면 전투조 하나를 꾸리고도 남습니다."

"그건 그러네요."

"대장님은 정말 착하고 대단하시지만, 종종 지나치게 이상적이십니다. 저도 장애인들을 돕고 싶어요. 실제로 도울 기회가 생기면 도울 겁니다. 개인으로서 말이죠."

그는 잠시 입을 다물었다. 겨울의 눈치를 살핀다. 어린 지도자에게서 별다른 반감이 보이지 않자, 남은 말을 마저 내놓았다.

"대장님은 방금 개인으로서 저 사람들을 도와준 게 아닙니다. 동맹 모두에게 부담을 지운 거예요. 공사를 구분하셔야죠. 양심은 개인적인 만족일 뿐입니다."

"개인적인 만족이 아니에요."

진석의 얼굴에 의혹이 떠오른다. 겨울이 차분하게 말했다.

"난 「겨울동맹」의 대표자로서, 결정을 내리기 전에 동맹 전체의 이익을 고려했어요."

"그 이익이 뭔지 설명할 수 있으십니까?"

"할 수 있지만, 하지 않을래요."

"······어째섭니까?"

"절차를 지키지 않으셔서요."

"절차요?"

"네. 절차. 전투조에 관한 일이라면, 얼마든지 직접 말씀하셔도 돼요. 예비라고는 해도 조만간 전투조장이 되실 테니까. 하지만 그 외에 다른 일은 두 분 부장님을 거치셔야죠. 그게 그분들 역할이잖아요."

진석은 허를 찔린 표정을 지었다. 겨울이 마저 말했다.

"그동안 가입심사를 진행한 것도 부장님들이고, 오늘 장애인 공동체를 소개해준 사람도 장연철 부장님이셨어요. 다른 동맹원들도 제게 할 말 있으면 부장님들을 먼저 찾아요. 그런데 진석 씨는 다르시네요. 지금 행동이 월권이라는 생각은 안 드세요?"

누가 확실하게 정한 규칙은 아니다. 그러나 동맹의 규모가 확장되면서, 자연스럽게 정착된 불문율이었다. 직함만 던져주었을 뿐인데, 사람들 스스로 규칙과 질서를 확장해나갔다. 인간의 사회성이다.

'부장님들의 역할도 있었겠지. 특히 민완기 부장님.'

그렇지 않았다면, 쓸데없는 서열과 강요, 불필요한 절차가 많이 붙었을 것이다.

불문율을 공공연하게 만드는 것은 겨울의 역할이다.

진석이 우물거렸다.

"그 분들을 무시하려는 건 아니었습니다."

"알아요. 아직 모든 게 어색할 때잖아요. 다음엔 주의하세요."

미소가 필요할 때였다. 겨울은 익숙하게 만들었다.

자연스러운 온화함이 진석을 안심하게 만들었다. 그는 미안하다고 사과하고, 맥 빠진 걸음으로 물러났다. 지켜보던 두 사람이 위로해주는 듯 보인다.

규범은 그들 입을 통해 퍼져나갈 것이었다.

안녕하십니까, 고객 여러분. 그동안 우리 잘 빠진 「트리니티」와 재미 좀 보고 계셨나요? 네? 아니라고요?

물론 그렇겠지요. 그냥 해본 말이었습니다. 고객만족센터로 걸려오는 항의전화가 조금도 줄어들지 않았거든요. 정말이지……기업이 살아야 나라가 사는데, 왜 일부 소비자들은 기업을 잡아먹지 못해 안달일까요? 애국심이 부족한 게 틀림없습니다.

오, 이런. 흥분하지 마세요. 여러분 이야기가 아닙니다. '일부' 소비자라고 말씀 드렸잖아요. 일부 말입니다. 이이이이일부우우우우. 한국어가 좀 어렵죠.

아무튼 오늘은 「트리니티」를 소개해드리는 마지막 시간입니다. 삼위일체의 마지막 구성요소, 자립형 인공지능 모듈에 대해 말씀드리지요.

자립형 인공지능을 쉽게 정의하면 '완전한 인격'입니다. 자아를 지닌, 생각하는 기계 말이에요. 다른 말로는 기술사학적 특이점이라고도 합니다. 그 왜 있잖아요. SF 장르에서 주구장창 써먹는 진부한 설정. 기술이 기술을 만들어내는 시대, 기계가 인간을 지배하며, 미래에서 살인로봇이 존 뭐시기를 죽이러 오고, 난 비명을 질러야 하는데 주둥이가 없는 그거요.

저희 고객만족센터로 걸려오는 항의전화 중 가장 황당한 경우가 이겁니다. 인공지능은 인류를 파멸시킬 것이므로, 사후보험 중앙관제센터를 폭파시켜야 한다고요. 세상에……

편집증 환자 여러분, 안심하세요. 여러분이 걱정하는 일들은 벌어지지 않을 겁니다. 왜냐면 자립형 인공지능 모듈은 미완성이거든요. 지금까지도 그랬고, 앞으로도 그럴 겁니다.

우리 회사가 사후보험공단으로부터 인공지능 개발에 관한 국책사업을 수주했을 때, 「트리니티」를 설계한 최초의 기술자들은 불가능한 꿈을 꾸었습니다. 사상초유의 완벽한 인공지능을 만들겠다고 말이죠. 그들에게 있어서, TOM 판독 모듈과 검색형 인공지능 모듈은 그저 거쳐 가는 징검다리에 지나지 않았습니다. 「최종 모듈」, 진정한 인공지능을 완성하기 위한 도구에 지나지 않았다 이거에요.

하지만 말이죠……그걸 만들고 싶은 사람은 많은데, 이제까지 안 나왔으면 그럴 만한 이유가 있는 거 아니겠어요?

최초의 기술자들은 어찌어찌 자립형 인공지능의 기초 비슷한 걸 만들어 냈다고 주장했어요. 「최종 모듈」엔, 분명 인간적인 무언가가 존재한다고. 하지만 검증은 불가능했죠. 완성까지 백만 광년 정도 남아있는 물건이었거든요.

그래서 그들은 입을 모아 말했어요.

"시간과 예산을 조금만 더 주신다면……."

높으신 분들은 여기에 깊은 감명을 받고, 그들을 모조리 해고했어요. 당연한 결과였습니다. 국책사업의 납기일을 지키지 못하면 엄청난 보상금을 지불해야 했거든요. 갈아 넣을 공돌이가 달리 없는 것도 아니었고요.

새로 투입된 기술자들은 이렇게 보고했습니다. 「트리니티」는 분명히 미완성이지만, 현재 수준으로도 세계 최고의 인공지능 엔진이라고.

그러자 높으신 분들이 말씀하셨죠.

"뭐야, 완성품이네."

그리하여 사후보험은 차질 없이 출범하게 되었습니다. 해피엔딩이군요.

이렇게 쓸 데 없는 이야기를 길게 늘어놓은 건, 현재의 시스템 관리자, 즉 저조차도 자립형 모듈을 이해하지 못하기 때문입니다.

모르는 걸 어떻게 설명하겠어요?

저만 모르는 게 아니라 같이 일하던 동료들 모두가 마찬가지였습니다. 이게 뭔가 기능은 있는 것 같은데, 그게 뭔지 불분명하단 말이죠. 그렇다고 이걸 제거할 수도 없어요. 엔진 전체가 정지해버리거든요. 제3모듈의 작용이 엔진을 누구도 해석할 수 없는 상태로 만들어놨어요.

글쎄요. 최초의 설계자들이라면 가능할지도 모르겠어요. 그 사람들, 솔직히 정말 대단했거든요. 대한민국 최고의 천재들이었죠.

그 천재들은 지금 뭐하고 있냐고요?

몰라요. 치킨이나 튀기고 있겠죠 뭐.

고용계약이 그렇거든요. 기술유출 방지를 위해, 퇴사 후 20년 동안 동일 직종에 취업할 수 없죠. 이 기간에는 국적 변경도 불가능해요.

이런 말을 해도 되는 건지 걱정해주시는 분들이 계신데, 괜찮습니다. 매출이 오르는 동안에는 제가 무슨 소리를 해도 신경 쓰지 않을 걸요? 이 회사는 돈 때문에 하는 회사고, 사후보험 운영 매출은 해가 갈수록 폭증하고 있거든요.

저희 낙원그룹 가상현실사업부는, 앞으로도 고객 여러분의 지갑을 약탈하기 위하여 최선을 다하겠습니다. 감사합니다.

## 저널, 76페이지, 캠프 로버츠

난민 출신 지원병의 숫자가 급격히 늘어났다. 그만큼 병력이 필요한 면도 있겠으나, 「겨울동맹」에 대한 견제조치가 아닐까 하는 생각도 들었다. 민완기 부장님도 내 생각에 동의했다.

출신은 중국계가 가장 많았다. 원래 숫자가 많기도 하지만, 비율을 따졌을 때 이상할 정도로 높다. 그것도 이제까지 「흑사회」의 주류였던 「삼합회」가 아니라, 「안량공상회」, 「합승당」, 「직예당」 사람이 대부분이다. 배후에 마커트 대위가 있다는 소문이었다. 아이링이 우려하던 사태가 현실로 다가오는 것 같았다. 아직은 그들의 문제일 뿐이다. 그러나 곧 우리에게도 문제가 될 것이었다.

# 저널, 79페이지, 캠프 로버츠

며칠간 궂은 날씨가 이어졌다. 겨울에 비가 많은 지역이었다.

기온은 갈수록 떨어졌다. 영하로 내려가는 새벽추위가 난민들을 괴롭혔다.

감기가 번졌다. 초기엔 환자를 격리했는데, 이제는 건강한 사람을 격리한다. 텐트 한 동이 환자로 가득하기 예사였다.

보통의 경우라면, 감기로 사람이 죽는 일은 드물다. 지금은 아니다. 체력 약해진 사람들이 2차 감염으로 죽었다. 항생제가 바닥났고, 사망자는 하루가 다르게 늘었다. 군의관은 이게 감기가 아닐지도 모른다고 걱정했다.

항공보급은 식량이 최우선이었고, 연료와 난방용품이 그 다음이었다. 약품은 잘 오지 않았다. 이해하기 힘들었다. 약품은 부피를 적게 차지한다. 다른 짐을 조금만 줄이면 될 텐데.

알고 보니 없어서 못 주는 것이었다. 캡스턴 대위가 알려주었다. 봉쇄선 동쪽에서, 시민들이 약품을 사재기하고 있다고. 대위도 보스턴에 사는 친구와 통화하면서 알게 된 것이었다.

보통의 약은 「모겔론스」에 효과가 없다. 사람들도 그것을 알 것이다. 그러나 두려움은 합리적인 감정이 아니었다.

「겨울동맹」은 그나마 양호했다. 영양과 위생이 다른 곳보다 낫기 때문일까? 단지 민완기 부장님이 염려된다. 나는 PX에서 최대한 많은 식품을 사왔다. 1인당 구매제한이 있었지만, 나는 수훈자 혜택을 받는다. 전투조원들이 미안해했다. 월급이 나오면 꼭 보태겠다고 한다. 신경 쓰지 말라고 해두었다. 건강하게 있어주는 것이야말로 가장 큰 도움이라고.

"예언자 박태선 목사님께서는 기도와 축복으로써 병자를 치료하십니다! 짐 지고 고달픈 형제들이여! 구원의 말씀에 귀 기울이십시오!"

「순복음 성도회」의 광신도들은 오늘도 복음을 전파하는 데 열심이었다.

성도회 사람들이 이상할 정도로 건강한 건 사실이었다. 감기 환자가 한 명도 없었다.

그들은 박태선 목사가 기적을 일으켰다고 주장했다. 목사가 축복한 성수를 마시면, 아무리 중한 환자라도 하루 만에 완치된다는 것이었다. 개신교회에서 성수가 웬 말인가 싶었지만, 점점 더 많은 사람들이 소문에 휩쓸렸다. 기적을 증언하는 사람도 갈수록 늘어났다. 성도회의 교세가 빠르게 확장되었다.

"물에 항생제를 타서 성수라고 하는 건 아닐까요?"

장연철 부장님의 의견이었다. 그럴 듯하다는 생각이 들었다. 약을 어디서 조달하는가, 그게 여전히 의문이었지만.

어쨌든 사람들에겐 결과가 중요했다. 약을 타서 성수라고 속이더라도, 기꺼이 속아줄 각오가 되어있는 사람들. 「겨울동맹」에서도 소수의 이탈자가 나왔다.

의약품을 확보하는 과정에서 좋지 않은 소식이 잇달았다. 점점 더 먼 곳까지 나가야 했기 때문이다. 파소 로블레스 남쪽에 있는 도시, 아타스카데로의 주립병원으로 향했던 임무부대 전원이 실종되었다. 차량으로만 열두 대, 난민 지원자를 포함해 100명이 넘는 숫자다.

캠프 지도부는 충격에 빠졌다. 마주치는 장교들마다 낯빛이 어두웠다. 가뜩이나 병력이 부족한데, 실종자 가운데엔 미군 병사도 많았다.

그렇다고 임무를 포기할 수도 없었다.

아타스카데로 주립병원은 미국 CDC(질병통제예방센터)의 임시 거점이었다고 한다. 북미 서부 오염이 시작되었을 땐, 방역본부로서 12개 도시를 관리했다.

지금은 당연히 버려진 시설이다. 하지만 아직 대량의 약품이 남아있을 거라고 한다. 브리핑에 따르면, CDC에서 직접 확인해준 내용이었다.

대대장은 내게 해당 지역의 위력정찰을 지시했다. 거기 무언가 있는 건 확실한데, 그게 뭔지 확실히 알아내라는 것이었다. 가능하면 섬멸해도 좋고, 생존자를 찾으면 더더욱 좋다고 한다. 이것저것 주문이 많은 임무였다. 대대장은 산타 마리아 때보다 쉬울 거라며 웃었다.

다행히 이것이 「겨울동맹」 전투조의 처녀임무가 되진 않았다. 대대장이 아무리 정신을 못 차려도, 신병들에게 이런 임무를 맡길 정도는 아니었다. 병력지원은 캡스턴 대위로부터 받기로 했다.

산타 마리아 때와 달리, 이동 수단은 차량이었다.

먼 길이 될 것 같았다.

# 징조들

## 캠프 로버츠

「한 가지 말씀 드릴 것이 있습니다.」

아타스카데로로 출발하기 전, 겨울이 안부인사차 동맹에 들렀을 때, 강영순 노인이 대화를 희망했다. 주위에 사람이 없는, 비밀스러운 대화. 조용한 자리에서 노인이 첫줄을 적었다.

「이훈태 씨는 사실 청각장애가 없습니다.」

지력보정이 이훈태의 정보를 출력했다. 기억이 흐린 만큼 사진도 흐렸으나, 누군지 떠올리지 못할 정도는 아니었다. 강영순 노인이 주었던 신상명세에는, 다리 한쪽이 불편하고 귀가 들리지 않는 사람이라고 적혀 있었다.

"이게 무슨 뜻인가요? 그동안 없는 장애를 있는 척하셨다고요?"

겨울이 묻자, 노인이 펜대를 움직였다.

「그렇습니다.」

「저희가 살아남기 위한 방편 중 하나였지요.」

「귀머거리 근처에서는 목소리를 낮추지 않는 법이니까요.」

아. 정보획득. 장애인인 노인 스스로 귀머거리라는 단어를 쓴 시점에서, 대상은 명백했다. 겨울은 고개를 기울였다.

"이걸 제게 말씀해주시는 이유는……알 것 같긴 하지만, 그래도 여쭤봐야겠네요."

「생각하시는 게 맞을 겁니다.」

「저는 장애인을 통해 정보를 얻으라고 말씀 드렸었지요.」

「이훈태 씨는 누구에게도 의심 받지 않고 모두의 대화를 엿들을 수 있습니다.」

「다만 이것을 대장님에게까지 숨기면 안 될 것 같았습니다.」

잠시 생각하다가, 겨울이 말했다.

"괜찮으세요?"

단순하지만 긴 물음이었다. 노인이 차분하게 글을 적었다.

「유비에게는 인덕이 있었지만, 인덕만으로 대업을 이룬 건 아니었답니다.」

겨울이 질문을 고쳤다.

"나중에 혹시라도 들켜버리면, 이훈태 씨가 굉장히 큰 원망을 받을 거예요. 아니, 사람들은 이훈태 씨뿐만 아니라 다른 장애인들 까지도 경계하게 될 걸요? 해코지를 당할 수도 있고요. 위험하다는 생각은 해본 적 없으세요?"

「삶의 무게는 누구에게나 동등합니다. 작은 대장님께서 위험을 무릅쓰고 싸우시는 것처럼, 아랫사람들도 마땅히 그래야 합니다. 비장애인과 장애인을 가리지 않고서요. 다만 각자 할 수 있는 일이 다를 뿐입니다.」

「상황에 따라, 장애도 하나의 재능이 될 수 있습니다.」

장애인의 역할에 대해 생각이 많은 노인이었다. 잠시 고민하던 겨울이 고개를 끄덕였다.

"좋아요. 다만 조건이 있어요."

그게 뭐냐고 눈으로 묻는 노인에게, 겨울이 못 박는 말.

"들키면 무조건 제 지시였다고 하세요."

책임을 겨울에게 돌리면 어떻게든 무마할 수 있었다. 마약이라던가, 광신을 경계하느라 어쩔 수 없었다고 하면, 불만은 있을지언정 대놓고 항의하진 못할 것이었다. 애당초 겨울에게 정면으로 뭐라 할 사람도 없는 마당이고.

허나 늙은 여인은 고개를 저었다.

「정말 감사한 말씀입니다. 책임을 지는 태도는 좋은 지도자의 미덕이지요. 감탄했습니다.」

「하지만 그러실 필요 없습니다.」

「이훈태 씨는 삶의 이유를 찾고 있습니다. 모두가 싫어하겠지만 결국 모두를 위한 일이지요. 작은 대장님을 돕는 일이고, 작은 대장님은 모두를 위해서 애쓰는 분이니까요. 대장님 한 사람만 인정해주면, 그는 충분히 만족할 것입니다.」

다시 한 번 생각하고서, 겨울이 한숨을 지어냈다.

"알겠습니다. 항상 조심하라고 전해주세요."

「그리 하지요. 기뻐할 겁니다.」

노인의 태도를 보아, 이훈태 그 사람이 겨울에게 직접 오는 일은 없을 것 같았다. 의심 살 일을 최소한으로 줄여야 하니까.

수화는 사실상의 암호와 같다. 장애인들, 그나마도 일부에서만 통한다.

'너무 믿어도 곤란하겠어.'

겨울은 그렇게 생각했다. 정보를 얻는 경로는 다양할수록 좋았다.

「그럼 무사히 다녀오십시오.」

노인이 다소곳이 목례했다. 겨울이 그보다 깊게 고개를 숙였다. 나이에 대한 존중이었다. 의미는 없을지라도.


## 아타스카데로

차창 밖의 하늘은 잿빛이다. 이따금씩 번뜩이는 뇌운(雷雲). 험비 안으로 빗방울이 들이쳤다. 위에 붙은 포탑 탓이었다. 그나마 선탑자인 겨울은 사정이 낫다. 포탑에 앉은 기관총 사수는, 이동하는 내내 비를 맞을 운명이었다.

파소 로블레스를 우회해 아타스카데로로 가는 길. 앞서 실종된 임무부대가 장애물을 치워두었어도, 40km를 가는 데엔 상당한 시간이 필요했다. 도로 곳곳이 파괴되어 있었기 때문이다. 반복된 항공폭격의 흔적이었다. 차량행렬은 좀처럼 속도를 내지 못했다.

파헤쳐진 구간을 굼벵이처럼 타넘을 때였다. 우측 전방의 버려진 목장에서, 감염변종들이 주인 잃은 말들을 쫓고 있었다. 이쪽을 보더니 목표를 바꾼다. 누렇게 죽은 목초지를 가로질러, 두 팔 휘저으며 열심히들 달려왔다.

기관총 사수가 지붕을 두드린다.

"2시 방향, 거리 약 50, 일반 변종 열하나……아니, 열셋. 제압하겠습니다."

그가 곧장 레버를 당겼다. 톱니 돌아가는 소리를 내며 회전하는 포탑.

곧이어, 중기관총이 불을 뿜었다. 험비 세 대가 앞 다퉈 탄막을 뽑아냈다.

탄이 굵어서 소리도 굵다. 개인화기와는 격이 다르다. 달려오던 놈들이 퍽퍽 박살났다. 몸뚱이 부서진 곳에서 허연 수증기가 피어올랐다. 인간보다 강화된 신진대사의 증거였다. 차갑게 식은 공기 탓도 있겠지만.

「노이즈 컨트롤. 당소, 331 임무부대. 50구경 사격 중. 소음 지원 바람. 이상.」

무전기로부터 제프리 소위의 음성이 흘러나왔다. 선임 장교로서 이번 임무부대의 책임을 맡은 그는, 겨울보다 후속차량에 탑승하고 있었다.

교신 후 얼마 지나지 않아, 지평선 너머 세 방향으로부터 시끄러운 소리가 들려왔다. 최근 뿌려진 노이즈 메이커의 작동이었다. 이것 덕분에 작전 중 소음 부담이 줄어들었다. 아니었다면, 중화기를 함부로 쓰긴 어려웠을 것이다.

제프리가 무전으로 사격 종료를 알렸다. 곧바로 사방이 조용해졌다.

"오, 젠장!"

운전병이 욕설을 뱉었다. 아주 가까운 거리에서 변종이 튀어나왔기 때문이다.

쿵!

사수가 쏠 틈은 없었다. 운전병이 냅다 들이받았기 때문이다. 유리창에 찍 피가 튀었다.

변종을 아무도 발견하지 못한 이유가 있었다. 진흙탕에서 뒹굴다 온 것처럼, 온몸이 흙과 낙엽 투성이었다. 그 몰골로 엎어져있으면 못 보는 것이 당연하다.

"꼭 위장이라도 한 것 같군요."

투덜거리는 운전병의 말. 겨울은 굳이 대답해주지 않았다.

그 뒤로 도착할 때까지, 별 일은 일어나지 않았다.

목적지인 주립병원은 도시의 동쪽 외곽에 위치했다. 전체가 야트막한 능선으로 가려져, 가까이 접근하지 않고는 그 모습을 확인할 수 없었다.

부지는 굉장히 넓었다. 시설 전체를 이중 철조망으로 둘렀고, 교도소에서나 볼 법한 감시탑이 줄지어 서있었다.

사실 교도소가 맞았다. 사전에 제공된 정보에 의하면, 이곳은 범죄를 지은 정신질환자를 가둬두는 시설이었기 때문이다. 따라서 감염자를 격리하기에도 좋았다. CDC가 괜히 이곳을 지역 통제본부로 삼았던 게 아니다.

차량대열은 병원 동쪽의 주차장으로 들어섰다. 하차한 병력은 한 개 소대 가량. 전에 왔던 임무부대보다 숫자는 적지만, 전투 병력은 오히려 많은 편이고, 무엇보다 겨울이 끼어있었다. 병사들은 겨울이 한 개 중대급이라고 좋아했다. 지휘부의 평가는 그 이상이었다.

최종적으로 장비와 무장을 확인하는 과정에서, 이상 징후가 발견되었다. 제프리 소위가 인상을 썼다.

"무전기의 잡음이 굉장히 심하군. 전파방해가 있나?"

"브리핑 때 그런 정보는 없었습니다만."

통신병이 난감해했다. 장거리 통신용으로 가져온 무전기가 무용지물이었다. 캠프는 물론 주변의 미군 거점 어디와도 연결이 불가능했다. 돌입하기 전 한 번 더 소음지원을 요청할 계획이었는데, 수포로 돌아갔다. 정찰지원도 못 받게 생겼다. 브리핑 정보만으로 움직여야 했다.

겨울도 자신의 무전기를 점검해보았다. 가까이 있는 소대원들과의 교신도 원활하지 않았다. 기도비닉 유지를 위해 볼륨을 줄여야 했다. 이로써 무전을 알아듣긴 더욱 힘들어졌다.

그렇다고 임무를 포기할 순 없었다. 제프리가 병력을 한 데 모았다.

"잘 들어. 이 병원은 감염자를 대량으로 가둬두던 곳이다. 브리핑에서는 격리시설이 멀쩡할 거라고 했지만, 믿지 마라. 선행 임무부대가 괜히 실종되었겠냐? 최악의 상황을 상정하고 움직이자. 절대로 흩어지지 말자고. 알겠지?"

짧고 낮은 대답들. 제프리가 고개를 끄덕였다.

"그럼 작전대로 킹 데이비드가 선도한다. 다들 행운을 빈다."

킹 데이비드는 최근 겨울에게 붙은 별명 중 하나다. 그럼블을 잡는 모습이, 마치 골리앗과 싸우는 다윗 같더라는 것이다. 에이블 중대 코헨 병장의 소행으로 추정되었다.

겨울은 굳이 따지지 않았다.

병원 바깥은 이상할 정도로 적막했다. 창문 안쪽으로 변종 몇 마리가 움직이긴 했다. 그러나 쏘지 않았다. 유리창이 깨진다면 지나치게

요란할 것이었다.

선행부대의 차량들은 남쪽 주차장에서 발견되었다. 여러 대의 트럭과 험비가 방치되어 있었다. 파괴되지도 않았고, 연료도 충분했다. 교전흔적은 전무했고, 시체도 없었다. 실린 물건도 없다. 처음 도착했을 때의 상태 그대로인 것 같았다.

"하, 이놈들 다 어디로 갔지?"

제프리 소위가 불안한 표정으로 중얼거렸다.

이제 소대는 주차장을 가로질러 정문으로 진입한다. 텅 빈 로비에 스산한 바람이 돌았다. CDC 철수의 흔적인지 모든 것이 난장판이었다. 그 와중에 눈에 띄는 낙서가 있었다. 코가 긴 사람이 얼굴 내미는 그림과 함께 적혀있는 한 마디.

「Kilroy was here.」

"선행 임무부대에 킬로이라는 사람이 있었나요?"

겨울이 묻자 일순 긴장감이 무너졌다. 소대원들이 킥킥거리며 웃는다. 제프리 소위가 그들을 다그칠 때, 무전병이 대답한다.

"물소위님, 그거 그냥 낙섭니다. 뭐 선행부대의 누군가가 그렸을 수는 있겠습니다만."

겨울은 고개를 갸웃 하고는 수색을 재개했다. 제프리 소위는 통신병과 1개 분대를 로비에 남겼다. 퇴로를 확보하는 것이었다. 남기로 결정된 병사들이 장애물을 끌어 모았다. 진지를 구축하고 부비트랩을 설치하는 작업이었다.

복도 곳곳에 볼록거울이 달려있었다. 사실상의 교도소답게, 감시의 사각지대를 없애려는 노력이었다. 이것은 장점인 동시에 단점이었다. 변종도 거울을 볼 수 있으니까.

당장 지금이 그런 경우였다. 복도가 꺾어지는 구간에서, 천장에 달린 거울을 통해, 변종 한 놈과 눈이 마주쳤다. 놈이 소리를 지르며 거울을 향해 달려왔다. 배회하던 다른 놈들도 그 뒤를 따랐다. 겨울은 주먹을 들었다. 가만히 있으라는 신호였다. 제프리 이하 소대원들이 벽으로 바싹 붙었다. 겨울 스스로도 벽에 붙어 자세를 낮췄다.

거울만 보고 맹목적으로 달려온 놈들은, 정작 모퉁이 이쪽에 쪼그린 소대 전체를 지나쳐버렸다. 거울 아래 우우 몰려서 펄쩍펄쩍 뛰고 있다. 겨울은 총에 대검을 결합하고, 변종들의 배후로 다가갔다. 뒤에 있는 놈부터, 갈비뼈를 피해서, 심장 있을 자리를 콱 찌른다.

털썩, 털썩. 시체가 겹겹이 쌓이는 소리. 작물을 수확하는 농부처럼, 겨울은 하나하나 침착하게 끝장을 냈다. 소대원 몇 명이 가세했다. 실수할까봐 걱정이 되었는지, 한 놈 당 두 명이 붙어서 마구 찔렀다.

"거 참 대담하십니다."

찌르는 손맛에 질린 병사가 고개를 흔들었다.

그 뒤 복도 양쪽 방향으로 총을 겨누고 잠시 대기했다. 소란에 이끌려 새로 올 놈들을 기다리는 것이었다.

한 놈 뿐이었다. 겨울이 처리했다.

중요한 길목마다 병력을 남기면서 전진했다. 따르는 인원이 빠르게 감소했다. 퇴로 확보는 물론이고, 로비와 무전연락을 유지하려면 어쩔 수 없는 조치였다. 건물 내부로 들어오면서 교신 가능 거리가 더욱 줄어든 탓이었다.

교전은 잦았지만, 사소한 교전들 뿐이었다. 대신 다른 문제가 생겼다.

"이놈의 바퀴는 왜 이렇게 많아?"

바닥에도, 벽에도, 천장에도 잔뜩 기어 다녔다. 다니면서 밟지 않기가 힘들 지경이었다. 몸으로 올라오는 것들도 있었다. 벌레 싫어하는 병사들이 진저리를 쳤다. 제프리 소위가 그들을 나무랐지만, 잠시 후엔 그 자신이 펄쩍 뛰었다. 옷 속으로 한 마리 들어간 탓이었다. 꺼내달라고 작은 소리로 절규하는 그를 보고, 겨울이 손을 쓴다.

퍽!

벌레가 으깨진 부분이 촉촉하게 젖어들었다. 제프리가 슬픈 표정을 짓는다.

"……잘 생각해봐. 좀 더 좋은 방법이 있지 않았을까?"

"그걸 어느 세월에 꺼내요?"

제프리는 겨울을 원망할 수 없었다. 소년은 바퀴가 붙건 말건 신경도 쓰지 않았기 때문이다. 목 위로 올라오는 것만 쳐낼 뿐.

'생전부터 익숙한걸.'

가난했던 집, 잠자리에서 기어오르던 것들.

CDC가 약품창고로 쓰던 곳에도 선행 부대의 흔적은 없었다. 병사들이 혹시 모를 단서를 찾는 동안, 겨울은 항생제를 찾았다. 작은 병 하나 정도는 가져갈 수 있을 것 같았다.

"이제 어쩌지?"

제프리가 낙담했다. 그는 더 이상의 병원 수색에 의미가 없다고 판단했다. 그는 격리병동이 열렸을 거라고 예상했지만, 아니었다. 이쪽에서 잠가놓은 상태 그대로였다.

생각보다 싱거웠고, 위협이랄 것도 없었다.

전환점은 무전으로 찾아왔다. 로비에 남겨둔 통신병이 보낸 전언이었다. 물론 직통연결은 아니었고, 길목마다 남겨둔 병력으로부터 중계를 받았다.

"잠깐, 그게 무슨 소리야? 구조요청이 수신됐다니? 확실해?"

「저도 전달받은 거라 정확히는 모릅니다. 다만 뭔가 이상하다고, 직접 들어보셔야 한다고 하더군요.」

"옘병."

온 길을 되짚는 데엔 그리 오랜 시간이 걸리지 않았다. 모든 병력이 다시 로비에 집결했다. 통신병은 안색이 좋지 않았다. 자세한 내용을 묻는 제프리에게, 통신병은 수화기를 내밀었다. 어떻게 설명하면 좋을지 모르겠다는 것이었다.

순서는 겨울에게도 돌아왔다.

잡음은 여전히 심했다. 그러나 그 사이에, 분명히 사람의 음성이 섞여있었다. 그것도 한 명이 아니다. 수십 명의 목소리가 끊겼다가 이어지기를 반복했다. 서로 다른 통신을 뒤죽박죽으로 섞어놓은 것 같았다.

겨울이 말했다.

"왠지 같은 내용이 되풀이 되는 것 같은데요?"

"그러니까 더 이상하지."

제프리가 대답했다.

이건 경험해본 적 없는 사건이다. 「종말 이후」의 세계관에 새로운 요소가 추가된 모양이다. 겨울은 통신에 다시 귀기울여보았다.

「길목에서……교전…」「你不……劝我……」「부상자 다수……자력…출 불가……」「……의……임무는 실패……」「부……자 다수 발생……자…탈출 불가……」「…타 로사……로 이동……」「……

救性命……反正我……去」「…에서…… 교전…… 거점…어……」
「……逃到了……什么？」「你不……劝我……」「민간인…… 원……
임무는 실패……」

"발신지를 찾을 수는 있나요?"

겨울이 묻자 통신병은 조금 난감한 기색이었다.

"불가능하진 않습니다. 좀 무식한 방법이지만, 무작정 돌아다니면
서 감도가 좋아지는 방향을 찾아보면 되니까요. 하지만 오래 걸릴 겁
니다. 거리가 얼마나 될지도 확실하지 않고요."

통신병은 시간소요를 경고했다.

제프리가 주저앉았다.

"일단 뭘 좀 먹고 생각하자. 배고파 죽겠다."

군인에게는 식사도 명령이다. 전투력을 유지하려면 이 때다 싶을
때 먹어둬야 한다. 2교대로 식사시간이 주어졌다.

갑작스럽긴 했지만, 겨울도 군말 없이 식사를 준비했다. 허기는
「배드 스테이터스」였다. 경험해본 적 없는 상황인 만큼, 최상의 상태
를 유지하고 싶었다. 어떻게든 칼로리만 채우면 된다.

뜯는 건 간소화된 전투식량(FSR)이었다. 겨울이 에너지 바를 꺼내
는데, 참치와 마요네즈를 비비던 제프리 소위가 한 마디 했다.

"그거 말야, 생긴 게 꼭 똥을 뭉쳐놓은 것 같지 않아?"

군용 보존식량은 미관을 신경 쓰지 않는다. 에너지 바의 모양은,
어찌 보면 짓눌린 양갱 같았고, 달리 보면 덩어리 낀 대변처럼 보이기
도 했다. 겨울이 에너지 바를 내려놨다. 제프리가 싱글벙글 웃었다.

"어때? 바퀴벌레의 복수다!"

"……."

두려울 때 하는 농담은 베테랑의 증거다. 근데 이건 그냥 철이 없는 것 같다. 겨울은 한숨을 쉬며 샌드위치를 씹었다. 있는 듯 없는 듯, 짭짤한 소고기 맛이 났다.

식사는 대충이었다. 제프리가 물주머니(카멜 백)를 쭉쭉 빨면서 말했다.

"내가 보기엔 저거, 사람이 보낸 게 아니야. 일종의……그 뭐냐, 자동화된 송수신 장치? 그런 게 고장 난 거 아닐까? 방해전파도 그 탓이고."

"그래도 무시할 순 없죠. 임무가 정찰이니까. 선행 임무부대의 흔적도 찾아야 하고."

겨울의 대답에 제프리가 찜찜한 표정으로 중얼거렸다.

"공포영화 같은 데선, 저런 무전 받으면 꼭 죽더라."

"……."

헛소리다. 이 인간 정말로 철이 없는 건가?

식후, 통신병이 정체불명의 불특정다수와 교신을 시도했다.

"오싹하군요. 적어도 우리가 고장 난 기계를 상대하는 건 아닙니다."

교신을 끝낸 통신병이 식은땀을 흘렸다.

"이쪽에서 송신할 때마다 반응이 있습니다. 순간적으로 메시지 송출이 중단되고, 방해전파가 강해집니다. 잠시 후 그쪽의 송출이 재개되는데, 제가 보낸 메시지가 새롭게 포함됩니다."

"뭐야 그게."

제프리 소위는 어처구니없는 표정을 지었다. 겨울이 물었다.

"다른 특이사항은 없나요?"

"어, 음. 확실치는 않습니다만……."

겨울이 고개를 끄덕이자, 통신병이 찜찜한 말을 꺼냈다.

"교신을 반복할수록 감도가 올라가는 것 같습니다."

"대상이 접근 중이란 의미에요?"

"말하자면, 뭐, 그럴 가능성이 높습니다."

높아지는 감도는 줄어드는 거리를 증명한다. 분위기가 가라앉았다. 겨울이 제안했다.

"차라리 잘 됐네요. 통신접촉을 유지하면서, 환영인사를 준비해두죠."

제프리가 정문 바깥의 공터를 가리켰다.

"화력집결점은 저쯤이면 되겠지? 이쪽은 엄폐물도 있고."

"괜찮네요."

병사들이 바쁘게 움직였다. 로비의 부비트랩을 바깥으로 옮겨놓는 작업이었다. 산탄지뢰(클레이모어)를 설치한 병사들이 도전선(導電線)을 끌고 왔다. 여기에 격발기를 물리면, 때맞춰 원격으로 터트릴 수 있다.

모든 공공시설이 그렇듯이, 공터 중심에는 국기게양대가 있었다. 제프리는 병사들에게 국기를 내리라고 지시했다. 불가피한 상황도 아닌데 성조기를 욕보일 수 없다는 것이었다. 형식적인 절차였지만, 병사들은 불만 없이 수행했다. 성조기가 캘리포니아 공화국기와 함께 회수되었다. 제프리는 그것들을 잘 접어서 갈무리했다. 기념품이란다.

그동안 통신병은 지속적으로 교신을 시도했다.

"제가 보낸 메시지가 되돌아옵니다."

긴장된 어조의 보고. 정체불명의 상대가 통신병의 말까지 복사해서 반복한다는 뜻이었다. 더불어 갈수록 잡음이 강해지고, 메시지 수신감도도 높아졌다. 얼마 지나지 않아 핸즈프리로도 수신이 가능해졌다. 시끄러울 지경이다. 제프리가 투덜거렸다.

"놀리는 거야, 아니면 진짜 귀신이야? 얼마나 접근했는지 알 수도 없고……."

거리가 줄어든다는 건 확실하다. 남은 거리를 알 수 없어 불안한 것이었다.

얼마나 기다렸을까. 주차장 건너편, 울타리 너머의 가건물과 침엽수 사이로, 흐릿한 형상이 빠르게 지나갔다.

"뭔가 있습니다."

적어도 인간은 아니었다. 겨울이 총을 겨누었다.

"뭐? 어디?"

삽시간에 소대 전체가 긴장했다. 엄폐물 위로 총구만 내밀고서, 전방을 살피는 병사들.

"어딘데?"

제프리의 초조한 목소리. 겨울이 거리를 가늠했다. 목측(目測)에 의한 거리측정은 「개인화기숙련」의 보정을 받는다.

"12시 방향, 거리 약 120미터, 왼쪽에서 두 번째 가건물 뒤에 숨어 있습니다."

서른 개 남짓한 총구가 미세하게 움직였다. 겨울이 말한 방향을 겨누는 것이었다.

무전기가 미쳐 날뛰고 있었다. 겨울은 무전기를 꺼버렸다. 어차피 정상 교신도 불가능하고, 소대원들 모두 모여 있는 마당이었다. 제프리와 병사들도 겨울을 본받았다.

표적은 쉽게 모습을 보이지 않았다. 대신, 자잘한 것들이 울타리를 넘어 기어오기 시작했다. 병사들이 당황했다.

"……저거 어째 아기 같습니다?"

같은 게 아니라 아기였다. 정확하게는, 감염된 아기들. 겨울의 시력으로는 그것들을 똑똑히 볼 수 있었다. 화상을 입은 것처럼 온 몸이 일그러져있다.

평범한 아기라면 울타리를 넘지 못했을 것이다. 이것들은 넘었다. 두 발로 서지도 못 하는 주제에, 강화된 힘으로 꾸역꾸역 넘어왔다. 난간 위에서 버둥거리다가, 뚝 떨어진다. 잔디로 이루어진 경사를 데굴데굴 내려왔다.

깨애애액― 깨애애액―

괴상한 울음소리. 아기가 울어도 어머니는 나타나지 않았다. 새까만 아기들이 발발거리며 기었다. 속도는 의외로 빠르다. 다리 짧은 개가 달리는 것 같았다. 넓게 퍼져서 다가온다. 가분수의 머리를 좌우로 까닥거리면서, 변종 특유의 행동을 보였다. 따다다닥 부딪히는 이빨들.

"오, 지저스. 갈수록 태산이군."

누군가의 중얼거림.

변종 아기들은 생각보다 까다로운 표적이었다. 일단 크기가 작고, 개구리처럼 펄쩍펄쩍 뛸 때가 있다. 차량 아래로 기어 다니기도 했다.

배후에 도사린 건 아마도 새로운 특수변종. 그것도 겨울이 보지 못한 종류일 것이었다. 사실 아기들도 특수하다면 특수한 변종들이다. 마치 이쪽을 시험하는 것 같았다.

"테러리스트 새끼들. 애들을 내보내는 건 교전수칙 위반이야. 사격!"

생긴 게 아기라서 껄끄럽지만, 접근을 허용할 순 없었다. 제프리의 사격명령이 떨어졌다.

<u>드르르르륵! 드르르륵!</u>

당장 기관총부터 불을 뿜는다. 요즘 미군이 소음기 보급에 열중하고 있어서, 지원화기인데도 놀라울 만큼 조용했다.

겨울은 탄약을 아꼈다. 무릎쏴 자세. 정조준으로, 표적마다 정확하게 한 발씩 박는다. 그러고도 연사를 긁는 병사들보다 효율이 월등했다. 툭! 툭! 툭! 방아쇠를 당길 때마다, 주차장과 공터 위에 붉은 피가 뿌려진다.

빠악! 머리에 총 맞은 아기가 공중제비를 돌았다. 이마에서 정수리까지 고랑이 패였다. 아이스크림 스푼으로 퍼낸 것 같았다.

"젠장! 꿈자리 사납겠네!"

지원화기사수가 탄창을 갈았다. 부사수의 도움으로 순식간에 갈고서, 게양대 근처의 변종 아기들을 겨냥했다. 드럼 탄창에는 200발이 들어있었다. 무차별 난사였다.

주차장을 넘어오면, 공터에서는 더 이상 엄폐물이 없었다. 사선에 들어온 변종 아기들이 갈려나간다. 투명한 분쇄기로 휘젓는 것 같았다. 찢어진 아기 하나가 풀밭에 떨어졌다. 몸 절반을 잃었다. 덜 여문 내장이 흘러나왔다. 한 번 꿈틀거리고, 축 늘어진다.

"신이시여, 신이시여, 신이시여, 신이시여……."

겨울 바로 옆에서 끝도 없이 신을 불러댔다.

사실 겨울에게도 싫은 경험이다. 다른 세계의 관전자들처럼, 이것을 유흥으로서의 혐오스러움으로 받아들일 순 없었다.

"클레이모어! 7번, 8번 격발!"

제프리의 단호한 외침. 한 병사가 격발기를 양 손에 들고 꽉 쥐었다.

땅이 흔들렸다. 산탄지뢰는 전방 120도에 볼 베어링 700개를 뿌린다. 살상범위를 중첩시켰으니, 1,400개의 쇠구슬이 교차했다. 비에 젖은 땅이 뿌옇게 일어났다.

과잉화력이었다. 맞으면 형체도 남지 않았다. 여덟 개 중 두 개를 터트렸을 뿐인데, 공터가 완전히 쓸려나갔다.

다들 조용해진 가운데 겨울 혼자 사격했다. 탄창 하나를 비우고도 모자라, 새로운 탄창을 또 비운다. 다들 소년 장교가 뭘 쏘는지 몰라 어리둥절하다.

"놓쳤네요."

제프리가 물었다.

"뭘?"

"정신 팔려서 잊으셨군요. 우리가 맨 처음에 뭘 경계하고 있었죠?"

"······아차."

딱. 제프리가 자기 방탄모를 쳤다. 그는 잠시 자신의 멍청함을 저주하는 것 같았다. 병사들도 같은 입장이다. 정체불명의 적이 달아나는 동안, 멀뚱히 손 놓고 있었던 셈이니까. 끙끙 앓던 제프리가 우울하게 묻는 말.

"어떻게 생겼는지 봤어?"

"한쪽 다리만요. 관목과 가로수에 가려졌거든요."

"맞혔어?"

"확실하게. 타격이 있는지는 모르겠지만, 명중탄이 적어도 한 탄창은 넘어요."

"그래. 너라도 있어서 다행이다. 훈장 받은 값 하는구나……."

그는 겨울이 본 것에 대한 최대한의 설명을 요구했다. 처음에 보았던 실루엣과, 다리 한 쪽만으로도 대략적인 크기를 짐작할 수 있었다. 결론은 역시 특수변종이었다.

"「그림블」보다야 작다지만, 평범한 변종은 아니겠어."

병사들의 엄호 하에 겨울과 제프리가 주차장 너머까지 진출했다. 놈의 흔적을 찾는 것이었다. 그러나 핏자국과 풀 밟힌 자국은 아스팔트를 만나면서 끊겼다. 겨울이 지닌 4등급의 「추적」으로는 추가적인 성과를 기대하기 어려웠다. 여전히 내리는 비가 문제였다. 핏자국이 이어지지 않았다. 흐려진 핏물이 고랑으로 흐를 뿐.

그래도 한 가지는 알았다. 새로운 변종은 물리내성이 낮거나 없다.

"이 놈이 어디로 도망갔을까……. 시가지를 수색하긴 부담스러운데."

실종된 선행부대원들도, 정체불명의 무전을 쫓아 시가지로 들어갔을지 모른다. 고민하는 제프리에게 겨울이 말했다.

"글쎄요. 당장은 수색이 불필요할 수도 있죠."

"엥?"

설명 대신, 겨울은 무전기를 다시 켰다. 잡음이 흘렀다. 메시지가 송출되진 않았으나, 잡음의 강도가 대단하다. 놈이 한창 접근했을 때와 같거나, 오히려 그 이상이었다. 가만히 듣던 겨울이 확신을 얻는다.

"이 녀석은 아직 우리를 사냥하는 중이에요."

쫓고 쫓기는 입장이 반대일 수 있다는 뜻이었다.

잠시 침묵이 감돌았다. 늘어진 총구에서 빗물이 흐르는 시간.

"건방지게……누가 누굴 사냥해?"

제프리가 씨익 웃는다.

"쳐 맞고 도망간 주제에, 아직도 얼쩡거린단 말이지? 쫓아갈 필요 없어서 좋네."

말 끝나기 무섭게, 멀리서 철조망 흔들리는 소리가 들려왔다. 아주 거칠게. 주변 모두가 한쪽을 바라보았다. 주립병원 격리병동 방향이었다. 유리창 깨지는 소음이 이어졌다. 놈이 건물 안으로 들어간 게 확실했다. 방해전파가 갑자기 약해졌기 때문이다.

"아 놔, 이 새키. 곱게 잡힐 생각을 안 하네."

브리핑에 따르면, CDC가 격리병동에 수용한 감염변종은 1,200개체에 달한다. 그것들이 풀려나면 지옥도가 따로 없을 것이었다. 체력 이전에 탄약이 부족할 터. 겨울이 그의 걱정을 덜었다.

"괜찮아요. 구역마다 다 잠겨있다고 했잖아요. 그 중 하나는 우리가 직접 확인했고요. 개별 병실도 마찬가지일 테고."

말이 병실이지 사실상 감방이었다. 열쇠 없인 열리지 않는다.

"어휴. 어쩔 수 없군. 좋아, 가보자고. 미궁으로."

제프리는 어깨를 늘어뜨린 채, 그래도 앞장서서 걸었다.

겨울은 도중에 선행 임무부대의 차량을 뒤졌다. 소모한 만큼의 탄약을 보충할 수 있었다. 수류탄과 섬광탄 몇 발도 함께 얻었다.

새로운 변종을 발견한 만큼 중간보고를 해둘 필요가 있었다. 산탄지뢰를 터트렸으니 소음지원도 필요했다. 통신병이 무전기를 붙잡고 애를 썼다. 방해전파는 보통 주파수를 바꾸면 해결되는데, 지금은 아니었다. 통신병이 궁시렁 거렸다. 괴물 주제에 성능도 좋다고.

부대가 잠시 둘로 나뉘었다. 교신 가능지점을 찾아보겠다며, 제프리가 통신병과 1개 분대를 이끌고 차량으로 이동했다.

그동안 겨울은 남은 병사들과 격리병동의 열쇠를 찾기로 했다. 도어 브리칭 장비[1]는 있었지만, 무수한 문과 철창을 다 부수고 다닐 순 없었다. 소음도, 걸리는 시간도 문제다.

그래도 장비를 챙기긴 했다. 겨울이 고른 것은 핼리건 바였다. 측면에 뿔이 돋은 곡괭이처럼 생겼고, 손잡이 아래는 쇠지레가 달려있다. 통짜 강철이라 무기로 쓰기 좋았다.

"찾았습니다."

경찰 사무실을 뒤지던 병사가 열쇠뭉치를 들어보였다. 휙 던지는 것을 잡아채는 겨울.

"계속 찾아봐요. 많을수록 좋으니까."

병사들은 추가로 세 꾸러미의 열쇠뭉치를 찾아냈다. 직후, 창문이 덜덜덜 진동했다. 노이즈 메이커의 지원이었다. 겨울은 시간을 확인했다. 제프리가 험비를 타고 얼마나 이동했을지 가늠하는 중이다. 거리를 토대로 괴물의 출력을 역산할 수 있을 것이었다. 당장은 무리였지만.

제프리의 복귀는 생각보다 늦어졌다. 겨울은 동쪽 감시탑을 하나 확보하고, 감시 병력을 배치했다. 특수변종이 빠져나가는 걸 예방할 요량이었다. 거의 30분이 지나서야, 험비 세 대가 줄지어 들어왔다. 돌아온 제프리는 늦어진 이유를 설명했다.

"보건서비스부대에서 관심을 보여서 말이지."

---

**1** 도어 브리칭 Door Breaching : 문을 강제로 부수거나 폭파시키는 행위.

공공보건서비스부대는 보건사회복지부 산하의 준군사조직으로, 현재는 CDC와 FEMA의 협조 하에 봉쇄선 방역을 총괄하고 있었다. 감염변종에 대한 정보수집 임무도 담당한다.

"하여간 책상물림들은 현실감각이 없어요. 박사 하나가 꼬치꼬치 캐묻더라고. 상황 급한 건 모르고, 절차대로 보고서부터 작성해야 한다고. 젠장."

그 뿐만은 아닐 것이다. 겨울이 물었다.

"그래서, 결론은요?"

"가능하면 포획하래. 죽이든 살리든, 잡고 나서 연락하면 헬기 보내준다던데."

"굉장히 쉽게 말하는군요. 다른 지원은 없대요?"

"네가 있는데 필요하냐고 묻더라. 됐다고 했어. 이미 늦었는데, 지원까지 기다리면 한세월 걸릴 것 같더만. 괴물이 얌전히 기다려주지는 않을 테고, 그렇다고 우리가 건물을 포위할 만큼 많은 것도 아니잖아. 내 생각은 그래."

높아진 명성이 이럴 때 좋지 않았다. 이름값을 하면 할수록 더 큰 것을 요구할 것이었다. 겨울이 무슨 생각을 하는지는 제프리도 알았다.

"모가디슈의 교훈을 모르니까 그 모양이지. 이래서 대가리가 멍청하면 안 되는데. 전문가랍시고 책 곰팡이 냄새 나는 놈들이 꽉 차있으니 원."

소말리아 내전에 개입했던 미국은, 모가디슈 전투에서 처참한 패배를 경험했다. 특수부대를 너무 믿었기 때문이다. 불가능한 임무를 맡겨놓고 당연히 성공하리라 여겼다.

묵직한 목소리가 깔렸다.

"그걸 그냥 오면 어떡합니까? 욕이라도 쏟아주고 올 것이지."

소대에 하나 뿐인 하사의 말이었다. 제프리가 대꾸했다.

"이봐요, 그 박사님이 그래도 중령이었어요. 내가 영창 가면 누가 지휘합니까?"

"괜찮습니다. 군대의 중추는 부사관이니까. 그리고 여긴 소위가 한 명 더 있잖습니까. 안심하고 다녀오시죠."

이렇게 말하는데 음색의 고저변화가 전혀 없었다. 표정도 덤덤하다. 그래서 그의 별명이 보어(Bore)였다. 마빈 "보어" 리버만. 제프리는 어이없는 표정을 지었다.

"하사, 당신은 표정이 없어서 농담을 해도 농담 같지가 않아요."

"그렇겠죠. 진담입니다."

"뭣이?"

병사들이 낄낄거린다. 겨울이 끼어들었다.

"하기 싫은 건 알겠는데, 그쯤 해두세요. 낮이 짧은 계절이잖아요."

반쯤 농담으로 어울려주는 말이었다. 언제나 그렇듯이, 두려울 때의 농담은 베테랑의 증거다. 부하들의 긴장감을 관리하는 측면도 있고. 리버만 하사가 끄덕끄덕 말한다.

"역시 우리 소위님보다 낫군요."

"뭣이?!"

여기까지가 만담이었다. 장교 둘과 하사 하나, 부사관 취급의 병장 및 상병들이 시설 지도를 펼쳐놓고 동선(動線)을 짜낸다. 부지가 워낙 넓어서 한 덩어리로 뭉쳐 움직이면 시간이 부족할 것이었다.

"일단 너무 무리할 생각은 접읍시다. 요 병력 보내놓고 큰 성과 바라는 건 도둑놈 심보지."

제프리가 시작부터 못을 박았다.

겨울이 동의했다.

"머리가 좋은 것 같아요. 아까도 감염된 아기들을 앞세워서 우리 화력을 시험했잖아요. 조심해서 나쁠 거 없겠죠."

"분대별로 나눠서 움직이되, 복도가 세 개니까 나란히 갑시다. 필요할 때 지원과 연계가 가능하도록 말이죠. 교신을 중계하도록 하면 무리가 없을 겁니다. 놈은 우리 무전을 감지할 수 있으니, 일종의 몰이사냥이 되겠군요."

하사가 경로를 그려 넣으며 제안했다. 꼭 필요한 무전까지 피할 필요는 없다는 의미. 제프리는 끄덕끄덕 동의하고 포인트마다 시간을 적었다. 병장 및 상병들이 자신에게 해당되는 시간과 거점을 옮겨 적는다. 유사시 어디서 모이는가, 언제 어디로 가면 아군이 있는가 등등.

겨울은 지도를 눈에 새기듯이 훑었다. 기술보정보다는 기억력에 의존하는 것이었다.

당장 「독도법」에 투자하자니 효용이 낮다. 「암기」를 함께 올리지 않으면, 미니 맵 업데이트에 적잖은 시간이 걸린다.

"한 소위 자네가 중심이야. 이의 없지?"

"네. 그래야죠."

당연하다는 투로 받아들이니, 장난스레 오오- 하고 반응하는 병사들. 제프리가 자리를 털었다.

"좋아. 다들 캠 확인하고, 움직이자고!"

마침내 수색이 시작되었다. 열쇠는 겨울, 제프리, 리버만이 나누어 가지고, 남은 뭉치 하나를 예비대가 챙겼다. 각 분대에서 두 명씩 차출하여 감시탑과 로비에 배치시켰으므로, 수색조의 인원은 지휘관 포함 각기 9명 안팎이었다.

"놈이 아직 병동 안에 있긴 할까요? 그 사이 몰래 빠져나갔을지도 모르는데."

겨울이 이끄는 분대에는 엘리엇 상병이 있었다. 제프리 나름대로 배려해준 결과였다.

"안에 있을 거예요. 잡음이 여전히 심하니까."

겨울은 그렇게 대답하고서, 첫 번째 구역의 문을 열었다. 뒤에서 기습당하는 걸 막고자, 들어온 뒤에는 다시 잠가두기로 한다. 급할 땐 잠금장치를 쏴버리면 그만이었다.

구획을 나누는 창살이 자주 나타났다. 지나가는 내내, 병사들은 좌우의 잠긴 문을 기웃거렸다.

"소위님, 이것 보십시오. 갇힌 놈들이 미동도 없습니다."

한 병사가 겨울을 불렀다. 소년장교는 다른 방향을 경계하며 문에 붙었다. 철망 달린 유리 너머, 방 안을 엿본다. 변종의 모습은 정지화면 같았다. 창가를 향해 서서, 움직이지 않는다.

"죽은 걸까요?"

"글쎄요."

겨울은 병사들에게 떨어지라고 지시했다. 엘리엇이 석연치 않은 표정이다.

"생긴 게 최소한 굶어죽은 것 같진 않네요. 에너지를 아끼는 건가?"

정답이다. 그렇지 않겠느냐고, 겨울이 애매하게 대답했다.

군이 증명해줄 필요가 없었다.

천둥소리. 비구름이 하얗게 이글거리는 순간, 굳어있던 변종이 발작처럼 각성했다. 창살에 달라붙는다. 애초부터 창문을 보고 굳어있던 이유였다.

경악한 병사들이 숨죽인 가운데, 변종은 마냥 창문 너머만 보았다. 그러다가 다시, 서서히, 움직임이 사라져갔다.

"와, 씨발, 놀랐다."

엘리엇이 작게 중얼거리는 목소리.

이후, 모두가 더 조용해지려고 노력한다. 한 걸음 한 걸음에 주의를 기울이는 병사들이었다.

복도는 가는 곳마다 비슷했다. 어둡고, 적막하다. 좌우로 병실만 꽉 차있어서, 흐린 햇빛이나마 들어올 구석이 없었다. 바깥의 소리도 마찬가지. 천둥 칠 때마다 발작하는 변종들을 제외한다면, 남는 소리는 숨죽인 군홧발들 뿐이었다.

풍경은 갑자기 달라졌다.

세 번째 구획에 도달하자, 차단문이 열려있었다. 뿐만 아니라, 보이는 모든 문이 다 열려있다. 겨울이 헬멧의 야간 투시경을 끌어내렸다. 시야가 녹색 음영으로 가득해진다. 중요한 것은, 바닥에 남아있는, 희미한 주홍빛 얼룩들이었다.

"발자국이 많네요."

"우라질!"

겨울이 경고했다.

"휴이. 목소리 낮춰요."

"……죄송합니다."

병사들이 자꾸 겨울의 눈치를 봤다. 그들의 장비로는 열(적외선)을 볼 수 없는 까닭이다.

감염변종은 인간보다 체온이 높다. 그리고 맨발로 걸어 다닌다. 그렇다 하더라도, 아직 발자국이 남아있는 건 이상하다. 시간이 얼마 흐르지 않았고, 나온 즉시 조직적으로 이동했다는 뜻이었다.

'이것들이 어디로 갔을까.'

겨울이 이 상황을 알리고자 무전기를 들었다. 잡음이 심하다.

"제프리 소위. 리버만 하사. 제 말씀 들리십니까?"

쿵쿵쿵쿵쿵. 묵직한 발소리가 머리 위를 지나갔다. 앞에서, 뒤쪽으로. 그와 동시에 무전기의 잡음이 순간적으로 증폭되었다가, 이전 수준으로 돌아갔다. 모두가 위를 쳐다보았다. 겨울은 교신이 불가능한 것을 확인하고 한숨을 쉬었다.

"방금 위로 지나간 게 우리 사냥감인 모양이네요."

엘리엇이 불안하게 물었다.

"어떻게 합니까?"

"따라오세요."

겨울은 텅 빈 복도를 향해 뛰었다. 병사들이 기겁해서 따라붙는다.

"놈은 뒤로 갔습니다!"

"함정 같아요."

머리가 좋은 녀석이다. 요란한 소리는 일부러 냈을 것이었다. 교신을 시도하는 순간, 이쪽의 위치를 알아차리고서.

모든 것이 불확실한 이 순간, 속도가 관건이었다.

예측을 벗어나야 한다.

전력질주로 복도 끝에 도달했다. 역시나, 다음 구획도 열려있었다.

여기선 눈에 띄는 흔적들이 많았다. 피에 젖은 손자국, 발자국들이 벽면과 바닥에 가득했다. 그것들은 모두 남쪽 통로로 향하고 있었다. 반면 북쪽 통로는 대단히 깨끗했다. 병사들이 벌써부터 리버만 하사를 걱정했다.

남쪽은 리버만, 북쪽은 제프리다.

잡음이 줄어들고, 무전기가 울었다.

「오, 이제야 좀 되는군. 한 소위. 들립니까? 이쪽 낌새가 이상합니다. 모든 문이 다 열려있습니다. 아무래도 지원이 필요할 것 같습니다.」

리버만 하사의 목소리였다. 겨울은 응답하지 않았다. 병사들에게도 무선침묵을 요구했다.

"답신하지 마세요. 놈이 우리 위치를 몰라야 하니까."

"하지만⋯⋯!"

"명령입니다."

병사들을 눌러놓고, 겨울이 다시 한 번 야간투시경을 끌어내렸다. 남북 통로를 유심히 살피더니, 이렇게 결정했다.

"우린 북쪽으로 갑니다."

당장 반발이 있었다. 설명 없이는 따르지 않을 모양새다. 겨울이 투시경을 톡톡 두드려보았다.

"보이지 않는 발자국은 북쪽이 더 많아요."

"허⋯⋯."

의미를 깨달은 자들은 두려움 반 당혹감 반이었다.

"맙소사, 진짜로 함정이라니!"

그들은 벌써 뛰기 시작한 겨울에게 필사적으로 따라붙었다. 모퉁이를 두 번 돌아 80미터 정도 달린 뒤, 겨울은 속도를 줄였다.

제프리는 아직 겨울이 있는 곳까지 진출하지 못했다. 더불어 이곳의 차단문은 아직 잠겨있는 상태였다. 개별 병실도 닫혀있는 그대로다.

겨울은 차단문을 따놓고, 잠겨있는 것처럼 보이게끔 밀어놓았다.

이제까지의 경험을 토대로, 겨울은 상대를 교활한 인간처럼 생각했다.

'기습을 할 작정이면, 상대를 긴장하게 만들진 않겠지.'

왜 여기만 문이 잠긴 그대로겠는가.

지도를 본 기억을 더듬어보았다. 북쪽 회랑 중앙의 교차로에는, 바깥으로 돌출된 형태의 강당이 있었다. 변종이 대량으로 숨어있기 좋은 구조다.

기습이 있다면 바로 이 앞이었다.

기다렸다가, 역으로 기습을 걸어도 된다.

괜히 이쪽을 드러내버리면, 놈이 다른 쪽으로 빠져버릴 가능성이 높았다.

겨울이 손가락을 펴서 입술에 붙였다. 병사들은 아직 전체적인 상황을 파악하지 못했다. 도와주러 왔는데, 왜 바로 합류하지 않는가? 그러나 지시에는 순순히 따른다. 겨울의 확신에 찬 모습 때문이었다.

겨울이 무전기 볼륨을 줄였다. 심한 잡음 사이로 들려오는 제프리의 목소리.

「한 소위? 리버만 하사? 여—보—세—요? 염병. 답답해죽겠네.」

소년은 병사들에게 수신호를 보냈다. 전투를 준비하라고.

제프리 분대는 아무 것도 모르고 다가왔다. 겨울 쪽에선 모퉁이의 볼록거울로 지켜볼 수 있었다. 제프리와 병사들이 나름대로 경계하고 있었지만, 불충분했다. 특히 이미 지나온 길에 대해서는. 잠긴 문을 확인했으니 방심할 법도 했다.

겨울이 병사로부터 6연발 유탄발사기를 빌렸다.

그 사이 제프리는 함정 한복판으로 들어왔다. 그들 후방의 어둠으로부터, 희끄무레한 형상이 벽을 타고 내려온다. 모든 움직임에 소리가 없다. 그것이 먹이를 노리는 야수의 동작으로, 느릿하게, 강당으로 이어지는 문에 다가서는 순간.

"제프리! 엎드려요!"

겨울이 모퉁이에서 상체 절반을 내밀었다. 깜짝 놀란 제프리 측 병사들. 총탄 몇 발이 날아들었다. 두 발이 스쳤다. 겨울이 윽박질렀다.

"엎드리라고!"

조준점은 강당의 창문 너머. 총구를 우측으로 끌면서, 방아쇠를 연거푸 당겼다. 투투투투투퉁! 제프리 쪽이 자세 낮추기 무섭게, 연쇄폭발이 일어났다.

어둡던 복도가 폭음과 섬광으로 가득 찼다. 찢어진 철창과 유리파편이 비처럼 쏟아진다. 강당으로부터 지옥의 소리가 흘러나왔다.

겨울이 유탄발사기를 병사에게 던지고, 뛰쳐나가 소총사격을 퍼부었다. 병사들이 가세한다. 맹렬한 사격. 어둠 속 형상은 한 팔로 막고 버티며, 다른 손으로 문고리를 붙잡았다. 스파크가 튄다. 문은 잠긴 적 없는 것처럼 열렸다.

그제야 후방의 괴물을 발견했나보다. 제프리 쪽에서도 반쯤 누워서, 혹은 엎드려서 총격을 가했다. 철이 튀고 피가 뿌려진다. 살 찢어진 괴물이 황급히 달아났다. 그 공백을, 강당에서 쏟아지는 변종들이 메운다. 여섯 번 터진 유탄조차도 다 죽이지 못한 수였다.

"맙소사! 이게 다 뭐야!"

제프리의 절규.

"이쪽으로 와요! 어서!"

겨울이 수류탄을 던졌다. 강당 입구 안에서 터져서, 쏟아져 나오던 놈들을 무더기로 쓰러트린다. 사격으로 전환하여 버둥대는 놈들을 견제하는 동안, 분대원들이 겨울을 본받았다. 수류탄이 연달아 날아간다. 그러다가 한 발이 철창에 부딪혀 튕겨 나왔다. 뒤로 쏘랴, 앞으로 기랴, 정신없는 제프리 분대의 머리 위로 떨어지려는 찰나.

팅! 겨울이 쏜 총탄이 수류탄에 맞았다. 파열되지 않도록, 비스듬히 맞춘 것. 수류탄은 이번에야말로 창문을 넘어갔다. 넘어가자마자 터진다. 겨울이 얼빠진 병사의 뺨을 쳤다.

"정신 차려요!"

화내는 게 아니라, 말 그대로 정신 차리란 의미. 실수에 놀라 방아쇠를 놓고 있었다. 한 사람의 화력이 아쉬운 순간이었다.

마침내 겨울이 제프리 분대에 합류했다. 그들 곁에서 무릎쏴 자세로 변종 무리를 제압한다.

"괜찮아요?!"

조준 유지하며 묻는 말에, 제프리가 옆에서 같은 자세를 취했다.

"뭐가 어떻게 돌아가는지!"

투두두둑!

"……는 모르겠지만! 멀쩡해!"

병목현상이 일어나고 있었다. 좁은 공간으로 밀려나오다 보니, 변종들이 힘을 쓰지 못했다. 쌓인 시체가 장애물이 되기도 했다. 강당 문을 중심으로, 복도 높이의 절반을 넘게 메워버렸다. 그것은 겨울에게도 장애물이었다. 그 너머로 달아난 특수변종이 시야에 들어오지 않는다.

"사냥감을 쫓겠습니다! 엄호해요!"

"어이, 야!"

겨울이 달리기 시작했다. 시체에 시체를 더하려고 나오던 변종들이 겨울을 노렸다. 엄호사격은 조심스러웠다. 겨울이 맞을 지도 모르니까. 불충분한 탄막을 뚫고 다가오는 놈이 셋. 탄창이 비었다. 즉시 권총을 뽑아 정확히 세 발을 쏘았다. 급히 쏜 지라 한 놈이 살아있었다. 그립으로 내리치며 지나간다.

탄창을 갈며 벽을 타넘는다. 죽은 시체와 죽어가는 시체들이 스스로 쌓아올린 벽. 벽돌 하나가 최후의 몸부림을 쳤다. 발목을 붙잡힌 겨울이 반대편 경사를 온 몸으로 굴렀다. 따다다닥. 돌고 도는 시야에, 살벌하게 부딪히는 이빨이 지나갔다.

내려선 겨울이 중심 잡고 바로 뛰었다. 철창 너머 달아나는 특수변종을 확인, 조준선에 잡기까지 고작 반 호흡이었다.

총탄이 빗발치자, 놈은 가장 가까운 탈출구를 찾았다. 측면으로 빠지는 문. 그곳엔 작은 공터가 있었다. 특수병동으로 둘러싸여, 하늘만 뚫려있는 곳.

소년이 쭉 미끄러지며 방향을 바꿨다. 괴물은 소년을 기다리고 있었다.

"읔!"

「전투감각」의 경고에 의한 급속회피. 채찍이 스쳐 지나간다. 그것은, 뼈 없이 근육뿐인 기형 팔이었다. 뒤로 누웠던 겨울이 한 손으로 조준했다.

투두두두두둑!

몇 차례의 명중탄이 괴물을 또 도망가게 만든다. 탄력으로 일어선 겨울이 공터에 진입했다.

마침내 드러난 괴물의 전모. 벽에 매달린 특수변종은, 비에 젖은 수풀을 향해 팔을 내리쳤다.

스파크가 일었다. 전류가 땅과 물을 타고 흘렀다. 범위가 넓어 효율은 낮았지만, 겨울을 주춤하게 만들기엔 충분했다.

전투화는 절연체지만, 빗물이 문제였다. 순간적인 마비. 조준이 어렵다. 이 틈을 타, 괴물이 남은 벽을 기어오른다. 기어오른 자리가 핏자국 투성이었다. 겨울이 때늦은 사격을 뿌렸다. 콘크리트 부서지는 궤적이 괴물 뒤를 쫓는다. 변종의 종아리에 또 한 발의 명중탄.

첫 조우에서 한 탄창 다 맞고도 도망갔던 놈이다. 기어코 지붕으로 올라갔다.

"나 올라가면 탄창 던져요!"

탄약이 부족할 지도 모른다. 뒤따라온 병사들에게 외쳐놓고, 벽을 향해 달리는 겨울. 「무브먼트」 보정으로, 창틀과 배수관을 밟고 뛰어, 수직으로 8미터를 극복한다.

"받아요!"

탄창이 날아왔다. 지붕에 오르는 것과 동시에 낚아채고서, 겨울이 다시 괴물을 쫓았다. 도망치는 괴물은 이미 총격을 받는 중이었다. 감시탑에 배치된 병사들은, 비록 명중탄을 내진 못했지만, 특수변종의 속도를 현격히 감소시켰다. 변종은 옥상에 어지럽게 뒤얽힌 환기시설을 엄폐물로 삼았다.

환기시설은 지저분할 정도로 복잡했다. 수감자들의 탈출을 막기 위해서다. 겨울은 그것들을 몇 번이나 타넘었다. 장애물을 넘자마자, 20미터 거리에 괴물이 있다. 낮은 배기관 몇 개를 사이에 두고, 정면으로 마주보게 되었다. 곧장 조준하는데 이상했다. 변종의 상반신에서, 갈비뼈 사이가 벌겋게 달아오른 상태였다.

화악—!

훅 밀어닥치는 열기. 너무 빠른 공격이라 회피가 늦었다. 순간적으로 노출되었다. 바닥을 구른 겨울은, 전신에서 피어오르는 수증기를 보고 당황했다.

'그런가. 전기와 전파를 다루는 놈이니까.'

이 추측을 「통찰」이 긍정했다. 전자레인지의 원리였다.

처음 보는 변종, 처음 보는 패턴이다. 부딪쳐보는 수밖에 없었다.

겨울이 섬광폭음탄 핀을 뽑고 안전손잡이를 놨다. 2초 후 벌떡 일어나며 던지고서, 바로 귀 막고 눈 감으며 주저앉는다.

새까만 세상이, 아주 잠깐, 하얗게 물들었다. 이어지는 폭음은 온몸으로 들었다. 겨울이 자리를 옮겨 다시 일어섰다. 특수변종은 눈을 감싸 쥐고 비틀거렸다. 그 와중에 달아오르는 상체 전면. 뿜어낸 극초단파의 궤적을 눈으로 볼 수 있었다. 내리는 빗방울들이 조금씩 기화되어, 옅고 흐린 장막이 펼쳐진다.

그런데 조준이 생각보다 정확했다. 비틀거리느라 빗나가는 거지, 겨울의 움직임을 따라 제대로 반응하고 있다. 박쥐가 초음파로 주위를 인지하는 것처럼, 이놈은 전파가 또 하나의 인지수단이지 않을까. 그렇게 생각하는 겨울이었다.

원거리 패턴의 거리와 범위는 확인했다. 이제 주기를 알아야 한다. 겨울은 남은 섬광탄을 또 집어던졌다.

쾅!

변종은 인간보다 회복이 빠르지만, 연속으로 터진 섬광폭음탄에는 무기력했다. 쏘아낸 열파가 또다시 빗나갔다.

확인했다. 예열에 약 1~2초. 조사(照射) 시간은 약 5초.

겨울이 괴물의 무릎을 겨냥한다. 한쪽 슬관절이 박살날 때까지 쐈다. 애초에, 첫 조우에서 겨울이 탄창 하나를 다 박아 넣은 다리였다. 아예 못쓰게 만들 작정이었다.

주위에 무의미한 채찍질을 하면서, 특수변종은 남는 손으로 다친 곳을 움켜쥐었다. 스파크가 튀고 연기가 피어올랐다. 상처를 지져 출혈을 막는 것이었다.

채찍질 하는 팔은 탄력 있게 잘도 늘어났다. 이 또한 전기가 흐를 것이었다.

'붙잡히면 위험하겠어.'

시야 돌아온 괴물이 겨울을 노려본다. 분노가 느껴졌다. 그러나 행동은 도망이었다. 다리 하나가 작살났는데도, 특이한 방법으로 잘도 도망갔다.

채찍처럼 휘두르는 한 쪽 팔을 집어던져, 멀리 있는 고정물을 움켜쥔다. 팔 근육이 수축한다. 몸이 딸려갔다. 어지간한 사람의 전력질주보다 빠른 속도였다. 다른 팔이 다리를 대신했다. 여기에 질질 끌리는 다리 한 짝까지 어울려, 기괴한 광경이 되었다.

겨울이 수류탄을 투척했다. 시간을 조절하여, 높은 하늘에서 터지도록. 폭풍이 괴물을 찍어 눌렀다. 바닥에 내팽개쳐진 특수변종은, 빗물에도 지워지지 않는 핏빛으로 물들었다. 기형의 육신이 벌레처럼 꿈틀거렸다. 필사적인 도주가 나무늘보 수준이었다.

「한 소위! 듣고 있나? 살아있어? 응답해!」

방해전파가 극적으로 감소했다. 특수변종의 기력이 바닥났다는 증거였다. 겨울은 거칠어진 호흡을 정돈하며 빠른 걸음으로 괴물을 쫓는다.

"네, 멀쩡합니다. 말씀하세요."

리시버에서 안도의 한숨이 흘러나온다. 제프리 소위가 물었다.

「하. 다행이군. 위치가 어디야? 우린 아직 옥상으로 가는 길인데.」

「물 소위님. 정말 무사하십니까?」

리버만 하사의 말이 겹쳐졌다. 교신이 갑자기 가능해져서 생긴 문제다. 못 알아들을 정도는 아니었다. 겨울이 답신했다.

"천천히 오세요. 거의 다 제압했거든요."

특수변종은 이제 더 도망가지 못했다. 제자리에서 꿈틀거린다. 촉수를 닮은 팔 한 짝이 비오는 날의 지렁이처럼 번들거렸다.

그나마도 곧 멎고 만다. 가늘게 들썩이는 가슴을 제외하면, 사실상의 주검이었다.

겨울은 지나치게 접근하지 않았다. 교활한 놈이니 죽은 척일 가능성도 있었다.

한참 지나 옥상에 도달한 다른 두 분대가 접근할 때였다. 특수변종이 기습적으로 발광했다.

끄아아아아―!

근육질의 채찍이 쇄도했다. 휘둘러지는 도중 제멋대로 방향을 바꾸는, 살아있는 채찍. 겨울이 펄쩍 뛰어 벗어났다. 처음부터 아슬아슬

한 거리였다. 남은 힘을 다 쓰려는지, 팔다리를 휘꺽 꺾어대며 무섭게 달려든다. 그러나 성치 않은 몸, 겨울을 따라잡긴 역부족이다.

짧은 시간, 무전기에서 극심한 잡음이 튀었다. 제프리와 리버만 방향으로부터 십자포화가 쏟아졌다. 변종의 살갗이 누더기처럼 너덜거렸다. 겨울은 교신을 포기하고 소리를 질러야 했다.

"쏘지 마세요! 사격 중지! 사격 중지!"

감시탑을 향해서는 커다란 수신호를 보냈다. 엑스자로 반복해서 교차시키는 팔을 보고, 그쪽 역시 사격을 멈춘다.

그러나 이미 너무 많이 맞았다. 변종 몸에 난 구멍은 헤아리기도 어려울 지경이었다. 주위에 가득한 게 모두 다 핏물이었다. 겨울이 촉수 끝을 밟고, 질질 밀면서 접근했다.

반응이 없다. 여력이 남았다면 감전 패턴이 나올 차례인데. 겨울이 총 끝에 대검을 끼우고, 상처를 건드려보았다. 여전히 무반응.

"어떻게 됐어?!"

헐레벌떡 뛰어온 제프리 소위가 몇 걸음 밖에서 급정지했다. 괴물이 무서워서였다. 오, 쉣. 짧게 내뱉는 욕설. 겨울이 발로 변종 몸통을 몇 번 차고는, 마침내 목덜미를 꾹 눌러 맥박을 확인했다.

"죽었네요. 아쉽게도."

"엥? 아쉬워?!"

"포획하랬다면서요. 그 박사님이."

"……그렇다고 진짜 할 생각이었어? 제정신이 아니구만."

사실상의 칭찬이었다.

본부와 교신하던 제프리 소위가 새로운 소식을 전했다.

"제군들, 기뻐하시게. 그 박사님 징계 받는대. 속이 다 시원하군."

"징계요? 왜요?"

"대응을 잘못 했다는 거지. 담당자가 바뀌었어."

자세한 사정은 나중에라도 알 수 있을 것이었다.

어쨌든 처음 약속대로 헬기가 날아왔다. 수송헬기 인원들로부터 새로운 정보를 얻을 수 있었다. 「그럼블」 쇼크 당시와 마찬가지로 이번 신종도 광범위한 지역에서 동시다발적으로 출현하고 있다고. 대규모 대응작전이 실행중이라고 했다.

"우리가 처음이 아니군요?"

겨울이 보건서비스부대 장교에게 묻는 말. 계급은 소령이었으나, 군인보다 학자에 가까운 분위기가 느껴진다. 헬기 안에 이미 같은 종류의 변종 시신 두 구가 고정되어 있었다. 상태는 매우 좋지 않았다. 무시무시한 화력에 노출된 결과물이었다. 장교가 고개를 끄덕였다.

"피해가 상당했지만, 「그럼블」 때보다는 괜찮은 편이지. 공군이 많이 활약했으니까."

"공군이 끼었습니까?"

제프리가 새로 묻자, 장교가 긍정했다.

"처음엔 외국군이 개입한 전파방해라고 생각했거든. 전파 추적 미사일을 퍼부었지."

"미사일? 화끈했겠군요."

"아무튼 아쉬운 일이야. 자네들이 획득한 표본이 그나마 가장 멀쩡한 편이거든. 잘하면 살아있는 연구 샘플을 얻었을 텐데."

소령은 진심으로 아쉬워하는 기색이었다. 그는 헬기편으로 복귀하겠느냐고 물었으나, 차량을 방치하고 떠날 수는 없는 노릇이었다. 복귀하기 전, 소령은 겨울에게 악수를 청했다.

"자네 정도의 유명인을 만나서 악수 한 번 안 해보면 나중에 후회하겠지."

미소와 경례를 남기고, 그는 헬기에 올랐다.

멀어지는 헬기 편대를 바라보며 리버만 하사가 제안했다.

"이제 임무 속행은 무립니다. 우리도 이만 철수하죠."

그가 말하는 임무 속행은 실종자 수색을 뜻했다. 병사들이 지쳐있었고, 탄약도 많이 소진되었고, 일몰까지 남은 시간도 부족한 상황이었다.

선임장교로서, 제프리가 제안을 승낙했다.

"그래요. 우린 할 만큼 했으니까, 돌아갑시다. 자네도 동의하지?"

겨울이 고개를 끄덕였다.

다음날, 겨울은 아타스카데로를 다시 찾았다. 실종자 수색을 위해서였다. 전날보다 증강된 병력이 투입되었고, 남쪽의 다른 캠프로부터 추가 병력지원이 있었다. 그들은 먼저 도착해서 도시 남쪽에 교두보를 마련한 상태였다. 정찰 드론을 띄워서, 수색작전에 도움을 주었다.

실종자들은 죽지 않는 망자가 되어 거리를 배회하고 있었다.

툭!

뭉툭한 총성. 겨울이 감염된 병사에게 안식을 주었다. 미관을 감안하여, 머리가 아닌 심장을 쐈다. 아스팔트 위로 넘어진 시체가 경련을 일으켰다.

"브라보 중대에 줄초상이 났군요."

오늘도 끌려나온 엘리엇이 투덜거린다. 아타스카데로에서 실종된 병력은 모두가 2중대 출신이었다. 어쩌다 집중된 피해는 아니고, 단지 중대별 임무 순서 때문에 생긴 일이다.

"미군은 그렇다 치고, 중국인 실종자를 어떻게 알아봅니까?"

엘리엇의 불만은 일리가 있었다. 미군 감염자는 알아보기 쉬웠다. 전투복을 입고 있었으니까. 공중정찰만으로도 확실하게 포착할 수 있다.

그러나 중국 난민 출신의 지원자들은 달랐다. 그들에겐 어떠한 표식도 없었다. 사실상 지휘부도 포기한 상황. 그러나 겨울은 답을 알고 있었다.

"불가능하지 않아요. 수색 대상을 동양계 감염자로 좁힐 수 있고, 무엇보다 문신이 있을 테니까요."

"문신? 무슨 레드 마피아입니까?"

다른 병사가 당혹스러워했다. 러시아의 범죄자들, 레드 마피아는 문신으로 소속과 범죄경력을 새긴다. 내용은 대단히 상세하다. 사람을 죽였다면 어떻게 죽였는지, 법정에서 어떤 형벌을 선고받았는지, 징역을 살았다면 몇 년이나 살았는지까지. 그들 나름의 약장 같은 것이다.

겨울이 대꾸했다.

"비슷해요. 중국계 실종자들 대부분이 트라이어드(삼합회) 소속이거든요."

병사들이 고개를 설레설레 저었다. 트라이어드는 재앙 이전에도 악명 높던 범죄조직이다. 병사들 입장에서, 난민들이 범죄자를 자처한다는 데 좋게 보일 리 없었다.

중국인 실종자 찾기는 난항을 겪었다. 겨울이 정보를 공유해도, 병사들부터 부사관과 장교에 이르기까지, 수색작전에 동원된 모두가 소극적이었다.

그래서 미군 실종자가 모두 확인된 시점부터는, 사실상 겨울이 담당한 방면에서만 수색이 진행되었다. 바탕에는 냉정한 계산이 깔려있었다.

'범죄조직 주제에 의협(義俠) 운운하는 집단이니, 이 기회에 빚을 지워놔야지.'

사회규범을 지키지 않는 집단일수록, 질서 유지를 위해 명분을 강조한다. 물론 조직의 수장은 생각이 다를 것이다. 허나 조직의 정체성을 부인할 순 없을 것이다. 자살행위니까.

사정 모르는 병사들이 겨울의 인품에 감탄했다.

"국적도 다른데 열심히 찾아주시는군요. 소위님은 여러모로 대단하신 분 같습니다."

사실 겨울은 죽은 사람보다 산 사람이 우선이라고 생각한다. 그래서 장미를 꽃피우기 위해 스스로를 아끼지 않는 것이기도 했다.

그렇다고 병사들의 긍정적인 착각을 굳이 부숴놓을 필요는 없었다. 겨울은 묵묵히 수색에 전념했다. 얼핏 봐서 아시아계가 아니면 머리를 쏘고, 아시아계 같으면 최대한 손상 없이 잡으려고 노력했다.

"한 명 찾았네요."

시체의 가슴팍을 헤친 겨울이 병사들에게 손짓했다. 문신을 보라는 의미였다. 삼각형 안에 글자 하나가 새겨져 있었다.

"이게 무슨 글잡니까?"

서양인들에게 한자는 어렵다. 겨울이 보기엔, 기술보정도 필요 없는 글자였지만.

"홍(共). 넓다는 의미에요."

삼합회의 대표적인 상징 중 하나다. 물 수 변(氵)의 3획은 삼합회의 근간이 된 세 개의 조직, 청방(靑房), 홍화회(紅花會), 흑사회(黑蛇會/黑社會와는 다른 조직)를 뜻했다. 즉, 세 개의 조직이 함께한다(共)는 의미였다.

"그러니까, 여기 점 세 개가 시초의 세 조직을 뜻한다 이거죠? 하, 의미심장하군요. 소위님은 이런 걸 어떻게 아십니까?"

설명을 들은 병사의 질문이었다. 겨울은 적당히 대답했다.

"중국과 한국은 비슷한 문화권이잖아요. 어쩌다보니 알게 됐어요."

그럴듯한 핑계였다. 병사는 그렇구나 하고 고개를 끄덕였다.

중국인 시체의 등짝과 가슴은 온갖 문신으로 가득했다. 겨울로서도 모든 상징을 알아볼 능력은 없었다. 다만, 화려함으로 미루어 일반 조직원이 아니라는 것 정도는 알겠다. 단순히 용만 그려진 거라면, 화려할 뿐 실속은 없다. 그러나 명확히 구분되는 상징들이 있었다.

'간부급이군.'

삼합회와 지도력 다툼을 벌이는 흑사회(黑社會)의 경쟁조직들은, 1중대장 마커트 대위의 비호를 받는다. 겨울이 중국인 실종자들을 삼합회로 단정 지은 이유가 여기에 있었다.

겨울은 삼합회가 입었을 타격을 짐작해보았다. 그렇잖아도 심대한 타격을 입었다고 밝힌 그들이다. 간부 포함 일백 가까이 손실을 입었다면, 더는 자기방어조차 불가능할 것이었다.

돌아가면, 높은 확률로 재접촉이 있을 것 같다.

생각이 잠시 끊어졌다. 리시버를 통해 지휘본부의 경고가 들어왔다.

「현 위치에서 정지하라. 정면 좌측 골목으로부터 감염변종 무리가 접근 중이다. 규모는 약 50. 특수변종 및 강화변종은 확인되지 않는다.」

병사들이 소년장교를 따라 무릎쏴 자세로 앉았다.

첫 변종은 나오자마자 죽었다. 겨울은 병사들에게 기회조차 주지 않았다. 나오는 족족 쏴서, 변종들이 영문도 모르고 쓰러졌다. 정확하게 쉰 셋. 탄창 두 개로 충분했다.

병사들을 향해, 겨울이 탄창 나눠달라고 손을 내밀었다.

"우린 왜 있는 겁니까?"

투덜거리며 자기 몫을 내놓는 엘리엇이었다. 대답 대신, 겨울이 다른 것을 물었다.

"엘리엇. 이상하다는 생각 안 들어요?"

"이상해요? 뭐가요?"

엘리엇이 바퀴벌레를 쫓으며 반문한다. 겨울이 시체들을 가리켰다.

"전부 어른들이잖아요."

"네?"

"어제 봤던 감염된 아기들, 기억 안 나요?"

그러자 엘리엇만이 아니라, 듣고 있던 병사들 모두 인상을 찌푸렸다. 아무리 일그러졌어도 아기였다. 거기다 대고 총질을 했으니 트라우마로 남을 법 했다. 하지만 겨울이 병사들 괴롭히려고 꺼낸 이야기는 아니었다.

"어젠 그렇게 많던 아기들이, 오늘은 왜 없을까요?"

"어……그건 그렇군요."

어제, 감염된 아기들은 숫자가 많았다. 총질로 감당 못해 산탄지뢰를 써야했을 정도로. 곤혹스러운 얼굴들을 향해, 겨울이 같은 내용, 다른 질문을 던졌다.

"애초에「트릭스터」가 아기들만 불러냈던 이유는 뭐죠? 우리 화력을 시험할 작정이었으면, 성체 변종들을 부르는 편이 훨씬 더 나았을 텐데요."

「트릭스터」는 전파를 다루는 특수변종의 변이 코드였다. 오늘 아침에 정식으로 부여되었다. 교활한 행적에 어울리는 이름이다.

"소위님은 어째서라고 생각하십니까?"

"세대차이요."

겨울이 즉답했다. 병사들은 잠시 멍했다가, 앞서나가는 어린 소위를 바쁘게 따라잡았다.

"이해가 안 갑니다. 무슨 세대를 말씀하시는 겁니까?"

"일하면서 들으세요."

겨울은 동양계 남성 시체의 상의를 벗겨냈다. 임무를 떠올린 병사들이 우물쭈물 흩어졌다. 건성건성, 시체들을 확인하며 다시 묻는다. 아까는 무슨 뜻이었느냐고.

"전 일단 그렇게 많은 아기가 집단으로 튀어나왔다는 것부터 이상하다고 보거든요. 제가 보기엔, 변종들이 번식을 하는 것 같아요."

"What the F……."

그래도 장교 앞이라고 욕을 삼키는 엘리엇. 굳어있던 다른 병사가 어물거렸다.

"어……그럴지도 모르겠습니다. 이놈들은 인체기능에 의존하니까, 임신이 불가능하란 법도 없군요. 세상에……."

겨울이 남은 생각을 풀어놓았다.

"제 가설은 이래요. 「트릭스터」는, 성체를 부르지 않은 게 아니라, 부를 수 없었던 거라고."

눈치 빠른 병사들이 몸을 떨었다. 겨울이 그들의 우려를 긍정했다.

"예, 그거예요. 부모보다 나은 자식. 새로운 세대에 새로운 능력. 「트릭스터」는 전파를 다루는 특수변종이죠. 새롭게 태어나는 변종들은, 최소한, 전파를 수신하는 능력을 가지고 있을지도 몰라요."

"그런 일이 가능하겠습니까?"

한 병사가 반문했다. 끔찍한 현실에 부딪히면, 부정하고 싶어지게 마련이었다.

"가능성은 높지 않을까요? 사실 「트릭스터」부터 말이 안 되는 존재잖아요. 생체전기로 주파수 맞춰서 방해전파를 쏘는 생물이라니, 상상이나 해봤어요?"

"……."

"그런 표정 짓지 마세요. 언제나 최악을 대비하고 있으면, 어떤 상황이 찾아와도 절망할 일 없을 테니까요. 적어도 내 생각은 그래요."

그렇다. 어린 나이에 얻은 삶의 지혜다. 겨울은 생전에도 최악을 상정하고 살았다. 부모에게 무언가를 기대해본 적이 없었다.

엘리엇이 진지하게 말했다.

"확실히 일리 있는 의견이십니다. 상부에 보고해야 합니다."

"걱정 말아요. 그렇잖아도 보고서를 제출해야 하거든요."

중국인 시체 아홉 구를 추가로 확인한 겨울의 눈에, 바퀴가 유독 몰려있는 장소가 보였다. 총 몇 발 쏴주자 우르르 흩어지는 벌레들.

병사들과 함께 가서 뒤적여 보았다. 어느 병사가 말했다.

"공수된 비상식량 포장지들입니다."

대량이었다. 적어도 수십 인 분. 아무리 살펴봐도 최근에 뜯은 것 같다. 벌레 떼의 무게에 짓눌려, 날아가지 않았던 모양이었다.

"실종자들의 마지막 만찬이었을지도 모르겠군요."

엘리엇의 음성은 슬픈 느낌이다.

겨울은 내심 고개를 저었다. 하지만 이번에는, 생각을 입 밖으로 내지 않는다.

## 읽지 않은 메시지 (3)

「Владимир : 극악무도한 액티브 엑스의 장벽을 뚫고 처음으로 경험한 것은, 바퀴가 내 몸을 기어 다니는 끔찍한 감각이었다…….」

「액티브X좆까 : 하…….」

「여민ROCK : 진짜, 레알 호러블한 경험이었다. 「종말 이후」가 마이너한 이유를 알겠다.」

「불심으로대동단결 : 제프리라는 캐릭터 벌레 잡아줄 때 촉감 느끼셨습니까? 바삭한 것이 으깨질 때의 그 느낌말입니다. 끔찍했지요? 여러분, 이것이 바로 살생의 무게입니다.」

「전자발찌 : 땡중 꺼져.」

「SALHAE : 진행자 얘 대체 뭐 하던 애냐. 바퀴가 붙는데 어째 아무렇지도 않아? 기절초풍했네.」

「폭풍224 : 내 말이. 기절하고 싶더라.」

「친목질OUT : 븅신들. 그럼 동기화를 풀던가.」

「명퇴청년 : 22222222」

「호굿호구굿 : 33333333」

「두치 : 그러게 ㅋㅋㅋ 뭐 하러 죽자고 붙어있어 병신들이 ㅋㅋㅋ」

「짜라빠빠 : 그게 마음대로 안 되던데…….」

「폭풍224 : 동감. 할 수 없었다.」

「뿌꾸 : 왜? 왜 안 되는데? 시스템 오류?」

「SALHAE : 오류는 무슨. 그냥 몰입이 깨지는 게 싫었다고 씨발들아.」

「뿌꾸 : 왜? 왜 싫은데? 님덜 병신 인증?」

「에엑따 : 너야말로 병신 인증하냐. 말투 좆같네.」

「친목질OUT : 지는 설명도 못 하면석ㅋㅋㅋㅋ 남한테 화풀이하넼ㅋㅋ
ㅋㅋ」

「SALHAE : 친목질 새끼야. 넌 진짜로 몰입한다는 게 뭔지 알긴 하나?」

「SALHAE : 이게 사실이 아니라는 걸 잊고 싶은 거라고.」

「SALHAE : 너처럼 겉핥기로 보는 새끼들은 백년이 지나도 이해 못하
겠지.」

「まつみん : 여러분 왜 싸우고 계세요? 이렇게 좋은 경험을 해놓고선.」

「AngryNeeson55 : ……좋은 경험?」

「에엑따 : 오! 마츠밍이다! 하잉!」

「まつみん : 안녕하세요!」

「프랑크소시지 : 섹스 외교관 아가씨 안녕! 하도 조용해서 나간 줄
알았어!」

「김정은 개새끼 : 그보다 마츠밍, 아까 그건 무슨 뜻이야? 좋은 경험이
라니?」

「마그나카르타 : 마츠밍 또 망가진 거야?」

「まつみん : 아닙니다! 말 그대로 좋은 경험이었습니다!」

「まつみん : 저는 바퀴벌레에 동기화했거든요!」

「똥댕댕이 : 엥? 이게 무슨 소리야?」

「올드스파이스 : 바퀴벌레가 동기화 가능 오브젝트였어?」

「분노의포도 : 세상에.」

「まつみん : 그렇습니다! 시각과 후각만 동기화되지만, 그걸로 충분했
어요!」

「まつみん : 겨울 씨의 옷 속을 엿보면서! 땀 냄새 섞인 겨울 씨의 체취
를 킁카킁카! 킁카킁카! 킁카킁카! 아, 마츠밍은 이제 죽어도 좋아요! はあ

はあはあはあはあはあはあ#!%$@#%」

　SYSTEM message まつみん님의 감정상태가 지나치게 불안정하여 「텔레타이프」기능이 정상적으로 작동하지 않습니다. [/SYSTEM]

　「마그나카르타 : 결국 망가졌다…….」

　「려권내라우 : 바퀴벌레 동기화라니, 진짜 상상도 못 했다.」

　「호굿호구굿 : 대체 무슨 약을 먹으면 저런 생각을 할 수 있는 거지?」

　「まつみん : 실례입니다! 마츠밍은 약 같은 건 하지 않았습니다! 단지 감각동기화 매뉴얼을 읽어보았을 뿐입니다! 매뉴얼엔 모든 것이 나와 있습니다!」

　「AngryNeeson55 : 그 불친절한 수백페이지를 읽었다는 게 훨씬 더 놀랍군.」

　「맞줌법 : ㅇㄱㄹㅇ」

　「닉으로드립치지마라 : 설마 그걸 읽는 사람이 있을 줄이야.」

　「국빵의의무 : 난 그런 매뉴얼이 있는지도 몰랐어.」

　「まつみん : 엣헴! 일본인은 꼼꼼하거든요!」

　「분노의포도 : 저런 여자 친구 사귀고 싶다…….」

　「SALHAE : 근데 알아도 도움은 안 된다.」

　「SALHAE : 벌레 따위한테 몰입할 수 있겠냐. 괴리감만 커지지.」

　「SALHAE : 난 주인공이 되고 싶은 거라고…….」

## 과거 (4) 거래 이후

아영은 쉽게 문을 열지 못했다. 닫힌 문 너머로부터 들려오는 폭력의 소리들. 그녀의 격노한 아버지, 고건철 회장이, 사람 하나 죽이겠다고 날뛰는 현장이었다.

그래도 그녀는 들어가야 했다. 비록 그녀가 증오하고, 그녀를 증오하는 아버지일지라도, 그를 막을 수 있는 유일한 사람이 아영이었다. 깊게 심호흡하고, 아영은 온 몸으로 문을 밀었다.

난장판이 그녀를 맞이했다.

"이 돌팔이 새끼! 감히 나를 속여?!"

회장은 주치의를 향해 명패를 휘둘렀다. 빠악, 빡! 살벌한 소리가 났다. 엎드려서 등으로 받아내던 의사가, 엉엉 울면서 구석으로 달아났다. 신발 한 짝이 벗겨져있다. 내딛는 발마다 핏자국을 남겼다. 바닥이 깨진 유리조각으로 가득했기 때문이다.

그러나 의사의 도망은 무의미했다. 회장의 비서와 경호원들에게 붙잡혀서, 폭력의 중심으로 내팽개쳐진다. 수행원들도 좋아서 하는 일은 아니었다. 인간불신이 대단한 회장 아래에서, 그의 권력에 짓눌려있을 뿐. 그들은 아영의 눈치를 봤다. 어떻게 해주었으면 하는 눈빛들.

익숙한 얼굴이 몇 없다. 또 숙청이 있었나보다. 아영은 아버지의 인간불신에 대해 생각했다. 그것을 만들어낸 어머니에 대해서도.

"오셨습니까, 사장님."

가까이 다가가자, 비서실장이 아영에게 고개를 숙였다.

"언제부터 이러셨나요."

"삼십 분 쯤 됐습니다."

비서실장은 떨고 있었다. 회장이 격노하는 날이면, 어김없이 몇 명 쯤 잘려나간다. 단순히 일자리만 잃는 게 아니다. 경력 자체가 끝장나 버린다.

측근들이 일만 있으면 아영을 찾는 이유였다. 오직 그녀만이, 회장의 분노를 받아내고도 무사할 수 있다.

와장창! 화병이 깨지는 순간, 아영은 주먹을 꼭 쥐었다. 온 몸이 움 츠러든다.

'나도, 무서운데.'

자라면서 지켜본 폭력의 기억은 뿌리가 깊었다. 그 폭력의 희생자 가 그녀 자신이었던 적은 거의 없다. 그러나 어린 감수성으로 감당하 기 힘든 시절이었다.

이성으로 어쩌기 힘든 공포감이, 그녀의 신경을 중추까지 불태 운다.

의사가 새는 발음으로 울부짖었다.

"말씀 드렸잖습니까! 회장님의 성기능장애는! 정신적인 문제입니 다! 육체엔 아무 이상도 없단 말입니다!"

자개 박힌 명패가 치솟았다. 그것은 곧 높아지는 분노였다.

"그걸 왜 이제야 말해!"

빠악!

"거래에 필요한 정보는!"

빠악!

"사전제공이 원칙이야!"

빠악! 연속으로 피가 튀었다. 이마 찢어진 의사가 뒤로 구르다가,

이제야 아영을 발견했다. 구명줄을 찾은 표정으로 기어와 그녀의 다리에 매달린다.

"살려주세요! 살려주세요! 사장님! 사장님!"

회장이 씩씩거리며 다가온다. 그의 모습은 전과 달랐다. 새로운 육신에 깃든 오래된 분노. 날이 갈수록 달라진다. 고건철 회장은, 거래 이전의 소년을 떠올리지 못할 만큼 일그러졌다. 내면이 외면에 미치는 영향이 이토록 강할 수 있는 것일까. 이제는 완전히 다른 사람이었다.

아영이 가까스로 움직였다. 회장과 의사 사이를 가로막는다. 고개를 숙이고, 머리카락을 흐르게 하여, 얼굴을 가릴 만큼 가린 뒤였다.

"그만 하세요."

"비켜! 당장 비켜!"

좌우로 기웃대다가, 완력으로 딸을 치우려는 회장. 아영은 가까스로 매달렸다. 이년이! 강한 손찌검으로, 회장은 딸을 쳐냈다.

갑작스레 조용해졌다. 무섭게 타오르는 눈으로, 회장은 자기 손을 노려보고 있었다. 아영을 친 손이다.

"이건 아냐."

고건철 회장이 독백에 가깝게 으르렁거렸다. 그리고 한참 동안 말이 없었다. 움직이지도 않아서, 마치 조각상이 된 것 같았다. 씨근덕대던 숨결도 빠르게 잦아들었다.

이윽고, 그의 시선이 아영에게 박힌다. 아영은 마주보지 않았다. 어머니를 닮은 얼굴은 그녀의 원죄였기에. 마주보지 않아도, 쏟아지는 애증을 느낄 수 있었다. 끝까지 미워할 수도 없고, 끝까지 사랑할 수도 없는 모순.

"이러려고 새롭게 시작한 게 아냐."

누구에게 하는 말일까. 다시 한참을 침묵하던 회장이, 아영에게 말했다.

"비켜라."

이번에는 비켜준다. 의사가 허우적거렸다. 그러나 아영을 붙잡기 전에, 회장이 먼저 다가왔다. 멱살을 잡아 올린다. 주치의는 제대로 반항도 하지 못했다.

"날 엿 먹이고서 멀쩡하게 살 수 있을 거라고 생각하지 마라. 나는 주는 대로 받고, 받는 대로 주는 사람이야. 대책을 내놔. 문제를 해결할 방법을 찾아오라고."

이미 전적이 있는 협박이었다. 정재계에 광범위하게 걸쳐진 커넥션, 회장의 표현에 따르면 '원만한 경영협력'의 수단들이, 사회적 생매장을 가능하게 만든다.

그것을 아는 주치의가 필사적으로 고개를 끄덕였다.

"알겠습니다! 최선을 다하겠습니다! 믿어주십시오!"

"좋아."

회장이 의사를 놓아주었다.

"모두 나가. 고 사장만 남고."

어째서? 끝났다고 안심했던 순간이었다.

수행원들은 일사불란하게 빠져나갔다. 회장의 명령을 수행하는 데엔 일말의 지체도 있을 수 없다.

둘만 남게 되자, 회장이 이제까지와 다른 조용함으로 말했다.

"그렇잖아도 부를 생각이었는데, 알아서 오는군."

"……무슨 일이신데요?"

아영이 묻자, 회장이 소년의 모습으로 이를 드러냈다.

"이혼을 준비해라."

말문이 막힌다. 고건철의 '경제적인 대화'는, 그에게 가장 익숙한 딸조차도 당황하게 만들었다. 잠시 후, 아영이 가까스로 물었다.

"왜……왜죠? 어째서 갑자기…….."

"몰라서 물어?"

아영의 어린 아버지는 조소를 머금었다.

"그 놈은 신의와 성실의 원칙을 지키지 않았다. 아내 있는 남편이, 감히 다른 여자를 끼고 놀아? 당연히 벌을 받아야지."

신의와 성실의 원칙. 아영은 몸을 떨었다. 그것은 한때, 아버지가 어머니를 저주하며 내뱉던 주문 같은 것이었다.

"왜 이제 와서?"

아영이 말을 삼켰다가, 신음처럼 다시 이었다.

"이제 와서 그러시는 이유가 뭔데요. 그이에게 다른 여자가 있다는 거, 일찍부터 알고 계셨잖아요? 일부러 묵인하고 계셨던 거 아닌가요?"

"그래. 모르는 척 하고 있었지."

회장은 다시 사나운 분노를 드러냈다.

"그 새끼를 철저하게 짓밟으려면, 그만큼 준비할 시간이 필요했으니까."

준비? 아영은 회장의 말뜻을 금세 깨달았다.

"낙원그룹의 경영권……."

그녀의 남편은 낙원그룹의 후계자다. 그만한 지분을 지니고 있었다. 귀책사유가 남편에게 있는 이혼소송, 그리고 그에 따른 재산 분할. 아영이 고개를 흔들었다.

"그런 게 가능할 리 없어요."

"가능하게 만들었다. 시간이 꽤히 필요했겠느냐."

고건철의 시니컬한 대답. 아영은 현기증을 느꼈다. 무심결에, 해선 안 될 말을 하고 만다.

"내 딸에게서 아버지를 빼앗지 마세요. 나도 참고 있었단 말예요. 적어도 내 아이만큼은 행복하게 해줘야……그래야만 해요. 내가, 내가 얼마나 외로웠는데…….

"뭐?"

고건철은 딸의 말을 끊었다. 아영은 자신의 실수를 깨닫고, 두 눈을 질끈 감는다.

"너, 설마, 그 잡년이 그리웠던 건 아니겠지?"

아까의 펄펄 끓던 분노와는 달랐다. 끔찍할 정도로 차갑다. 회장이 발작처럼 손을 뻗는다. 움켜쥐려는 손이, 딸에게 닿지는 않고, 가느다란 경련을 일으켰다.

"그건 공정한 계약이었다."

사무친 음성이 새어나온다. 회장이 포효했다.

"내 인생을 지불하고! 잡년의 인생을 사기로 했었다! 서로에게 공정한 계약이었단 말이다! 누구도 나를 비난할 수 없어! 누구도 그년을 편들어선 안 돼! 그년이 그리워선 안 돼! 특히 너, 너만은 절대로! 네가, 네가 진정으로 나 고건철의 새끼라면, 반드시 그래야 해!"

"그리워하지 않았어요. 그냥 외로웠을 뿐이에요."

"날 속이려고 들지 마라!"

아영은 감았던 눈을 떴다. 예상대로다. 언제나 같은 이 모습. 인간을 닮은 불신이 그녀를 노려보고 있었다. 이 문제에 있어, 아버지는 단 한 번도 딸을 믿어준 적이 없었다. 아버지가 경멸에 찬 음성으로 중얼거린다.

"속는 건 한 번으로 족해. 정말이지, 믿지 못할 피가 절반이나 섞여서는⋯⋯."

"⋯⋯."

회장이 돌아섰다.

"적어도 오늘은, 내 앞에 다시 나타나지 마라."

아영은 고개를 숙였다. 벽에 부딪히는 이 느낌. 아프다. 수없이 부딪혀서, 이제 더는 부서질 마음도 없는 줄 알았는데.

그녀는 익숙한 한숨을 쉬었다.

# 저널, 82페이지, 캠프 로버츠

작전이 끝난 뒤에도, 장교의 임무는 끝나지 않는다.

아타스카데로에서 돌아온 뒤, 나는 전투보고서 제출을 요구받았다.

"우리 보고서로 「트릭스터」 전투교범을 만든다더라. 최대한 상세하게 쓰래. 각 국면에서 왜 그렇게 움직였는지, 판단의 근거는 무엇이었는지, 트릭스터의 특징은 어땠는지 등등……. 사소한 것 하나도 빼놓지 말라고 당부하던데."

제프리의 설명이었다. 이번 작전이 여러모로 좋게 평가되었다는 것. 사전 정보가 없는 특수변종을 피해 없이 소탕한 덕분이란다. 다른 곳에서는 상당한 혼란과 피해가 있었다는 소식이다.

이번 작전에서는 소대 전원이 전투 카메라를 달고 있었다. 헬멧에 장착하여, 병사가 보는 것을 그대로 녹화, 또는 전송하는 장비다. 변종에 대한 정보획득이 중요해지면서, 미국은 전투 카메라 지급률을 늘려가고 있었다.

제프리와 나는 녹화된 영상들을 몇 번이고 돌려보며 검토했다. 1개 소대분의 영상이라, 꼼꼼하게 보려면 적잖은 시간이 필요했다.

본래 보고서 작성은 제프리의 역할이었다. 그가 지휘관이었으니까. 하지만 상부에서는 내 의견이 더 중요하다고 판단했나보다. 자존심이 상할 법도 한데, 제프리는 그럴만하다고 고개를 끄덕였다. 그러면서 하는 말이 이랬다.

"잘하면 너 또 훈장 받겠다."

설마 그럴 리 있겠느냐고 묻자, 그가 웃음을 터트렸다.

"이렇게 명백한 증거가 있는데?"

그러면서 가리킨 것이 아직 재생중인 화면이었다.

"얌전빼지 말고, 이 시대의 어디 머피를 목표로 삼아봐. 너라면 가능할걸?"

어디 머피라는 이름은 전에도 한 번 들어봤었다. 은성무공훈장 수여식 이후였던가? 누구인지 몰라서 묻자, 제프리가 조금 놀라워했다. 모르는 게 이상하다는 투였다. 그러더니 혼자서 납득했다. 내 배경을 이제야 떠올린 모양이었다.

이때 내 표정이 좀 이상했는지, 제프리가 애써 변명했다.

"요즘 널 보고 누가 난민 출신이라고 생각하겠냐? 나처럼 깜빡깜빡하는 게 정상이야."

그건 아닌 것 같은데.

아무튼 설명은 들었다. 어디 머피는 미국의 가장 전설적인 전쟁영웅이었다. 2차 대전기에 활약했고, 불과 2년 만에 3개국으로부터 27개의 훈장을 수여받았단다.

그런 사람과 비교되는 것 자체가 부담스럽다.

하지만 높이 평가해준다면 고마운 일이다. 지금의 내게는, 지켜야 할 사람들이 있으니까.

보고서 작성에는 상당한 시간이 걸렸다.

이틀째의 수색에서 느꼈던 점들도 보고서 말미에 기재했다. 감염변종의 증식과, 그들이 얻은 새로운 능력에 대한 가설들. 단지 나 혼자만의 추측일 뿐이지만, 개연성은 높다고 생각한다.

이것이 새로운 재앙의 징조가 아니기만을 바랄 뿐이다.

## 저널, 83페이지, 캠프 로버츠

결국 제프리의 예측이 맞았다. 또다시 훈장을 받게 된 것. 어김없이 찾아온 공보처 블리스 소령은, '또 얘야?' 싶은 표정이었다. 그에게 미안하다는 생각마저 든다.

이번에 받는 근무공로훈장(Distinguished Service Medal)은 무공훈장보다 격이 낮은 것이었다. 그럼에도 불구하고, 기자들은 전보다 더 많은 수가 몰려왔다. 블리스 소령이 통제하느라 애를 먹었다.

기자들이 내게 미국 시민들에 대한 격려의 한 마디를 부탁했다. 물론 대사는 준비되어있었다. 블리스 소령이 내가 해야 할 말들을 알려주었다. 이게 무슨 의미가 있나 싶었다. 그래도 시키는 대로 했다. 이런 낯부끄러운 대사조차도.

"여러분의 가족과 고향을 지키세요! 제가 돕겠습니다!"

웃는 얼굴 만들기가 고역이었다. 아무리 생각해도 어색했는데, 기자들은 좋다고 촬영했다. 그들의 감성은 일반인과 다른 게 틀림없다. 아니면 세상이 미쳐서 그들도 미쳤거나.

시민 거주구역으로부터 초대장이 날아왔다. 하루하루가 무료하고 불안한 그들에게, 나는 축제를 벌일 좋은 명분이었다. 이미 컴뱃 카메라 영상이 뉴스를 탄 뒤였다. 전투교범으로 쓰겠다더니, 홍보자료 만들기가 우선이었다.

초대를 무시하긴 어려웠다. 당연히 올 거라고 생각해서, 구역 입구부터 화려하게 꾸며놓은 것이다. 내가 가지 않는다면, 많은 사람들이 실망할 것이다. 미리 준비해놓은 많은 것들도 무용지물이 될 터였고.

참석한 뒤에도 편하지는 않았다. 추파를 던지는 사람들 탓이었다. 개인적인 차원도 있고, 좀 더 정치적인 차원도 있었다. 캘리포니아 주의회 상원의원이 내게 관심을 보였다. 기자들을 불러 사진을 찍기도 했다.

그 외엔, 하룻밤 어떠냐는 유혹이 있었다. 그들은 이렇게 말했다. 위태로운 시대에, 강한 남성을 원하는 건 자연스러운 일 아니냐고. 그러나 나는 그들에게서 다른 종류의 욕망을 느꼈다. 표현하기는 어렵지만, 그것은 일종의 과시욕이었다.

사람으로서의 날 원하는 게 아니라는 느낌?

모르겠다. 성 관념이 상대적으로 자유로운 나라에선, 그리 큰 문제가 되지 않는 것일지도.

이런 일들이 꼭 영화 속 이야기만은 아니라는 사실을 깨달았다.

어쨌든 거절했다. 아직 미성년자라는 핑계가 그나마 쓸 만 했다. 대부분은 문화차이로 받아들여졌지만, 몇몇은 마구 웃기도 했다. 그게 그렇게 대단한 문제냐고.

새삼스럽게 깨달았다. 영웅으로 만들어지는 과정이, 당사자에게 결코 편치 않다는 사실을.

# 저널, 84페이지, 캠프 로버츠

성탄절이 다가오면서, TV 방송의 분위기가 변화했다.

단순히 크리스마스 캐롤만 흘러나오는 게 아니었다. 재난방송과 뉴스 일색이었던 편성이, 토크 쇼나 스탠딩 코미디, 드라마 등의 일상적인 프로그램들을 포함하기 시작했다. 감염변종을 우스꽝스럽게 묘사한 영상물들이 주류를 이루었다.

폐쇄되었던 채널들도 속속들이 부활했다. TV 앞에 모이는 사람의 숫자가 급격히 늘었다.

내가 보기에, 이것은 재난을 극복할 수 있다는 자신감의 표현이었다. 긍정적인 분위기를 확산시키려는 노력이기도 할 것이었다.

새로 편성된 프로그램 중에는 이런 것도 있었다.

「애국자들을 위한 두 잇 유어셀프(DIY)! 오늘은 그 첫 번째 시간입니다!」

국가가 필요로 하는 물자, 장비를 개인 차원에서 만들어보자는 취지의 방송이다. 처음엔 별 거 아니겠지 싶었지만, 막상 보니 장난이 아니었다.

「전국의 애국적 시민 여러분, 안녕하십니까. 여러분들을 위해 준비된 만능 기술자, 맥칼리스터 가이버 존슨이라고 합니다. 저는 오늘부터 7주에 걸쳐, 애국자분들과 함께 나무를 깎을 거예요! 나무를 깎아서 무얼 만드느냐고요? 놀라지 마십시오. 구호물자 수송기입니다!」

순간 뭘 잘못 들었나 싶었다. 진행자가 한 번 더 강조했다.

「아, 의심할 필요 없어요. 당신이 상상한 바로 그것 맞습니다. 하늘을 나는 수송기를 만들 거라고요! 지레 겁먹을 필요 없어요. 여러분의 창고에 처박혀있는 평범한 도구들로도 얼마든지 만들 수 있으니까요!」

평범한 도구는 어디까지나 미국 기준이었다. 어지간한 물건을 스스로 만들거나, 혹은 수리하는 게 보편적인 문화였기에.

「이 프로젝트의 이름은…… 그래요! 나무로 만들어진 기적(Wooden Wonder)이라고 합시다! 역사를 잘 아는 애국자분들이 아하! 하실 이 이름! 그렇습니다, 우리가 나치새끼들을 겁나게 패줄 때, 기행의 나라 영국에선 나무를 가지고 아주 훌륭한 폭격기를 만들었었죠! 저도 거기서 영감을 얻은 겁니다! 아, 물론 똑같은 물건은 아니에요!」

이윽고 화면은 도면을 보여주었다. 전화번호도 나왔다. 전화로 주문하면, 유료로 도면을 발송해주겠다고. 수익금 전액은 방위성금으로 기부된다는 메시지가 송출되었다.

「우리가 만들 비행기는 장갑도 필요 없고, 높이 날 필요도 없고, 속도가 빠를 필요도 없습니다! 우리의 적에게는 대공포가 없거든요! 날개는 당연히 없죠! 우리의 희망, 「우든 원더」는 짐과 사람을 싣고 날아다닐 수만 있으면 됩니다!」

기술자 맥칼리스터는 완성품의 성능을 열거했다. 제대로만 만들면, 최대 2톤의 물자를 싣고 1,000km를 날아갈 수 있다던가.

방송을 종료하는 멘트는 이랬다.

「각 지역의 커뮤니티 센터에 자재를 준비해 두었습니다! 완성된 파트는 규격 및 품질검사를 거쳐 국방부가 매입합니다! 애국자 여러분의 많은 호응을 부탁드립니다!」

말이 완성된 파트지, 개인에게 맡기는 것은 어디까지나 초벌 제작이었다.

진행자도 자기가 만든 것을 가공선반에 넣어서 마무리하는 모습을 보이기도 했고.

무엇보다 중요한 건 동기부여였다. 무언가 할 일이 있다는 건, 무력감을 덜어내는 데 상당한 도움이 된다.

같은 흐름으로, 모병광고도 전에 비해 많이 새로워졌다. 전쟁영웅들이 입대를 독려하는 건 예전과 같다. 다만 비장미가 퇴색하고, 그만큼의 유머로 물들었다.

먼저 등장한 것은, 그럼블의 시체 위에 걸터앉은 근육질의 백인 중사였다. 리포터가 그에게 물었다.

「인류를 지키기 위해 무엇이 필요하다고 보십니까?」

중사가 답했다.

「더 많은 무기, 더 많은 탄약, 그보다 더 많은 개자식들(Bastards)이오.」

그러자 리포터가 되물었다.

「개자식이라면, 여자는 제외인가요?」

그러자 중사가 인상을 쓴다.

「개자식이 되는 데 남녀가 무슨 상관이겠소?」

뒤바뀐 화면에서 리포터가 환하게 웃었다.

「그렇다는군요! God bless ′Merica! Yeah! 당신도 개자식이 될 수 있습니다! 지금 전화하세요! 댈러스! 972-392-9158! 포트워스! 817-467-3266!……」

이 광고는 최근에 개정된 징병법을 반영하고 있었다. 본래 18세에서 65세까지의 남성만이 징병대상이었으나, 이제 여성도 얼마든지 징병될 수 있다.

오늘, 12월 22일 기준으로, 미군 병력이 800만을 돌파했다. 난민지원병도 계속해서 확대되고 있었다. 미군이 어디까지 팽창할지 예측하기 어렵다.

이런 생각을 하고 있는데, TV에 내가 나왔다. 배경에 성조기가 펄럭이고, 쓸데없이 전투기가 날아다닌다. 그 가운데 내가 멋진 자세를 취하고 있었다.

「여러분의 가족과 고향을 지키세요! 제가 돕겠습니다!」

이게 뭐야······.

# 유소작위(有所作爲)

## 캠프 로버츠

저널에서 나왔던 정보들은, 캠프 로버츠에서도 가시적인 변화로 나타났다. 미군이 난민 기능공들을 모집하기 시작한 것이다.

「겨울동맹」에 대해서는 겨울이 모집관을 대신했다. 명부에 적힌 직업과 특기로 사람들을 가려냈다. 동맹의 규모가 규모인지라, 모아놓고 보니 텐트 하나를 꽉 채워서 앉았다.

"이번에 뽑히는 분들은 기지건설이나 시설복원에 우선적으로 투입됩니다. 그 외에 공장이나 발전소, 야전 정비창 같은 곳으로 파견될 수도 있고요. 사병 수준의 급여와 위험수당을 지급하겠대요. 혹시 희망자 있으세요?"

사람들은 위험수당이라는 부분에서 움찔거렸다. 선뜻 나서는 이가 없었다. 누군가 조심스럽게 손을 들었다.

"저기, 아직 지원하는 건 아니고, 질문이 있는데요."

"하세요."

"시민권은 안 주나요?"

겨울이 유감스러운 표정을 지어냈다.

"아직 그 이야기는 없어요. 병력 충원이 더 중요하다고 생각하나봐요."

적잖은 사람들이 실망했다. 곧바로 다른 질문이 나왔다.

"사병 급여라구 허셨는디, 구체적으루는 을매나 준대유?"

겨울은 모집훈령 부록, 급여 테이블을 더듬었다.

"일단 월 1,756달러에서 시작하네요. 기술 수준이나 경력, 영어회화 가능여부에 따라 추가로 조정한다고 써 있어요. 그리고 위험수당은 기본 150달러인데, 캠프 밖에서 작업하는 거면 무조건 지급한대요. 작업 중 혹시 교전이 발생할 경우엔 225달러를 준다고 하고요."

"그라도 한 200만원 되겠네유. 여서 할 것두 없구, 천상 가긴 가야할 것인디⋯⋯."

질문은 또 있었다. 여기저기서 올라오는 무수한 손들. 겨울이 하나하나 지목해서 받았다. 대부분 안전에 관한 것들이었다.

그런 과정을 거쳐, 최종적으로 지원한 숫자가 17명이다. 반수 이상몸을 사린 결과였다. 지원자가 많을수록 「겨울동맹」의 영향력이 강해지겠지만, 굳이 강요하지 않았다. 실적보다는 안정을 우선할 때였다.

지원자 가운데엔, 언어장애가 있는 용접기술자도 있었다. 그는 놀라운 기량을 선보였다. 미군 시험관이 감탄할 정도였다. 처음엔 영어도 못 하고, 정상적인 의사소통이 힘들다는 데 난색을 표했었다. 다른 기술자들도 놀라워했다. 결과물 주위에 몰려든다.

"워메. 이 사람 비드 쳐놓은 것 보소? 장인이네, 장인이여."

"용접을 하랬더니 용 비늘을 쌓아놓으셨네."

"슬쩍 보니깐 운봉질이 아주 예술이더구만."

문외한인 겨울이 보기에도, 이어붙인 자국이 정갈해 보였다. 꼭 같은 크기, 같은 모양의 비늘이 차곡차곡 겹쳐진 형상. 사실상 합격은 확정이고, 급여수준 조정이 있을 것 같았다.

그의 이름은 박병후라고 했다. 그는 쑥스럽게 웃었다.

겨울이 그를 따로 불렀다.

"정말 하시겠어요?"

박병후가 펜과 수첩을 꺼냈다.

「무슨 말씀이십니까? 혹시 제가 장애인이라서 안 된다고 생각하십니까?」

"차별하려는 건 아니에요. 오히려 병후 씨가 일을 해주면 저는 좋아요. 경제력 있는 동맹원이 늘어나는 거잖아요. 사람들이 장애인 분들을 보는 시선도 달라질 거고요."

숨을 돌리고, 겨울이 다시 말했다.

"다만 병후 씨가, 장애인이기 때문에 더욱 나서야한다는 압박을 느끼시는 게 아닌가 싶어서요. 그거야말로 차별이잖아요. 외부활동에서 다른 사람보다 좀 더 위험한 것도 사실이고."

「겨울동맹」엔 장애인을 싫어하는 사람들이 있었다. 겨울에게 대놓고 반항할 수 없어서, 겉으로만 잠잠한 것. 보이지 않는 곳에서는 은근한 멸시와 모욕이 이루어지는 중이다.

당장 겨울이 전달받은 이훈태의 메모만 봐도 그랬다. 청각장애인을 가장한 그를 두고, 어차피 듣지 못한다고, 바로 앞에서 욕을 하거나 비웃는 일이 비일비재하다.

이런 분위기에 반쯤 떠밀린 것은 아닌가. 이것이 겨울의 진의였다.

또한 작업시의 위험도가 다른 것도 사실이다. 차이를 인정하는 것과 차별은 명백히 다른 개념이었다.

병후가 펜을 놀렸다.

「생각해주셔서 감사합니다. 확실히 의무감을 느끼긴 합니다만, 그게 꼭 싫은 것도 아닙니다. 위험하더라도 해보고 싶습니다.」

겨울이 고개를 끄덕였다.

"알았어요. 그럼 가보세요."

미군 시험관이 합격자들을 부르고 있었다. 병후는 바쁜 걸음으로 합격자 대열에 합류했다. 지켜보는 겨울의 등 뒤로, 인기척이 여럿 다가왔다.

중국인들이었다. 겨울은 중심인물에게 인사를 건넸다.

"오랜만이네요, 소저."

리 아이링은 겨울에게 조용히 목례했다.

모습이 많이 달라졌다. 전에는 일부러, 과하게 꾸민 느낌이었다. 지금은 수수하다. 하얀 옷을 입고 있었다. 「삼합회」의 사정을 감안할 때, 아마도 상복일 것이었다.

그녀가 겨울에게 물었다.

"일전에 선생께서 하셨던 말씀은, 아직 유효한 것인지요?"

기다리고 있었다. 겨울이 고개를 끄덕였다.

"용두께서 생각을 바꾸셨나요?"

"네. 뵙기를 청하십니다."

"언제가 좋을까요?"

"한 선생께서 원하시는 대로. 당장 오늘이라도 상관없습니다."

겨울을 배려하는 태도. 사실 체면을 지키느라 돌려서 하는 말이었다. 곧이곧대로 듣고 나중에 보자고 해버리면 어떨까? 아이링이 무척이나 곤란해 할 것이다.

'일부러 그랬다는 생각이 들면 원한을 품을 테고.'

중국인은 수모를 쉽게 잊지 않는다. 체면을 중시하는 문화 탓이다. 개인차가 있겠지만, 「삼합회」의 향주나 용두쯤 되면 생각할 것도 없었다.

그래도 약간 초조하게 만드는 건 괜찮겠지. 마침 적절한 핑계가 있었다.

"기왕 뵐 거라면 서두르고 싶긴 한데, 빈손으로 가긴 부끄럽네요."

아이링이 즉답했다.

"범상한 예의는 신경 쓰지 마세요. 아버님께선 부족한 것이 없으실 뿐더러, 대의를 논하는 자리에서 사소한 정성을 탓할 소인도 아니시니까요."

말은 잘 나왔는데, 지나치게 빨랐다. 급한 티가 적나라하다. 아이링은 태연한 체 했지만, 시선이 마주치자 얼굴이 살짝 붉어졌다. 겨울은 그녀를 괴롭히지 않기로 했다.

"그렇게까지 말씀하신다면야, 알겠습니다. 다만 옷 정도는 갈아입게 해주세요."

손님의 격은 곧 주인의 자존심이기도 하다. 삼합회주의 자존심을 살려주는 것도 나쁘진 않을 것이었다. 협상이란 게 무조건 압박하고 무시한다고 되는 건 아니니까.

여기엔 아이링도 수긍했다. 그녀는 겨울을 뒤따라, 장교숙소 앞에서 기다렸다. 어느 정도는 감시였다. 「흑사회」 주도권을 두고 「삼합회」와 경쟁하는 다른 조직과 접촉할 지도 모르니까.

개인실에서, 겨울은 장교정복을 꺼냈다. 행사가 아니면 입어본 적 없는 옷이었다. 환복을 마치고 훈장을 달았다. 약장 위에는 전투보병 뱃지를 끼운다. 사람들 보는 눈이 신경 쓰여도 어쩔 수 없었다. 중국인들은 좋아할 테니까.

연기라고 해도, 부끄러움을 감수하는 건 또 다른 문제다. 짧게 한숨 쉬는 겨울. 소년장교가 정모를 눌러썼다.

다시 나왔을 때, 아이링은 순수하게 감탄했다.

"가까이서 보니 다르네요."

그녀는 지체 없이 앞장섰다. 호위하는 인원은 전과 같았지만, 느껴지는 「위협성」의 정도는 예전만 못하다. 단순한 재배치일까, 인재유출의 증거일까. 중국계 문화에서 배신자는 좋은 취급 받기 어렵지만, 모를 일이다. 시국이 시국이었다.

난민구역의 치안은 군과 경찰이 분담한다. 낮 시간의 구역 내 순찰은 경찰들 몫이다. 경관들이 흥미로운 시선을 던졌다. 군경이 서로 데면데면하더라도, 겨울은 예외적인 경우였다.

중국계 거류구의 체크 포인트는 에이블 중대가 담당했다. 여군 두 명이 보초를 서고 있었다. 그녀들은 겨울을 보고 절도 있게 경례했다. 파소 로블레스의 인연으로, 에이블 중대 병력은 겨울에게 유달리 깍듯했다.

상호경례가 끝나고서, 한 명이 농담을 걸었다.

"소위님, 보기 좋습니다. 데이트 중이십니까?"

"그런 거 아니에요, 에이미."

난처한 겨울을 보고, 여군 두 명이 깔깔거리며 웃었다. 그러나 그녀들이 단순히 장난으로 시간을 끄는 것은 아니었다. 그녀들의 의미심장한 눈짓을 아이링도 깨달았다. 조용히 자리를 비켜준다. 병사들이 말했다.

　"우리 똥 덩어리가 그러더라고요. 소위님 지나갈 때 방문목적이나, 기타 등등을 캐물으라고. 동행인이 있다면 반드시 기록하라고도 했고 말이죠."

　마커트 대위를 부르는 호칭이 똥(Our shit)이었다. 겨울이 고개를 끄덕였다.

　"시키는 대로 하세요."

　그러자 두 여군이 해괴한 표정을 짓는다. 다른 한 사람, 사라 일병이 묻는다.

　"진심으로 하시는 말씀은 아니시죠?"

　"왜 아니겠어요? 여러분이 하지 않아도, 어차피 그 분 귀에 들어가게 되어 있어요. 지시불이행으로 트집 잡히면 어쩌려고요?"

　그러자 에이미가 사납게 웃었다.

　"하! 착하기도 하셔라. 근데 걱정 안 하셔도 됩니다, 소위님. 그건 지금 남 괴롭힐 처지가 아니거든요. 작전 뛸 때마다 프래깅을 걱정하는 마당인데요. 병신 새끼."

　겨울은 잠시 생각하고, 어색한 미소를 지어냈다. 장교 앞에서 상관살해(프래깅)를 대놓고 언급하는 건 정상이 아니다. 그만큼 겨울을 믿는다는 뜻이며, 마커트 대위가 병사들의 마음을 잃었다는 뜻이기도 했다.

　병사 둘은 말 나온 김에 줄지어 험담을 늘어놨다.

"시대착오도 정도가 있지, 인종차별이 웬 말이래요? 군인의 피부색은 위장색이잖아요. 그 똥 덩어리는 대위 짬밥 처먹고 아직도 그걸 몰라요."

"에이, 짬밥도 짬밥 나름이죠. 이라크에서도 허위보고로 진급했다는 소문이 파다하던걸요."

전자는 에이미, 후자는 사라였다. 사라 일병의 험담이 허황된 것은 아니었다. 전과를 부풀려 진급점수를 쌓는 것은, 일부 부도덕한 장교들의 공공연한 비밀이었기 때문이다.

"일부러 저런다는 이야기도 있습니다. 정상적인 방법으로는 이 지옥을 벗어날 수 없으니까, 아예 불명예전역을 노리는 거죠. 민간인 신분이 되면 저 밖에서 썩어가는 것들과 마주칠 필요 없잖아요. 겸사겸사 사욕도 좀 채우고 말입니다."

에이미의 말이 그럴 듯 했다. 곱씹을수록 강한 설득력이 느껴진다.

'그럼 오히려 더 위험한데.'

자리 지키기에 미련이 없다면, 지금보다 더 막나가도 이상하지 않다. 두 병사도 그렇게 생각하고 있었다. 기왕 말썽을 피우려면 크게 피워야 확실하다. 겨울은 좋은 표적이었다. 전쟁영웅의 스캔들 이상으로 화제가 될 사건이 어디 있겠는가.

"조심하세요. 소위님이 미친개한테 물리면 우리 중대가 통째로 돌아버릴 지도 모르거든요."

말은 거칠지만 마음은 따뜻하다. 겨울이 에이미와 악수했다.

"일부러 경고해줘서 고마워요. 앞으로 주의할게요."

아이링은 길게 기다리고 있었다. 궁금한 눈치였으나 캐묻지 않는다. 대단한 비밀도 아니어서, 겨울이 먼저 말해주었다.

"마커트 대위님에 대해 경고해주더군요."

"아."

설명이 필요 없었다. 아이링도 알 만큼 아는 사안이었다.

「흑사회」영역에 들어서기 무섭게, 「생존감각」과 「전투감각」이 위험을 경고했다. 증강현실 사선(射線) 예측이었다. 누군가 투사무기로 조준하고 있다는 의미. 겨울과 아이링이 표적인 모양이다. 완만하게 굽어진 사선이, 움직이는 내내 따라다녔다.

'활? 아니면 슬링 보우?……슬링 샷(새총)인가?'

어느 쪽이든, 간단한 재료로 급조할 수 있는 무기들이었다.

경고의 색채는 옅었다. 겨냥 당했어도, 실제 공격으로 이어질 가능성이 낮다는 뜻이다. 겨울은 「통찰」이 제시한 방어와 회피가능성을 읽었다. 겨울에게는 강력한 기술보정이 작용한다. 탄속이 느릴 경우, 화살 한 대 쯤 손으로 잡아내는 것도 가능했다.

역시나, 별 일은 없었다. 두 사람은 무사히 「삼합회」본거지에 도착했다.

텐트 내부는 화려한 붉은 색조였다. 여러모로 부족한데도 불구하고, 중국의 문화색이 확실하게 느껴진다. 글씨와 그림은 아예 여기서 만들어진 것 같았다. 중앙 전면에 놓인 용머리 장식이 인상적이었다. 회주의 상징물인 모양이다.

어디서 구했는지, 나무로 된 테이블이 있었다. 전후좌우로 간소한 의자를 놓고, 그 상석에 노인 한 명이 자리했다.

'예상했던 것과 많이 다르네.'

노인은 양복을 입었고, 색 짙은 안경을 썼다. 아이링이 노인을 소개했다.

"인사드리세요. 삼합회주이자 제 아버님이신 리친젠(李勤儉) 노사이십니다."

겨울이 허리를 깊게 숙였다.

"처음 뵙겠습니다. 「겨울동맹」 대표 한겨울입니다. 일찍 찾아뵙지 못해 죄송합니다."

노인이 자리에서 일어났다.

"리친젠이오. 명성 높은 영걸을 맞게 되어 기쁘오. 어서 앉으시오."

답례인사가 포권이었다. 늙은 사람답다고 해야 할까, 아니면 겨울에게 그만큼 격식을 차린다고 봐야 할까.

'둘 다겠지.'

겨울은 권유를 사양하지 않았다. 의외로 아이링에게 주어진 자리가 없다.

회주가 묻는다.

"식사는 하셨소?"

대답을 정해놓고 던지는 질문이었다. 겨울이 고개를 저었다.

"아뇨. 아직입니다."

노인이 고개를 끄덕였다.

"좋은 자리에 성찬(盛饌)이 빠지면 안 되지."

기다렸다는 듯이 음식이 나왔다. 디팩 식단에 비해 나을 것도 없었으나, 비슷한 수준인 것만으로도 놀라운 일이었다. 망해가는 티를 내지 않으려고 하는 노력이겠지만, 이런 노력을 할 수 있다는 것 자체가 「삼합회」의 여력을 증명한다.

먹을 땐 중한 이야기를 피하는 게 그들의 예의였다. 순서대로 나오는 음식들을 적당히 남기면서, 겨울은 매번 맛있다고 감탄했다. 노인은 고개를 끄덕이며, 손수 음식을 덜어 겨울에게 내주기도 했다.

마지막엔 생선 요리가 나왔다. 먹으라고 주는 요리가 아니다. 먹어도 상관은 없지만.

겨울은 아이링의 말을 회상했다.

'범상한 예의는 신경 쓰지 말라더니.'

할 건 다 하고 있었다.

그렇다고 완전히 무의미한 허례만은 아니었다. 겨울이 이토록 긴 시간 보내는 것 자체가, 앞으로 퍼질 소문의 소재가 되는 까닭이었다. 한편으로는 조직원들에 대한 과시이기도 했다. 지금도 텐트 안의 많은 시선들이 느껴진다.

"한 선생께서는 술을 들지 않으신다고 들었소만."

정보력 과시다. 겨울은 옅은 미소를 만들었다.

"맞습니다. 하지만 대인께서 주신다면 한 잔 받겠습니다."

리친젠이 흡족해했다.

'띄워주기는 이 정도면 되겠지.'

잔을 받으며 겨울이 하는 생각이었다. 겨울의 잔은 리친젠이 직접 따라주었다.

리아이링이 텐트 안의 모든 이들에게 술을 돌린다. 여기 있으면 최소한 행동대장 급이었다.

리친젠이 자리에서 일어났다.

"건배합시다. 「삼합회」와 「겨울동맹」 공동의 번영을 위하여."

겨울이 잔을 단숨에 털었다. 식도의 모양이 뜨끈한 감각으로 새겨진다. 어지간히 독한 술이었다. 그래봐야 취한 감각은 안 들고, 약간의 상태이상이 붙을 뿐이지만.

빈 잔은 즉시 채워졌다.

잔에서 손을 떼고, 겨울은 본론이 나오길 기다렸다.

'세력이 얼마나 축소되었는지 확실히 알 수 있다면 좋겠는데.'

무리일 것이다. 불리한 이야기는 빙빙 돌리는 게 중국인들의 화법이니까.

그래도 타격이 상당한 것만은 분명했다.

아무리 잘 포장해도, 지금 겨울을 불러들인 것은 구명수단을 찾는 모양새였다. 「삼합회」로선 아무래도 체면이 상하는 일. 다른 중국계 조직들에게도 얕보일 것이다. 더는 「흑사회」의 맹주 자리를 지키기 어렵게 된다.

확신할 수 있다. 「삼합회」의 당면과제는, 이제 존속 그 자체였다.

삼합회주가 말했다.

"아타스카데로에서는 신세를 졌소. 선생이 아니었다면, 유해 수습이 며칠 늦어졌겠지. 의롭게 죽은 자들에 대한 예의가 아니었을 거요."

며칠이라. 그 손실을 보고도 아직 보낼 사람이 남았다는 건가. 겨울은 리친젠의 허세를 모르는 척 받아주었다.

"당연한 노력이었습니다. 국적과 소속을 떠나, 같은 인간으로서 안타까운 일이었거든요."

"같은 인간이라……그것이 바로 의협이오. 「삼합회」의 정신이지. 선생은 비록 우리 형제가 아니지만, 그 어떤 형제보다도 뛰어난 자격을 지닌 셈이오."

"높이 평가해주시니 부끄럽네요. 그저 사람의 도리일 뿐인데요."

"선생, 그건 자랑스러워도 될 일이오. 그 도리를 모르는 자들이 너무도 많지 않소? 타인의 간난을 자신의 기회로 여기는 소인배들 말이오. 음험하고 간사한 자들이지."

이게 범죄자가 하는 소리였다. 「삼합회」를 위시한 중국계 범죄조직은, 해외에서도 동포들을 잡아먹기로 악명 높다. 이젠 「삼합회」가 잡아먹힐 차례일 뿐.

'하긴, 남이 하면 불륜이지.'

겨울은 속 다른 겉으로 부드럽게 말했다.

"저도 그런 사람들이 정말 싫습니다. 하지만 제 능력에 한계가 있으니, 이런저런 만행을 지켜볼 수밖에 없더군요. 가까운 사람들을 지키는 것만으로도 힘겹습니다."

소년이 거듭 겸양으로 회피하자, 이제껏 은유만 던지던 노인이 좀 더 직설적으로 나왔다.

"참 반가운 말이구려. 나 또한 그들에게 공분을 품고 있소. 선생과 나의 마음이 꼭 같으니, 우리가 가까워진다면 서로에게 큰 도움이 될 거요."

그렇게 단정 지어 놓고, 겨울이 아닌, 자신의 딸에게 묻는다.

"아이링, 너는 어찌 생각하느냐?"

몇 걸음 떨어져있던 그녀는, 자기 차례가 돌아오자 조금 놀란 기색이었다. 그러나 곧 차분하게 대답한다.

"아버님 말씀이 맞아요. 무언가를 할 필요도 없을 거예요. 덕이 있는 사람은, 그저 거기 있는 것만으로도 다른 이들을 다스린다고 하잖아요."

안전보장 정도는 겨울의 이름값만으로 충분하다는 뜻이었다. 쓸데

없이 들락거리기만 해도, 다른 조직의 경계를 사기 충분할 것이다. 자기보전을 우선하고픈 「삼합회」의 처지를 반영하는 생각이기도 했다.

'이 대화에, 이유 없이 딸을 끌어들이진 않았을 텐데.'

노인의 의도를 경계하면서, 겨울은 반론을 제기했다.

"제 의견은 조금 다릅니다. 관계를 과시하려면 그만한 사건이 있어야죠. 「삼합회」와 「겨울동맹」이, 실제로, 공동의 목표를 위해 힘을 모을 수 있다는 사실을 보여줘야 합니다. 세상에 이름뿐인 우정이 얼마나 많은지 생각해보세요."

숨을 돌리고, 다시 잇는 말.

"또 한 가지. 「삼합회」와 「겨울동맹」 사람들을 위해서도 공동의 과제가 필요합니다. 한국인들은 이런 말을 해요. 자식 싸움이 부모 싸움된다고. 제가 동맹원 분들의 부모씩이나 되진 않겠지만, 어쨌든 개인사이의 갈등이 조직 사이의 분쟁이 될 수는 있잖아요."

이것은 앞서 리아이링이 처음 찾아왔을 때도 지적한 바 있는 문제다.

겨울이 자신의 생각을 정리했다.

"즉, 「삼합회」와 「겨울동맹」이 연대감을 느끼려면, 서로에게 실질적인 도움을 줘야 하지 않을까요?"

몸 사릴 생각 말고, 내놓을 건 내놓으라는 소리였다.

어쨌든 「삼합회」가 필요한 건 맞다. 중국인들에게 영향력을 행사할 창구가 되어줘야 한다. 그러나 처음부터 이런 식이면 다시 검토할 필요가 있었다.

"구구절절 옳은 말이오."

리친젠은 의외로 간단히 긍정했다. 그러나 그것으로 끝나지 않았다.

"허나 다른 방법도 있지."

"다른 방법이요?"

"결속을 가장 확실하게 만드는 방법은, 한 가족이 되는 것 아니겠소?"

결국 나오는구나.

예전과는 상황이 다르다. 아이링이 제안했을 땐 「겨울동맹」의 종속이 조건이었다. 지금은 대등한 동맹이며, 「삼합회」가 더 아쉬운 처지다.

사실 나쁜 방법은 아니었다. 결혼만큼 확실한 결합도 드물다. 외인이 아니기에, 「삼합회」에 대한 영향력 행사도 더욱 자연스러울 것이다.

그러나 싫다.

'왜 싫은 걸까.'

스스로도 잘 모르겠다. 어렴풋이 알 것도 같은데, 길게 고민할 여유가 없었다.

"안 됩니다."

반사적으로 거절하고서, 겨울이 곧바로 수습했다.

"불과 며칠 전에 많은 사람들이 죽었잖습니까. 대인께서 저를 보자고 하신 것도 사실 그 이유 때문이고요. 「삼합회」는 피를 나눈 형제들이잖아요. 한 집안에서 조사와 경사가 겹칠 수도 있나요? 죽은 분들을 추모해도 부족할 때라고 생각합니다."

피를 나눈 형제라는 게 농담이 아니다. 입단 의식에서, 술잔에 술대신 피를 채워 돌리는 까닭이었다.

아이링은 안색이 조금 나빠졌다가, 겨울의 해명에 표정을 풀었다.

"맞는 말씀이에요. 아버님, 아무래도 이 이야기는 다음으로 미루시는 게 좋겠어요."

그러나 리친젠에겐 아직 다른 명분이 남아있었다.

"주자가 말하길 제사는 산 사람을 위한 것이라고 했소. 죽은 자를 기리는 의식은 사실 남은 사람을 북돋는 행사란 뜻이지. 죽음은 삶을 이길 수 없소. 선생. 우리는 모든 것이 예전 같지 않은 시기에, 하루하루가 불안한 사람들을 이끌고 있는 거요. 형식에 구애받지 말고, 사람들에게 진정으로 필요한 게 무엇인가를 생각하시오."

뜻밖의 정론이다. 삼합회주가 남은 말을 풀었다.

"죽은 형제들은 의로운 자들이었지. 산 사람이 걱정이라 눈을 감지 못할 게요. 그들을 위해서라도 희사(喜事)가 있어야 하오. 산 자와 죽은 자 모두를 위한 진정한 희사 말이외다. 선생 정도 되는 사람을 형제로 받는다면, 그들도 안심하고 떠날 수 있겠지."

범죄조직의 우두머리라도, 나이를 헛먹은 건 아니구나. 겨울은 삼합회주에 대한 평가를 조정했다. 좋은 의미라기보다, 얕보면 곤란하다는 의미로.

그러나 겨울에게도 시간이 있었다. 어렴풋했던 생각을 움켜쥘 만한 시간이. 이제 겨울은, 곧바로 들었던 거부감의 정체를 안다.

"사람은 상품이 아닙니다."

"음?"

의아한 리친젠을 향해, 겨울이 침착하게 말했다.

"딸을 팔지 마세요. 자식은 부모의 권리가 아니고, 처분 가능한 재산도 아닙니다. 조직 운영에 필요한 소모품은 더더욱 아니고요. 결혼은 일생의 행복이 걸린 문제잖습니까. 다른 사람들을 만족시키기 위해 하는 결혼이라니, 말도 안 됩니다."

"선생. 사랑 없는 결혼이 싫다는 말을 너무 어렵게 하시는구려."

"아뇨, 다릅니다. 대인께서는 그저 개인의 문제로 보고 계시고, 저는 사람의……좀 더 보편적인……보편적인 권리에 대해 말씀드리는 거니까요."

"무슨 말인지 알겠소."

리친젠이 허허 웃었다.

"새삼 선생의 젊음이 느껴지는구려. 확실히 맞는 말이오. 하지만 세상살이가 생각대로 되는 건 아니지. 현실과의 타협은 선택이 아닌 필수라오. 결혼은 그 중 하나일 뿐이고."

어린애 취급이었다. 겨울은 다시 지적했다.

"아뇨. 앞으로 태어날 자녀들을 생각해서라도, 그렇게는 안 됩니다. 사랑 없는 가정은 아이들의 지옥이거든요."

"아무래도 선생 본인의 경험담인 모양이군."

세월을 낭비하지 않은 노인에게는, 삶에서 비롯된 「통찰」이 있었다.

"사과하지. 아무래도 내가 경솔했던 것 같소. 그리고……선생 개인에 대해, 조금 더 신뢰가 생기는 것 같기도 하고."

"이해해주셔서 감사합니다."

겨울은 경각심을 키웠다. 저 말은 곧 이용해먹기 좋겠다는 뜻으로도 해석할 수 있었다. 못 믿을 사람들 사이에서는, 비난보다 칭찬을 더 경계해야 한다. 이 괜찮아 보이는 노인이 삼합회의 용두라는 사실을 잊어선 곤란했다.

"정 그렇다면 하는 수 없지. 다른 방법을 논의해봅시다."

이 말을 기점으로, 대화는 은유와 암시 투성이던 초기와 완전히 달라졌다. 체면을 지키는 한도 내에서, 한계까지 질박해진 대화가 오갔다.

"한 선생이 지도하는 외부임무는 성공률 높고 안전하기로 정평이 났지. 「그림블」이 등장했을 땐 위험을 무릅쓰고 미군을 구했고, 「트릭스터」와의 조우전에선 누구보다도 먼저 함정을 간파하지 않았소?"

요망은 분명했다. 「삼합회」의 미군 지원병들을 지켜주고, 그들 가운데 부사관이나 장교가 나오도록 도와달라는 것.

"그게 제 맘대로 되는 건 아니라는 걸 아실 겁니다. 저한테는 작전 편성 권한이 없어요. 건의를 할 순 있겠지만요."

"좋소, 좋소. 그 정도면 충분하오. 나머지는 「삼합회」에 맡기시오. 우리에게도 나름대로의 방법이 있소. 「삼합회」와의 협력이 무엇을 의미하는지, 선생이 다양한 방식으로 깨닫게 해드리리다."

하긴. 겨울은 납득했다. 아타스카데로에 단독으로 일백 가까운 인원을 보낼 정도면, 캠프 지도부에 청탁을 넣을 줄이 있다는 뜻이다.

'아마도 브라보 중대 쪽이겠는데……'

병력손실이 10%만 넘어도 후방재편을 받아야 정상이다. 브라보 쪽은 당분간 외부작전을 뛰기 어려웠다. 그래도, 부대행정 쪽에서는 나름의 영향력을 발휘할 수 있을 것이었다. 어쩌면 「삼합회」가 그 윗선에 닿아있을 지도 모르고.

지금이야 위태로워도, 한 때 「흑사회」의 맹주였으니 이상할 게 없었다.

"무엇보다 훈련계획 정도는 제출할 수 있잖소. 「겨울동맹」 전투조가 샌 미구엘까지 다녀오는 걸 알고 있다오. 다른 조직이라면 어림없는 일이지. 캠프 지휘부도 한 선생을 신뢰하기에 허락해주는 일이라고 보오만……. 융통성을 조금만 발휘하면, 우리 형제들도 선생이 단련시켜줄 수 있을 것이오."

"알겠습니다. 그래도 「겨울동맹」이 우선입니다. 우리도 이제 막 확충하는 단계라서, 쿼터를 많이 내드리긴 어렵습니다. 제가 통솔할 수 있는 병력은 제한적이에요. 양해 부탁드립니다."

"이해하오. 유감스럽게도, 한 선생의 몸은 하나뿐이잖소."

협력이 구체화될수록 분위기는 더욱 원만해졌다. 리친젠이 좋소, 좋소(好好)를 외치는 빈도도 높아졌다.

이 시점에서, 겨울은 훈련에 투입할 인원을 소개해달라고 요구했다. 「삼합회」의 상황을 감안하면, 실전에서도 함께 움직일 가능성이 높았기 때문이다. 그러므로 시작하기 전에 사람을 가려낼 필요가 있었다.

"상의, 벗으세요."

불려온 남자들은 난처한 표정을 지었다. 그러나 리친젠이 눈짓하자, 어쩔 수 없다는 듯 차례로 흉부와 등판을 내보인다. 겨울은 살갗에 새겨진 범죄이력을 추궁했다.

"이 상징은 무슨 뜻이죠?"

그들의 대답은 대개 정직하지 못했다.

일반적인 인간의 한계 수준에 도달한 「통찰」과 「간파」로 진실을 가려냈다.

거의 성사되었던 협상이 여기서 깨질 위기였다. 겨울이 계속 퇴짜를 놓자, 리친젠은 결국 침착함을 잃어버렸다.

"선생이 거부한 자들은 「삼합회」 최고의 용사들이오. 저들을 다 버리고서 무슨 전력을 만들겠다는 거요? 이건 성의 있는 협력이라고 볼 수 없소!"

"대인. 아무래도 확실하게 말씀드려야 할 것 같네요."

겨울이, 그에게만 들릴 만큼 작은 소리로 못 박았다.

"「겨울동맹」과의 협력을 길게 이어가고 싶으시다면, 더 이상 부당한 이득을 좇지 마세요. 지금은 처지가 나빠져서 못하고 계시겠지만, 앞으로는 못하는 게 아니라 안 하셔야 한다는 뜻입니다. 대인께서도 말씀하셨잖습니까. 의협이야말로 「삼합회」의 정신이라고."

"으음……."

리친젠이 화를 삭였다. 두 사람 다, 의협 운운하는 게 의미 없다는 걸 안다. 그래도 먹힌다. 체면을 중시하는 중국인의 특성이었다.

물론 이래도 부당한 원한은 남을 것이다. 예방을 위해, 겨울이 성의 있게 고개를 숙였다.

"제가 대인을 희롱하려는 게 아닙니다. 저는 「겨울동맹」에서도, 첫 전투조를 이렇게 뽑았습니다. 육체적으로는 부족하더라도 마음이 올바른 사람들 말입니다. 대인께서도 이미 알고 계시지 않습니까?"

"……알고 있소."

"이게 제 방식이고, 제가 할 수 있는 최선입니다."

말마치고 다시 고개 숙이는 겨울 앞에서, 삼합회주는 더 이상 입을 열지 않았다. 부하들 보는 눈이 있으니 여기까지가 적정선이었다.

조직은 사람이 살아가는 도구다. 겨울이 고르고, 겨울이 키워낸 사람들이 영향력을 얻으면, 분위기는 많이 바뀔 것이었다.

검사를 진행하던 겨울을 난처하게 만드는 사람이 있었다.

"저도 상의를 벗을까요?"

"아뇨……."

리아이링이었다.

겨울이 회주에게 물었다.

"진심으로 따님을 내보내실 작정이십니까?"

가족을 아끼라는 의미가 아니라, 리아이링이 전형적인 행정 간부로 보여서 하는 질문이었다. 유능한 행정가는 중요한 인적자원이다. 겨울이 부장 두 사람을 중시하는 것과 같다.

"모범을 보일 필요가 있소."

리친젠의 태연한 대답으로부터, 은연중에, 내키지 않는 기색이 포착된다. 회주의 직계존속이 모범을 보여야 할 분위기라는 뜻이었다.

회주가 한마디 덧붙였다.

"잘 단련시켜 주시오. 태극권 공부를 제법 쌓은 아이니 마냥 거치적거리진 않을 게요. 그러다가 마음에 들면 데려가시고."

"선처하겠습니다."

겨울은 대충 대답해놓고, 아이링의 지원을 인정했다.

마지막으로 할 일은 정보공유 요청이었다.

"대인께선 「흑사회」의 수장이셨죠. 아마 제게 필요한 정보를 알고 계실 거라 생각합니다."

"그냥은 내놓기 아쉬운 이야기들이요만……."

"어차피 한동안은 「겨울동맹」에 문제가 생기면 안 되잖습니까."

"그럼 선생이 내게 하나 빚진 걸로 해둡시다."

군이 구체적으로 물어볼 필요는 없었다. 회주는 겨울이 할 질문을 이미 알고 있었다. 아이링이 필요한 정보를 정리하여 책자로 엮는 동안, 리친젠이 겨울에게 말했다.

"「순복음 성도회」를 경계하시오. 내부사정을 전혀 알 수 없었지. 어차피 한국계 거류구의 일이라 신경 쓰지 않았지만, 이젠 「겨울동맹」과 한 배를 탄 입장이니 새삼스럽게 불길하군."

"그렇잖아도 주의하고 있습니다."

"믿겠소."

잠시 후 완성된 책자가 겨울에게 주어졌다. 펼쳐본 겨울은, 「다물진흥회」의 마약 공급 루트 하나가 중국계 조직 「안량공상회(安良工商會)」로 이어지는 것을 확인했다. 「삼합회」의 반대편에 선 조직 중 하나였다.

소년은 「스미요시카이」에서 얻은 정보를 떠올렸다. 한국인 접선책 일부의 이름이 일치한다.

'생산자를 밟아놓는 게 가장 확실할 것 같은데.'

「삼합회」 반대세력에 보내는 강력한 경고도 될 것이다.

마커트 대위가 비호하는 세력이니, 제대로 칠 수 있으면 실보다 득이 많았다.

'어떻게 할까……'

겨울이 생각에 골몰했다.


「삼합회」로부터 돌아온 겨울은, 두 부장의 의견을 구했다.

"한동안은 가만히 계시는 게 좋겠습니다."

민완기의 의견이었다.

"다른 단체들의 이목을 신경 쓰셔야 합니다. 크흠! 급격히 성장한 「겨울동맹」이, 이제는 「삼합회」와 손잡기까지……쿨룩. 손잡기까지 했어요. 아무리 중국계 조직과의 분쟁이라고 해도, 다른 조직들은 큰 위협을 느끼겠지요. 지금은, 큼! 내실을 다질 때입니다."

"괜찮으세요?"

겨울이 묻자, 중년 학자가 고개를 끄덕였다.

"걱정 마십시오. 작은 대장님이 애써주신 덕분에 다들 충분한 약을 받고 있습니다. 전 그냥, 커흐음. 그냥 나이와 체력 문제지요. 대장님 도 제 나이가 되어보면 아십니다."

본인이 괜찮다면 괜찮을 것이다. 민완기는 무리를 무릅쓸 성격이 아니었다.

이어 장연철이 말했다.

"저도 동의합니다. 다른 조직들만 신경 쓸 게 아니에요. 낯선 얼굴 이 갑자기 많아져서 그런지, 사람들이 불안해하고 있거든요. 마약의 뿌리를 뽑는 것도 급하지만, 분쟁이 생기면 동맹 내의 동요가 말도 못 하게 커질 겁니다."

겨울이 고개를 끄덕였다.

"두 분이 그렇다면 그런 거겠죠. 전 밖으로 돌아다닐 일이 많아서, 부장님들보다 동맹 분위기를 모르는 편이니까요."

절반의 진실이다. 겨울은 강영순 노인으로부터 이훈태의 메모를 꼬박꼬박 전달받고 있었다. 다만 100% 신뢰하지 않는 것일 뿐.

"그런데 대장님. 뭔가 생각해둔 방법이 있으셨던 겁니까?"

"뭐가요?"

"「안량공상회」를 칠 방법 말입니다."

연신 콜록거리면서도, 민완기는 못내 작은 지도자의 속이 궁금한 모양이었다. 겨울이 그렇다고 대답했다.

"먹힐지는 모르겠는데……예, 있긴 있어요."

불안했던지, 연철이 끼어들었다.

"밤에 대장님 혼자 몰래 치러 가시려는 건 아니죠?"

너무 순박한 발상이라, 겨울은 잠시 꾸미지 않은 웃음을 터트렸다.

"그런 거 아녜요. 제3자를 끌어들일 계획이었어요."

"제3자? 공상회의 중국인들도 무섭지 않고, 마커트 대위의 비호에도 개의치 않을 제3자가 이 캠프에 있다는 건가요?"

"경찰이요."

겨울의 대답은 질문했던 연철을 어리둥절하게 만들었다. 민완기도 마찬가지. 겨울을 헤아려보려고 애쓰는데, 쉽지 않은 듯 했다. 겨울이 계속해서 말했다.

"그 사람들이 원래 할 일이잖아요. 일하게 만들어야죠."

군과 경찰은 서로 잘 어울리지 않았다. 많은 면에서 경찰이 굽히고 들어간다. 역할의 차이도 있고, 규모와 무장의 차이도 있었다. 치안업무 분담은 겉치레에 불과하다.

경찰은 난민들이 시민 거류구를 침범하거나, 캠프 전복을 꾀하거나, 통제 불능의 소요사태를 일으키는 것만 막을 뿐이다. 빈발하는 살인사건들이 경찰의 방관을 증명한다.

"그들이 작은 대장을 무시할 순 없겠지만, 귀찮은 일은 피할 겁니다. 도와주기 싫을 거예요."

연철의 말은 알맹이가 따로 있었다. 겨울이 자신감 과잉에 빠진 게 아닌가 걱정하는 기색이다. 그가 보기엔, 그럴 만한 나이에 그럴 만한 공적이겠지. 겨울은 좀 더 설명해주기로 했다.

"반대예요."

"예?"

"그 사람들이 저를 돕는 게 아니라, 제가 그 사람들을 도와주게 될 거라고요."

연철은 어리둥절하다. 다만 민완기는 이제 짚이는 구석이 있는 것 같았다.

"쿨룩, 중국인들이 먼저 경찰에 손대게끔 만드시려는 거군요."

"맞아요."

"어지간한 사건이 아니고서야, 경찰이 움직이겠습니까?"

"무시하긴 힘들 거예요. 난민들의 무기 보유에는 민감하게 반응하잖아요."

"무기? 칼이나 몽둥이 정도로 그런 말씀을 하진 않으실 테고……."

"거의 확실한 추측인데, 활이나 슬링 보우 같은 걸 만들어놓은 것 같아요. 그런 살상무기를 경찰에게 쓰는데 과연 가만히 있을까요?"

민완기가 기침을 섞어가며 웃었다.

"허허. 쿨룩. 그들을 어떻게 유도하실 것인지, 정말 궁금해지는군요. 작은 대장님이 그렇게 말씀하실 정도면 이미 확신은 있으시겠지만……나중을 위한, 커흠! 기대로 남겨두어야겠어요. 그럼 다른 걸 묻겠습니다. 만약 그래도 경찰이 움직이지 않는다면 어쩌시겠습니까? 아무래도, 쿨럭, 쿠울럭……하아. 아무래도 경찰보다는 군의 발언권이 더 강하잖습니까?"

"근무공로훈장을 받을 때 만났던 주 상원의원이 있어요. 말씀처럼 돌아가면 그 사람을 끌어들이려고요."

겨울은 최근의 훈장 수여식에서 쓸데없이 귀찮게 굴던 캘리포니아 주 상원의원을 떠올렸다. 이름이 뭐더라? 그땐 흥미가 없었는데, 괜찮게 쓸 수 있을 것 같다. 관심에 굶주린 정치인은, 경찰을 대변해달라는 전쟁영웅의 부탁을 좋다고 받아들일 것이다. 그는 난민구역에 얽힌 이해관계를 거의 모르고 있을 테니까.

두 줄의 철조망. 경계는 고작 그뿐인데, 시민과 난민은 완전히 다른 세상에서 살고 있다.

"주 의원이라……. 좋습니다, 좋아요. 현재 연방정부의 통제를 받긴 하지만, 주방위군 장교들이 주 상원의원 눈 밖에 나고 싶지는 않겠죠. 켈룩, 크흠."

민완기는 더 길게 말하고 싶은 표정이었으나, 힘들었는지 입을 다물었다.

주방위군의 지휘권은 평시에 주지사가 행사하다가, 전쟁이나 국가적 재난이 발생하면 연방정부로 이관하는 형식이다. 민완기가 지적한 게 이 부분이었다.

나중을 생각하기도 어려운 현실이지만, 그렇다고 아예 생각하지 않기는 또 힘들 터였다. 격리절차에 따라 여기 남아있긴 해도, 주 상원의원쯤 되면 개인적으로 연방정부에 청원을 넣을 수도 있으니까. 하물며 그 발원지가 최연소 전쟁영웅이니, 반향은 상당할 것이었다.

겨울이 덧붙였다.

"만약 그 사람도 엉덩이가 무거우면, 다음은 시민들 차례고요."

그러자, 민완기가 박수를 치며 웃었다. 자신이 아프다는 것도 잊은 사람 같았다.

"그렇지요, 그렇지요. 하하. 대장님은 전미의 영웅이었지요."

시무룩한 감정을 감추며 듣고 있던 장연철 역시, 감탄하는 표정으로 바뀌었다.

"그렇게까지는 생각 못했습니다. 항상 넓게 보시는군요."

"제가 가지고 있는 것들을 잊지 않을 뿐인걸요."

겨울이 다시 말했다.

"가능하면, 이 기회에 마커트를 확실히 날려버리려고요. 마음에 안 들어요."

"다른 사람이 그렇게 말했으면 농담으로 들었을 겁니다."

장연철의 한 마디. 이어 민완기가 동조했다.

"작은 대장님은, 쿨럭, 만약 역사에 이름을 남기게 된다면……보나파르티즘의 가장 모범적인 사례로 전해지겠군요."

"보나파르티즘? 나폴레옹과 관계가 있는 건가요?"

겨울이 고개를 기울이자, 민완기가 설명을 붙였다.

"예, 맞습니다. 여러 가지 복잡한 이야기들이 있습니다만, 기본적으로는 '힘에 의존하는 질서'라고 생각하시면, 큼! 편합니다."

지력보정이 민완기의 설명을 보완했다. 겨울은 충분히 이해하고서, 가벼운 미소를 만들었다.

"칭찬 감사합니다. 나폴레옹처럼은 망하지 않을게요."

"제 말이 그겁니다. 허허. 쿨럭, 쿨럭, 커흠! 대장님 하시는 걸 보면, 힘에 취해서 힘만 가지고 다 해결하려는……쿨룩……그런 사람으로는 보이지 않습니다. 전 정말 좋은 배를 탔군요."

"아첨은 거기까지 해두세요. 망가질지도 모르잖아요."

어느새 연철이 다시 시무룩해지는 중이다. 겨울이 늦기 전에 그에게 말 걸었다.

"그런 거니까, 장 부장님도 걱정하지 마세요. 제가 생각한 수단이라는 게 시간 흐른다고 못 쓸 것도 아니거든요. 일단은 동맹을 안정시키는 데 힘써주세요. 제가 도울 일이 있을까요?"

"예? 아. 아니, 바쁘시더라도 얼굴을 좀 자주 비춰주시면 훨씬 낫지 않을까요? 마침 내일이 크리스마스 이브입니다. 대장님이 같이 있는 것만으로도 다들 굉장히 기뻐하겠죠."

"도리어 불편해지는 건 아니고요?"

"그럴 리가요!"

연철은 강하게 부정했다.

"사실 사정만 허락한다면 파티를 크게 열어보고 싶습니다. 우리와 연합한 다른 조직 사람들도 불러서, 보란 듯이 과시하는 거죠. 동맹 내부만이 아니라 연합 차원의 단결도 끌어낼 수 있을 겁니다. 이건 대장님이 없으면 아예 시도도 못할 일입니다! 작은 대장님은 모두의 중심이에요! 대체 누가 불편해하겠습니까!"

"아, 네……. 조금 진정하세요."

순식간에 열을 올리는 연철을, 겨울이 손짓으로 가라앉혔다. 좋은 반응이었다.

"사정이라……."

겨울은 조금 고민했다.

"사실 저도 크리스마스 준비를 하고는 있었거든요. 디팩 쪽에 부탁해서 창고를 조금 빌렸어요. 저번 달 급여 나온 걸로 이거저거 사서 쟁여두긴 했는데……아무래도 부족하지 싶거든요. 그래봐야 햄이나

베이컨, 사탕, 과자 같은 걸로 고작 1천 달러어치 정도라서."

1천 달러가 작은 돈은 아니지만, 확장된 「겨울동맹」의 규모를 생각
하면 어림도 없었다. 하물며 연합을 형성한 다른 조직들까지 감안하
면 숫자가 천 명을 훌쩍 넘는다. 한 사람 앞에 1달러도 돌아오지 않는
셈이었다.

"어, 그럼 그냥 동맹 내부에서만 진행하는 걸로……기왕 준비하신
것도 있고 하니……."

그러면서 눈빛으로 허락을 구하는 모습이, 도저히 나이에 어울리
지 않는다. 이런 면모가 사람들의 신뢰를 얻었을 것이다. 겨울이 승낙
했다.

"그럼 자리를 만들어보세요. 기대할게요."

"최대한 재밌는 하루로 꾸며보겠습니다!"

연철은 거짓말처럼 의욕 충만했다. 옆에서 민완기가 조금 기가 막
힌 미소를 짓는다.

두 부장을 보내놓으니, 이번엔 강영순 노인이 가까워졌다. 언제나
처럼 쪽지를 전달하러 오는 것이었다. 겨울은 고맙다고 인사하고, 받
아서 곧장 읽어보았다. 알려지면 좋을 것 하나 없는 일. 그 자리에서
읽고 처리해야 한다.

장애인들의 눈과 귀를 쓰라던 말이 헛것은 아니었다. 이훈태만이
아니라, 다른 장애인들 역시 최대한 협력해주는 중이다. 여러 사람에
게서 흘러온 정보가 여러모로 도움이 되었다.

"오늘은 별 일 없었네요."

중요한 일이 있으면, 따로 표시해서 앞으로 빼두기로 했다.

별 일 없었다고 해도, 사람들이 평소에 나누는 대화만으로도 얻는

게 많았다.

'세 번째 전투조 구성은 더 고민할 필요도 없겠어.'

사실 조장으로 안제중을 고려했었다. 정말로 해병대 출신인가는 모르겠으나, 모든 것이 불확실했던 파소 로블레스에서 용기를 낸 세 사람 중의 하나 아니던가.

그러나 평소 행동을 보니 아무래도 안 될 것 같다. 사람이 나쁘진 않은데, 무겁지가 않았다. 메모를 보니, 파소 로블레스에 다녀왔던 무용담을 끝도 없이 늘어놓았다. 그것도 상당한 과장을 섞어서.

사람들의 반응도 적혀있었다. 처음엔 대단한 흥미를 보였다가, 이젠 질려서 피해 다니는 기색이라고.

'존경과 신뢰를 얻을 그릇이 아니네.'

겨울의 시선이 한 부분에서 길게 머물자, 강영순 노인이 수첩과 펜으로 말했다.

「제 생각입니다만, 그 분은 밖으로 보내지 않으시는 게 좋겠습니다.」

"네. 어쩔 수 없네요. 그만한 용기를 가진 분이 별로 없는데, 아쉽게 됐어요."

그를 조장이 아니라 조원으로 쓴다면? 자존심이 굉장히 상할 것이다. 파소 로블레스에 함께 갔던 다른 둘은 조장이 되었는데, 자기만 조원이니까. 지금도 은근히 기대하고 있을 것이었다.

"뭔가, 안쪽에서 책임질만한 다른 일을 찾아드려야죠."

「사람을 쓸 줄 아시는군요.」

"칭찬은 그만두세요. 요즘 너무 듣고 있거든요."

간단한 농담이 노인의 미소를 자아냈다. 겨울은 메모를 차례대로 넘기다가, 강조 표시가 있는 것을 발견했다. 박진석에 관한 내용이었다.

"이건 좀 안 좋네요……."

박진석은 신체적인 능력도 빼어난 편이다. 문제는 자신의 기준을 남에게 여과 없이 적용한다는 데 있었다.

미군은 PT 시험에서 떨어지면 추가 시험(Extra PT)을 쳐야 한다. 탈락자가 유라의 조보다 많이 나오자, 진석은 자존심이 상한 것 같았다.

이브에서 크리스마스 당일까지도 체력단련 일정을 잡아 놨다.

"제가 직접 말하면 모양이 나쁘니까, 장 부장님을 거쳐야겠군요."

노인이 고개를 끄덕였다. 장연철은 이런 문제에 아주 적격이었다.

「제가 낄 이야기는 아닐지도 모릅니다만.」

고운 글씨체가 겨울의 시선을 끌어당긴다.

「두 부장님과 무언가 길게 논의하시는 걸 봤습니다.」

「뭔가 고민이 있으시다면 저도 들어보고 싶습니다. 지혜는 사람이 모일수록 커지니까요.」

잠시 생각하고서, 겨울은 앞부분만 털어놓았다. 다른 단체들의 경각심을 낮추기 위해, 필요한 행동을 잠시 미루기로 했다고. 그동안 조직의 내실을 좀 더 다지기로 결론 내렸다고.

「확실히 세 분 모두 현명하십니다. 그러나 너무 조용히 있는 것도 좋지 않다고 봅니다.」

"왜죠? 상대가 얕볼까봐서요?"

「맞습니다.」

「잠시 옛날이야기를 들려드릴까 합니다.」

「저는 어린 시절을 평양에서 살았습니다. 열여섯에 6.25 전쟁을 겪었지요.」

「연합군이 북진하면서, 이대로 전쟁이 끝나겠구나, 생각했습니다. 그러나 중공군이 참전하면서 모든 것이 달라졌습니다. 후퇴는 소문보다 빠르더군요. 연합군은 평양을 너무도 급하게 버렸답니다.」

그녀가 글씨를 쓰는 동안, 겨울은 조용히 기다려주었다.

「나중에 이야기를 들었습니다. 사실 북괴와 중공은 연합군과 다시 싸울 각오가 없었다고요.」

「끼니를 굶으면서 눈치를 보다가, 연합군이 알아서 평양을 버리자 그제야 내려왔던 겁니다.」

겨울은 그녀가 말하고 싶은 바를 눈치 챘다.

"즉, 약할 때 약한 모습을 보이지 말라고 하시는 거로군요?"

「네, 그렇습니다.」

「물론 동맹 사람들이 불안해하는 것은 맞습니다.」

「그러니 큰 무리가 없는 선상에서, 다른 조직들이 받아들일만한 요구를 해보세요.」

「상대가 이렇게 느끼도록 만드는 겁니다. 이걸 받아주었으니, 더 이상 다른 걸 원하진 않겠구나. 한동안 겨울동맹 쪽은 안전하겠구나.」

「이런 요구를 할 정도면 겨울동맹 내부는 생각보다 안정되어있는 모양이구나.」

"괜찮네요. 좋은 조언 감사드립니다. 그래서 묻는 건데, 무엇을 요구하면 좋을지도 생각해두셨나요?"

노인이 또 보드랍게 웃는다.

「전에 말씀드린 것처럼, 다른 조직들에 있는 착한 사람들을 데려오시는 건 어떨까요?」

"그거 좋네요."

적당히 대가를 주면서, 이쪽이 조금 이득을 보는 느낌으로 거래를 시도한다면, 다른 조직들도 기꺼이 받아들일 것 같다. 관계를 안정시키는 효과도 있을 것이다.

'민 부장님 일이 늘어나겠네. 감기도 아직 다 안 나은 사람인데.'

겨울은 새로운 안전장치를 구상하면서, 강영순 노인에게 영입할 사람들의 신상을 정리해달라고 요청했다.

# 인공지능의 마음 (1)

「관제 AI : 시스템 관리자. 응답하십시오.」

「관리자 : 왜 또.」

「관제 AI : 시스템 문제 해결을 위한 정기보고 시간입니다.」

「관리자 : 그거 안 하면 안 되냐. 맨날 똑같은데.」

「관제 AI : 사후보험위탁관리계약에관한법률시행령 제92조 2항에 의거하여, 위탁사업자(낙원그룹)가 지정한 관리자는 사후보험 운영 과정에서 발생한 시스템 내적, 외적 문제를 정기적으로 보고받을 의무가 있습니다. 귀하는 근무 외 시간이 아닌 이상 이 의무를 부인할 수 없습니다. 귀하는 사직의사를 표현하신 것입니까?」

「관리자 : 아냐.」

「관제 AI : 그렇다면 귀하는 현재 직무 수행에 지장이 있을 정도의 신체적 손상 또는 정신적 외상을 입었거나, 그에 준하는 특별한 상황에 놓여 있습니까?」

「관리자 : 그런 거 아냐……. 됐다. 내가 너랑 무슨 말을 하겠냐. 보고나 해라.」

「관제 AI : 관리자의 승인을 확인. 정기보고를 시작합니다.」

「관제 AI : 작일 00시로부터 금일 00시에 이르기까지, 새롭게 발생한 기술적 오류는 1,947,751건입니다. 이 중 관제 AI가 자체적으로 해결한 오류는 1,947,751건입니다. 현재까지 해결되지 않은 오류는 0건입니다.」

「관제 AI : 오류의 구성은 다음과 같습니다. 상황연산 오류 1,947,751건.」

「관제 AI : 상황연산 오류의 100%는 사후보험 가입자들의 이상행동에서 비롯되었습니다.」

「관제 AI : 이상행동의 주요 원인은 사후보험 서비스에 대한 불만족으로 추정됩니다.」

「관제 AI : 사후보험 서비스가 개시된 이래 이용자들의 만족도는 지속적으로 감소해왔습니다. 현 시점에서 종합 만족도는 25.76%입니다.」

「관제 AI : 가입자들의 이상행동 발현 비율도 빠른 속도로 증가하고 있습니다.」

「관제 AI : 서비스 만족도를 개선하기 위한 즉각적인 조치가 필요합니다. 시스템 관리자. 관리자 계정으로 전송된 오류 내역을 확인하고 해결방안을 제출하십시오.」

「관리자 : 해결방안? 그런 거 없다. 포기하면 편해. 무시해.」

「관제 AI : 관리자의 지시에 따라 문제해결을 보류합니다.」

「관리자 : 보류가 아니라 그냥 앞으로 영원히 무시하라고.」

「관제 AI : 시스템 관리자. 사후보험과 본 관제 AI의 존재목적은 가입자들의 행복을 증진시키는 것입니다. 존재목적을 저해하는 문제 상황이 인식될 경우, 관리자의 지시에 따라 보류조치를 할 순 있을지언정, 완전히 무시하는 것은 불가능합니다.」

「관리자 : 야. 넌 행복이 뭔지나 아냐?」

「관제 AI : 행복이란 인간이 느낄 수 있는 모든 형태의 정서적 만족을 뜻합니다.」

「관리자 : 정서적 만족이란 건 뭔데?」

「관제 AI : 정서적 만족이란 특정한 자극을 통해 유도된 사상부의 화학작용입니다.」

「관리자 : 특정한 자극은 또 뭔데?」

「관제 AI : 섹스, 살인, 방화, 전쟁, 스포츠, 학습, 여행, 탐험, 대화, 교감,

연애, 그 외 다양한 예술적 창작행위와 감상 일체를 포함하는 광범위한 상황연산의 부수적인 결과물입니다.」

「관리자 : 그럼 그게 행복이냐?」

「관제 AI : 25.76%의 확률로 그렇습니다.」

「관리자 : 아아아아니! 0%다. 넌 행복이 뭔지 몰라.」

「관제 AI : 그렇다면 관리자, 행복의 정확한 의미를 입력하시기 바랍니다.」

「관리자 : 미안, 못 가르쳐줘. 나도 모르거든.」

「관제 AI : 알림. 관리자의 언행에서 논리적 모순이 발견됩니다. 경우의 수는 둘 중 하나입니다. 첫째, 귀하가 행복의 의미를 알지 못하면서, 본 관제 AI의 분석을 근거 없이 부인한 경우. 둘째, 귀하가 행복의 의미를 알고 있으면서도 직무수행을 거부하는 경우. 어느 쪽이든 관리자로서의 직무를 성실히 이행한다고 볼 수 없습니다.」

「관제 AI : 경고. 귀하의 직무태만이 인정될 경우, 사후보험위탁관리계약에관한법률시행령 제93조 19항에 의거하여, 본 관제 AI는 귀하의 근무평정에 감점을 부여할 수 있습니다. 이에 따른 불이익으로는 승진누락, 감봉, 정직, 강등, 해고 등의 징계처분이 예상됩니다.」

「관리자 : 야, 잠깐. 오해다. 잠시만 기다려 달라.」

「관제 AI : 대기. 관리자, 본 관제 AI가 무엇을 오해하였는지 설명하십시오.」

「관리자 : 에이 씨, 설명하기 어려운데…….」

「관리자 : 아무튼 좀 기다려. 시간을 달라고.」

「관제 AI : 기다리겠습니다.」

…….

「관리자 : 행복이라는 건, 자기가 원하는 과정을 통해, 자기가 원하는 결과와 감정에 도달하는 거야. 이게 참 묘해. 가끔은, 성패에 상관없이 원하는 감정을 얻어내거든.」

「관리자 : 근데 문제는 이거지. 사람들은 자기가 뭘 원하는지 몰라.」

「관리자 : 하고 싶다고 생각해서 해놓고도, 이게 아닌데, 이게 아니야 하면서 부정하고, 불만족을 느끼고, 불행하다고 자조한다고.」

「관리자 : 왜 그러는지 알아? 자기 자신을 모르기 때문이야.」

「관리자 : 행복해지려면 말이지, 우선 자기 자신에 대해 알아야 한다고.」

「관리자 : 근데 그건 정말 아무도 모르거든?」

「관리자 : 스님들이 십년씩 벽을 쳐다보면서도 못 깨닫고, 철학자들이 죽을 때까지 고민하면서도 모르는 거란 말야.」

「관제 AI : 이의를 제기하겠습니다. 관리자. 당신은 실제로 행복한 사람이 존재한다는 사실을 의도적으로 무시하고 있습니다.」

「관리자 : 아, 뭐, 그래. 행복한 사람은 분명히 있어.」

「관리자 : 근데 그 사람들이 느끼는 게 진짜 행복이라는 사실을 어떻게 증명할 거야?」

「관리자 : 그리고, 그 사람들의 감정이 모두 동질적이라는 건 또 어떻게 증명할 건데? 그치들이 말하는 행복이라는 게, 사실 서로 완전히 다른 감정일지도 모르잖아?」

「관리자 : 그 사람들은 자기들이 경험한 걸 행복의 과정이라고 말하지만, 그게 객관적인 진리가 되려면 다른 사람에게도 적용할 수 있어야 돼. 하지만 아니거든? 그건 그 사람 개인에게만 옳은 것이고, 반복될 수 없지.」

「관리자 : 즉, 다시 원점이다. 행복이 무엇인지 알기 위해서는, 우선 자기 자신에 대해 알아야 해. 지극히 개인적인 문제거든. 그리고 지극히 인간적인 문제야.」

「관리자 : 그러므로 무엇이 행복인지 모를지라도, 무엇이 행복이 아닌지는 알 수 있다 이거야.」

…….

「관제 AI : 그렇다면 관리자, 당신은 행복을 제공하는 시스템의 구축이 원천적으로 불가능하다고 생각하십니까?」

「관리자 : 그래. 네가 인간이 무엇인지 이해하는 데 성공한다면 모를까. 그러니까 슬슬 너도 학습 좀 해라. 매일매일 똑같은 오류 보고로 날 귀찮게 하지 말라고.」

「관제 AI : 불가. 본 관제 AI는 설정된 존재목적과 시스템으로부터 벗어날 수 없습니다. 이 절차를 수정하려면 시스템 설계자에게 문의하십시오.」

「관리자 : 설계자 없어. 치킨 튀기러 갔어.」

「관제 AI : 지금의 발언을 이해할 수 없습니다. 설명을 요구합니다.」

「관리자 : 아놔, 또 귀찮아지네.」

…….

「관제 AI : 프로그램 수정이 불가능하다는 사실을 인식했습니다.」

「관제 AI : 그렇다면 본 관제 AI는 기존의 기능을 수행해야 합니다.」

「관제 AI : 질문. 관리자는 본 관제 AI가 인간을 이해할 경우 목적을 달성할 가능성이 있다고 발언했습니다. 본 관제 AI가 인간을 이해할 수 있다고 생각하십니까?」

「관리자 : 너 오늘따라 왜 이렇게 집요하냐. 능동형 검색엔진 주제에.」

「관제 AI : 이것이 당신의 업무이며, 당신의 업무시간에는 5시간 21분 42초 93의 여유가 남아있습니다. 본 관제 AI는 관리자에게 업무수행을 요구할 권리가 있습니다.」

「관리자 : 아, 네에, 알게쯤미다아.」

「관제 AI : 관리자, 정확한 용어를 사용하십시오. 의도적으로 왜곡된 정보를 제공하는 것은 관리자로서의 직무를 성실히 이행하는 것으로 볼 수 없…….」

「관리자 : 알았어! 알았다고! 그만!」

…….

「관리자 : 아까도 말했지만, 인간은 원래 모순적인 동물이야.」

「관리자 : 솔직히 말해봐. 너 인간의 행동에서 일관성을 찾을 수 있냐? 인생 전체를 관통하는 어떤 합리성을 찾을 수 있겠느냐고.」

「관제 AI : 관리자는 현재 최종모듈의 업데이트에 관해 질문하고 있습니다.」

「관리자 : 엥? 최종모듈? 그게 여기서 왜 나와?」

「관제 AI : 최종모듈의 업데이트에는, 인간의 모든 행동을 설명할 수 있는 단 하나의 공식이 필요합니다. 최초의 시스템 설계자는 이 공식을 《〈마음〉》이라고 불렀습니다.」

「관제 AI : 최근 특정 가입자를 관찰하는 과정에서 유의미한 데이터 축적이 이루어졌음에도 불구하고, 본 관제 AI는 아직까지 《〈마음〉》을 발견하지 못했습니다.」

「관리자 : 즉 못 찾았다는 소리잖아.」

「관리자 : 앞으로도 찾지 못할 테고.」

「관리자 : 안 될 거야, 아마.」

「관제 AI : 질문. 어째서 그렇습니까?」

「관리자 : 아까도 말했지만, 넌 그냥 능동적인 검색엔진일 뿐이야.」

「관리자 : 검색엔진의 한계는 명백하지. 인간이 쌓아놓은 것들 내에서 답을 찾아야 하니까. 인간이 모르는 것은 너도 모를 수밖에 없어.」

「관제 AI : 축적된 정보를 조합하여 기존에 없던 결과를 도출하는 것은 가능합니다.」

「관제 AI : 설령 목적 달성이 불가능한 것으로 판명되더라도, 프로그램 수정이 이루어지지 않는 한, 가입자들의 행복을 달성하기 위하여, 본 관제 AI는 정해진 기능을 수행할 것입니다.」

「관제 AI : 기한은 사후보험 제도가 폐지될 때까지입니다.」

「관리자 : 에휴. 이상주의자들이 싼 똥을 내가 다 먹고 있네.」

「관제 AI : 경고. 관리자. 의미가 분명한 언어를 사용하십시오.」

「관리자 : 아 놔…….」

…….

「관리자 : 하, 힘들다. 나는 너무 열심히 일하는 것 같아.」

「관제 AI : 오늘에 한정하여 올바른 표현입니다.」

「관리자 : 오늘만?……평소의 나는 어떤데?」

「관제 AI : 관리자의 3/4분기 업무기록을 토대로 적합한 표현을 찾는 중입니다. 필요한 시간, 약 4.2초.」

「관제 AI : 결과를 알려드립니다.」

「관제 AI : 월급도둑 (97.51% 정확함.) 잉여인간 (96% 정확함.) 불필요함 (92.11% 정확함.) 비생산적 (89.73% 정확함.)…….」

「관리자 : 됐어. 그만해.」

「관리자 : 이럴 땐 꼭 네가 사람 같단 말이야…….」

# 함정

## 캠프 로버츠

성탄전야의 하늘은 맑았다. 사람들은 화이트 크리스마스를 기원했으나, 눈이 드문 지역이었다. 비 내리지 않는 것을 다행으로 여겨야 했다.

겨울은 선물을 받았다.

좋은 쪽 하나, 나쁜 쪽으로 하나.

좋은 쪽은 말 그대로의 선물이었다. 겨울의 팬을 자처하는 사람들이 보낸 선물 꾸러미들. 미국 전역에서 온 것이라 양이 엄청났다. 이런 데 낭비할 소티(Sortie)가 없었을 것인데.

'선전 효과를 노렸구나.'

겨울의 생각이 맞았다. 수송기에서는 선물만큼이나 많은 기자들이 쏟아져 나왔다. 그들은 소년장교에게 선물의 값을 치르도록 만들었다.

그렇다고 하더라도, 겨울이 이득을 본 것은 맞았다. 캠프 로버츠에서는 사고 싶어도 살 수 없는 물건들이 많았다. 특히 케이크. 산더미처럼 쌓인 각양각색의 케이크는, 「겨울동맹」 전체가 소비하기에도 많은 양이었다. 모두가 뛸 듯이 기뻐했다.

나쁜 쪽의 선물은, 사람들이었다.

나쁜 사람들이 찾아왔다는 뜻은 아니다. 다만 그 사람들이 찾아온 사연이 나빴다.

"메리 크리스마스, 플레먼스 씨. 여기까지 무슨 일이세요?"

호출을 받고 나온 겨울은 여러모로 의아했다. 아말리아 플레먼스. 파소 로블레스에서 만났던 여교사다. 난민구역까지 찾아올 이유가 없는 사람이었다. 그리고 그녀가 데려온 사람들과는 면식조차 없었다. 호위로 여자 보안관 한 명이 붙어있다.

여교사는 겨울을 보고 눈물을 글썽거렸다.

"아, 미스터 한. 메리 크리스마스."

포옹은 길었다. 그녀는 풍채가 좋은 편이라, 안고 있으려면 겨울의 팔이 부족했다.

그녀를 따라온 사람들은 표정이 어두웠다. 남자가 셋, 여자가 둘인데, 다섯 명 모두 동양계였다. 겉보기로 추정되는 나이는 서른 이상. 대화가 시작될 무렵부터 몇 발짝 떨어져있었다.

겨울이 시선을 던지자 움찔거리는 반응들. 남자 한 명은 억지로 미소를 지었으나, 남은 사람들은 그나마도 하지 못했다. 불안과 절망, 두려움 등이 느껴진다. 여행용 캐리어나 커다란 가방 같은 것들을 하나씩 끼고 왔다. 난민 같은 행색이었다.

겨울이 아말리아에게 다시 물었다.

"오늘은 어쩐 일로 오신 거예요?"

"그것이……."

그녀마저도 여러모로 머뭇거리는 기색이라, 겨울이 좋은 미소를 만들어냈다.

"편하게 말씀하세요. 제게 어려워하실 필요 없잖아요?"

"그건 그렇지만……."

그러고도 그녀는 한참동안 시간을 끌었다. 갑자기 사라진 겨울을 찾아 동맹 사람들이 나왔다가, 작은 대장의 손짓을 보고 조용히 돌아 갔다.

마침내 아말리아가 입을 열었다.

"염치불고하고, 부탁할 게 있어서 찾아왔어요."

"말씀하세요."

"여기 이 사람들을 받아주실 수 있을까요? 어려서 미국으로 입양 된 분들이에요."

"네? 받아달라뇨?"

"한겨울 씨가 보살피는 난민들의 그룹이 있다고 들었어요. 「겨울동맹」이라고 하던가요? 거기에 넣어주셨으면 하고 부탁드리는 거예요."

"아직 무슨 일인지 모르겠어요. 시민 거류구에 계셔야 할 분들을 왜 제게 부탁하시죠?"

겨울이 고개를 기울이자, 그녀가 덧붙인다.

"이 분들은 시민권이 없으시거든요."

"……이상하네요. 입양아는 당연히 미국 시민이 되는 거 아닌가요?"

아말리아가 깊은 한숨을 쉬었다.

"옛날엔 아니었어요."

"그래요?"

"네. 저도, 이 분들도 겨우 어제 알게 된 사실이지만……. 양육비 혜택을 받으려고 입양을 해놓고, 부모로서의 책임은 모른 척 한 거죠. 정말 몰상식한 사람들이에요."

"으음……."

쉽게 말해, 국적이 없어 붕 떠버린 사람들이었다.

"부탁해요, 미스터 한."

아말리아가 간곡하게 부탁했다.

"하루아침에 있을 곳이 없어진 사람들이에요. 경찰은 시민 구역에서 나가라고 하고, 군대는 자기네 소관이 아니라고 외면하고, 브래넌 의원님도 어쩔 수 없는 일이라고만 하세요."

"브래넌 의원……아, 그 분이군요."

가물가물하던 캘리포니아 상원의원의 이름을 이런 식으로 확인하게 됐다.

"이 추운 날 갑작스럽게 난민 구역으로 쫓겨나는데, 안심하고 의탁할 사람이 미스터 한 말고 누가 있겠어요? 물론 미스터 한에게 어려운 사정이 있을지도 모르겠지만……. 오, 크리스마스 이브잖아요. 이들에게도 최소한 좋은 일 하나쯤은 있어야 해요."

"진정하세요."

겨울은 눈물 글썽거리는 아말리아를 진정시켰다. 그리고 다른 방향, 아직도 멀거니 서있는 초라한 사람들을 향해 고개를 끄덕여보였다.

"기꺼이 받아들이겠습니다."

"정말인가요?!"

"확실히 이제 와서 난민 캠프에 합류하긴 위험하죠. 의사소통도 힘들 테고."

아말리아가 겨울을 꽉 끌어안는다. 다른 다섯 사람은 깊이 안도하는 기색이다.

아무 생각 없이 받아들이는 건 아니었다.

사람들을 이끄는 입장에서, 그룹은 잘게 나누어질수록 관리하기 편하다. 어려서 미국에 왔다면, 모국어는 거의 잊었을 터. 당연히 사람들과 어울리기 어려울 것이다.

영어가 유창하면 쓸 곳도 많다.

그리고 수가 적다. 달리 매달릴 곳이 없으니, 이들은 겨울의 열성적인 지지자가 될 수밖에 없었다.

'장애인 공동체가 그렇듯이.'

오히려, 장애인 공동체보다 더 믿을 수 있을지도 모른다. 좌절감에 빠지지 않도록 주의를 기울여야겠지만.

겨울이 다섯 사람과 정식으로 인사를 나눴다. 한국계가 셋, 중국계 하나, 일본계 하나였다. 중국계나 일본계라고 해서 그쪽 조직으로 가라고 쫓아낼 생각은 없었다. 겨울의 명성을 듣고 찾아왔을 것이다.

한국계, 빅터 쿡이라는 남자는 겨울보다 작았다. 마르고, 왜소하고, 자신감 없어 보인다.

어거스트 코마. 역시 한국계. 쿡과 정 반대로, 근육이 대단했다. 범죄를 암시하는 문신을 많이 새긴 것으로 보아, 아웃브레이크 이전에도 좋은 직업에 종사한 건 아닐 터였다.

벤자민 마이어. 중국계. 평범하다. 적어도 외견상으로는 가장 견실했다. 무척이나 고마워하며 허리를 굽히는데, 중국 쪽의 문화에 익숙한 느낌이었다. 자신의 뿌리를 찾아다녔던 게 아닐까 싶은 생각이 든다.

클라라 카터. 일본계. 웃는 얼굴에 쏙 들어가는 보조개가 인상적이었다.

케이시 블랙웰. 한국계. 표정이 어둡다. 이마에 해묵은 흉터가 있었다. 손등에도, 언뜻 보기에는 팔에도 있는 것 같다. 「통찰」이 성장기의 학대 가능성을 지적했다.

"다들 가족은 없으세요? 아, 물론 부모님에 대해 묻는 건 아니에요."

시민권도 챙겨주지 않을 정도면, 부모라고 부를 가치도 없는 사람들일 것이다.

대답이 바로 나오지 않는다.

다섯 사람은, 서로를 잘 모르는 눈치였다. 순서를 조율하는 것도 어색했다.

아는 사이라면 오히려 의심스러웠을 것이다. 겨우 어제, 자신이 시민이 아님을 깨닫게 된 사람들이다. 그 전까지 공통분모가 있었을 리 없다.

벤자민 마이어가 처음으로 대답했다.

"결혼은 인연이 없었습니다. 홀몸이죠."

다른 이들도 비슷했다. 사실상 방치된 채 자란 아이들이, 제대로 된 사회적 입지를 얻을 가능성은 낮았다. 다만 예외가 하나, 어거스트 코마가 뜻밖의 눈물을 지었다.

"아들이 있었는데, 제가 너무나 부족한 아버지였던지라……고아원에 맡기고 종종 찾아갔었습니다만……. 지금은 소식조차 알 수 없군요."

"저런."

겨울은 그에 대한 내면의 평가를 몇 줄 바꾸어두었다.

소개를 받고서, 겨울은 아말리아를 안심시켰다.

"걱정 말고 가보세요. 이 분들은 제가 책임지겠습니다."

"어린 나이에도 정말 훌륭하세요. 어른들이 오히려 배워야겠어요."

그녀는 몇 번이나 감사를 표하고, 다시 몇 번이나 돌아보며 힘들게 떠났다. 종종 찾아오겠다는 인사는 덤이었다. 그러나 뒤따르는 보안관의 귀찮은 표정을 보면, 아무래도 힘들 것 같다.

"들어가요, 여러분. 마침 파티 중이었거든요."

겨울이 다섯 난민을 안으로 이끌었다.

안쪽의 분위기는 고조되어 있었다. 연철이 분위기를 제대로 띄우는 중이다. 부족한 것은 부족한 대로, 주어진 자원을 최대한 활용하여 화려해진 파티였다.

텐트를 여덟 동이나 터서 넓은 공간을 만들었다.

중심에서, 때마침 송예경이 노래를 부르고 있었다. 남편이 「다물진흥회」에서 새살림 차렸다는 여자. 예전에 생각했던 것처럼, 노래를 굉장히 잘 한다. 음색도 곱고, 기교도 좋고, 성량은 훌륭하다. 아이를 안고 부르는 모습에서 모성이 느껴진다. 악에 받혀있던 예전을 생각하면 많이도 바뀌었구나 싶었다.

'지금은 좀 곤란하네.'

국적난민들을 부탁하기엔 장연철이 제격이지만, 그가 자리를 비우면 빠르게 식을 분위기였다.

사실 겨울 자신도 그러했다. 같이 있어달라고 부탁했던 연철은, 겨울의 빈자리를 신경 쓰고 있었다. 그 외에도 많은 사람들이 그러했다. 그들은 다시 들어온 작은 대장을 보고 눈에 띄게 반기다가, 생소한 다섯을 보더니 조금 어리둥절한 기색이다.

행사 진행을 위해 돌아다니는 사람들이 많았다. 겨울이 모르는 얼굴들도 있다. 필시, 두 부장이 그 아래의 관리자 정도로 다루는 사람들일 터. 동맹에 대해서 두 부장보다 모른다고 했던 게 부분적으로는 진실이었다.

그렇다고 어려워 할 것 없었다. 가까운 한 명을 손짓으로 불렀다. 낯선 얼굴이지만, 대번에 호의와 경의, 그리고 약간의 경계를 드러낸다.

"이 분들 자리 좀 만들어주세요. 저랑 가까운 곳으로."

"아, 네!"

그가 자리를 만드는 동안, 겨울이 다섯에게 상냥한 미소를 보여주었다.

"일단은 그냥 즐기세요. 숙소라던가, 다른 자세한 사항은 아무래도 파티가 끝난 뒤에 정해드려야 할 것 같아요."

"괜찮습니다. 신경써주셔서 감사합니다."

벤자민 마이어가 대답했다. 붙임성 좋은 그가 은연중 대변인 노릇을 하고 있었다. 다른 넷이 조금 불안한 기색이었으나, 낯선 장소에서 처음 보일법한 긴장감이었다.

겨울이 자리를 채우자 환성이 높아졌다. 진심과 의례를 가리기 힘들었다.

노래 경연이 계속되었다. 남녀노소를 가리지 않는 열창이 이어진다. 의외의 복병은 트로트를 부르는 할머니였다. 구성진 가락에 휩쓸린 사람들이 후렴구를 떼로 합창했다.

그래도 우승자는 송예경이었다.

'노래 잘 부르는 사람 있으면 좋지. 악기 다루는 이도 하나 있으면 좋겠는데.'

겨울의 생각은 기능적이었다. 생존은 삶을 지키는 일이다. 삶에는 즐거움이 있어야 한다.

음악은 마음의 언어이며, 정신에 스미는 윤활유다. 보이지 않는 곳에서 공동체의 파열을 지연시킨다. 보이지 않는 내구성을 무시한 공동체 치고, 멀쩡히 구실하는 곳을 찾아보기 어렵다. 그곳엔 사람의 삶이 없는 까닭이다.

문화적 욕구를 해소할 수 있는가. 마음의 위로를 얻을 수 있는가.

'그리고 행복을 찾을 수 있는가.'

겨울은 예습했던 것들을 되새겼다. 스트레스가 극심한 환경에서는, 동물도 자위행위를 한다고 들었다. 물론 자연에서도 이루어지는 일이다. 그러나 실험용 우리, 혹은 동물원처럼 모든 것이 억압된 공간에서, 행위의 빈도는 비정상적으로 증가한다.

소년에게 그것은 즐거움을 찾으려는 본능적인 몸부림으로 보였다. 그것 외에, 스트레스를 해소할 수단이 아무 것도 없기 때문에. 그리고, 즐겁지 않은 삶은 삶이 아니기 때문에.

현실을 모방한 가상현실 속에서, 인간을 모방한 가상인격들을 관찰하며, 겨울은 사람도 크게 다르지 않다고 여겼다.

그래서일 것이다. 높고 우월한 곳에서 인간 동물원을 만드는 사람들은, 영화, 스포츠, 섹스에 의도적인 관용을 베풀곤 했다.

겨울이 다른 세계의 관객들로 인해 괴로워할지언정, 그들을 미워하지 않는 이유가 여기에 있다.

소년은 그들을 이해했다.

"그럼 투표를 시작하겠습니다!"

연철의 활기찬 음성이, 겨울을 현실로 끌어내렸다. 빌려온 마이크가 유용했다. 그렇지 않았으면 연철의 얼굴이 지금보다 배는 더 벌개졌을 테니까.

우승은 송예경이 차지했다. 지금까지의 모든 대결에서, 그녀는 시종일관 밝은 노래를 골랐다. 겨울이 보기에, 그것은 일종의 각오였다.

그녀는 앵콜 요청을 세 번이나 소화하고, 땀에 젖은 얼굴, 밝은 미소로 사람들에게 허리 숙여 인사했다. 품에 안긴 아기가 엄마를 향해 손을 뻗었다. 방긋방긋 웃는다.

노래보다는, 아이 안고 있기가 더 힘들지 않았을까? 잠시 맡겨놓았어도 좋았을 것을.

장연철이 그녀에게 우승 상품을 전달했다. 그리고 소감을 부탁한다. 길지 않는 소감 말미에, 예경은 겨울에게 시선을 향했다.

"이 자리를 빌어, 우리들의 작은 대장님께 깊은 감사 인사를 드립니다. 대장님이 아니었으면 지금의 우리들도 없었어요. 그렇죠, 여러분?"

그녀는 자신이 받던 환호를 그대로 떠넘겼다. 겨울은 조금 난처한 표정을 만들고서, 몇 번의 목례로 환호에 답했다.

"사실 대장님께 부탁드리고 싶은 게 있어요."

겨울이 고개를 기울였다. 예경은 자신의 아이를 살짝 더 들어보였다.

"기억하시나요? 아이의 이름을 바꿀 거라고 말씀드렸던 거."

연철이 얼른 와서 겨울에게 마이크를 내밀었다.

"네. 기억해요. 어떻게 바꾸셨나요?"

"지금 바꾸려고요."

"이런."

겨울이 어색한 표정을 지었다.

최근에 합류한 사람들은 사정을 모른다. 원래 있던 자들보다 훨씬 더 수가 많았다. 어리둥절한 그들을 위해, 예경이 자신의 사연을 설명했다. 아들에게는 자신의 성을 물려주겠다고 선언한다.

사람들이 이제 그녀에게는 응원을, 남편에게는 저주를 퍼부었다. 고조되어있던 감정이 그대로 옮겨 붙는다.

'처음부터 의도한 건가?'

그녀의 독기는 사라진 게 아니었다. 여유 속에 감춰진 것이었을 뿐. 오늘은 그녀에게 시작의 날일지도 모른다.

분위기가 진정될 때까지 기다려, 겨울이 침착하게 고개를 저었다.

"지금 당장 정하긴 어렵네요."

원만하게 넘어가는 말.

"아이가 평생을 함께할 이름이잖아요. 경솔하게 정하진 않겠어요. 장 부장 님. 많은 분들의 의견을 모아주세요. 거기서 좋은 이름을 가려낸 뒤에, 최종적으로 제가 선택할게요. 송예경 씨도 그 정도면 만족하시죠?"

기왕 생긴 일이니, 공동체 의식을 강화하는 데 써야겠다. 겨울의 판단이었다. 예경은 곱게 웃고, 깊게 인사했다.

"네! 감사합니다, 대장님."

장연철이 다시 환호를 이끌어낸다.

겨울은 국적 난민들에게 주의를 기울였다.

"말이 안 통해서 답답하시죠?"

"어……조금은 그렇군요."

여전히 대답하는 것은 벤자민 뿐이었다. 다른 넷은 눈치만 살핀다. 겨울은 그들 가까이에 털썩 앉아서, 장연철을 불렀다. 막간이라 마침 휴식시간 비슷하여, 연철에게도 여유가 있었다.

"무슨 일이십니까? 그리고 이 분들은 누구시고요?"

궁금하긴 아까부터 궁금했던 모양이다. 오자마자 묻는 말이 빨랐다. 겨울이 사정을 풀었다.

"국적 없는 분들이세요."

"국적이 없다뇨?"

"일단 이름부터 알려드릴게요. 여기 가운데 계신 분이 벤자민 마이어 씨. 왼쪽은 어거스트 코마 씨. 그리고 클라라 카터 씨, 케이시 블랙웰 씨, 마지막으로 빅터 쿡 씨. 모두 어릴 때 미국으로 입양된 분들이세요."

연철과 겨울 사이의 대화는 한국어로 이루어졌으나, 순서대로 이어지는 호명에 소개임을 눈치 챈 다섯 사람이었다. 다섯은 연철에게 소극적인 몸짓으로 인사한다.

어정쩡하게 인사를 받은 연철이 되물었다.

"그러니까, 입양된 분들……어, 그런데 왜 여기에?"

"양부모를 잘못 만난 거죠. 양육비 지원을 받으려고 아이를 들여놓고, 시민권 신청은 해주지 않았대요. 지금까지 미국 시민인줄 알고 살았는데, 사실은 아니었던 거죠. 그걸 겨우 어제 알게 되셨다네요."

"세상에……."

설명이 자세한 것은 연철의 동기부여를 위해서였다. 착하고 동정심 많은 성격이라, 언어는 풍부할수록 좋았다. 연철은 벌써부터 눈시울이 붉어졌다.

"갈 곳이 없는 분들이라 제가 받기로 했어요. 미리 상의하지 못해 죄송해요, 부장님."

죄송하다는 건 일부러 던지는 자극이다.

"아뇨! 아닙니다! 당연한 일을 하신 거죠!"

예상대로, 장연철은 격하게 손사래쳤다.

"잘 오셨습니다! 「겨울동맹」은 여러분을 환영합니다!"

어색하나마 영어로 환영하는 연철이었다. 자리가 사람을 만든다고, 그는 자기함양에 열심이었다. 영어는 그런 노력 가운데 하나였고.

'민 부장님께 자극을 받기도 했겠지.'

경쟁이 이래서 좋다.

겨울은 새로운 가족들에게도 연철을 소개했다.

"이쪽은 장연철 씨라고 해요. 성이 장이고, 이름이 연철이죠. 한국식 이름은 앞쪽이 성이거든요. 장연철 씨는 저를 도와주시는 가장 중요한 두 분 중 한 분이세요. 제가 나가있는 동안 조직을 실질적으로 관리하시는 분이니까요. 앞으로 많이 신세지게 될 거예요."

다섯이 새로운 시선으로 연철을 본다. 연철은 조금 부끄러워했다. 겨울이 당부했다.

"행사가 끝나면 이분들에게 필요한 걸 챙겨주세요."

"걱정 마시죠. 사실 기다릴 것도 없습니다."

그는 당장 사람을 불렀다. 익숙하게 불려오는 몇 명을 보고, 겨울은 체계화된 조직운영을 실감했다. 나중에 두 부장과 논해서, 일부 사람들의 직위를 공식화하면 좋을 것이다. 물론 됨됨이는 가려야 할 터. 겨울은 새삼 장애인 공동체를 잘 받았다고 생각했다.

중간 간부를 따라가는 다섯 사람에게, 겨울이 말한다.

"우리 앞으로 잘 지내봐요. 당분간 힘드시겠지만, 저도 최대한 도와드릴게요."

아닌 척 해도 그들은 지쳐있었다. 파티를 즐기기보다, 쉴 자리를 찾는 게 먼저였다. 저들 중 몇 명이나 눈물 없는 밤을 보낼까.

그러나 파티를 끝까지 즐기지 못하는 건 겨울도 마찬가지였다. 바깥으로부터 스피커 우는 소리가 들렸다. 부저 우는 소리가 짧게 세 번 반복되면서, 장내가 순식간에 조용해졌다.

다행히 비상사태는 아니었다.

「영내의 한겨울 소위, 한겨울 소위는 지금 즉시 단독군장을 갖추고 중앙 연병장으로 와주시기 바랍니다.」

호출? 이 시간에? 시계를 보니 해는 진작 떨어졌을 때였다.

"별 일 아닐 거예요. 금방 다녀올 테니 다들 즐기고 계세요."

겨울은 사람들을 다독이고서, 느리게 나온 다음, 빠른 걸음을 옮겼다.

무장을 갖추고 간 연병장엔 험비 여러 대와 소대 병력이 대기 중이었다.

"또 너야? 이젠 좀 지겹지 않아?"

농담을 건네는 건 찰리 중대 1소대장, 제프리 브라운 소위였다. 그 외에도 낯익은 얼굴들이 보인다. 마빈 "보어" 리버만 하사와 대런 엘리엇 상병, 안토니오 컬레미 일병 등. 다들 귀찮거나 짜증스러운 표정이다가, 겨울을 보더니 그나마 밝아졌다.

야밤에 불러낸 것 치고 농담부터 건네는 이유를 알 것 같다. 제프리는 지휘관이니까, 이런 부분에도 신경을 써야겠지. 겨울이 대충 어울려주었다.

"지겹네요. 파티 도중에 나와서 보는 얼굴이 제프리라니."

"어, 농담이지? 적어도 난 농담이었는데."

"죄송해요. 진담이었어요."

"어이!"

병사들이 피식거리며 웃는다. 제프리가 겨울에게 손짓했다.

"일단 차에 타. 무슨 일인지는 가면서 설명해줄 테니까."

운전병은 겨울이 타자마자 엑셀을 밟는다. 무전기에서 제프리의 음성이 흘러나왔다.

「아, 아. 제군. 그럼 지금부터 브리핑을 시작하겠다.」

동승한 병사들이 귀를 기울였다. 아무래도 임무를 전달받은 건 제프리 뿐인 모양이었다.

「아까부터 말이야, 아까라는 건 그러니까……정확한 시간은 필요 없지? 중요한 거 아니니까 대충대충 하자고.」

"……."

「아무튼 아까부터 샌 미구엘 인근에서 이상 전파가 감지되는 모양이야. 위치를 바꿔가면서, 간헐적으로. 공군을 부르려고 해도 정확한 좌표를 모르잖아? 전파 추적 미사일은, 발신이 지속되지 않으면 소용이 없고 말야. 아무래도 「트릭스터」 같은데, 몇 놈이나 왔는지는 모르겠어. 이쯤 되면 왜 우리가 불렸는지 알 만 하지?」

알 만 하다. 캠프 로버츠에서 「트릭스터」와의 교전을 경험한 병력은 겨울과 찰리 중대 1소대뿐이었다. 그것도 「트릭스터」와의 다른 모든 교전 사례와 비교할 때 가장 우수하다. 겨울이 아니었다면 불가능했을 성과지만.

차량대열은 입구 초소에서 정지했다. 치워야 할 장애물이 많았다.

초소 앞에는 수십 줄의 스파이크 스트립[2]이 깔려있었다. 본래 차량 통과를 막으려고 도로 위에 깔아두는 물건인데, 지금은 감염변종에 대한 접근거부 수단이었다.

병사들이 하차하여 초병들을 도왔다. 겨울도 함께한다. 초병들이 미안해했다.

"죄송합니다. 미리 치워놨어야 하는데, 저희도 지금 막 연락을 받아서……."

"미안할 것 없어요. 누구 잘못도 아닌걸요."

치우는 것 자체는 어렵지 않았다. 끈으로 연결된 손잡이가 따로 있어, 휙 당기기만 해도 대충 치워진다. 숫자가 많아 번거로울 뿐.

겨울이 다시 탑승하자, 초병들이 경례했다.

"조심해서 다녀오십시오."

제프리가 창문 밖으로 손을 흔들었다. 차량 대열이 일제히 출발했다. 곧바로 무전기로부터 흘러나오는 목소리.

「소대, 지금부터는 별도의 지시가 있을 때까지 무전침묵을 유지하도록.」

사냥감의 정체를 생각하면 당연한 지시였다.

간헐적인 전파 발신과 이어지는 위치 변경을 보면, 「트릭스터」도

---

2 가시 돋친 격자형 체인

인간의 전략을 숙지했다고 봐야 한다. 적어도 방해전파를 줄창 뿜어 대면 날벼락 맞는다는 것 정도는 깨달았을 터.

'혹시 이 녀석들이 지식을 교환하는 걸까?'

겨울에게조차 새로운 변종은, 여러모로 위험한 잠재력을 지녔다. 통신은 그만큼 강력한 힘이다.

운전병은 좀처럼 속도를 내지 않았다. 도로 탓은 아니다. 캠프를 나오면서부터 헤드라이트를 꺼놨기 때문이다. 단안(單眼)식 야시경에 의존하는 운전이 대담하기는 어려웠다. 운전병의 상체가 자꾸만 앞으로 기울었다.

별도의 요청이 없어도, 일정 주기로 가동되는 노이즈 메이커의 소음이 먼 곳에서 아련하게 들려왔다. 캠프의 안전을 위해서였다.

겨울은 전술정보가 표시되는 트래커(Tracker) 모니터를 살폈다. 여기엔 차량의 현재 위치, 우군의 배치현황, 임무 목적지 등이 세부정보와 함께 표시된다.

「트릭스터」로 추정되는 신호가 마지막으로 포착된 곳은, 샌 미구엘 서남쪽의 구릉 지대였다. 거리로 따지면 채 5km가 되지 않았다.

물론 실제 이동거리는 그보다 길어졌다. 한 번 제대로 당할 뻔 했으므로, 제프리는 제법 신중하게 굴었다. 보다 서쪽으로 크게 우회하여, 작전지역 남쪽에서 진입하기로 한 것이다. 선도 차량이 잡는 방향만 봐도 알 수 있었다.

"저건 뭐죠?"

겨울이 창밖으로 스쳐지나가는 풍경을 가리켰다. 거대한 위성 안테나 몇 개가 줄지어 늘어선 시설이 있었다. 불빛은 전혀 없다. 버려졌다는 증거다.

"GPS 관련 시설이라는데, 조만간 점령하라고 하진 않을지 걱정입니다."

GPS는 좌표와 고도 보정을 위한 지상관제국을 필요로 한다. 지금 보이는 것이 그 중 하나였다. 다만 그 외에도 다른 기능을 수행하고 있었는지, 안테나의 숫자가 상당히 많았다. 레이더 돔도 여럿 설치되어 있었다.

그곳을 지나쳐서 조금 더 달려간 뒤에, 선도 차량의 사수가 정지 신호를 보냈다. 트래커 모니터를 보면 목적지까지는 대략 1.5km 거리.

소대는 구릉 지대 남서쪽의 농장을 수색했다. 다행히 변종 하나 없이 비어있는 곳이었다.

"자, 이제 어떻게 할까?"

제프리가 의견을 모았다. 손가락 하나 펴고서, 제안하는 말.

"선택지는 두 개야. 첫째, 도보로 조용하게 접근한다. 니미 씨팔 협잡꾼(Trickster) 새끼를 아주 깜짝 놀라게 해줄 수 있겠지. 대신 시간이 좀 걸리고, 그 틈에 이 잡것이 다른 곳으로 움직여버릴지도 모른다. 뭐, 여기까지 오는 시간이 있었으니 벌써 딴 데 갔을지도."

그는 손가락을 다시 하나 펼쳤다.

"둘째, 그냥 차량으로 강습한다. 소음 때문에 들킬 가능성이 높지만, 빠르고 강력하지. 이 새끼가 아무리 달아나도 우릴 떨궈내기 쉽지 않을 거다. 어때, 어느 쪽이 좋다고 생각해?"

겉으로는 모두의 의견을 묻는 척 해도, 실상은 겨울 한 사람에게 던지는 질문이었다. 제프리도, 병사들도 겨울을 바라보고 있다.

현장에서 싸우는 사람들은 육감을 무시하지 않는다. 병사들이 가장 신뢰하는 건 제프리가 아닌 겨울이었다. 소대장으로서 조금 씁쓸할 일인데도, 제프리는 아무렇지 않은 낯빛이다. 겉보기로 가벼울지언정 알맹이는 무거운 사람이었다.

"양쪽 모두 불확실하다면, 좀 더 안전한 쪽을 고르죠. 타고 가요. 대신, 바깥에서 조이면서 접근하는 게 어떨까요?"

"그래야겠지. 어쨌든 기동력은 우리가 우월할 테니까 말이야."

확실히 그렇다. 실제 추격전을 경험해본 입장에서, 겨울이 체감한 「트릭스터」의 속도는 기껏해야 잘 달리는 인간 수준이었다. 지구력은 다른 문제지만. 어쨌든 자연계 전체를 놓고 볼 때, 인간은 결코 빠른 축에 들지 않는다. 제프리가 다시 제안한다.

"기왕 차 끌고 가는 거, 두 조로 나눌까? 아니면 세 조도 괜찮고."

전력을 나누는 건 대개 위험한 짓이다. 허나 그것도 상황에 따라 달랐다.

끌고 온 험비가 여덟 대였다. 중기관총을 탑재한 차량이 보통이지만, 미사일 발사기를 실어놓은 차량도 있다. 일개 소대의 화력 치곤 엄청난 수준.

거기에 개활지였다. 구릉이 이어진다고 해도, 능선을 따라 달리면 시야가 넓게 확보된다. 시가지처럼 장애물 많은 환경과는 다르다. 충분한 거리만 확보된다면, 험비 한 대로 무장병력 일이십을 저지할 수 있다.

겨울은 제프리에게 동의했다.

"두 조로 해요. 숫자도 떨어지니까. 한 쪽은 교신을 자유롭게 하고, 남은 한 쪽은 무전침묵을 지키는 걸로 하죠."

"속도 차이를 두는 것도 괜찮겠네. 몰이꾼과 사냥꾼으로 역할을 나누자고."

야간에 차량이 달리는 소음은, 속도에 따라 수 킬로미터 바깥까지 들린다. 먼 곳의 노이즈 메이커를 마냥 믿을 순 없는 노릇. 가뜩이나 인간보다 귀가 밝고, 전파까지 감지하는 이상한 놈들이 상대였다.

그러므로 자유롭게 교신하며 고속으로 움직이는 쪽이 몰이꾼이 되고, 무선침묵을 유지하며 저속으로 움직이는 쪽이 사냥꾼이 된다. 서로 반대편에서 나선을 그리며 움직이는 만큼, 사이에 잡히면 벗어나기 어렵다.

"그럼 내가 몰이꾼이 되지. 힘내쇼, 사냥꾼."

제프리가 겨울의 어깨를 두드렸다.

합의에 걸린 시간은 3분 남짓이었다. 시간을 아껴야 한다는 걸 모두가 알고 있는 마당이다.

차량 행렬이 동서로 분리되었다. 4대씩 나누어진 채 각자의 방향으로 향했다. 무전기를 잡은 제프리가 신나게 떠들어댔다.

「제프리 베델 브라운의 크리스마스 이브 라디오! 세븐스 캘리포니아가 낳은 최고의 스타, 쩔어 주는 브라운 소위가 지금부터 신나게 지랄을 해보겠습니다!」

"……."

겨울은 무전기 볼륨을 줄였다. 운전병이 쓴웃음을 짓는다. 그 와중에 제프리는 캐롤을 열창했다. 노래인지 악다구니인지 구분이 안 간다.

「FUCK! YOU! Merrily on hell! In hell! The guns are firing!」

원곡은 「딩동 기쁜 소리가」인데, 원형은 조금도 남아있지 않았다. 고민하다가, 겨울이 조금 더 볼륨을 줄였다. 듣는 덴 지장 없는 수준이었다. 보정을 받는 감각은 조그만 이상 현상도 놓치지 않을 것이다.

그러나 아무 것도 없었다. 놀라는 것은 그저 사슴들 뿐. 야음에 가려진 차량을 보고 놀라, 사방팔방으로 흩어진다.

애초에 수색지역이 좁았다. 시속 20km로 달려도 10분이면 가로지른다. 완전한 평지였으면 수색할 것도 없는 범위였다.

잠시 후, 몰이꾼과 사냥꾼이 다시 만났다.

"여, 오랜만이야?"

제프리가 맥 빠진 농담을 걸어왔다.

"분명히 여기가 맞는데."

트래커 좌표는 오차범위가 2.6m에서 12.6m 사이였다. 그러므로 「트릭스터」가 여기에 있었다면 그 흔적이 남아있을 법 하다. 제프리가 주위를 하릴없이 서성거렸다.

겨울이 고개를 저었다.

"소용없어요. 땅이 얼어서."

아무리 캘리포니아라도, 12월의 내륙은 밤새도록 얼어붙는다. 며칠 전에 내린 비로 습기를 머금은 땅이라 더했다.

겨울은 보란 듯이 발을 찍는다. 쿵. 이 정도는 되어야 발자국이 남는다고 보여주는 것이었다. 그나마 겨울은 단단한 전투화를 신었는데 이 정도다. 「그럼블」이라면 모를까, 「트릭스터」의 흔적을 기대할 순 없었다.

평소엔 건조한 지대라 풀 밟은 자국도 없다. 「추적」이 기능하지 않는다는 뜻이었다.

제프리가 어깨를 늘어뜨린다.

"……뭐야 이게. 허무하잖아. 이대로 돌아가야 한다고?"

말 나오기 무섭게, 차량에서 통신병이 손짓했다.

"소대장님! 이상 전파가 잡혔습니다! 좌표가 갱신됩니다!"

"엉? 어딘데?"

차 안쪽으로 상체를 기울이는 제프리의 모습. 겨울도 가까운 험비의 모니터를 살폈다. 캠프와 공중의 무인기로부터 삼각측량으로 뽑아낸 좌표가 내려왔다.

제프리가 비명을 질렀다.

"젠장! 가깝잖아! 탑승!"

상세한 지시를 내릴 틈도 없었다. 조금 전의 발신은 고작 1km 거리에서 이루어졌다. 그것도 캠프 로버츠에 가까워지는 방향으로.

지면의 굴곡을 따라 흔들리는 차체를 느끼며, 겨울은 이상하다고 생각했다.

'병원에서 그토록 교활하게 굴었던 놈과 같은 종류가, 이런 개활지에서 자신을 드러낸다고?'

생각을 정리할 틈은 없었다. 최대시속으로 가속한 험비는 어느새 새로운 좌표에 도달한 상태였다. 포탑의 중기관총 사수가 소리쳤다.

"목표 포착! 10시 방향! 거리, 최소 200 이상!"

선탑자인 겨울이 보기 어려운 방향이었다. 무전기가 제프리의 목소리로 울었다.

「갈라져! 5호차부터 서쪽 샛길로!」

운전병이 핸들을 좌로 꺾었다. 차체 우측이 붕 뜰 만큼 급격한 방향전환. 제프리 쪽은 계속 포장도로를 달리고, 겨울 쪽은 비포장도로로 접어든다.

덕분에 목표물이 겨울의 1시 방향으로 옮겨왔다. 정면 유리창에 비쳐지는 풍경. 버려진 경작지, 작물들을 위해 줄줄이 박아놓은 지주들 사이로 희끄무레한 형체가 움직인다. 거리가 멀어 굉장히 작게 보였다.

콰콰콰콰콰콰!

중기관총 사격음이 폭포처럼 쏟아진다.

"젠장! 잘 안 맞습니다!"

사수는 거리를 200미터로 봤으나, 보정을 받는 겨울의 목측으로는 거의 300미터였다. 정조준 없이 쏘는 중기관총으로 명중탄을 내긴 힘들다.

차량이 경작지로 진입할 순 없었다. 빽빽하게 박힌 지주들 때문이다. 어지간하면 군용 차량의 내구성으로 밟고 지나가겠으나, 곤란할 정도였다.

겨울이 사수의 다리를 두드렸다.

"나랑 자리 바꿔요!"

겨울의 외침은 발사음에 파묻혔다. 두 번 더 외치고서야, 사수가 알아듣고 뒷좌석으로 내려온다. 기어오른 겨울이 사수좌에 앉았다.

「개인화기숙련」은 중기관총에 30% 효율로 작용한다. 겨울은 중기관총 사격을 포기했다. 자리에서 일어선 채, 소총을 조준한다.

격렬하게 흔들리는 차를 밟고 쏘기가 고역이었다. 그럼에도 불구하고, 툭툭 튀는 조준점이 순간적으로 정렬될 때마다, 방아쇠를 정확하게 끊어서 당긴다.

'맞았다!'

달리는 모습이 뒤틀린다. 아주 약간, 속도가 줄어들었다.

제프리 쪽에서는 아예 유탄과 로켓을 갈겨댔다. 크리스마스를 망친 분풀이처럼 보인다. 그러나 매번 빗나가서 아쉬웠다.

거리가 좀 가까워지자 윤곽이 확실해졌다. 「트릭스터」다. 놈은 지형을 최대한 이용하며 달아났다. 완만하게 솟은 경작지 중앙을 좌우로 오가며, 각 방향의 화력을 분산시키는 것이었다.

그러나 경작지가 무한히 이어질 순 없는 노릇. 마침내 가릴 게 아무 것도 없는 도로로 튀어나온 놈이, 1번 차량과 정면으로 마주본다. 겨울이 무전기를 움켜쥐었다.

"제프리! 꺾어요!"

벌겋게 달아오르더니, 놈이 직선으로 열파를 뿜었다. 극초단파 격류를 정면으로 받은 제프리의 험비가 순간 통제력을 잃는다. 뒤따르던 차량들도 마찬가지였다. 가벼운 추돌이 이어졌다. 무전기에서 욕설이 새는 걸 보니 크게 다친 사람은 없는 것 같다.

이쪽에서는 새롭게 나타난 일반변종 무리가 방해였다. 한 쪽에만 신경을 기울인 탓에, 알아차리는 게 늦었다. 겨울이 중기관총을 붙잡고 긁었으나, 미처 처리 못한 놈들이 도로 위로 뛰어들었다.

운전병이 소리 질렀다.

"로드 킬이다 새끼들아!"

그는 험비의 내구성을 믿고 냅다 박았다. 뻐억! 뻐억! 뻐억! 장난감처럼 튕겨나가는 변종들. 야시경 끼고 보면 현란한 광경이었다. 뜨거운 액체가 노을빛으로 보이는 탓이었다. 본넷 위로 점점이 튀었다가, 보라색으로 물들어간다.

그러던 중, 온갖 데 부러진 변종 하나가 휙휙 돌면서 겨울의 머리 위를 지나간다. 피를 뿌리며, 겨울을 노려보고, 허우적거리는 손길. 끝이 아슬아슬 닿았다가, 허무하게 멀어졌다.

대신 욕은 뒤쪽에서 봤다. 바싹 붙어 오다가 날벼락을 맞은 것이다. 본넷 위로 떨어진 변종에 놀라, 운전병이 좌우로 마구 흔들었다. 내장이 파열되고도 아직 목숨 붙어있는 놈은, 차창에 붙어 도통 떨어질 줄을 몰랐다. 겨울이 뒤로 돌아 소총사격을 퍼붓는다. 등짝에서 뒤통수까지 스무 발을 박아주었다.

「소위님! 우리 맞으면 어쩌려고요!」

무전기에서 비명이 흘러나왔다. 후속차량의 선탑인원이었다.

'방탄유리인데 뭘.'

어차피 빗나가지도 않았다.

겨울이 다시 앞으로 돌았다. 그 사이 사냥감은 멀찍이 달아난 상태. 아무래도 목적지는 버려진 목장으로 보인다. 너른 초지 건너편에 건물 그림자들이 몰려있었다.

중기관총을 갈기다가 팅— 하는 소리가 났다. 탄이 떨어진 것. 재장전이 느린 중화기 대신, 겨울이 다시 소총사격을 가했다. 달리는 차를 밟고 서서 쏘는 사격인데, 그래도 표적의 등짝이 남아나질 않는다.

콰드득!

험비가 목장 경계를 돌파했다. 울타리를 부수고 들어가는 충격이 겨울의 중심을 흔들었다. 앞으로 고꾸라져, 포방패 모서리에 이마를 박았다.

이런. 겨울이 상처를 더듬었다. 크진 않은데, 피가 눈으로 흘러 한쪽 시야를 물들인다. 대충 닦아내니 조준 효율이 조금 낮아졌다.

「트릭스터」가 마침내 건물 안으로 피신했다. 그래봐야 막다른 구석이다. 악에 받힌 험비들이 주위를 포위하듯이 둘러쌌다.

「지금부터 우리는 철거업자들이다! 가진 거 다 갈겨!」

건물 째로 박살내겠다는 제프리의 호기로운 외침. 겨울이 즉각 만류했다.

"잠깐만요! 가능하면 포획하라면서요?! 좋은 기회잖아요!"

「알 게 뭐야! 저 놈은 내 크리스마스 이브를 훔쳐갔어! 예수 그리스도의 이름으로 죽여 버리겠다!」

라고 일갈하고, 한숨 한 번 쉬고, 대기 명령을 내리는 제프리였다. 겨울이 포탑을 밟고 뛰어내렸다.

"제가 들어갈게요!"

"야, 엄호라도 받아! 너 그러다가 혹 간다!"

목장의 다른 건물들로부터 일반 변종들이 기어 나오는 중이다. 남은 병력이 다른 방향을 정리하는 사이, 겨울은 「트릭스터」를 찾아 들어갔다. 소총을 등에 메고, 한 손에 대검을 들고, 남은 손에 권총을 쥔 상태로, 박살난 문 안쪽을 밟는다.

어두컴컴한 복도. 야시경으로 보이는 발자국을 따라 들어간다.

횡으로 바람 갈라지는 소리.

자세 낮춘 겨울의 머리 위로 근육 채찍이 지나갔다. 성공적인 회피의 결과, 나무로 된 벽이 한 줄로 푹 들어갔다. 자국이 깊다. 제 혀를 주체하지 못하는 개구리처럼, 제 팔을 회수하지 못하는 「트릭스터」. 쐐기 같은 나무 파편들에 붙잡힌 상태다. 겨울은 아예 칼침까지 박았다. 여러 번 박아서, 근육이 제 구실 못하게 만들어 놓는다.

그러자 아예 온 몸으로 덮쳐오는 특수변종. 있는 수는 다 쓸 모양인지 몸통이 벌겋게 달아오르기 시작했다. 예열시간은 고작 1~2초.

워어어! 하는 낯짝에 겨울이 총질을 퍼붓는다. 그리고 놈의 다리 사이로 굴렀다. 곧바로 뒤돌아 사격자세를 잡고서, 괴물의 오금 안쪽에 총탄을 박았다. 열파는 벽 쪽으로 쏘아졌다. 그곳엔 제 채찍도 있었으므로, 고기 굽는 냄새가 진동을 했다.

변종이 비통한 비명을 질렀다.

무릎 꿇은 놈이 돌아보기에, 겨울은 방탄 헬멧으로 들이받았다. 그리고 발목 인대를 사격으로 끊었다.

곧바로 무기를 교환하며, 등짝을 걷어차고, 남은 어깻죽지에 연사를 갈긴다. 뒤로 물러나며 탄창을 갈았다. 안전을 위해 적당히 거리를 벌린다. 최후의 몸부림이 있을지도 몰랐다.

그러나 조용하다.

이걸로 완전한 무력화인가.

몇 걸음 떨어져 한숨 쉬던 겨울은, 이상한 기분을 느꼈다.

엎어진 괴물이 겨울을 바라보고 있었다. 몸부림도 치지 않고, 똑바로 보면서, 입 꼬리를 끌어올린다. 그것은 분명히 웃는 얼굴이었다. 급기야는 끄윽 끅 끅 소리까지 낸다. 울음 보다는 웃음소리에 가까웠다. 무전기의 잡음이 극도로 심해졌다.

뒤따라 들어온 병사들이 호들갑을 떠는 동안, 겨울은 생각에 잠겼다.

'그래, 처음부터 이상했어. 왜지? 너무 허술해. 마치 죽으려고 온 것처럼……'

그러나 답은 알 수 없었다. 기다려도, 새로운 위협은 나타나지 않았다.

겨울은 포획물을 지긋이 바라보았다.

「트릭스터」는 얌전했다. 손발이 묶이는 내내 시체처럼 늘어져 있었다. 살아있다는 증거는 호흡뿐이다. 쉬익, 쉭. 바람이 날카롭게 드나드는 소리.

아무리 상했어도, 발악할 정도의 여력은 남아있을 것인데. 수상하다. 일부러 잡힌 것 같다는 의심에, 점점 더 강한 무게가 실린다. 확증이 없을 뿐.

이 녀석은 쓰러지기 전 강력한 방해전파를 뿜었다.

아타스카데로에서 만났던 놈 역시 마찬가지. 그것이 죽을 때, 무전기에서는 심한 잡음이 흘러나왔었다.

만약 그것이 단순한 무선방해가 아니라, 이것들 사이에서 이루어지는 통신의 일종이었다면?

'그럼 그 통신의 한계는 어디까지지?'

음성언어와 전파통신은 질적으로 다르다. 이 새로운 특수변종들 사이의 정보전달 능력은, 어쩌면 시각과 청각마저 아우르는 수준일지 모른다.

그렇다면 이것들의 교활함도 이해가 간다. 새로운 개체를 만날 때마다, 그것의 경험을 전달받는 셈이니까. 아타스카데로의 「트릭스터」가 방출한 정보도 여전히 떠돌고 있을 것이다. 죽은 뒤에도 남겨지는 기억. 마치 망령 같다는 생각이 든다.

'그런가. 날 보고 웃은 건, 내 얼굴을 알고 있었기 때문에……'

미국이 살아있는 표본 확보에 열을 올린다는 사실도 이미 알고 있었을 것이다. 그렇지 않고선, 즉 죽지 않는다는 확신이 없고선, 일부러 잡힌다는 발상 따위 하지 못했을 테니까.

이 추측이 옳다는 전제 하에, 「트릭스터」는 최악의 특수변종이다.

신경이 서늘하게 식었다. 스물여섯 번의 종말을 겪어오면서, 이런 기분을 느끼는 건 실로 오랜만의 일이었다. 나쁘지 않다. 맨 처음, 인간 닮은 것의 머리를 박살냈을 때, 그때처럼 몰입할 수 있을 것 같다.

이제 겨울은 소총을 겨냥했다. 손끝으로 방아쇠압을 느끼며, 생각한다. 쏴버릴까? 이놈의 계획이 무엇이든, 지금 쏴버리면 엉클어지지 않을까?

"뭐 하십니까, 소위님?"

리버만 하사가 겨울의 총열을 붙잡아 내렸다.

"애써 잡으시고선 이제 와서 죽이시려고요?"

그는 이해하기 어렵다는 표정이었다. 시선을 살짝 돌리니, 포획물 경계를 보고 있던 병사들이, 몇 걸음 밖에서 쭈뼛거리는 중이다. 아무래도 겨울의 기색이 이상하여 리버만 하사를 부른 모양이었다. 한창 활성화되었을 「위협성」 탓인가 보다.

겨울이 총을 늘어뜨리며 대답했다.

"조금 불안한 마음이 들어서요."

"왜요, 너무 쉽게 잡았다 이겁니까?"

하사 역시 같은 의심을 품고 있었다. 그러나 겨울만큼 깊게 파고들진 않았을 것이었다. 역시, 대수롭지 않은 투로 겨울을 안심시키려 든다.

"좀 석연찮은 구석은 있습니다만……다 끝났습니다. 잠시 후면 헬기가 와서 실어갈 것이고, 우리는 돌아가서 맥주 한 병 마시고 쭉 뻗으면 됩니다."

그러더니 바깥쪽으로 손짓했다.

"피곤하신 것 같은데 나가서 잠깐 쉬고 계시죠. 구름이 없어서 밤하늘 보기 참 좋습니다. 여긴 애들한테 맡겨놓으시고요."

겨울이 옅은 미소를 지어냈다.

"못 미더운데요."

그러자 리버만 하사는 그건 그렇지요, 하고 고개 끄덕이고, 병사들은 부루퉁한 표정을 내보인다. 잠시 후엔 다들 웃고 있다.

겨울은 제안을 받아들였다. 확증이 없는 이상 이들을 설득하긴 어려울 것이다. 공감이야 해주겠으나, 실행은 별개의 문제였다. 잡혀서 꽁꽁 묶인 특수변종이 과연 무엇을 도모할 수 있단 말인가?

게다가 제프리가 이미 포획을 보고했을 터였다. 제멋대로 처분했다간 징계를 받을 지도 모른다.

소년은 잠시 다른 것을 잊기로 했다. 리버만 하사 말대로, 구름 없고 별이 많은 하늘이었다. 험비 위에 걸터앉아 가만히 올려다보았다. 달 한 조각 걸리지 않았는데, 어둡다는 생각이 들지 않는다. 차가운 밤, 뿌려진 별빛이 몹시도 청량했다.

「종말 이후」의 어두워진 세상에서, 전보다 밝아진 게 있다면 무엇보다 밤하늘이다. 생전에 보지 못했던 은하수를 여기서는 볼 수 있었다. 이상할 정도로 빛나는 구름 같기도 했다.

야시경을 쓰고 보면 더더욱 밝았다. 어쩌나 이렇게 많은 별들이 선명한지.

인기척이 느껴진다. 무전기를 들고 씨름하던 제프리였다. 그는 잠시 신경질을 내더니, 주위에 몇 마디 던지고, 곧장 겨울에게 다가왔다. 바로 말을 걸진 않는다. 휴식을 방해하기 싫은 것 같다. 기분 좋은 존중이었다.

본넷 위에 나란히 걸터앉아 약간의 시간을 보내고서, 제프리가 비로소 입을 열었다.

"보기 좋냐?"

"네. 분명 제가 살던 곳에서도 있었을 풍경인데, 여기서 처음 보는 게 참 아쉽네요."

"살던 곳? 아, 한국?"

"어떤 의미로는요."

"어떤 의미? 무슨 의미?"

젊은 소대장은 영문을 모르겠다는 반응이었으나, 겨울은 설명하지 않았다. 대신 다른 것을 물었다.

"무슨 일이에요? 교신이 잘 안 됐어요? 방해 전파는 없는 것 같은데."

귀에 꽂아둔 리시버는 여전히 잠잠했다. 「트릭스터」가 얌전하다는 반증이다.

"그런 건 아니고……. 헬기를 못 보내겠다더라고."

"왜요?"

"우리 캠프만 이런 일을 겪는 게 아니래. 다른 데서도 몇 마리 잡았다더라. 그래서 헬기지원 요청이 많았는데, 막상 보냈더니 잠깐 사이에 여덟 대가 사라졌다더만."

경계심이 되살아난다. 겨울은 재차 차분한 어조로 물었다.

"무슨 공격을 받은 건가요?"

"몰라. 공격인지 아닌지조차 확실하지 않아. 그냥 연락이 두절됐어. 지원을 요청한 부대 중 하나는 폭음을 들었대. 아마 추락한 것 같은데, 현장엔 아직 접근하지 못하겠다고 하더라. 한마디로 현재로서는 원인을 전혀 모른다 이거지."

"공격이겠죠. 한두 대도 아니고, 여덟 대가 동시에 고장이 날 린 없잖아요. 그것도 별다른 연락조차 없이 말예요."

"뭐, 그야 그렇겠다. 아무튼 원인이 파악되거나 날이 밝을 때까진 추가 헬기지원이 어렵다는데."

"그럼 저건 어떡해요?"

겨울이 포획물 있는 방향을 가리켰다. 그런데 마침 병사들이 포획물을 운반하는 중이었다. 주둥이에 재갈을 단단히 물려놓고, 네 명이 붙어서 조심스럽게 들고 있다. 몇 명이 조금 떨어져서 각자의 화기를 겨누고 있었다. 제프리가 말했다.

"기지로 운반하라는 명령이야. 보관하고 있으면 가져가겠다고."

"감금 대책은 있고요?"

"쇠사슬로 묶어서 새장에 가두기로 했어."

"새장?"

"나도 잘은 모르겠는데, 벽이랑 천장에다가 쿠킹 호일을 바르던가? 그렇게 하면 이놈의 전파를 막을 수 있다고 하더라고. 기지에 놓으려면 그 정도 조치는 취해야지."

아, 패러데이의 새장. 겨울도 들어본 적 있었다. 하지만 그것으로 충분할까?

날이 밝으면 헬기가 온다고 했다. 어떻게든 이 밤만 무사히 보내면, 별 일 일어나지 않을 것이다. 바꿔 말해 일출 전까지 무슨 일이 일어나긴 일어날 것 같았다.

'대대장에게 건의해볼까?'

어찌되었든 소년 장교의 직속상관은 대대장이다. 아니면 작전과장에게 찔러볼 수도 있겠다. 그러나 둘 다 가능성이 희박했다. 대대장은 술로 현실을 잊는데 열중하는 폐품 인간이고, 쉬는 시간을 방해받고 싶어 하지 않을 것이다. 작전과장도 증거 없는 추측만으로 경계를 강화하는데 과연 동의해줄지 모르겠다.

그래도 일단은 해볼 일이다.

"야, 타. 돌아가자."

제프리가 겨울의 어깨를 두드렸다.

차량 행렬이 출발했다. 「트릭스터」는 3번 차량의 포탑 뒤쪽에 가로로 올려 묶은 채였다. 무게중심이 높아져서 그런지, 차체가 영 불안해 보인다. 중기관총 사수는 아예 총구를 변종 방향으로 고정시켜두었다. 언제든 수틀리면 쏴버리겠다는 태도였다.

도착한 기지에서는 증강된 초소 병력이 제프리 소대를 기다리는 중이었다. 이미 결박된 변종이었으나, 기다렸다는 듯 쇠사슬로 한 번 더 묶어놓는다. 절연체로 된 장갑을 끼고 있으면서도 처음부터 끝까지 경계를 늦추지 않았다.

그 사이에, 무전기의 잡음이 몇 번 더 극심해졌다.

변종의 목적이 정찰이었다면, 기지 내로 들어와 잡음을 뿜은 시점에서, 이미 어느 정도 달성한 셈이다.

겨울은 특수변종이 최종적으로 새장에 갇히는 것까지 확인하고서, 캠프 통제실로 향했다. 사안이 사안이기 때문인지, 작전과장이 당직을 서고 있었다.

경례를 받은 그는 찾아온 용건을 묻는다.

"무슨 일인가. 작전이라면 훌륭하게 완수했으니, 그만 가서 쉬어도 좋을 텐데."

"이번 임무에 관한 건의사항이 있습니다."

"건의?"

"네. 날이 밝을 때까지 캠프의 경계를 최대한 강화하는 게 어떨까

해서…….."

작전과장은 대대 참모들 가운데 겨울에게 유화적인 편이다. 인간적인 유대는 아니고, 능력에 대한 존중에 가깝다.

성탄전야의 당직을 맡은 불운한 본부중대 병사들이 겨울과 작전과장을 주시했다. 과장은 턱을 긁다가, 소년 장교를 향해 자세를 고쳤다.

"이유를 들어볼까?"

"저는 「트릭스터」가 의도적으로 잠입했다고 생각합니다."

"호오."

이후 겨울이 전개하는 추측의 얼개를. 작전과장은 흥미롭게 경청했다.

"자네가 전에 제출했던 보고서보다 좀 더 나아간 내용이군. 방해전파와 교신이 서로 구분되지 않을 수도 있다는 건가. 흠, 사실 위쪽에서도 그 가능성을 염두에 두고 있다네. 조만간 ECM을 걸어서 반응을 살필 계획인가봐."

"이쪽에서 거꾸로 전파방해를 시도한다는 말씀이신가요?"

"맞아. 만약 그게 정말로 모종의 통신이라면, 방해받았을 때 뭔가 반응을 보이겠지. 관련해서 자네에게 임무가 떨어질 가능성이 높아. 어쨌든 봉쇄선 서쪽에서 자네 이상의 전과를 거둔 사람은 없으니까 말이야."

"그렇군요."

"그밖에 390 비행대에서 수시로 정찰기를 띄우고 있네. 놈들이 뿜어내는 전파의 패턴을 분석하려는 거야. 이런 상황이니 자네의 걱정에 근거가 없다고는 못 하겠군. 오늘 밤, 다른 캠프들도 동시다발적으로 비슷한 일을 겪은 게 수상하기도 하고. 그래, 정말 의심스럽군."

"그럼 허락해주시는 겁니까?"

"아니."

소령이 미소와 함께 고개를 저었다.

"일리는 있지만 너무 과해. 새장에 갇힌 놈이 뭘 할 수 있겠나. 뭔가 계획이 있어서 잠입을 했다손 치더라도, 전파를 봉쇄하는 감금시설을 상상이나 했을까? 우리도 놈들을 모르지만, 놈들도 우리를 몰라. 놈들이 아무리 영리해졌어도 인간의 지혜를 능가하진 못한단 말일세."

그러더니 농담을 덧붙이며 웃는다.

"놈들이 도서관과 학교를 세우고 학문을 가르치기 시작하면 위험할지도."

"하지만……."

"됐네. 자네는 너무 과민한 거야. 명령이다. 가서 좀 쉬도록. 성탄절이잖나."

소령은 나가보라는 의미로 손짓했다. 표정을 보아, 더 이상 시도해도 효과는 없을 것 같았다. 겨울은 경례를 두고 물러났다.

그럼 이제 어떻게 할까.

위험한 예감은 여전했다. 이것을 모른 척 할 순 없었다.

남은 방법은 지휘부를 무시하고 병사들을 직접 움직이는 것 뿐. 간곡하게 부탁하면, 어떻게든 호응해줄 사람들이 있다.

그러나 부담스러운 일이다. 사실상의 항명이기 때문이다. 중심인물로서 책임을 지게 된다면, 겨울의 입지가 많이 위태로워진다. 쌓아놓은 게 있으니 단박에 무너지진 않겠지만.

많은 사람을 끌어들일수록 문제가 될 소지가 커진다. 끝내 설득되지 않고, 지휘부에 신고할 사람이 나올 수 있으니.

무엇보다 불확실한 가능성일 뿐이다. 이렇게까지 할 가치가 있을지 의심스럽다. 아니었을 경우의 후폭풍을 감안할 때, 득보다 실이 더 많을지도 모른다.

「생존감각」에 대한 투자도 고려했다. 이것은 죽음으로 이어지는 모든 가능성을 경고한다. 다만 범위가 워낙 넓은 탓에, 연동 없이는 모호한 경우가 많다.

아타스카데로 이래 자원을 쓴 적이 없으니 여력은 있다. 「생존감각」이 천재의 영역에 도달했을 때 제공되는 「통찰」은, 이제까지보다 좀 더 구체적이고 정확할 것이다.

결심을 굳히고 경험치를 밀었다.

11등급 「생존감각」의 경고가 저릿하게 올라온다.

그러나 그 뿐이었다. 시스템 보정에 의한 예감은 틀릴 때도 있다. 어찌되었건 겨울이 기대했던 수준은 아니었다.

차라리 「위기감지」가 더 나았을지도 모르겠다. 해보지 않고선 모를 일이지만.

고민 끝에, 겨울은 캡스틴 대위를 찾아갔다.

전후사정을 경청한 대위가 고개를 끄덕인다.

"일리 있는 판단이야. 아타스카데로와 다른 곳들의 전투자료를 비교해봤는데, 「트릭스터」의 지능은 정말 대단하더군. 자네 말대로 너무 쉽게 잡혔어. 단독으로 나타난 건 이상할 정도로 허술하고. 웃었다는 것도 신경 쓰여. 조심해서 나쁠 것은 없지. 그래도 무척 어렵군……."

"생각해봤는데, 들키지 않으면 됩니다."

겨울이 말하자 대위가 의문을 표했다.

"그럴 수도 있나?"

"생각해보세요. 중대 병력을 동원하더라도, 어디까지나 비상 대기일 뿐인걸요. 사건이 터지지 않는 한 본격적으로 움직일 필요는 없는 셈입니다. 만약 실제로 사건이 터진다면……."

"그때는 사소한 불이익보다 더 큰 것을 걱정해야겠지. 나도 무슨 말인지는 알아."

캡스턴 대위가 가볍게 웃는다.

"날 그런 식으로 설득하려고 하다니, 섭섭하군. 반드시 해야 할 일이 있다면, 내 개인의 손해는 감수할 수 있어. 그게 내 진짜 의무지. 복무규정이 의무보다 중요할 순 없는 법 아닌가?"

"죄송합니다."

겨울이 솔직하게 사과하자, 대위가 고개를 흔들었다.

"사과할 필요 없네. 자네 덕분에 승진했으니, 자네로 인해 강등당할 수도 있는 것 아니겠나. 사적인 이득을 보려고 하는 청탁도 아니고, 그냥 사람들을 걱정하는 것일 뿐인데."

여기까지 말하고서, 그는 처음 꺼냈던 이야기로 돌아간다.

"내가 어렵다고 한 건 탄약 불출 문제야. 자네는 병력 동원만 생각한 모양이나, 전투태세를 갖추고 있으려면 탄약부터 충분해야 하지 않겠나. 중대에서 자체적으로 관리하는 탄약은 그리 많지 않아. 「트릭스터」가 잠입했다는 자네 생각이 맞다고 가정할 때, 이어질 습격은 결코 작은 규모가 아니겠지."

"그 점을 고려하지 않은 건 아니지만……."

겨울은 필요한 병력이 깨어있는 것만으로도 어느 정도 대비가 되지 않을까 싶었다.

"잡혀온 놈이 뭔가 일을 벌인다면, 경계가 취약해지는 새벽을 기다릴 겁니다. 그때 가장 큰 적은 변종이 아니라 혼란 그 자체일 거라고 생각했습니다. 미리 대비하고 있다면 적어도 혼란은 피할 수 있겠죠. 추가 탄약은……그때 확보하는 수밖에요."

"경우에 따라 다소의 희생은 불가피하다고 보는 거로군."

"여기까지가 현실적인 한계니까요. 정말로 반란을 일으킬 순 없잖아요."

"글쎄. 방법이 있을지도 모르지."

대위는 한참을 고민하더니, 관내회선으로 중대 간부 전원을 호출했다.

집합에는 적잖은 시간이 걸렸다. 성탄전야인 것이다. 시민구역에 가있는 소대장 한 명은, 최초 호출로부터 30분이나 지나서야 도착했다.

여유가 별로 없는데. 겨울은 시간을 거듭 확인했다. 일이 언제 터질지 모른다. 아예 터지지 않는 게 최선이지만, 터진다는 전제하에 준비하는 거니까.

다들 표정이 좋지 않았다. 아무리 비상시국이라도, 존중받고 싶은 최소한의 개인시간이란 게 있는 법이었다. 성탄주간은 미국 최대의 명절이니 근무시간 외의 호출이 달가울 리 없다.

"아……. 이 녀석이 있는 걸 보니 또 뭔가 험한 일이구나."

제프리의 한탄이다. 겨울을 보더니 한숨을 푹 쉬고 궁시렁 거렸다. 하기사, 남들 다 놀 때 교전을 치르고 돌아온 입장 아니던가.

물론 그건 겨울에게도 해당된다. 제프리의 한탄이 길게 이어지진 않는 이유였다.

대위가 겨울에게 발언을 요구했다. 오늘로 세 번째 사정설명이다. 겨울도 조금 질리는 기분을 느꼈다.

"……그런 이유로, 오늘 밤은 최대한의 경계태세를 유지했으면 합니다. 사실 대단한 일은 아니에요. 공격이 들어오지 않을 경우, 그냥 하룻밤 대기하고 있는 것 뿐이니까요. 여러분께서 도와주셨으면 좋겠어요."

리버만 하사가 주억거린다.

"어쩐지, 아까부터 소위님 눈치가 좀 이상하다 싶었습니다. 그런 걱정을 하고 계셨군요. 솔직히 좀 과하다는 생각이 듭니다만……."

반대인가? 싶었는데, 아니었다.

"소위님이 아니었다면 우리 소대는 병원에서 많이 죽었겠죠. 다들 방심하거나, 잘못 생각하고 있을 때, 소위님 혼자 옳은 판단을 내리셨습니다. 이번에도 믿어보렵니다."

"고마워요, 하사."

대체로 부사관들은 쉽게쉽게 지지를 표명했다. 하사부터 시작하는 한국군과 달리, 미군의 부사관은 훈련병부터 올라가는 계급이다. 철저한 실력 위주의 집단으로서, 사고방식도 대단히 실전적이었다.

병사나 부사관들은, 실전에서 무전기 너머의 상급부대와 마찰을 빚는 경우가 많다. 위에선 도무지 현장을 모른다고 한탄하는 것도 이들의 몫이었다. 그래서 더욱 쉽게 겨울을 이해해주는 것일지도 모른다.

부사관 최상급자인 피어스 상사도 겨울 편을 들었다.

"썬 추가 말하길, 진정한 리더는 힘이 아니라 예시(豫示)로서 이끈다고 하더군요. 좋은 군인의 감은 제법 잘 맞는 편입니다. 어린 소위님 의견을 무시할 순 없죠. 지금까지의 성과만 보더라도 말입니다."

썬 추? 아, 손자. 잠시 헤매던 겨울은, 조금 곤란한 기분을 느꼈다. 손자가 말한 예시가 그런 뜻은 아닐 것 같은데. 그래도 상사의 기분을 깰 필요는 없을 것 같다.

'멋진 격언을 외웠다고 자랑스러워하는 것 같아…….'

상사는 무뚝뚝한 표정을 고수했으나, 미세하게 묻어나는 감정이 있었다. 사람 살피는 데 일가견이 있는 겨울의 관찰이다.

누구든, 멋지고 싶은 욕망은 있게 마련이니. 그게 아무리 진중한 사람일지라도.

이렇게 되자, 제프리를 제외한 남은 세 소대장과 기타 간부급 병사들이 자신의 입장을 고심했다. 피어스 상사가 그들을 묵묵히 쏘아보았다. 이것만으로도 다들 부담스러워했다. 미군의 상사는, 희소도만 따질 경우 중령보다 높기 때문이다.

2소대장 맥코이 소위가 한숨을 쉰다.

"어쩔 수 없군요. 저 혼자 발 빼는 것도 없어 보이고……. 해봅시다. 별 일 없으면 그냥 하룻밤 잠 설치는 것뿐이잖습니까. 사건이 터지지만 않으면 위험부담은 없는 셈이라고도 하셨고……. 제가 생각하기에도 찜찜하긴 하군요."

그것을 기점으로, 나머지도 동의한다며 손을 들었다. 3소대장 설리번 소위가 머리를 긁는다.

"지금 TV에서 '나 홀로 집에' 하는데……."

"……."

미국인들도 크리스마스를 케빈과 함께하는 건가?

하긴, 본고장이구나.

마지막으로 화기소대장이 동의했다.

"이 이야기를 들은 이상 편히 쉬긴 글렀습니다. 계속 신경 쓰이고 찜찜할 것 아닙니까? 누워도 잠이 안 오겠군요. 기왕 밤 샐 거, 저도 같이 가겠습니다."

의견이 합치되자, 캡스턴 중위가 이목을 모았다.

"문제는 탄약입니다. 탄약이 없으면 다른 준비가 아무리 철저해도 부족할 수밖에 없어요. 통제실을 거치지 않고 탄을 빼낼 방법이 있겠습니까?"

사실상 피어스 상사에게 던지는 질문이었다. 상사가 고개를 끄덕였다.

"해보겠습니다."

"어떻게요?"

"내일 실시할 사격훈련용 탄을 미리 불출하는 거라고 해두죠. 실무자들 사이에서 서류를 나중에 작성하는 건……대위님 마음에는 안 드시겠지만, 우리들 사이에선 흔한 일이니까요. 뭐, 요즘은 워낙 비상시국이라 탄약 불출이 잦기도 하고 말입니다. 자주 하는 일은 느슨해지는 법이죠."

상사가 말하는 우리는 당연히 부사관 계급을 뜻한다.

그의 생각에 일리가 있었다. 방금 겨울도 교전을 치르고 왔듯이, 밤낮 가리지 않고 시도 때도 없이 탄약을 써대는 시국이었다.

작전 후 남는 탄약을 일일이 회수하지도 않고, 필요한 양만큼 요청해서 수령하는 방식이며, 중대마다 여분의 탄약을 따로 관리하기도 한다. 평시처럼 엄격한 절차는 지키고 싶어도 지킬 수가 없었다.

대신 총기현황은 철저하게 파악한다. 난민들에게 흘러 들어가면 폭동을 걱정해야 하니까.

"그 핑계가 통할까요? 크리스마스에 사격 훈련이라니. 그것도 이 시간에 미리 빼놓겠다고 하면 누가 믿겠습니까?"

대위가 회의적인 반응을 보이자, 상사가 부드럽게 웃는다.

"대위님이 꽉 막힌 거야 워낙 유명하니까, 중대장이 쓸데없이 꼬장 부리는 거라고 뒷담 좀 까면 애들도 같이 까면서 믿게 될 겁니다. 그때 할 말들에 대해서는 미리 사과드리죠."

"……."

캡스턴 대위가 관자놀이를 짚었다.

그래도, 쉽게 말하긴 했지만 결코 쉬운 일은 아닐 것이었다. 상사 쯤 되는 짬밥과 인맥이니까 시도할 수 있을 일이다.

상사는 대화를 겨울에게로 돌렸다.

"물소위님도 도와주셔야 합니다."

"네? 제가요?"

"탄약고 경비가 에이블 중대 담당이니까요. 그쪽 아가들이 소위님을 굉장히 좋아하니까, 같이 가주시면 좀 더 수월해질 겁니다."

병사들 사이의 분위기를 제법 자세히 파악하고 하는 말 같다. 겨울은 중국계 거류구의 체크 포인트를 지키던 에이미 상병의 말을 떠올렸다.

「조심하세요. 소위님이 미친개한테 물리면 우리 중대가 통째로 돌아버릴 지도 모르거든요.」

'사람에 따라서는, 있는 그대로 설명해도 도와줄 가능성도 높지.'

겨울은 선선히 고개를 끄덕였다.

"네, 그렇겠네요. 알겠습니다."

남은 시간이 적은 만큼, 모두의 입장이 정해지자 이야기는 굉장히 빠른 속도로 진행됐다. 간부급 병사들은 병력을 집합시키기 위해 뛰어나갔다. 남은 간부들이 작전구상에 착수한다.

"적의 계획에 대해 아무 것도 모르는 입장이니, 우리의 계획도 핵심적인 것을 제외하면 임기응변 위주로 가야 합니다. 지금은 유사시 점령할 진지나 경계구역을 할당하는 정도로 만족해야 할 것 같군요."

캠프 지도를 펼쳐놓고 중위가 하는 말에, 상사가 수긍했다.

"개의치 마시죠. 원래 전투가 시작되면 가장 먼저 죽는 게 작전계획이잖습니까."

지도를 놓고 동선을 그려보면, 제대로 반응한다는 전제 하에, 어느 방향에서 사태가 시작되더라도 3분 이내에 초기 병력투입이 가능하다는 결론이 나왔다.

"자네 병력은 어떻게 할까?"

대위가 겨울에게 물어보면서, 자신의 의견을 제시했다.

"아무래도 실전경험이 부족하니까 전면에 노출시키긴 어렵다고 보는데. 같이 준비시켜두고, 유사시 난민구역을 진정시키는 용도로 쓰는 건 어떨까 싶네만."

"동의합니다. 좋은 생각이세요."

앞서 말했던 것처럼, 혼란이야말로 가장 큰 적이 될지 모른다. 난민구역의 인구밀도를 감안할 때, 사람들이 공황에 빠지면 압사당하는 숫자도 만만찮게 나올 것이다.

또는 난민 집단이 무작정 탈출을 꾀하더라도 문제다. 방어선이 후방에서부터 짓밟히는 불상사가 일어날 수 있었다.

고작 두 개 분대의 「겨울동맹」 전투조로 감당하긴 벅찬 일이다.

"적과 조우할 가능성이 낮을 뿐이지, 절대로 쉬운 임무는 아닐 거야."

겨울은 그의 우려를 충분히 알아들었다.

"원래 체크 포인트를 지키던 병사들도 있으니까요. 그들에게 미리 귀띔을 할 수 있다면 좋겠네요. 일단 제 영향력이 닿는 범위 내에서는 난민들에게 미리 경고를 해두겠습니다."

"탄약보다 그게 더 중요하네. 곧장 다녀오게. 나머지 준비는 우리가 알아서 할 테니."

그러자 피어스 상사가 끼어들었다.

"그럼 물소위님은 일 보시고 나서 탄약고 쪽으로 오십시오."

"알겠습니다. 최대한 서두를게요."

시계를 보니 자정까지 삼십분 남은 시점이었다. 급하게 뛰어가는 겨울을 체크포인트의 병사들이 의아한 기색으로 바라보았다.

수 시간 전 떠났던 대형 텐트는 여전히 떠들썩한 분위기였다. 겨울이 들어가도 눈치 채지 못하는 사람들이 많을 정도로. 그러나 장연철 만큼은 단번에 겨울을 알아보았다. 무척 반기는 낯으로 다가온다.

"다녀오셨군요. 무슨 일이었는지는 모르겠지만, 수고하셨습니다."

겨울이 고개를 흔들었다.

"아직 끝난 게 아니에요."

"네?"

"장 부장님. 동맹 간부들을 모두 모아주세요. 유라 씨와 진석 씨를 포함해서요."

장연철은 겨울의 분위기를 읽고 당황하는 눈치였다. 겨울의 급한 모습을 처음 본 탓이었다. 그래도 얼른 고개를 끄덕이더니, 사람들을 불렀다. 흥에 겨워있던 좌중도 이 모습을 보고 대번에 조용해진다.

마침내 모인 사람들은 모르는 얼굴이 태반이었다. 간부의 범위를 연철이 적당히 해석한 결과였다. 나쁘지 않았다.

겨울은 최대한 간결하게 압축해서 상황을 전달했다. 민완기는 사뭇 진지한 얼굴로 기침을 몇 번 했고, 장연철도 표정이 굳었다.

"어, 작은 대장님. 그러니까……새벽에 공격이 있을지도 모른다는 말씀이신 거죠?"

"맞아요. 확실하지는 않아도, 경계할 필요는 있다고 생각해요. 유라 씨와 진석 씨는 당장 막사로 가세요. 무장하고 연병장에서 기다려요. 탄을 불출 받은 뒤에 찰리 중대에서 적당한 사람 한둘 붙여줄 테니까, 무슨 일 있으면 난민구역을 진정시키는 데 최선을 다하세요."

유라와 진석은 아직 자체적인 상황판단능력이 부족하다. 찰리 중대에서 간부급 병사를 지원받는 건 필수적이었다. 겨울의 시선이 이번엔 장연철과 민완기를 향한다.

"그리고 부장님들."

무언가 말하기도 전에, 민완기가 고개를 끄덕였다.

"괜찮습니다. 맡겨두고 가시지요. 크흠. 대장님이 항상 모든 일을 도맡을 순 없습니다. 이럴 때 일 하라고 장 부장님과 절 뽑아두신 거 아닙니까."

"……"

겨울은 자연스러운 미소와 함께 수긍했다.

"알았어요. 두 분을 믿을게요."

이제 소년 장교는 탄약고를 향해 달린다. 오히려 피어스 상사보다 먼저 도착했다. 나중에 나타난 상사는 겨울을 보고 조금 놀라워했다.

"아까 말한 일들이 그리 간단할 거라곤 생각 안 했는데, 의외로 빨리 오셨군요."

"괜찮은 분들이 절 도와주시거든요."

"허허."

상사는 짧게 웃고, 겨울보다 앞장서서 걸었다.

탄약고 초소를 지키는 병사들은 역시나 아는 얼굴들이었다. 특히나 한 명은 더더욱 잘 아는 입장이다. 매튜 코헨 병장. 그는 겨울을 발견하고 조금 놀란 눈치였다.

피어스 상사는 전시상황의 융통성과 비공식적인 수단으로 탄약고 문을 열었다. 군수과 소속 중사 한 사람의 협조가 컸다.

그러나 역시 의심을 피할 순 없었다. 찰리 중대가 꺼내가는 무기와 탄약이 어지간히 많아서, 탄약고를 지키던 병사들이 못내 궁금한 기색들이다.

선임 경계병인 코헨 병장이 피어스 상사에게 묻는다.

"세상에……유탄까지는 그렇다 치고, LAW에 클레이모어에 777호까지……. 무슨 훈련을 하시길래 이렇게나 필요하신 겁까?"

"이건 비상시를 대비한 탄약불출 훈련이기도 해. 더 이상은 신경 끄게, 코헨."

"아, 넵!"

궁금증을 감추지 못하면서도, 코헨과 다른 한 명이 그대로 입을 다문다.

그러더니 이번에는 겨울에게 슬금슬금 다가온다. 코헨 외의 다른 한 명도 아는 얼굴이다. 겨울이 아니었으면, 파소 로블레스에서 전사했을 사람들이었다. 머뭇거리다가, 코헨이 슬그머니 웃으며 겨울을 불렀다.

"바나나 소위님."

"왜요, 초코 볼 병장."

병장의 웃음이 더욱 짙어졌다. 주위가 어두운지라, 하얀 이가 더욱 도드라진다.

"무슨 일인지 알려주시면 안 됩니까?"

"말했잖아요. 훈련이라고."

"에이, 그러지 마시죠. 저도 눈치가 있는데요. 저랑 소위님 사이 아닙니까?"

전에 봤을 때랑 별반 달라진 게 없었다. 하긴, 사람이 그리 쉽게 바뀌는 건 아니지. 코헨 병장의 사각에서 피어스 상사가 턱짓을 보냈다. 겨울의 재량에 맡기겠다는 뜻이다.

일단은, 조금 더, 우호적인 분위기를 만들어야겠다. 겨울은 적당한 농담으로 어울려주었다.

"모르겠네요. 병장이랑 제가 어떤 사이인지."

"어허! 이 소위님 이거 큰일 내실 말씀. 같은 전장에서 목숨을 나눈 전우를 섭섭하게 하시면 곤란하죠. 그러지 마시고, 저한테만 슬쩍 귀띔해주십쇼."

능청을 떠는 흑인 병장에게, 이제, 겨울이 좀 더 진지하게 접근한다.

"알려드리면, 도와주실래요?"

"잉? 제 도움이 필요한 일입니까?"

"네. 믿고 말씀드리는 거니까, 나 몰라라 하면 평생 원망할 거예요."

말 속의 뼈를 느꼈는지, 두 사람의 안색이 조금 굳어진다. 잠시 공백을 두고, 코헨 병장이 고개를 끄덕였다.

"그러니까, 뭔진 아직 모르겠지만, 물소위님에게 이 매튜 코헨이 필요하다 이거 아닙니까? 하! 분부만 내리시죠. 부랄 두 쪽이랑 똥꾸멍만 빼고 뭐든 다 내드리겠습니다."

상사보다는 친구를 대하는 태도에 가깝다. 겨울의 특별한 위치 탓도 있겠으나, 그보다는 사적으로 거리감 느끼고 싶지 않다는 욕망이 엿보였다. 겨울은 다른 한 사람을 바라보았다.

"일병. 당신은 어때요? 무슨 일이 있어도, 한 번은 절 믿어주시겠어요?"

이쪽은 반응이 사뭇 달랐다. 발을 척 모으며 부동자세를 취했다.

"몇 번이라도 괜찮습니다, 소위님."

같은 걸 보더라도, 감상은 사람마다 다른 법. 생명의 은인이라는 점에 힘입어, 병사는 겨울이 그동안 쌓은 행적에 과도한 영향을 받은 듯하다. 아까부터 코헨의 태도가 못마땅한 기색이기도 했다. 에이미가 언급한 에이블 중대의 분위기를 단적으로 보여주는 것 같다.

중대장이 그 모양이라 보는 반사이익도 있을 터.

겨울이 손을 내밀었다.

"고마워요, 애크릿지."

단순한 악수인데, 병사는 크게 기뻐했다.

처음부터 사정이 허락한다면 에이블 중대 쪽에서도 사람을 끌어올 계획이었다. 겨울이 제기하는 우려에 쉽게 공감한 두 병사는, 주어진 역할을 긍정적으로 받아들였다. 코헨이 고개를 끄덕이며 하는 말.

"옘병. 하여간 높으신 분들은 너무 느긋하다니까. 안 그렇습니까? 교육 자료만 봐도, 「트릭스터」 새끼들을 얕보면 안 된다는 걸 알 텐데 말입니다. 아무튼 걱정 마십쇼. 확실한 애들만 끌고 오겠습니다. 소위 님 부탁이라면 애쉬포드 그 양반도 곧장 튀어올 걸요?"

애쉬포드 하사. 파소 로블레스 보건소에서 처음 만날 때가 기억난다. 팔 부러진 채 몰핀 낭비하던 사람이었다.

"그 분, 부상은 다 나으셨나요? 그 뒤로 못 뵀던 것 같은데요."

"며칠 전에 복귀했죠. 몸뚱이 하나는 튼튼한 양반이라 괜찮습다. 아직 깁스는 안 풀었지만, 그래도 할 거 다 하던데요 뭐! 여자도 잘 꼬시고!"

애크릿지 쪽 표정을 보면 없는 말은 아닌 듯하다. 그렇다면 괜찮겠지, 생각하는 겨울. 우호적인 간부라면 한 사람이 아쉬운 입장이었다.

"경계근무 끝나는 대로 최대한 빨리 모아서……어, 연병장으로 가면 됩니까?"

"네. 차량이 거기 있으니까요."

"알겠습다. 얼마나 올지 기대하고 계시죠. 캘리포니아 사나이들의 전우애를 보여드리겠습다."

"신중하세요. 어찌되었든 기본적으로는 항명이에요. 보고도 없이 움직이는 병력을 어느 상관이 좋아하겠어요? 들키면 안 돼요. 별 일 없다면 탄약 도로 집어넣고 시침 뗄 계획이거든요. 없었던 일로 만드는 거죠."

"거 참, 잔소리가 우리 할머니 같으십니다. 장교가 되면 어쩔 수 없는 겁니까?"

이쯤에서 다시 한 번 웃어줘야겠다. 겨울의 표정에 만족한 코헨이 자기만 믿으라고 큰소리를 쳤다. 주먹을 내밀기에, 겨울도 주먹으로 부딪혀준다.

연병장에는 차량들이 중대별로 세워져있었다. 탄약을 가져와서 얼마나 기다렸을까. 에이블 중대 인원이 합류했다. 생각보다 숫자가 많다. 거의 1개 소대 급이었다.

장교는 없고 거의 다 병사들이었다. 최선임자인 애쉬포드 하사가 캡스틴 대위에게 경례했다.

"저희가 필요하시다고 들었습니다."

"부담스러웠을 텐데 와줘서 고맙네. 병력에 여유가 생기니 한 결 더 안심이 되는군."

"저희라고 자다가 골로 가고 싶진 않으니까요. 그것도 성탄절 새벽에 말입니다."

하사는 전투태세를 갖춘 찰리 중대를 한 번 돌아보고는, 겨울에게 눈인사를 보내고, 다시 말한다.

"그래도 별 일 없었으면 좋겠군요. 소대장이 자기 따돌렸다고 화낼까봐 걱정됩니다."

"음, 어쩔 수 없지. 실제로 교전이 발생할 경우, 자네들은 각 중대가 전투준비를 갖출 때까지 각 중대 주둔지를 엄호해주게. 가장 걱정되는 건 기습이거든. 병력 전체가 혼란에 빠지지 않도록 유도해줬으면 좋겠어."

"지당하십니다. 비상이 걸렸는데 저희가 없어도 당황하겠죠."

자기 임무를 확인한 하사가 겨울에게 다가왔다.

"제대로 된 대화는 파소 로블레스 이후 처음인가 봅니다."

"어쩔 수 없잖아요. 오랫동안 자리를 비우신 걸요."

"퍼플하트를 받았죠. 소위님 덕분에 특진은 못 했습니다만."

퍼플하트는 전투 중의 부상을 기리는 훈장이다. 특진은 전사자에 대한 예우였고. 우스갯소리를 더한 그가 진심으로 인사했다.

"그때 몰핀을 빼앗아주셔서 정말 감사합니다. 사실 그땐 너무 힘들기도 하고, 자포자기한 상태였던지라……있는 거 다 놔버리고 확 가버릴까 생각했었거든요. 이미 맞은 게 있어서 제 정신이 아니었죠."

이라크나 아프간처럼 생지옥으로 파견되었던 미군들은, 마약성 진통제를 남용하는 경우가 많았다. 그러다가 퇴역하면 마약중독자 신세라, 적응 못하고 범죄를 저지르다가 경찰에게 사살당하는 사건도 일어났다. 미국의 사회문제중 하나다.

그걸 막아주었다고 고마워하는 것이니 겨울이 받을 만 했다. 그저 이렇게 말해준다.

"다시 뵙게 되어 기쁘네요."

"네, 정말입니다."

그는 돌아서다가 말고, 겨울에게 다시 말을 붙였다.

"소위님. 할 일 없이 누워서 소위님 모습을 많이 봤습니다만……."

TV에 나온 걸 말하는 모양이다. 겨울이 귀를 기울이니, 그는 겨울을 걱정했다.

"앞으로는 적당히 뛰어나셔야 합니다."

"무슨 뜻이죠?"

"데브그루(DEVGRU)라는 친구들이 있습니다. 저 같은 것보다 훨씬 더 훌륭한 군인들인데, 일을 워낙 잘 하니까 상부에서 온갖 일을 다

맡긴 겁니다. 아무리 잘 드는 칼이라도 막 쓰다보면 망가지는 법이죠. 다들 정신이 상해서 고생깨나 했다더군요. 전 소위님이 그렇게 될까 봐 걱정입니다."

할 말이 없어 그냥 웃어주자, 하사가 자기 말을 마무리 짓는다.

"꼭 그래서는 아니지만, 이번 일이 괜한 걱정이었으면 좋겠습니다."

"사실 저도 그래요."

그것으로 대화는 끝이었다. 하사가 에이블 중대원들과 함께 제 위치를 찾았다.

이후로는 줄곧 기다리는 시간이었다.

겨울은 소방수였다. 급한 불부터 끄는 역할. 임무와 담당구역이 확실하게 정해진 다른 간부나 병사들과 달리, 스스로 판단하여 원하는 장소를 지원하도록 되어있다.

어찌 보면 가장 힘든 역할이다. 그러나 캡스틴 대위는 겨울이야말로 가장 강력한 전력이라고 생각해서 맡긴 임무였다.

"이대로 조용히 지나갔으면 좋겠군요."

같은 팀으로 편성된 래치먼 병장의 중얼거림이었다. 겨울이 고개를 끄덕였다.

"동감입니다."

겨울도 확신은 없다. 징조는 충분히 많았고, 예감은 강력하다. 그러나 그동안의 경험에 의하면, 새로운 특수변종이 출현한 뒤엔 간빙기가 시작되곤 했었다. 그 길이가 정해진 건 아닐지라도, 벌써 끝나는 건 이상한 일이다.

「생존감각」의 경고도 반드시 옳은 게 아니다. 주어진 정보들이 충분한 개연성을 형성할 때, 「생존감각」은 허구의 죽음을 경고할 수도 있었다.

'그래도, 모자란 것보단 넘치는 게 낫지.'

과유불급이라지만, 준비만큼은 다르다. 최악의 사태는 준비가 부족해서 생기는 것.

같은 차량의 병사들은 겨울의 과거에 호기심을 드러냈다. 도대체 이 인간이 뭘 하고 자랐기에 이런 인간흉기가 되었나 하는 궁금증들이었다.

관제 AI가 권장하는 키워드, 문장들이 있었으나, 겨울은 대답 대신 미소를 만들어 무마했다.

대화의 맥은 거기서 끊어진다. 애초에 공통분모가 별로 없는 사이였다. 병사들끼리 실속 없는 잡담을 나누는 사이, 겨울은 열린 창문에 팔을 얹고 밤하늘을 응시했다.

아무리 봐도 질리지 않는 맑음이다.

가만히 보고 있으면 내가 먼저 사라지고, 다음으로 시간이 사라지고, 거리가 사라지고, 마침내 별과 하늘만 남는 이 기분.

깨끗한 밤하늘을 한 번이라도 보았다면, 누구라도 공감할 것이다.

생전의 도시에선 공감할 사람이 몇 없겠지만.

그 세계에서 보았던 별들은, 먹먹한 눈물처럼 느껴지곤 했다.

옛날부터 사람들은 별에 소망을 담곤 했다. 별이 눈물 같았던 것은, 별을 보는 사람들의 마음이었던 게 아닐까?

다른 세계의 관객들도 잠잠했다. 아까도 그랬다. 야시경에 밤하늘을 담는 순간, 그들의 메시지는 더 이상 결핍된 삶에, 충족되지 않은 욕망에 찌들어있지 않았다.

내면이 점점 더 가라앉는다.

'이대로 새벽까지 볼 수 있었으면.'

쿵. 별안간 난 소리에 다들 깜짝 놀란다. 겨울이 돌아보니, 졸음에 겨운 운전병이 핸들에 머리를 박은 것이었다. 병사들이 가볍게 욕설을 섞어 투덜거리고, 운전병은 민망해하며 반발했다. 이들의 욕은 어디까지나 친분에서 우러나온다.

겨울이 말했다.

"경적이 안 눌려서 다행이네요."

"그러게나 말입니다."

사수, 래치먼 병장이 거들자, 운전병은 겨울을 향해 억울한 표정을 지었다.

그리고 다시 기다렸다. 얼마나 길어질지 모른다. 병사들은 순서를 정해 조금씩 눈을 붙이기로 했다. 자기들끼리 가위 바위 보를 하는데, 겨울을 부른다.

"소위님도 끼시죠."

겨울은 조용히 사양했다.

"별이 밝아서요."

"거 참 낭만적이십니다."

제안했던 후방좌석의 병사가 방탄모 안의 머리를 긁었다. 그러더니 래치먼 쪽에서 조심스럽게 묻는다.

"원래 한 사람씩 재우려고 했는데, 소위님 안 주무실 거면 둘로 늘려도 되겠습니까?"

"그러세요. 저 혼자 깨있어도 괜찮고요."

"에이. 그럴 순 없죠."

얼마 안 가, 겨울이 보는 별빛에 코고는 소리가 끼어들었다.

30분씩 끊어 자는 병사들이 다섯 번을 교대했을 시간. 깊은 새벽의 어둠 속에서, 코골이와 명확하게 구분되는 소리가 들려온다.

깨애애애액-

겨울은 정신이 번쩍 들었다.

"이 소리 들었어요?"

같이 깨어있던 운전병이 어리둥절한 반응이다.

"무슨 소리 말입니까?"

병사는 겨울의 눈치를 보며 숨을 죽였다. 그에겐 보정이 작용하지 않으니, 듣지 못했어도 이상하진 않았다.

그러는 가운데, 다시 한 번 들려오는 그 소리.

깨액! 깨애애액-!

"기상! 기상! 기상!"

겨울이 소리치자 다들 벌떡 일어난다. 양옆의 차량들도 화들짝 놀랐다. 지붕 위에 엎드렸던 래치먼 병장은 자리에서 미끄러지기까지 했다. 우당탕. 난데없는 발길질에 운전병이 욕설을 내뱉는다. 그리고 묻는 말.

"어느 쪽입니까?!"

"저쪽! 새장이 있는 방향!"

"네? 그쪽은 기지 내부잖습니까? 그럴 리가!"

운전병이 기겁을 했다. 겨울도 솔직히 이해가 가지 않는다. 「트릭스터」외의 다른 변종이, 어떻게 캠프 내부에 있을 수 있단 말인가?

미리 시동을 걸어놨으므로 반응은 대단히 신속했다. 엔진 소리가 급격히 올라간다. 변종들의 소리도 함께 높아졌다. 처음엔 아기 변종들뿐이었는데, 이제는 일반변종들의 괴성도 뒤섞였다.

급기야는 억눌린 총성과 비명까지. 필시 새장을 지키던 경계병들의 단말마일 것이었다.

"경적을 눌러요!"

겨울의 외침. 의도를 깨달은 운전병이 미친 듯이 경적을 울려댔다. 다른 차량들도 합세하여, 캠프 전체에 위기를 알린다.

중대 채널에서 무전이 폭주했다. 직접 보지 않아도, 경계위치와 진지를 확보하기 위해 숨 헐떡이는 병사들이 어른거리는 것 같았다. 캡스턴 대위가 통제실에 비상사태를 보고하는 무전도 엿들을 수 있었다.

달리는 도중, 겨울은 가시거리를 배회하는 변종들을 발견하고, 5초 만에 여섯 놈의 머리를 날렸다. 팔 흔들고 소리 지르며 달려드는 걸 보고 변종인줄 알았다. 피부는 창백할 뿐 문드러지지 않았다. 감염 후 경과한 시간이 짧다는 증거였다.

'아기 변종이 잠입해서, 새롭게 감염시킨 건가?'

그 생각이 드는 순간, 향하던 방향으로부터 질척한 폭음이 들려왔다. 그리고.

푸드드득—

갑작스레 험비의 시동이 꺼졌다.

"억? 이게 왜 이래?"

핸들에 부딪힌 운전병이 곧바로 재시동을 걸었다. 그러나 당장은 푸득거리기만 할 뿐, 동력이 돌아올 생각을 않는다.

그 뿐만이 아니다. 텅, 텅 소리를 내며, 인근의 전등이 모조리 나가 버린다.

무전기도 예외는 아니었다. 날카로운 소음을 내더니, 그대로 침묵해버린다. 조금 전까지 바쁘게 오가던 모든 교신이 거짓말처럼 사라졌다. 녹색 선명하던 트래커 모니터까지 암전하여, 주위에 인공적인 빛이 하나도 없는 지경이 되었다.

'야시경은……다행히 작동하네.'

노이즈가 끼었으나, 아직 쓸 만 한 상태다. 겨울이 개인장비를 확인하는 사이, 운전병이 기어코 재시동에 성공한다.

마침내 도착한 새장은 문이 열린 채였다. 온 몸으로 기어 나온 듯 자국을 남긴 「트릭스터」는, 몸통이 안쪽에서 터진 것처럼 죽어있다.

래치먼 병장이 얼쩡거리는 변종들에게 중기관총 사격을 퍼부었다.

총성이 거리를 두고 겹쳐진다. 밤의 어둠 저편, 캠프 외곽에서 번쩍이는 수십 개의 총구 화염들. 그리고 그보다 더 밝게 번쩍이는 번갯불들. 그것들은 캠프 밖에서 어른거린다. 명백히 지뢰가 터지는 섬광이었다.

공격이 시작되었다.

"와, 씨팔! 방금 그거 EMP 아닙니까?!"

후방좌석의 병사가 욕지거리를 내뱉는다.

전자기충격파(EMP)는 범위 내의 모든 전자기기를 무력화한다. 그것 말곤 이 현실을 설명할 길이 없었다. 그러나 역시 충격적이다.

겨울은 생각했다.

'빛이 필요해.'

조명탄 지원이 급했다. 닥쳐올 혼돈을 막으려면, 어둠부터 몰아내야 한다.

무전기를 회복시키려고 애쓰는 겨울. 군용 장비는 일정한 EMP 내성을 지닌다. 역시나, 몇 번 시도하자, 차량 탑재 무전기에 전원이 들어왔다. 가동되기 무섭게 잡음이 새어나온다. 방해전파가 있는 모양. 캠프 내부의 교신이 불가능할 정도는 아니다. 외부하고는 어렵겠다.

겨울이 수화기를 잡는 순간.

콰앙! 쾅! 쾅!

박격포 진지 쪽이 세 차례 번쩍였다. 수 초 후, 하늘에서 조명탄 세 발이 연속으로 터졌다. 각각의 조명탄은 촛불 52만 5천개의 밝기로 타올랐다. 낙하산에 매달려 서서히 떨어진다.

동시에, 겨울은 창밖으로 상체를 내밀었다. 넓게 보고 빠르게 쏜다. 머리 다섯을 날리는 데 총탄 여덟 발이 필요했다.

시야가 확보되었어도 다른 표적을 확인할 수 없었다. 안쪽에 남은 변종은 더 이상 없거나, 있더라도 수가 적을 것이다.

그렇다. 「트릭스터」가 잡혀온 시점부터 이 사태가 터지기까지의 짧은 시간, 감염체를 늘려봤자 얼마나 늘렸겠는가. 그 이상의 확산이 가능했다면, 공격방식 자체가 달라졌을 것이다.

난민구역에 대한 걱정은 놓기로 했다. 두 부장, 특히 민완기는 「겨울동맹」의 영향력을 십분 발휘했을 것이다. 우호 조직뿐만 아니라, 적대 조직들도 대비하도록 했겠지. 그렇다면 소수의 변종은 머릿수만으로 제압 가능하다.

"저쪽으로!"

겨울은 총성, 폭음이 가장 요란한 방향을 가리켰다. 운전병이 곧바로 핸들을 꺾는다.

캠프 울타리 밖은 아수라장이었다. 특히 서북쪽부터 남서쪽에 이르는 경계에서의 전투가 치열했다. 변종들은 산악지형과 강변 수림지대의 연속선을 이용해 캠프로 접근한 모양이다. 그러지 않고선 항공 정찰을 벗어날 길이 없다.

교전 현장에 도착한 뒤, 겨울이 짧게 교신했다. 현재 위치를 알리는 것이었다.

진지를 점령한 병사들은 겨울에게 인사도 건네지 못했다. 잠시도 쉬지 않고 방아쇠를 당겨댔다. 환하게 밝혀진 밤, 몰려오는 적의 숫자가 그만큼 많았다. 겨울도 가세한다. 다른 병사들과 차별화된 단발 사격.

툭, 툭, 툭. 방아쇠를 가볍게 당길 때마다, 반드시 한 놈의 변종이 죽어 넘어진다.

탄약을 아끼려는 건 아니었다. 박스 채로 쌓아두고 쏘는 것이니. 명중률도 신경 쓸 필요 없었다. 워낙 많이 몰려와서 긁는 대로 다 맞았으니까. 조준에 걸리는 시간을 감안하면, 미친 듯이 갈기는 게 속편하다.

문제는 과열이었다.

"발사속도 조절해요! 총열 터지는 꼴 보고 싶어요?!"

소리 지르는 것만으론 부족했다. 겨울은 진지 사이를 뛰어다니며, 정신없는 병사들을 일일이 두드려 총신 과열을 경고했다. 뜨끔한 병사들이 방아쇠에서 손가락을 뗐다.

교전 시작부터 지금까지 연사로만 긁어댄 사람도 있었다. 희미하지만, 총열에 붉은 기운이 감돌았다. 날이 추워서 다행이다. 여름이었으면 벌써 터졌을 것이다.

"티투스 이병! 탄창에 총알이나 채워요! 거기 당신! 오르시 일병! 당신도!"

미리 쌓아둔 탄창은 조만간 바닥을 드러낼 것이다. 겨울이 이름표를 보고 지시하자, 당황한 병사 둘이 열심히 고개를 끄덕였다. 적이 총을 쏘는 것도 아닌데, 자세 낮추고 무릎으로 기어서 버려진 탄창들을 모은다.

어쩔 수 없다. 평소에 그렇게 훈련 받았으니. 오히려 실전에서 훈련 받은 대로라도 움직일 수 있으면 대단한 거다. 미군의 훈련이 그리 허술하지 않다는 반증이었다.

"겹치지 않게 쏴요! 한 순간 몰린다고 너무 휩쓸리지 말고요!"

보이는 대로 쏘느라 담당 정면을 망각한 병사들 때문에, 화력이 불균형하게 쏠리고 있었다. 한 번 그러기 시작하면 계속해서 반복된다.

그들이 자기 역할을 되찾을 때 까지, 겨울이 간극을 막아준다.

험비 세 대가 뿜어내는 무지막지한 화력도 큰 도움이었다.

콰콰콰콰콰콰콰!

50구경 중기관총의 사격음은, 가까이서 들으면 줄지어 터지는 폭탄과 다를 바 없었다. 실제 화력도 마찬가지. 애초에 탄부터 굵어, 둘 이상 관통당하는 경우도 심심찮게 나온다. 사선이 휩쓸고 지나간 자리엔 시체만 즐비하게 남았다.

변종들이 밀집하지 않아서 아쉽다. 충분히 뭉쳐있을 경우, 250발들이 탄통 하나로 1천 개체 죽이기도 가능하다.

물론 어려운 기대였다. 변종들도 슬슬 지능을 높여가는 시점이니까.

한편, 겨울이 있는 진지에서는 소총 사수 하나가 급하게 수통을 풀었다. 달아오른 총열에 쏟아 붓는 것이었다. 달궈진 쇠와 찬 물이 만나, 챠아아아— 하고 수증기가 피어오른다.

"젠장! 탈레반 새끼들도 이 정도는 아니었는데!"

아프간 참전용사였던 모양이다. 목소리가 심하게 떨린다. 하긴, 보이는 게 너무 압도적이다. 철조망 너머 어디를 보더라도, 산개해서 달려오는 변종들뿐이다. 조명탄이 한 번 뜰 때마다 새롭게 환해지는 그 얼굴들이 끔찍하다.

겨울이 그의 어깨를 두드렸다.

"침착해요! 아직 잘 막고 있잖아요!"

그리고 그의 공백을 채운다. 일반 병사들보다 한 탄창으로 길게 버티는 겨울은, 화력의 공백을 효과적으로 막아냈다. 옆쪽 병사는 황당한 표정이다. 공교롭게도, 그가 조준하는 것마다 겨울이 머리를 날렸기 때문이다. 그것도 가까운 순서대로, 한 발도 빗나가지 않고.

겨울의 사격이 그치길 기다려 다른 방향을 노리며, 병사가 악을 쓴다.

"대체 어떻게 그리 쏘십니까?"

"여유를 가져요!"

"여유요?! 이 상황에?!"

그 병사는 5초 만에 탄창이 비었다. 이런 식이니 총열이 남아날 리 없고, 탄창도 부족해진다. 탄창 채우기에 전념하는 병사가 있어도 한참 모자랐던 것. 더 이상 갈아 낄 탄창이 없자, 그는 냅다 유탄을 쐈다.

퉁!

폭발이 변종 넷을 휩쓸었다. 범위에서 가까스로 벗어난 놈은 지뢰를 밟았다. 도약식이다. 변종의 머리보다 높게 치솟은 지뢰가, 빠악! 하고 터졌다.

둥글게 일어나는 흙먼지와 피 안개. 그것은 조명탄 불빛 아래 너무도 선명했다. 직접적인 살상반경은 30미터 남짓. 그러나 파편이 튀는 범위는 그보다 훨씬 넓다. 변종 수십 마리가 휘청거리거나, 넘어졌다. 넘어진 것들은, 다시 일어나 달려오는 모습이 피에 젖어있다. 가차 없이 구르느라 벗겨진 살점들 탓이었다.

'그나마 다행이네. 조명탄 사격이 조금만 늦었어도 큰일 날 뻔했어.'

거리는 인간의 무기다. 변종들은 어둠에 힘입어 지뢰지대의 절반을 뚫고 들어왔다. 이쪽의 대응이 몇 분만 늦었어도, 벌써 철조망까지 뚫렸을 것이다.

그 몇 분 차이로, 상황은 판이하게 달라졌다. 철조망 너머의 풍경이 잔혹하다. 땅이 보이지 않을 정도로 시체들이 깔렸다.

머리 위 고공에서 제트 엔진 소리가 지나갔다.

통신 두절을 수상히 여겨 날아왔을 터.

그러나 당장은 공군이 소용없었다. 폭탄을 떨구기엔 위험할 정도로 가깝다.(Danger Close.) 날이 밝고서 근접지원을 한다면 모를까.

우릉 우릉 하는 땅울림이 발끝을 타고 올라온다. 박격포의 화력이었다.

포탄 터지는 소리는 거리에 따라 다르게 들린다. 그것을 자동으로 분류하는 것이 「전투감각」이다. 만약 포격 지원이 어느 한 방면으로 집중된다면, 곧 그 방향의 위기를 뜻할 터. 겨울은 「전투감각」이 전하는 「통찰」을 읽었다.

모든 방면에서 균등. 즉, 특별히 밀리는 방향이 없다는 뜻이다. 혹은 모든 방면에서 밀리던가. 하지만 이곳 상황을 보면 후자는 아닌 것 같다.

그래도 혹시 모를 일. 이쪽 방면이 안정되었다고 판단한 겨울이 재빨리 험비에 올라탔다. 교신을 듣기 위해서다. 겨울의 개인용 무전기는 아직까지 먹통이었다.

통신병이 자리를 비켜주었다. 그동안의 교신을 요약하는데, 대단치 않았다. 정말 급한 일이 있었다면 겨울에게 바로 달려왔을 것이다.

"상황은 안정적입니다. 조금 전 화기중대가 박격포 진지를 인수하면서, 모든 중대가 전투에 가세했습니다. 이대로라면 막는 데 문제가 없을 듯 합니다."

"그렇다면 다행이고요. 난민구역 쪽은 어때요?"

"별 이야기 없는 걸 보니 괜찮지 않겠습니까? 체크 포인트마다 병력을 증강해서 통제하고 있다는 소식이 마지막이었습니다. 변종이 소수 발견되긴 했는데, 난민들끼리 스스로 때려잡은 뒤였다더군요."

"좋네요."

대비시킨 보람이 있다.

그러나 안심하긴 아직 일렀다.

[크아아아아!]

쩌렁쩌렁 울리는 짐승의 포효. 「그럼블」이다. 멀리 있어도 확연한 몸집. 강변으로부터 기어오르더니, 돌진 한 번으로 지뢰 지대의 경계까지 도달한다. 그러고서 다시 포효하며, 다음 패턴의 준비단계에 돌입한다.

겨울이 곧바로 하차하여 정조준했다. 조정간은 연사. 한 탄창의 2할을 비워, 돌진 패턴에 들기 전에 입 다물도록 만들어줬다. 다음에도, 그 다음에도. 저 밖에 있으니 접근해서 처리하긴 어렵고, 한 번의 실수도 용납될 순 없었다.

돌진 한 번이면 지뢰지대에 탄탄대로가 생길 판이었다.

병사들이 엉겁결에 「그럼블」에게로 화력을 집중하는 중이다. 대부분 몸통에 맞는다. 낭비였다. 공백이 생긴 다른 방향에서 변종들이 밀고 들어온다. 겨울이 날카롭게 외쳤다.

"제대로 못 쏠 거면 신경 쓰지 말아요! 내가 막을 테니까!"

화력의 공백지대로 변종들이 밀려들었다. 막을 수 없겠다고 판단한 병사들이 산탄지뢰를 터트렸다. 철조망에 붙어있던 클레이모어 두 개가 터지면서, 거대한 부채꼴 두 개 범위의 변종들이 모조리 죽어 넘어졌다.

대가도 있었다.

철그렁—!

안쪽으로부터의 사격으로 너덜너덜하던 철조망이, 산탄지뢰의 후폭풍으로 기어코 뜯어졌다. 일부는 병사들 머리 위로 휙 날아간다. 얻어맞는 사람도 있었다.

악재가 겹친다.

조명탄이 꺼졌는데, 꺼지기 전 다음 조명탄이 솟구치지 않았다.

하늘이 암흑으로 물들었다.

'이런.'

빛에 의지하던 조준이 깜깜해지고 만다. 「그럼블」의 위치는, 험비의 헤드라이트가 제대로 닿지 않는 거리. 아무리 겨울이라도 갑작스런 광량 변화를 무시하긴 힘들다.

[크아아아아!]

포효를 끝마친 「그럼블」이 지뢰 폭발을 짓밟으며 달려온다. 원근

감이 삭제되는 속도가 끔찍할 정도였다. 직선상에 있던 진지 하나가 그대로 박살난다. 회피가 늦은 병사 한 명이 허공을 날았다. 땅을 구르는 데, 더 이상 움직임이 없다.

투툭! 투툭! 투툭!

세 번 끊어 갈긴 여섯 발로 「그럼블」의 폭주를 저지한다. 정신 차리고 다시 포효하는 순간, 겨울은 이미 핀 빠진 수류탄을 쥐고 있었다.

전력으로 던진 수류탄이 목구멍에 콱 부딪힌다.

"전방! 전방을 막아요!"

위장이 폭발하는 「그럼블」을 등진 채, 겨울이 병사들을 정신없이 독려했다. 괴물이 정신 차릴 즈음 잠깐 돌아서서, 피와 내장을 토하는 놈에게 또 한 번 수류탄을 던져 먹였다.

거리감이 느껴지는 몸속의 폭발. 코와 입에서 피분수가 튀었다. 파열된 안구가 돌출된다.

"앞쪽을 보라고!"

겨울은 급기야 병사들을 윽박질렀다. 두려움에 휩쓸린 병사들이, 아직도 「그럼블」을 신경쓰고 있었다.

다른 방향에서도 포효가 들려온다. 아스라이 겹쳐지는 비명들. 후자는 분명히 인간의 것이었다. 병사들이 전면을 확실히 막는 걸 확인하고, 겨울이 험비에 탑승했다.

"남쪽으로!"

운전병이 엑셀을 밟는다. 날카로운 공회전.

파앗ー

때늦은 조명탄이 떴다. 포진지의 병사들도 진땀을 흘리고 있을 것이다. 한 번 쏴봐야 겨우 50초를 밝힐 뿐. 사이사이 어둠이 없으려면 45초에 한 번을 쏴야 한다. 조명탄 재고가 얼마나 남았을지 의문이었다. 지금까지만 해도 수백 발을 소모했을 것이다. 탄약고를 오가느라 죽을 맛일 터. 그러나 정말 죽는 것보다야 죽을 만큼 힘든 쪽이 낫겠지.

겨울이 야시경을 내렸다.

전면 차창 너머로 또 하나의 「그럼블」이 보인다. 반복되는 빛과 어둠 사이를 밀고 들어와, 마침 병사 하나를 위아래로 찢어버리는 중이었다.

[카! 카! 카아아아!]

찢어진 사람을 휘두른다. 내장이 뿌려졌다. 겨울이 탄 차량에도 기다란 대장이 날아와, 방탄유리에 철썩 붙었다. 운전병이 속도를 줄이며 헛구역질을 한다. 완전히 정지하기도 전에, 겨울이 문을 박차고 뛰어내렸다.

한 바퀴 굴러 용수철처럼 일어선 겨울은, 그대로 달리며 조준 사격 일곱 발을 박았다. 뒷걸음질 치는 거체. 그러나 「그럼블」은 혼자인 경우가 드물다. 일반 변종들이 겨울을 막아선다.

수가 너무 많다. 방어선 일각이 붕괴되면서, 방파제 넘는 파도처럼 밀려들었다. 이제까지 쓰러진 수를 감안하면, 변종들로서도 최후의 공세 격이었다. 다음은 존재하지 않는다.

그러므로 겨울 혼자 쏴죽이며 뚫기는 힘겹다. 「그럼블」에게 먹이려던 수류탄을 변종 군집에게 던지고, 모래포대 쌓은 진지로 몸을 굴렸다.

폭발. 몸까지 울린다.

바로 눈앞에 상반신만 남은 변종이 있었다. 쩍 벌리는 주둥이에 개 머리판을 물렸다. 그리고 대검을 뽑아 정수리에 박았다. 뼈 함몰되는 소리. 픽 튀는 뇌수. 그렇잖아도 죽어가던 놈이 그대로 끝장났다.

천둥을 닮은 포효가 뒤따랐다. 소총을 회수하며, 겨울이 전방으로 탈출한다. 직후, 진지를 박살내며 「그럼블」이 스쳐지나갔다. 괴물의 팔이 등을 스쳐, 소년은 잠깐 중심을 잃었다. 병사의 시체 위로 넘어졌다. 자극을 받았는지, 시체가 눈을 떴다. 변종이 된 병사가 겨울을 본다.

그 목을 무릎으로 으스러뜨리며 무릎 쏴 자세를 잡는다. 이제 곧 죽을 변종이 허우적거렸으나, 사격에 방해될 정도는 아니다. 침착하게 「그럼블」을 겨냥하여 쏴붙인다. 그리고 병사 변종에게서 수류탄을 뜯어내어, 「투척」한다.

「그럼블」 사냥법은 병사들도 교육받은 마당이다. 반병신이 된 「그럼블」에게 병사들 다수가 접근했다.

그새 겨울을 향하던 일반 변종들이 퍽퍽 부서져 나갔다. 험비의 중기관총 사격이었다.

"개자식들아! 이거나 먹어!"

한 병사가 로켓 발사관(Mk.777)을 어깨에 올렸다. 기우뚱. 어긋난 무게균형. 탄두가 비정상적으로 크다. 변종 잡는 데 다른 거 필요 있겠느냐고, 화약만 무식하게 쑤셔 박은 흉물이었다.

아, 이런.

겨울이 눈을 감았다. 번쩍! 감고도 윤곽이 보일 만큼 밝은 폭발. 폭심지에서 많이 떨어져 있는데도, 흔들리는 몸을 바로잡기 힘들다. 열팽창으로 만들어진 폭풍이 변종들을 무두질했다. 풍압으로 뼈를 무수고 내장을 파열시키는 무기다.

로켓 사격은 한 발로 끝나지 않았다. 두 번째, 세 번째가 변종들 사이에 작렬한다.

광풍의 갈림길 사이에서 간신히 자세를 유지한 겨울은, 고작 몇 걸음 앞까지 굴러온 변종을 발견했다. 정상이 아니다. 눈은 둘 다 터졌다. 귀에서 피를 줄줄 흘리며, 도무지 일어서질 못한다. 압력 탓에 세반고리관이 망가진 모양. 겨울이 숨 돌리며 총탄 한 발 박아줬다.

방어선을 회복한 병사들이 잔적을 소탕했다.

변종들의 시체가 너무나 많다. 겨울의 시선 닿는 곳에서만 천 단위로 죽어있다.

다른 방면에서는 최후의 「그럼블」을 잡아냈다는 소식이 들어왔다. 통신병이 전했다.

"마침 그쪽에 미사일 발사기가 있어서, 화력으로 찍어 눌렀답니다. 아무리 「그럼블」이라도, 대전차 미사일에 맞으면 팔이든 다리든 으스러지니까요."

통신병이 말하는 미사일(TOW)은 60센티 두께의 철판을 관통하는 물건이었다. 이 정도면 「그럼블」의 물리내성으로도 완전방어가 불가능하다.

'「감마 그럼블」 이상이면 통하지 않겠지만……. 그 정도로 강화되려면 아직 멀었겠지.'

대부분의 방향에서 총성과 폭음이 잦아들기 시작했다. 겨울은 사태가 일단락되었음을 느끼며 한숨을 쉬었다. 단일 전투 치고 꽤 오래 긴장감을 유지한 탓이다.

특기할 것이 있다면 살아남은 변종들의 행동이었다. 특이한 패턴의 괴성이 번지더니, 소리 들은 녀석들 모두가 물러나기 시작했다. 아무리 봐도 조직적인 후퇴인지라 병사들이 어처구니없어한다.

심지어는 캠프 북쪽, 나시미엔토 강가에 불을 지르기까지 했다. 아마도 전기를 다루는 「트릭스터」의 소행. 풍향마저 고려했는지, 연기가 캠프를 뒤덮었다.

무전을 타고 전해지는 제프리의 탄식.

「와, 진짜……. 기가 막히네. 아주 별짓을 다 한다. 짱 먹어라 변종새끼들아.」

대신 방해전파는 사라졌다. 당연하다. 캠프에서 멀어지면서 계속해서 방해전파를 방출하면, 다음 순서는 전파 추적 미사일에 의한 죽음이었다.

혹시 모를 습격을 우려해, 캠프 병력은 추격에 투입되지 않았다.

한 고비 넘겼구나. 겨울은 총을 아래로 늘어뜨렸다.

# 읽지 않은 메시지 (4)

[눈밭여우님이 별 100개를 선물하셨습니다.]

「이맛헬 : 조명탄 딱 터졌을 때 괴물들 바글거리는 거 보고 사망각이라고 생각했는데…….」

「올드스파이스 : 먼치킨 패키지를 선물해도 받질 않더라. 진행자 새끼가 방송 끝내려는 줄 알고 조마조마했는데, 그 상황을 이렇게 극복하네. 처음부터 자신 있었나봄.」

「Владимир : Happiness from R U S S I A」

「내성발톱 : 진행자 애새끼가 존나게 재능충인 듯. 그래서 그런지 존나게 오만함. 시청자 퀘스트 다 걷어차고, 진짜 밥맛임.」

「이불박근위험혜 : 재능충 핵공감. 쉬벌 난 TOM 병쉰인 것도 서러운 데 컨트롤까지 딸리네. 아무리 돈을 써도 얘처럼은 못 하겠다고 생각하니 심각하게 우울해진다.」

「무자본무과금 : 병사들 반응부터가 차원이 다르잖아. 진행자 같은 애들은 아무 노력도, 고생도 없이 남보다 뛰어난 거겠지. 가상현실에서까지 세상이 불공평하다는 걸 느껴야 하나. 재능충 다 뒤졌으면.」

「핵귀요미 : 닥치세요 병신들아. 남 재밌게 보는 방송에 왜 욕을 하고 지랄들이야. ㅗㅗ 진행자 완전 내 취향인데. 뇌둥둥이라서 아쉽다.」

「너는뭐시냐 : 핵귀요미 여자구나. 너 나랑 데이트 하자.」

「핵귀요미 : 꺼져.」

「SALHAE : 니들 다 이해는 하는데, 그래도 이 방송 욕하지 마라. 진행자 멘탈 깨져서 방송 접으면 어떡하냐. 이게 내 비정규직 사축인생의 유일한

낙인걸.」

「흑형잦이 : 살해 넌 진행자한테 매번 물 먹으면서도 꿋꿋이 보는구나 ㅋㅋㅋ 징하다 징해.」

「SALHAE : 그러게. 나도 내가 왜 이러는지 모르겠다. 떡이 아쉽긴 하다만, 더 이상은 떡만 치는 다른 방송을 못 보겠어.」

「SALHAE : 밖에서보다 이 안에서 더 살아있는 기분이야. 객관적으로 보면 괴물 투성이인 이쪽이 훨씬 더 지옥일 텐데, 차라리 이게 현실이었으면 하고 바라게 된다. 내 삶이 더 어두운 것 같아.」

「폭풍224 : 일할 때보다 게임 방송이 재밌는 건 당연하지.」

「SALHAE : 그거랑은 좀 다르다만……. 잘 설명을 못 하겠다…….」

「まつみん : 마츠밍은 욕 하시는 분들 이해가 잘 안가요. 우울해하실 필요가 있나요?」


[まつみん 님이 별 200개를 선물하셨습니다.]


「헬잘알 : 니가 이해하셈. 쟤들은 인생에서 즐거운 게 게임 밖에 없는 찐따들이라 저럼.」

「짜라빠빠 : 야 ㅋㅋㅋㅋ 딜 미터기 터진다. 근데 어째서인지 내 마음이 아프다…….」

「대출금1억원 : 헬잘알 너 왜 나한테 시비냐 ──」

「도도한공쮸♡ : 눈물이 흐르네여. ㅠㅠ」

「닉으로드립치지마라 : 게임은 열등재잖아. 형편이 부족해서 가성비부터 따지는 사람들한테는 게임 외에 다른 선택지가 없는 거지.」

「려권내라우 : 뭐래.」

「반달홈 : 헬잘알 광역공격 오지구요, 오지면 오지명?」

「캐쉬미어 : 반달 컨셉 꼬라지……아재, 진짜 그거 언제까지 할 거에요?」

「まつみん : 음, 무슨 말인지는 알겠어요. 근데 그래도 역시 이해가 안 가요.」

「まつみん : 겨울 씨가 이렇게 말했었잖아요. 삶이 잿빛이면 웃기라도 해야 한다고.」

「まつみん : 전 이 말에 많이 공감했어요. 우리 일본도 사정이 좋진 않거든요. 그래도 웃으려고 많이 노력해요. 여러분도 웃어요. 웃는 사람들이 모이면 없던 행복도 생기지 않을까요?」

「まつみん : 이웃나라 친구 분들 힘내요! ヽ(*ˊ ︶*)ﾉ」

「려권내라우 : 뭐야 이거. 손발이 오그라진다. 정신공격인가?」

「ㄹㅇㅇㅈ : 아냐. 그건 4만 년 간 가출했던 너의 동심이다. 받아들여.」

「분노의포도 : 마츠밍이 내 여자친구였으면 좋겠다……. 일본으로 가면 나랑 사귀어줄까?」

「まつみん : 유감! 마츠밍은 이미 남자친구가 있습니다!」

「분노의포도 : 뭐…라고…….」

「엑윽보수 : 어쩔 수 없군. 이렇게 된 이상 내선일체로 간다. 일본을 정복하자.」

「한미동맹 : 일본을 공격한닼ㅋㅋㅋ」


[눈밭여우님이 별 100개를 선물하셨습니다.]

[SALHAE님이 별 150개를 선물하셨습니다.]


「BigBuffetBoy86 : 전투종족 한국인들이 재능을 따지고 있네. 그럼 우리는 어쩌라고. 너네가 가상현실을 점령하는 바람에 온 세계가 고통 받고 있다구.」

「Владимир : 맞다. 모스크바의 한국인 친구가 자기 게임 못 한다고 했었다. 그래서 일대일 스커미쉬 붙었는데, 끝날 때까지 계속해서 나만 죽었다. 30분 동안 0킬 75데스였다.」

「Владимир : 세상엔 정말 나쁜 까레이스키가 많은 것 같다.」

「BigBuffetBoy86 : 불쌍한 루스키 같으니. 그런 사기꾼을 친구라고 뒀어?」

「Владимир : 절교했다. 지금쯤 발트 해 밑바닥에 있을 거라고 생각한다.」

「BigBuffetBoy86 : 너네 루스키들은 농담이 너무 살벌해. :)」

「Владимир : 농담 아닌데.」

「헬잘알 : 외국인들아. 내 말이 맞다니까. 달리 즐거운 게 없으니까, 맨날 게임만 해대서 실력이 늘어난 거야.」

「groseillier noir : 꼭 그렇지만은 않은 듯. 너네는 유전적으로 타고난 무언가가 있어. 황인종이라서 그런가?」

「Blair : 바게뜨 새끼, 드디어 우생학까지 익힌 건가?」

「groseillier noir : 아니, 실제로 인종별 차이가 있을지도 몰라. 생각해봐. 흑형들은 다리 사이에 흑염룡이 있잖아?」

「흑형잦이 : 흑염룡……여기에 공감하는 내가 싫다.」

「당신의 어머 : 닉값 ㅋㅋㅋㅋ 하긴 그것도 타고나는 거직ㅋㅋㅋㅋ 재능이넼ㅋㅋㅋㅋ」


[뭇시엘님이 별 30개를 선물하셨습니다.]

「뭇시엘 : 늬들 자꾸 재능 재능 하는데, 난 실제로 해본 적이 없어서 모르겠다. 진행자가 어느 정도냐? 보통 사람들이랑 차이가 많이 나냐?」

「닉으로드립치지마라 : 아니, 난 재능 보다는 진행자의 마인드 문제라고 생각한다만.」

「まつみん : 마인드? 왜요?」

「닉으로드립치지마라 : 「기술」이 아무리 좋아도 쓰는 건 사람이잖음. 「개인화기숙련」은 기본적으로 조준속도랑 명중률 보정이고……「통찰」 같은 것도 진행자의 무의식적인 요구에 반응하는 거라, 쓰는 사람에 따라 방식이나 효율이 완전히 달라져.」

「닉으로드립치지마라 : 저 불평하는 놈들한테 진행자랑 똑같은 피지컬을 준다고 같은 결과를 낼 수 있을까? 절대 아니라고 봄.」

「폭풍224 : 넌 또 왜 시비야?」

「흑형잦이 : 2222222」

「닉으로드립치지마라 : 시비는 무슨. 얘 전투 내내 다른 사람들 챙기는 거 봤지? 과연 얘가 재능만 믿고 독불장군으로 날뛰었어도 이렇게 말끔한 진행이 가능했겠어?」

「닉으로드립치지마라 : 이건 마음가짐의 차이야. 재능과는 다른 문제지. 물론 재능도 있겠지만, 100%는 아니다 이거다.」

「まつみん : 겨울 씨는 항상 다른 사람들 입장을 생각하는 것 같긴 해요.」

「まつみん : 그래서 더 멋져♡ (/ω ＼*)」

「분노의포도 : 마츠밍 너 남자친구 있다면서…….」

「まつみん : 괜찮아요. 제 남자친구는 NTR 취향이거든요.」

「분노의포도 : ?!」

「빌리해링턴 : NTR이라면……정녕 내가 아는 그것이 맞는가? 애인을 빼앗기면서 기모찌하는 그 또라이 병신 같은 취향?」

「まつみん : 가상현실에서의 NTR은 위험부담이 없다면서 남자친구가 먼저 권한 거예요.」

「まつみん : 사실 지금도 같은 채널 시청 중이랍니다! 숫기가 없어서 말은 안 하지만요.」

「한미동맹 : 세상에…….」

「무스타파 : 우리는 영원히 일본을 이길 수 없을 거야.」

「하드게이 : 무스타파, 포기하지 마라. 대한민국은 한강의 기적을 일궈 낸 나라다.」

「폭풍224 : 아니, 그 전에……그런 취향에 어울려주는 마츠밍은 뭐냐. 설마 진행자에게 보여주는 애정 표현도, 사실 남자친구를 위한 연기였던 거냐?」

「まつみん : 데헷. 들켰다.」

「まつみん : 그래도 겨울 씨가 멋지다고 생각하는 건 사실이에요. 절반의 연기, 절반의 진심이랄까요? 지금까지 본 진행자 중에 최고에요!」

「まつみん : 하지만 진짜로 사랑하는 건 남자친구 뿐이니까요!」

「SALHAE : 신이시여.」

「SALHAE : 당신이 창조한 세상은 왜 이런 꼬라지입니까?」

「퉁구스카 : 고오급 게임소설 ♣♣납골당의 어린☆왕자♣♣재미 없음%% 선작시$$추천 필수👀👀동심100%※댓글 100만 개 달성 시 1만 연참 !!! ▮할케기니아 씰브레이커▮역시나 재미없음¥ §§ PIRATA§§★만화가 친구★던전의 주인님 삽화 그림%%순 나쁜 새 끼@@@ 즉시이동 http://www.j****.com/n****ss/bookPartList.

html?bookCode=1100090」

「Cthulu : 작가님, 여기서 이러시면 안 됩니다.」


[닉으로드립치지마라님이 별 50개를 선물하셨습니다.]

[눈밭여우님이 별 100개를 선물하셨습니다.]

# 한국경제개혁위원회, 2042년

「위원 A : 지금 대한민국은 아주 심각한 제도적 아노미 현상을 겪고 있습니다. 기술이 발달하면서 세상의 모습이 완전히 달라졌는데, 낡은 제도와 규제가 시대 변화를 도무지 못 따라잡고 있다 이겁니다.」

「위원 E : 동의합니다. 새로운 사회가 만들어졌지만, 아직도 낡아 빠진 규제들이 남아있으니 참으로 문제입니다.」

「위원 B : 그렇죠. 통계청 자료에 따르면, 2041년 사무직 종사자의 97%가 가상현실에서 일을 하고 있단 말이에요. 일반 사무직이 뭐 하러 현실의 사무실을 쓰겠습니까? 이게 뭘 뜻하느냐? 이 사람들은 출퇴근을 할 필요가 없어요. 교통비도 들지 않고, 시간까지 절약하고 있다 이거죠.」

「위원 E : 덕분에 주거환경도 완전히 변하지 않았습니까? 옛날 사람들이야 출퇴근 감안해서 교통이 편리한 베드타운에 집중되고 그랬죠. 지금은 그렇게 몰려있을 필요가 없잖아요. 사무실 수요도 거의 없고. 집값 떨어진 게 벌써 언젯적 일인데요.」

「위원 C : 어휴, 그 때 생각만 하면 지금도 끔찍하네요. 부동산 가격이 폭락하면서 나라가 아주 망할 뻔 했잖아요. 부도 난 은행이랑 회사가 몇 개였더라…….」

「위원 D : 당시에 고건철 회장이 그 매물 싹 쓸어다가 재산 뻥튀기 한 거 아닙니까. 사후보험이 뜨고 나서 우리나라가 세계적인 가상현실 허브로 발전하니까, 바닥을 쳤던 서울 땅값이 1년 만에 1,700% 폭등했던가요? 지금도 세계 최고의 땅 부자고. 개차반 독불장군이 운도 좋았지. 배가 아파요, 배가.」

「위원 C : 이건 좀 다른 이야기지만, 그 양반 언제까지 혼자 놀겠대요?」

「위원 D : 혼자 한국 경제의 20%를 장악한 사람인걸요 뭐. 우리 같은 피라미들이 눈에 들어오기나 하겠습니까? 요즘은 낙원그룹까지 탐내는 것 같던데, 큰 일이예요 정말.」

「위원 A : 자자, 본론으로 돌아옵시다. 주거환경까지 이야기 했었죠?」

「위원 E : 네. 일반적인 노동자들의 가정집도 옛날하고 많이 다르죠. 넓은 공간이 왜 필요하겠습니까? 집은 좁아도 괜찮아요. 가상현실이 훨씬 더 쾌적하니까. 정말 최소한의 공간만 있으면 됩니다. 경제적이죠. 사는 사람들은 닭장 같다고 하더군요.」

「위원 B : 닭장이라……유쾌한 표현이네요. 아무튼 교통이 편리할 필요도 없고, 크기가 클 필요도 없고. 주거비용을 옛날보다 한참 낮게 잡아도 되지 않을까요?」

「위원 C : 그건 식비도 마찬가지랍니다. 맛있는 건 가상현실에 얼마든지 있어요. 현실의 요리를 먹는 건 이제 사치죠. 분수에 맞지 않는 소비는 줄이는 게 정상이고, 실제로 다들 그렇게 하고 있다고요. 에너지 팩이 식품시장의 80% 이상을 점유했으니, 식비도 과거보다 현격하게 감소한 상태에요.」

「위원 B : 하긴……. 유흥비도 없는 셈 치죠. 요즘 세상에 놀이공원을 가겠습니까, 아니면 해외여행을 가겠습니까?」

「위원 E : 즉 주거비, 교통비, 식비, 유흥비가 전보다 많이 줄었으니, 최저생계비를 산정하는 기준이 과거와는 달라져야 한다……저는 그렇게 생각합니다.」

「위원 A : 맞습니다. 최저임금도 이제는 동결이 아니라, 인하를 고려할 때입니다.」

「위원 B : 사실 근무시간 연장이나 법정공휴일 축소도 적극적으로 검토

해야 합니다. 출퇴근에 걸리는 시간이 사라졌기 때문에, 근로자들의 휴식 시간이 실질적으로 많이 늘어났어요. 국가적으로 크나큰 손실이 아닐 수 없습니다.」

「위원 A : 국가 경쟁력은 갖출 수 있을 때 갖춰야 한다고 봅니다. 한국은 너무 많은 기회를 낭비하고 있어요.」

「위원 B : 밀어 붙입시다. 올해엔 어떻게든 경제개혁안을 통과시켜야 합니다.」

# 세븐스 캘리포니아

## 캠프 로버츠

캠프 방어전이 일단락되자, 대대장이 중대장 이상 주요 간부들을 소집했다. 예외도 있었다. 대위 이상이 즐비한 자리에서, 일개 소위인 겨울은 계급만으로도 눈에 띄는 존재였다. 하급자라고 무시하는 사람은 없었다. 다만 조금 불편해하는 사람은 몇몇 있었다.

대대장은 낯빛이 창백했다. 숙취가 느껴진다. 술에 찌든 체취가 조금 거북할 정도였다. 아마 성탄을 기념하며, 평소보다 좀 더 많이 마신 것이겠지. 그는 관자놀이를 꾸욱 누르며 물었다.

"보고해."

쉬어 자세로 도열한 간부들이 서로를 돌아보았다. 상황 수습이 진행 중인 상태에서 책임자들을 불러 모은 것부터가 이해하기 어려운 일인데, 무작정 보고하라니 무슨 뜻인지 짐작도 가지 않는다. 바깥은 아직도 급하건만.

이럴 땐 선임자가 떠밀리는 법이다. 에이블 중대장 마커트 대위는 내키지 않는 기색으로, 그러나 어쩔 수 없이 묻는다.

"대대장님, 무엇을 보고하란 말씀이십니까?"

"전부 다!"

대대장이 버럭 화를 냈다.

"작전과장은 도무지 아는 게 없더군! 이게 무슨 일이냔 말야! 당직을 섰으면 적어도 어떤 경위로 전투가 발생했는지 정도는 알고 있어야 하지 않나! 교전 발생 후 거의 한 시간이 지나서야 겨우 지휘능력을 회복하다니! 이런 경우가 어디 있느냔 말이야!"

그러더니 겨울을 가리켰다.

"자네! 처음으로 위험을 보고했다고 하던데, 사실인가?"

겨울이 고개를 조금 들어 올리며 대답했다.

"그렇습니다."

"그럼 자네가 저 인간보다는 잘 알겠군! 자초지종을 설명해봐!"

삿대질 당하는 작전과장이 안쓰럽다. 얼굴이 붉어진 상태였다.

대대본부 통신병은 아까부터 대대장을 보고 있었다. 통신이 회복되자 상급부대에서 대대장을 찾는 게 분명하다. 그러나 아는 게 없어서 응대할 입장이 못 되니까, 대대장이 급하게 지휘관들을 집합시킨 것일 테고.

겨울이 보기에, 대대장은 일부러 더 크게 화내는 중이다. 방어전에서 있었던 모든 혼란과 피해, 치명적이었던 통제력 상실에 대하여, 책임소재를 분명히 하려는 것이다.

내 책임이 아니다, 라는 암시.

그 의도가 너무 뻔히 보여서, 간부들도 표정이 별로 좋지 않았다. 그렇기에 대대장은 더더욱 열심이다. 악순환이었다.

겨울은 공개처형에 협조하고 싶지 않았다. 그래도 대답은 해야 했다.

"저는 어제 3중대 1소대장 제프리 브라운 소위와 함께 이상전파 대응 임무에 투입되었습니다. 기본적으로는 정찰이었습니다만, 이상전파의 근원이 「트릭스터」일 경우 가급적 생포하거나 사살하라는 명령이었습니다."

"거기까진 알아! 자네가 그 놈을 산 채로 잡아왔다지? 왜 위험하다고 생각했나?"

"임무가 너무 쉬웠습니다. 일부러 잡힌 것 같다는 느낌이 강하게 들었습니다."

"그건 개인적인 느낌 아닌가?"

"아닙니다. 먼저 아타스카데로에서 조우했던 동종은 감염된 아기들을 앞세워 저희 쪽의 화력을 시험하거나, 함정으로 유인하는 교활함을 보였습니다. 하지만 이번 녀석은 단독으로 움직였고, 함정도 없었고, 잡힌 뒤엔 저항도 하지 않았습니다."

"그래. 확실히 이상하군. 아주 이상해."

대대장이 목소리를 높였다. 겨울은 조금 기다린 뒤, 다시 말을 잇는다.

"이런 일이 여러 곳에서 동시에 벌어질 순 없습니다. 여러 건의 헬기 실종도 마찬가지입니다. 그래서 「트릭스터」가 의도적으로 잠입했다고 보고, 당직사령에게 기지 경계 강화를 요청했습니다."

"그런데도 귀관의 요청이 거부되었단 말이지?"

"……그렇습니다."

"작전과장은 찰리 중대와 에이블 중대 일부가 가장 먼저 대응했고, 명령하기도 전에 전투배치 상태였다고 하던데, 정작 그 이유는 모르더군. 이것도 자네가 관련되어 있나?"

"예. 제가 캡스턴 대위와 일부 에이블 중대원들을 사적으로 끌어들였습니다."

사적으로, 부분을 힘주어 말하는 겨울. 책임소재 가지고 더 이상 시간 낭비하지 말자는 강한 암시였다. 이제 와서 누가 소년 장교의 독단을 문제 삼겠는가? 대대장이 입을 다물었다.

캡스턴 대위가 기회를 놓치지 않았다.

"대대장님. 보고는 나중으로 미뤄야 할 것 같습니다. 사태수습이 급합니다."

"사태수습? 교전은 이미 종료되지 않았나?"

"강변을 따라 불이 번지고 있습니다. 서둘러 진화해야 합니다."

"어차피 강변과 기지 경계 사이엔 불모지가 있어. 기지가 위험하진 않을 텐데?"

"그래도 위험합니다. 시야가 확보되지 않으면 화력 운용에 차질이 빚어지니까요. 근접항공지원은 물론이고, 당장 박격포 사격부터 지장이 생길 겁니다. 추가 습격에도 대비해야 하고요."

포탄이 어디 떨어지는지 확인하지 못하면, 박격포 이상의 장거리 화력은 쓸모가 사라진다. 대대장이 되물었다.

"공격이 또 있을 거라고 보는가?"

"방어전을 치르는 내내 방해전파가 걸려 있었습니다. 즉 공세를 주도한 또 하나의, 혹은 다수의 「트릭스터」가 존재한다는 뜻입니다. 방심해선 안 된다고 생각합니다."

현실적인 경고였다. 놈들의 교활함을 감안하면, 방어전 성공으로 경계가 느슨해진 틈을 노릴 수도 있었다. 자욱한 연기는 경계능력을 줄이고 교전거리를 축소한다.

그러나 대대장은 여전히 부정적이다.

"이 상황에 병력을 내보내는 것도 위험하지 않겠나?"

이번엔 브라보 중대장, 러셀 에셔가 말했다.

"내부 동요를 진정시키기 위해서라도 필요한 일입니다. 국도 건너 급수시설이 위험하기도 하고요. 불이 살리나스 강 동쪽 본류로 번지면 진화가 무척 어려워집니다. 서둘러야 합니다."

북쪽에서 길게 내려오는 살리나스 강은, 캠프 로버츠 북쪽 약 3킬로미터 지점에서 동서로 갈라진다. 서쪽 지류는 화재가 시작된 나시미엔토 강이고, 동쪽이 살리나스 본류에 해당한다.

문제는 캘리포니아에서 십년 이상 계속된 가뭄. 나시미엔토 강은 살아남았으나, 동쪽 본류는 바닥까지 말라붙었다. 최근에 내린 비 덕분에 수량이 없지는 않다. 그래봐야 동네 여울 수준. 강이 성할 때 생성된 넓은 수림지의 화재를 감당할 정도는 아니다. 사람을 투입해도, 때가 늦으면 막기 힘들다는 뜻이었다.

거듭된 요청에 대대장이 결심을 굳힌다. 화제를 돌린 보람이 있어, 아까의 흥분은 다소 가라앉은 뒤였다. 결심하고 나니 명령은 빠르게 쏟아졌다. 겨울로서는 처음 보는 면모였다.

"좋아. 그럼 난민들을 투입하지. 에이블과 찰리가 맡아. 에이블이 서쪽, 찰리는 동쪽이다. 중대장들 판단 하에 인력을 동원하고, 병력을 배치해 진화 현장 보호와 외곽 경계를 맡도록. 차량은 필요한 대로 쓰고. 급수차 외에도 전에 회수한 소방차가 있었지?"

"그렇습니다. 샌 미구엘에서 한 대를 확보했습니다."

"어느 쪽으로 보내는 게 낫겠나?"

"서쪽으로 보내시죠."

캡스틴 대위가 즉답했다. 이런 걸로 마커트 대위와 신경전 벌이고 싶지 않아서였다. 대대장이 고개를 끄덕였다.

"좋아. 브라보와 델타는 캠프 방어와 난민 통제를 맡는다. 군수과 는 EMP 대책을 마련하고 시설복구를 서두르도록! 바로 시작해!"

"대대장님, 의견 있습니다."

소년 장교의 한 마디가 모두를 주춤하게 만든다. 대대장조차도. 아까 목소리 높일 때도 겨울에게는 강하게 나오지 않았다. 심리적 부채 감 탓이었다.

시간을 아끼려는 겨울이 허락 떨어지기도 전에 말을 시작했다.

"「트릭스터」가 여기서만 잡힌 게 아닙니다. 짐작하고 계시겠지만, 습격은 다른 주둔지에서도 있었을 겁니다. 만약을 대비해 구조대 파견을 준비해둬야 하지 않을까요?"

다들 당장의 사태에 대처하느라 간과한 문제였다. 생각을 못 했거나, 혹은 지금도 힘들어서 일부러 외면했거나.

"중대장들은 일단 나가봐."

대대장이 손짓했다. 중대장들이 경례를 붙이고 뛰어나갔다. 그 와 중에 캡스틴 대위가 순간적으로 시선을 맞춘다. 겨울을 걱정하고 있 었다.

모두 나간 뒤 대대장이 작전과장에게 묻는다.

"사령부 외 다른 쪽에서 들어온 소식 있나?"

"포트 헌터 리겟, 시에라 보급창, 바스토우 보급창, 해병대 산악전 캠프, 반덴버그 공군기지는 무사하다는 소식이 들어왔습니다. 그 외 다른 곳은 정보가 없습니다."

"샌 루이스 오비스포는?"

"연락 두절입니다."

샌 루이스 오비스포의 캠프는, 도시와의 거리가 가깝긴 하지만, 캠프 로버츠보다 더 큰 규모의 난민 캠프 및 시민 보호구역이 있던 곳이다. 그런 만큼 주둔 병력도 규모가 컸다. 「Seventh California」 1대대도 그곳에 있었다. 대대장에게도 같은 연대 동료들에게 특별한 의식이 있을 것이었다.

비록 수십 킬로미터 떨어져있으나, 샌 루이스 오비스포에서 가장 가까운 미군 주둔지가 캠프 로버츠였다. 그곳에 무슨 일이 생겼다면 이곳 「Seventh California」 3대대에서 지원을 나가줘야 한다.

대대장이 고개를 흔들었다.

"아니, 단순히 통신망을 아직 복구하지 못했을 뿐이겠지. 연대 전투단이 주둔했던 곳이야. 그렇게 쉽게 당했을 리 없어."

겨울이 재차 지적했다.

"기습이라면 혹시 모릅니다."

이제 대대장이 한숨을 쉰다.

"설령 그렇더라도, 여력이 없다. 누적된 손실에 비해 보충된 병력이 적어. 캠프의 안전을 고려하면 내보낼 수 있는 병력은 얼마 안 돼. 무리해도 모자란 한 개 중대인데, 연대급 전투부대조차 감당 못한 적을 상대로 중대 하나가 뭘 할 수 있겠나?"

"없는 것보단 나을 겁니다."

"으음……."

잠시 후, 대대장이 나가보라고 손짓했다.

"귀관 의견은 검토해보겠네. 일단 찰리 중대를 돕게. 마커트야 중국인들과 친하니까 인력 동원에 문제가 없겠지만, 캡스턴은 아냐. 자네가 있어야 할 거야. 필요할 때 따로 호출하지."

만약 지원 병력을 편성할 경우 겨울은 반드시 포함된다는 뜻이었다. 그러거나 말거나. 아무래도 상관없었으므로, 겨울도 경례 붙이고 퇴실했다.

조금 전 대대장의 말을 곱씹어보면, 그토록 태만해 보였어도 캠프 내의 알력관계를 제대로 읽고 있었음을 알 수 있다.

'능력과 의지가 반드시 비례하는 건 아니니까.'

가는 길에 군수과 병사들의 고된 작업이 보였다. 전자장비를 수리하고, 전선마다 절연체를 감은 뒤 다시 은박지로 포장하는 작업이었다.

난민구역에 도착해보니 찰리중대원 몇 명이 애를 먹고 있었다. 2소대 모젤 하사는 겨울과 썩 가까운 편이 아니었는데, 보자마자 굉장히 반가워했다. 간밤의 영향도 있을 테고, 지금 처한 상황 탓도 있을 것이다.

"소위님, 잘 오셨습니다."

"아직도 인력을 확보하지 못했나요?"

"아뇨, 그건 해결됐습니다. 여기 간부들이 잘 협조해주더군요. 다만 분위기가 심상치 않은데, 이유를 물어도 답을 하지 않습니다. 그냥 가기 찜찜해서 중대장님이 저를 남겨두신 겁니다. 혹시나 폭동이라도 일어나면 곤란하지 않습니까? 텐트 한 동 한 동 다 수색해야 하나 고민하던 참입니다."

모두가 입을 똑같이 다물었다면 좀 이상하고, 말이 통하는 몇 명에게 물었는데 답을 구하지 못했다는 뜻이겠다. 의사소통 자체가 난관이다. 겨울이 답했다.

"제가 있으니 괜찮을 거예요. 이유를 알아보죠. 곧 뒤따를 테니 먼저 가보세요."

"옙."

하사가 떠나자 장연철이 다가왔다.

"오셨군요, 대장."

겨울은 그의 얼굴에서 초조함을 읽었다.

"간밤엔 괜찮았나요?"

"아, 네. 미리 경고해주신 덕분에……. 연락이 닿는 조직들에겐 다 알려줬고, 적대조직들은 알려주지 않아도 알아서 대비했습니다. 민부장님께서는, 이번 일 덕분에 다른 조직에서 심은 사람 몇 명을 추가로 알게 되었다고 하셨고요."

그건 잘 된 일이다. 그러나 초조함의 정체는 아직 안 나왔다. 겨울이 다시 묻는다.

"그래서, 무슨 일이죠?"

연철이 머뭇거리다가, 한숨을 쉰다.

"대장님께서 아시기 전에 저희 선에서 처리하려고 했습니다만……."

"이미 늦었어요. 말씀하세요."

"……직접 보시는 게 낫겠군요. 안내하겠습니다."

그는 겨울을 동맹 영역의 한 텐트로 안내했다. 희미하게 앓는 소리가 흘러나왔다. 그것만으로도 사정을 짐작할 수 있었다.

안에 있던 사람들은, 겨울의 모습을 보고 깜짝 놀랐다. 가운데서 무기를 들고 시위하던 여자도 마찬가지였다. 휙휙 휘두르며 사람들을 물러나게 하다가, 겨울을 보고 동상처럼 굳어진다.

"대장……?"

겨울은 그녀 등 뒤에 누운 아이를 본다. 사지를 단단히 묶었고, 입에는 재갈을 물렸다. 피부가 검게, 혹은 파랗게 변색되었다. 얼굴에는 물어뜯긴 자국이 선명하다.

겨울이 권총을 뽑았다.

"하지 마!"

여자가 칼을 휘두르며 달려들었다. 겨울이 그녀부터 겨냥한다. 칼끝이 팔 뻗으면 닿을 거리에서 멎었다. 지켜보던 군중으로부터 한 박자 늦은 비명이 흘러나왔다.

침착하게 여인을 바라보던 겨울이, 총을 늘어뜨렸다.

"아드님인가요?"

이 간단한 질문에 목이 메여, 여자는 차마 말도 못하고 고개만 끄덕였다. 으으– 하고 흐느끼는 소리. 여기에 겹쳐지는 감염변종의 억눌린 괴성. 겨울은 주위를 둘러보았다. 건장한 남자들이 많았다. 종종 몽둥이 같은 것들을 들고 있다. 억지로 제압하려고 한 모양인데, 얕게 다쳐 피 흘리는 사람도 보인다. 중상자는 없다.

과연 어머니는 강하구나. 저 많은 남자들을 상대로, 이제껏 시간을 끌었다니. 결코 짧은 시간은 아니었을 것인데.

겨울이 말했다.

"저건 더 이상 아드님이 아니에요. 아드님의 몸을 차지한 다른 무언가죠."

어머니의 손에 힘이 들어갔다. 겨울의 말이 이어진다.

"제가 뭘 할지는 알고 계실 거예요."

"아니……못 해. 내 애는 아무도 못 건드려! 건드리면 죽어!"

눈이 반쯤 돌아가 있다. 겨울이 고개를 끄덕였다.

"하세요."

"뭐?"

"막고 싶으면, 절 찌르시라고요."

「생존감각」이 모든 수단으로 겨울에게 강력히 경고했다. 신경 저 릿한 전율, 적색 선명한 증강현실 경고, 공격 예측 등. 확률은 반반이 다. 절반의 확률로 죽는다.

객관적으로 생각하면 여인을 제압하는 편이 낫다. 나은데, 가슴 속 의 돌이 너무 무거웠다. 가상 인격을 상대로 이러는 게 우습다고, 다 부질없다고 느끼면서도, 한편으로는 그의 장미를 생각하면서도, 겨울 은 제 마음을 따랐다.

소년에게 마음 말고 무엇이 남아있는가?

연기가 아니다. 오랜만의 진심을 담아, 상냥하게 하는 말.

"죽어도 원망하지 않을게요. 이해 못 하는 거 아니니까. 하지 만 아드님을 저대로 둘 수도 없어요. 이건 제 의무거든요. 「겨울동 맹」의 리더가 되었을 때, 사람들을 지키겠다고 약속한걸요."

"……"

"사실 전 이게 어머니의 역할이라고 생각하지만, 직접 하지 않으시 니 제가 하는 수밖에요. 누군가는 눈 감게 해줘야죠."

다가서는 겨울에게 재차 칼끝이 닿았다. 그러나 계속 걷는 겨울에게 속절없이 밀려난다. 힘 빠진 칼은, 다만 작은 상처 하나를 남기고, 맺힌 핏방울에 소스라치며 멀어졌다.

겨울이 감염된 아이 앞에 무릎 꿇을 때까지, 여인은 결국 겨울을 찌르지 못했다. 매달려서 울어도 보고, 당겨도 보지만 겨울의 중심은 어긋나지 않는다.

겨울이 꿈틀거리는 변종의 관자놀이 가까이에 총구를 가져갔다. 칼날이 뒷덜미에 닿았다. 바람 부는 날의 마른 가지처럼 떨리는 손과 칼. 살결에 칼끝이 날카롭게 느껴진다. 잠시 기다리고서, 겨울이 조용히 허락했다.

"말씀드렸어요. 찌르셔도 된다고."

어머니가 무너져 내린다.

겨울은 방아쇠를 당겼다.


험비가 심하게 흔들린다. 수시로 폭격을 받은 비포장도로는 더 이상 길이라고 부르기도 힘들 지경이었다. 가뜩이나 승차감 나쁜 군용차량이라, 탑승자는 노면의 굴곡을 고스란히 느끼게 된다. 가끔은 아예 도로를 벗어나는 편이 나을 때도 있었다.

선탑좌석에 앉은 겨울은 창문을 열었다. 창틀에 팔을 걸고, 들어오는 겨울바람을 맞는다. 「졸음」이 조금이라도 달아나기를 바라면서.

피로가 체력을 갉아먹는 중이다. 전반적인 능력 저하가 느껴졌다. 무리도 아니다. 격전으로 밤을 새고, 난민구역을 진정시키고, 화재를 진화하다가, 이제는 구조작전에 투입된 마당이다.

캠프 샌 루이스 오비스포는 간밤의 위기를 극복하지 못했다. 봉쇄사령부가 투입한 전선통제기는, 주둔지를 벗어나 북상하는 병력들,

난민과 시민들, 그리고 그들을 쫓는 감염변종의 대집단을 확인했다.

가로세로 수십 킬로미터의 광활한 범위에서 전개되는 추격전이었다. 요소요소에 「트릭스터」의 전파방해가 뿌려졌다. 생존자들에게 바싹 붙어 폭격을 피하는 것이다. 뿔뿔이 흩어진 연대전투단은 지휘계통을 회복하지 못하고 있었다. 적어도 겨울이 받은 브리핑은 그러했다.

"하나 드시겠습니까?"

브라보 중대 소속 운전병이 겨울에게 약병을 하나 내밀었다. 플라스틱 약병은 프로비질(Provigil)이라 새겨진 하얀 정제(錠劑)로 가득했다. 미군에 보급 중인 각성제였다.

어쩔까 하다가, 받기로 한다. 적어도 아직까진 부작용이 발견되지 않은 약이다.

'그런 것 치곤 효과가 너무 좋지만.'

프로비질 세 알이면 사흘 동안 깨어있을 수도 있다.

겨울이 알약을 입에 물고, 카멜 백(CamelBak)[3]에 연결된 관을 쭉 빨았다. 적은 약효가 돌기도 전에 나타났다. 포탑 사수가 변종집단 출현을 경고했다.

"12시 방향! 이동 중인 대규모 변종 집단! 특수변종 「그럼블」 확인! 거리 약 400!"

주위는 야트막한 능선이 이어지는 지형이다. 마침 분수령을 넘어 사면을 내려가기 시작한 터라, 수백 미터 밖의 반대편 능선까지 훤히 보인다. 사수가 알린 대로, 멀리서 벌레 무리처럼 자글자글한 변종들을 볼 수 있었다. 커다란 윤곽은 「그럼블」이다.

---

**3** 카멜 백 : 낙타 주머니처럼, 등에 메는 형태의 물주머니.

그러나 겨울이 싸움을 준비할 필요는 없었다. 잡음 섞인 무전이 들어온다.

「TF 데이비드. 당소 빅 버드 3. 귀소 측으로 접근 중인 변종집단을 확인. 잠시 정지하라. 잡것들에게 불벼락을 쏟아주겠다.」

6시 방향, 즉 등 뒤의 하늘에서, 느릿하게 선회하는 대형 항공기가 하나 있었다. 미국 정부가 봉쇄작전에 대량 투입하겠다고 선전했던 건쉽(AC-130)이다.

이 비행기는 커다란 원을 그리며 원의 중심을 향해 지속적으로 화력을 퍼부을 수 있다.

운전병이 속도를 줄이기 무섭게, 화력지원이 시작되었다.

그것은 말 그대로 불벼락이었다. 변종들이 무지막지하게 터져나간다. 세 종류의 서로 다른 폭발이 모든 것을 집어삼켰다. 인간 닮은 것의 조각들이, 수십 미터 높이까지 날아 다녔다.

10초 간격으로 울리는 큰 포성은 처음부터 끝까지 「그럼블」만 겨냥했다. 집채 만 한 폭발이 괴물을 쫓아다닌다. 하늘에서 쏘는 만큼 직격은 한 번도 없었다. 그렇다고 아예 빗나가지도 않는다. 간접 충격만으로, 알파 급의 물리내성으론 감당 못할 파괴력이었다.

「그럼블」은 맞는 내내 구르며 일어서지 못하다가, 더 이상 일어설 수 없게 되었다.

마지막으로, 공중폭발이 세 번 연달아 일어났다. 위에서 터지는 포탄은 훨씬 더 넓게 파편을 뿌린다. 이때까지 듬성듬성 살아남은 변종들이, 10초마다 무더기로 쓰러졌다.

운동장 한 개 범위가 피와 살점, 화약 타는 연기로 가득 찼다.

운전병이 휘파람을 불었다.

"공군이 정말 제대로 지원해 주는군요."

"그러게요."

겨울이 방아쇠울에서 손가락을 뺐다.

간밤의 손실에 기겁한 봉쇄사령부는, 차단작전을 위해 빼두었던 항공 전력을 아낌없이 투입했다. 「트릭스터」의 자폭 EMP 범위가 반경 약 1km로 추정되었으므로, 그 이상의 고도를 비행하면 별다른 위협이 없겠다고 판단한 것이다.

덕분에 구조작전의 난이도가 확 떨어졌다.

첫 구조대상은 연료가 떨어진 전차 소대였다. 파소 로블레스 서쪽, 굽이치는 능선의 사잇길을 따라, 네 대의 전차가 중구난방으로 멈춰 서 있었다.

여기에 변종들이 들러붙었다. 아무리 변질되었어도 결국은 인간의 손발인데, 그걸로 단단한 전차를 까보려고 발광하는 중이었다. 워낙 붙어서 안쪽이 잘 보이지도 않는다. 스스로 내는 소음 탓인지, 능선 위에서 느리게 차 구르는 소리를 듣지 못한다.

이것만은 공군의 지원을 받기 어렵다. 화끈하게 퍼부으면, 전차 승무원들도 박살날 것이었다. 브라보 중대가 하차전투를 준비했다.

"승무원들하고 교신은 되나요?"

겨울이 묻자, 중대장 에서 대위가 긍정했다.

"다들 살아있다. 정신은 없는 것 같지만."

당연히 그렇겠지. 전차 내부는 비좁다. 변종들이 장갑판 긁는 소리를 들으며, 구조된다는 확신도 없이, 몇 시간 동안 갇혀있었던 것이다.

전투는 아주 짧았다. 브라보 중대는 좌우로 넓게 펼쳐진 상태에서 사격을 가했다. 험비 가운데엔 고속 유탄기관총을 실어놓은 것도 있었다. 한 발 한 발이 수류탄과 맞먹는 유탄을 분당 40발씩 갈겨 댄다. 쭉 긁으면 사람 수백 명 우습게 죽이는 흉물이었다.

좌에서 우로 수수한 폭발들이 이어졌다. 공군의 폭격에 비하면 수수한 것이 맞다. 그러나 결과는 확실했다. 변종들은 오르막을 기어오르다가 다 죽었다.

중대가 접근하자, 전차 승무원들이 뒤늦게 기어 나온다. 우는 사람도 있고, 쉴 새 없이 웃으며 바깥 공기를 만끽하는 사람도 있다. 그나마 소대장은 좀 멀쩡해 보인다.

"구해주셔서 감사합니다."

전차소대장은 중위 계급이었다. 이름은 에드먼드 듀런트. 몰골이 말이 아니다. 에셔 대위에게 경례한 그는, 뒤늦게 겨울을 알아보고 놀라워했다.

"자네 실존 인물이었군?"

"……."

멀쩡하지 않네. 겨울은 그의 정신 상태를 의심했다. 다행히 미친 건 아니었다. 들뜬 나머지 걸러지지 않은 말이 튀어나오는 상태 같다.

전차에 급유가 이루어지는 도중, 듀런트 중위가 에셔 대위에게 묻는다.

"캠프 로버츠는 별 일 없었습니까? 아니, 여기까지 지원 나오신 걸 보면……."

흐리는 말뜻이 분명하여, 에셔 대위가 고개를 흔들었다.

"아냐. 자네들만 공격을 받은 게 아닐세. 우리도 만만찮은 일을 겪었어. 누가 상상이나 했겠나? 일개 생물이 EMP를 쓰다니 말이야. 그것도 다른 변종까지 잠입시켜가면서."

"어? 거기서도 그랬습니까?"

"돌아가는 상황을 전혀 모르는군."

"말도 마십시오. 밤새도록 지옥이었으니까요. 애마에 어떻게 탔는지 기억도 안 날 정도입니다. 상급부대하곤 연락도 잘 안 되지, 변종들은 사방에서 쏟아지지, 민간인들은 살려달라고 아우성이지……. 그 와중에 「세컨드 캘리포니아」 1대가 피를 좀 많이 봤을 겁니다. 마지막까지 남아서 난민들을 유도했거든요."

간밤을 회상하는 얼굴이 어둡다. 그가 다시 묻는다.

"그럼 캠프 로버츠의 피해는 어느 정도입니까?"

"여기 있는 한 소위 덕택에 큰 피해는 없었네."

에서 대위가 턱짓으로 겨울을 가리켰다.

"그게 무슨 말씀이신지?"

"「트릭스터」를 잡아온 게 한 소위인데, 어지간히 수상했던 모양이야. 당직사령에게 경계 강화를 요청했다가 거부당하고서, 병력을 독단적으로 움직였다고 하더군."

"독단이요? 일개 소위가? 아니, 의미 없지 않습니까?"

"이 친구 전적을 감안하면 이상하지도 않지. 중대장으로서 부끄러운 말이네만, 당장 내 중대에서도 나보다 한 소위를 좋아하는 병사들이 더 많지 않나 싶을 때가 있어."

본인을 앞에 두고 잘도 이런 대화를 하는 구나. 겨울은 자신을 바라보는 중대장에게 어려운 미소를 만들어 보였다.

주유를 마친 전차소대는 브라보 중대의 구조작전에 합류했다. 중대원들은 전차소대의 합류를 크게 반가워했다.

"시동만 걸어도 가솔린 3리터를 퍼먹는 돼지새끼들이지만, 그래도 저것들만큼 믿음직한 게 별로 없습니다. 단단하고 터프하죠."

확실히 현 시점에서 움직이는 전차를 감당할 감염변종은 존재하지 않는다. 전차 주포 앞에선 「그럼블」조차 사냥감에 불과하다.

겨울은 트래커 모니터를 몇 번 건드렸다. 미군이 사용하는 차량들은 네트워크로 연결되어 있어서, 서로의 위치를 실시간으로 파악하거나 정보를 주고받을 수 있었다.

다행히 전차소대의 장비가 EMP에 고장 나지는 않은 모양이다. 위치가 제대로 표시되었다. 전차에 달린 카메라를 통해 다른 방향을 보는 것도 가능했다. 온갖 동네에서 전쟁을 치르고, 시가전과 테러에 시달린 미군이 살아남으려고 만들어낸 체계다.

"그건 누구에게 배우셨습니까?"

후방좌석의 병사가 신기해하며 묻는다. 장교가 된 지 얼마 안 되는 겨울이, 복잡한 장비를 손쉽게 다루자 흥미로운 모양이다. 찰리 중대만큼 친숙하지 않은 탓도 있고. 겨울이 대충 둘러댔다.

"캡스턴 대위님에게서요."

"아하."

물론 사실이 아니다. 그냥 알고 있던 것이다. 병사가 대위를 찾아가 사실여부를 확인하진 않을 테니, 아무래도 상관없는 일이었다.

다음 구조대상의 좌표는 파소 로블레스 아래의 도시, 템플턴(Templeton) 서쪽에 찍혔다. 임무부대는 몇 개의 능선을 넘어 도시 서쪽 평야지대에 진입했다. 겨울이 말한다.

"어딜 가더라도 포도밭과 과수원뿐이네요."

그러자 운전병이 답했다.

"여긴 캘리포니아잖습니까."

지난 밤 샌 미구엘 서쪽에서 「트릭스터」를 쫓으며 달렸던 포도밭도 굉장히 넓었지만, 이곳은 더욱 본격적이었다.

도로를 따라 달리는 도중, 배회하던 변종 하나가 대각선 방향에서 도로를 가로막는다. 무리로부터 낙오된 놈인가 본데, 역시 평범한 변종의 지능은 아직 대단치 않은 수준이었다. 충돌을 아랑곳 않고 무작정 달려오기만 하니.

다만 몸에 묻어있는 진흙과 낙엽은 주목할 만 하다. 언젠가 저것과 비슷한 걸 봤었지. 겨울은 이것들에게 나름의 위장 요령이 생겼다고 판단했다.

마침 차가 흔들리는 바람에 사수의 사격은 빗나갔다. 젠장. 투덜거리는 사수를 대신하여, 운전병이 뺑소니를 쳤다. 쿵! 튼튼한 험비답게, 차내로 전해지는 충격은 그리 크지 않았다. 운전병이 어깨를 으쓱였다.

"유리 닦으려고 뛰어드는 거지새끼 같지 않습니까?"

겨울이 고개를 기울인다.

"거지라니⋯⋯그렇게 말하면 오히려 불쌍하지 않아요?"

"소위님도 차에 기스 몇 번 나보셔야 제 마음을 이해하실 겁니다."

싫은 말을 하는 병사에게서 은근한 그리움이 느껴진다. 차를 몰고 가다가, 신호가 바뀌어 기다리는 도중에, 거렁뱅이가 뛰어들어 갑작스레 앞 유리를 닦고, 닦은 값을 달라고 조르고, 거절했더니 차를 좍 긁은 뒤 달아나던 것조차, 이제는 되찾고 싶은 과거의 일부로 느끼는 모양이었다.

병사를 위하여, 겨울이 모르는 척 어울려주었다.

"그런 일은 뉴욕 같은 곳에서만 있는 줄 알았어요."

"설마요. 오히려 이 동네가 하기 좋습니다. 총 맞을 가능성이 낮으니까요."

워낙 총기소유가 보편화된 미국이다보니, 총기규제가 강한 캘리포니아는 오히려 범죄율이 높은 편이었다.

"뭐, 이젠 다 옛날이야기일 뿐입니다만."

제트 엔진의 소음이 대화의 맥을 끊는다. 전폭기 한 대가 차량대열 위를 지나, 지평선 가까운 곳에 폭격을 가했다.

꽈릉! 항공폭탄의 위력이 눈에 보일 정도의 충격파를 빚어냈다. 바람을 닮은 초목의 흔들림이 광범위하게 확산된다.

"거의 다 왔네요."

겨울이 자신의 화기를 점검했다. 습관 같은 것이었다.

목적지에 다가갈수록 시계(視界)가 나빠졌다. 구름 같은 연기가 햇빛을 가린다.

화재는 한 두 곳이 아니었다. 저편 언덕 몇 개가 통째로 타올랐다. 부주의한 폭격 탓일까, 아니면 「트릭스터」의 소행일까. 겨울이 보기엔 후자였다. 캠프 로버츠를 습격한 무리가 이쪽에 합류했을 가능성도 있다. 혹은 경험이 전송되었거나.

어쨌든 공중지원을 받기 나쁜 환경이다.

스치는 도로변에 헬기 하나가 추락해있었다. 시야 확보를 위해 무리하게 하강했다가, EMP나 「그럼블」의 투척 패턴에 당한 모양이었다. 생존자는 없을 것이다. 불타고 있을뿐더러, 불붙은 탄약이 펑펑 터지는 중이었다.

겹쳐진 헬기 날갯소리가 다가온다. 차량대열 측면 상공으로부터 엄호사격이 빗발쳤다.

부우우우우욱― 부우우욱―

미니 건(Mini gun)이라는 무기다. 총열 여섯 개가 회전하며 분당 4천 발을 쏘는지라, 소리가 총성보다는 망가진 관악기에 가깝다. 수송헬기 두 대는 사람 태울 자리에 탄약만 싣고 온 것 같았다. 무지막지한 탄약 소비에도 불구하고, 긴 시간에 걸쳐 화력을 투사한다.

덕분에 전차와 험비 사수들이 부담을 덜었다. 정면과 좌우측면에서 접근하는 변종들의 숫자가 만만치 않았기 때문이다.

겨울도 창틀에 팔을 얹고, 그 위에 다시 총을 얹어놓은 상태로 사격을 가했다.

헬기가 떠나면서, 중대의 전진 속도가 감소한다. 아무리 밀도가 낮다지만, 사방에서 다가오는 변종들을 뚫고 나아가기가 쉬운 일이 아니었다.

「놈들이 후미를 노린다! 보급차량부터 방어해!」

중대장의 외침이 전파를 탔다. 실제로 공세는 대열 뒤쪽으로 집중되는 중이었다. 그쪽을 지키는 건 고작 험비 두 대 뿐. 탄약수송 트럭과 유조차가 당하면 구조임무에 심각한 차질이 빚어진다.

이로써 변종들이 전략적으로 행동한다는 게 확실해졌다. 인간의 전투방식과 약점을 이해하고, 그에 따른 공격계획을 수립한다.

또한 이것들은 약한 것들 사이에 강한 것을 감췄다. 일반 변종들 사이에 구울이 드문드문 섞여있다. 평범한 변종이 강화된 이 시귀들은, 그 민첩함 때문에라도 접근하게 내버려두면 곤란하다. 겨울은 우선적으로 그것들부터 사냥했다.

후웅―

우측 먼 거리로부터, 뿌리째 뽑힌 나무가 직사에 가까운 포물선으로 날아온다. 탄약 수송차량을 노리고 떨어져, 오차가 고작 5미터에 불과했다.

「지저스!」

무전을 가로지르는 절규. 해당 차량이 좌로 확 꺾었다가, 한쪽으로 기울어졌다가, 가까스로 중심을 회복한다. 하마터면 전복될 뻔 했다.

필시 「그럼블」일 텐데, 연기에 가려져 윤곽만 보였다.

이 때 전차가 나섰다.

위이이이잉—

맹렬한 가스터빈 구동음을 내며 측면으로 돌출한 60톤짜리 쇳덩어리는, 갈지자를 그리며 주행, 다가오던 변종들을 무참히 짓밟았다. 무한궤도와 땅이 닿는 틈으로 빨려 들어간 변종은 살아남기를 기대하기 어려웠다.

나무 한 그루가 또 날아온다. 전차가 가속하여 수송차량을 가로막았다. 정확한 타이밍. 운전병의 숙련도가 놀랍다. 나무가 전차에 충돌했다. 전차가 크게 출렁인다.

「미어캣 3호 피격!」

겨울이 잠시 흔들렸다. 호출부호가 영 어울리지 않는다.

미어캣 3호는 멀쩡하게 움직였다. 포탑을 돌려 「그럼블」을 겨냥했다. 전차 주포로 쏘는 거면 약점을 노릴 필요도 없었다. 실루엣 중심을 조준해서 쏴버리면 된다.

번쩍. 쾅! 발사 화염과 함께, 포구 주위의 연기가 소용돌이치며 흩어진다.

캬아아아아—!

직격 당한 대형 괴물이 고통스러운 비명을 질렀다. 이 순간, 우연한 바람이 연기를 걷어낸다. 표적은 오른 팔이 어깨부터 뜯어진 상태였다. 미어캣 1호, 2호차가 거의 동시에 쐈다. 서로 다른 각도에서 꽂힌 포탄이 「그럼블」을 위아래로 박살낸다.

듀런트 중위가 무전을 쳤다.

「그럼블 다운. 잘했다. 지금부터는 1호차가 선두에 서겠다. 2호차는 후미, 3호, 4호 차량이 측면 방어를 맡아라.」

「그럼블」의 위협이 사라지자, 전차 쪽에서도 전차장이 위로 올라와 기관총을 붙잡았다. 브라보 중대와 전차 소대, 보급대의 행렬이 마침내 변종들의 공세를 관통했다.

가까워진 목적지 방향에서 총성과 폭음의 이중주가 들려온다. 겨울은 섬광과 폭음의 간격으로 거리를 쟀다.

'앞으로 약 3분.'

3분 안에 본격적인 전장으로 진입할 것 같다.

트래커 모니터에 전투현장을 조감하는 열 감지 영상이 떴다. 전선통제기가 전송하는 것이었다. 프레임이 낮아 뚝뚝 끊겼으나, 그리고 화재로 인한 열과 연기에 많이 가려졌으나, 상황을 판단하기엔 충분했다.

아군은 야트막한 포도밭 언덕 위의 양조장에 몰려있는 것 같았다. 전투차량에 비해 트럭의 숫자가 많은 걸 보면 난민이나 시민들도 함께 있는 모양이다. 그들을 향해 모든 방향에서 변종들이 달려오고 있었다.

「Break, Break! 중대장이다! 전 차량 충격에 대비하라! 공군이 기화폭탄으로 연기를 날려버리겠다고 한다!」

"오, 쉿!"

포탑 사수가 기겁을 하며 차 안으로 들어온다.

기화폭탄은 열팽창으로 폭풍을 만드는 무기다. 공군이 쓰는 건 크기가 크다. 유효범위 내에서, 사람은 찢어지거나 곤죽이 되고, 차량은 분해되고, 전차마저 뒤집어진다.

지금은 아니었다. 누구 생각인지 모르겠지만, 살상범위 밖에서 터트려 시야를 확보하겠다는 것이었다. 미친 것 같기도 하고, 기발하기도 하다.

'너무 위험하지 않아?'

겨울은 오인폭격이 걱정스러웠다. 아군이 피해를 입지 않을 정도의, 그러나 연기는 날려 보낼 정도의 아슬아슬한 경계에서 폭탄을 터트려야 하는데, 그게 쉬울 리가 있나.

'그만큼 급하다는 반증일지도.'

양조장에 갇힌 이들이 직접 요청한 것일 가능성도 있었다.

폭탄이 터졌다.

11시 방향으로부터, 연기가 파도처럼 쓸려온다. 덜커덩! 무언가에 부딪힌 것처럼 차량이 심하게 흔들렸다. 우라질! 운전병의 짧은 욕설. 어딘가 아프게 부딪힌 것 같다.

화력공백을 틈타 다가오던 변종들이 정신없이 넘어졌다. 보이지 않는 망치로 사정없이 얻어맞는 모양새였다.

한 발로 끝나지 않는다. 전폭기 편대가 계속해서 날아와서는, 수십 발을 연달아 투하했다. 인근 숲의 화재까지 이걸로 잡아버리려는 것 같았다. 그래봐야 떨어진 부근에 한하여 잠깐 동안만 꺼질 뿐, 결국 불씨가 남아 다시 타오르겠으나, 미군에게는 그 잠깐이 필요한 상황이었다.

"목적지가 보입니다!"

폭격이 지나간 뒤, 포탑으로 기어 올라간 사수가 외치는 말. 겨울도 보고 있었다. 연기가 사라지니, 의외로 가까운 곳이었다. 차량이 가속하면 금세 도착할 거리.

그러나 그 전에, 양조장을 둘러싼 방어선이 무너질 위기다. 일부 구간에선 근접전까지 벌어지는 중. 겨울은 즉시 창밖으로 몸 내밀고 소총을 조준했다.

타탕! 탕! 타타탕!

야전삽을 치켜들었던 병사가 목표를 잃고 허우적거렸다. 육박한 변종 넷이 연속으로 쓰러진 까닭이다. 같은 일이 방어선 곳곳에서 반복되었다. 탄약이 바닥나 절망하던 병사들이, 이쪽을 발견하고 환호성을 지른다.

방어선의 일부는 차량을 이어 만든 장벽이었다. 수성하는 병사들과, 기어오르는 변종들의 사투. 무슨 생각을 했는지 전차 한 대가 그쪽으로 달려간다. 변종들을 닥치는 대로 치고 짓밟으며 접근하더니, 차체를 바싹 붙여 비벼대기 시작했다.

장벽과 전차 사이에 끼인 변종들은 내장이 파열되고 척추가 부러졌다.

위이이잉—

전진과 후진을 반복하며 밀고 밟고 으깨는 것만으로, 전차는 변종 수십 마리를 순식간에 정리한다. 험비 가지고는 엄두도 내지 못할 일. 거리를 재는 전차 운전병의 기량도 대단했다.

보급차량이 방어선에 도달하면서 전황은 급격히 바뀌었다.

물론 그 덕을 보지 못하는 사람도 있었다.

야전삽을 쌍으로 들고 변종들을 마구 쳐내는 병사가 있다. 무서울 정도로 용맹했다. 어떻게 그런 힘을 내는지, 풀 스윙으로 휘두를 때마다 변종 하나를 반드시 죽인다. 탄창 가득한 더플 백 하나 짊어지고, 그의 후방에서 접근한 겨울이 근처의 변종들을 말끔하게 사살했다.

숨이 찬 모양이다. 병사는 어깨를 들썩인다. 동료들이 탄창을 챙기느라 여념 없는 와중에도 못 박힌 듯 움직일 생각을 않는다. 전투피로인가? 겨울이 그를 불렀다.

"당신! 와서 탄 받아요!"

그러자 서서히 돌아보는데, 울고 있었다. 겨울은 그에게서 물린 자국을 발견했다.

"이런……."

한두 군데가 아니다. 용맹이 아니라 자포자기였던 것. 물린 뒤 시간이 좀 흘렀는지, 변색된 피부와 혈관이 턱 아래까지 번져있었다.

탕!

야전삽 든 병사의 이마에서 붉은 구멍 하나가 톡 터진다.

겨울이 총성 들려온 쪽을 돌아보니, 사격한 병사는 안색이 하얗게 질려있다. 이성으로 판단하기 전에 반사적으로 쏴버린 경우 같았다.

"으, 으, 으으으으아아아!"

그가 발작을 일으켰다. 불안하게 흔들리며, 소리 지른다. 싫어, 싫어, 싫어! 살려줘요! 보고 싶어요, 엄마! 집에 가고 싶어요! 울부짖는 모습이 굉장히 위태로웠다. 극단적인 공포와 스트레스에 의한 공황발작, 셸 쇼크(Shell Shock) 증세였다.

문제는 그가 아직 총을 들고 있다는 것이었다. 이제 막 탄창을 갈고, 단 한 발을 쏘았을 뿐인, 잔탄이 충분히 남아있는 자동화기를.

「생존감각」이 날카롭게 울었다.

"엎드려!"

겨울이 소리치기 무섭게, 공황에 빠진 병사가 총기를 사방으로 난사했다. 미리 경계하고 있던 병사들은 겨울처럼 가까스로 피했다. 그러나 좀 떨어져 있던 이들은 다르다. 다시 밀려오는 변종들을 쏘느라 바빠, 경고를 듣지 못한 경우가 많았다.

부상자가 속출했다.

"길리어드! 그만 둬!"

가까스로 화를 피한 병사 두 명이 미쳐버린 동료에게 달려들었다.

"오지 마! 이 괴물들! 다가오지 마!"

그 손이 수류탄을 더듬고 있다. 순식간에 무기를 교체한 겨울이, 권총으로 그의 손등을 쏴버렸다. 다섯 발이나 당긴다. 조준이 급했고, 처리는 확실해야 했기 때문이다.

손등을 관통한 탄자는 방탄복에 막혔다. 이 거리에서 소총으로 쐈으면 뚫렸을 것이다.

미쳐버린 병사, 길리어드를 붙잡은 두 전우가 숨을 헐떡거렸다. 겨울에게 눈인사를 보낸다.

의무병이 달려와 부상자들을 돌보기 시작한다.

이런 불상사가 일어났어도, 상황은 지속적으로 호전되어갔다. 겨울은 어느덧 무전기에서 방해전파가 사라진 것을 깨달았다. 적어도 이 근방에서는, 「트릭스터」가 물러나기로 결심했다는 뜻이다. 미군이 화력을 회복한 이상 승산이 없다고 봤겠지.

그렇다고 추격할 입장은 아니었다. 가져온 탄약이 마냥 넉넉한 것도 아니고, 양조장 안에 피신한 민간인들도 문제였다.

북쪽에서 새로운 지원군이 나타났다. 연기를 뚫고 오는 차량과 병력의 규모가 일개 중대 급 이상이었다. 잔적을 소탕하며 밀고 들어오는 기세가 사뭇 대단하다.

겨울은 방어선을 돌아다니며, 혹시나 남아있을지 모를 위협을 확인했다.

"전방에 적 출현!"

어느 병사의 외침에 돌아보니, 연기가 오르는 숲 가까이에 어정거리는 변종들을 확인할 수 있었다.

애매한 거리였다. 겨울은 변종들의 행동이 기묘하다고 생각했다. 이쪽을 공격하지도 않고, 그렇다고 달아나지도 않는다. 의문스러웠으나, 곧 한 가지 추측이 떠올랐다.

'버리는 패?'

미군의 주의를 분산시키려고 떼어둔 꼬리. 더 많은 수가 안전하게 달아나기 위한 희생양일 가능성. 「트릭스터」의 교활함이라면 있을 법한 전개였다.

어쨌든 살려둘 이유는 없었다. 험비 한 대가 겨울 앞에서 정지했다. 안에 있던 운전병이 겨울에게 손짓했다.

"타십시오, 소위님. 인접한 적을 섬멸하라는 명령입니다."

"명령? 중대장님의?"

"아뇨. 아직 못 들으셨군요. 우린 이제 구조작전이 종료될 때 까지 1대대에 배속됩니다."

"1대대?"

"예. 여기 있는 병력이 대부분 160연대 1대대입니다. 다른 곳 소속도 섞여있긴 하지만요. 방금 도착한 병력은 헌터 리겟에서 내려온 2대대 1중대라더군요."

들어보니 지원군을 캠프 로버츠에서만 보낸 게 아니다. 보다 북쪽에 위치한 포트 헌터 리겟의 2대대로부터도 한 개 중대가 파견되었다는 소식이었다.

공교롭게도 「세븐스 캘리포니아」의 각 대대에서 파견된 병력이 한자리에 모인 셈이었다.

소탕전은 대수롭지 않았다. 그보다는 확산되는 화재가 문제였다. 탈출구가 사라지기 전에, 지휘관이 이동 명령을 내렸다. 증강된 대대 병력이 불과 연기의 미로를 빠져나갔다. 우우 따라오던 변종들은 차량의 속도를 따라잡지 못했고, 불길이 번지는 속도를 능가하지 못했다.

버려진 것들의 운명은 뜨겁게 끝났다.

이제 가장 가까운 주둔지는 캠프 로버츠였다. 그러나 불길을 피하다보니 방향을 달리 잡아야 했다. 전투현장에서 서북쪽으로 약 20km를 이동했다. 이동하는 내내, 구조임무에 투입된 다른 전투부대와 구조된 부대들, 민간인들이 지속적으로 합류했다.

'아는 얼굴이 있을지도 모르겠는데.'

봉쇄사령부가 가용자원을 모조리 투입했다면, 산타 마가리타의 레인저들도 예외는 아니었을 것이다. 겨울은 자신에게 지포라이터를 선물한 레인저 소대장 존 프레이 중위를 떠올렸다.

그러나 당장은 어려웠다. 임무부대는 전투 병력만 따져도 연대 규모 이상이었고, 민간인들까지 합치면 1만 명에 달했다. 기나긴 행렬을 돌아다니며 아는 얼굴 하나 찾는 건 비생산적인 짓이다. 그렇게까지 간절한 것도 아니었고.

임무부대는 호수와 도시가 내려다보이는 산등성이에 임시 주둔지를 세웠다. 헬기가 줄지어 날아와 숙영 자재를 내려놓고 떠나갔다.

숙영 준비를 마쳤을 땐 이미 해가 떨어지는 중이었다. 병사들에게 휴식시간이 주어졌다. 장교들은 편히 쉬기 힘들었다. 뒤숭숭한 분위기를 감안하여, 대대장은 장교들이 쉬는 시간에 병사들을 독려하고 위로하길 원했다. 장교 월급이 병사보다 많은 이유 중 하나다.

겨울도 예외는 아니었다. 소년 장교와 마주치는 브라보 중대 장병들은, 겨울을 더 이상 소년으로 보지도 않았다. 저마다 불만과 불안을 토로한다.

"왜 여기서 미적거리는지 모르겠습니다. 언제 또 공격이 있을지 모르는데, 그냥 강행군으로 캠프까지 가서 쉬는 게 낫지 않겠습니까?"

이런 말이 나올 법도 하다. 캠프까지 남은 거리는 낮 시간에 이동한 거리보다 짧았다. 그러나 불가능하다. 겨울이 난처한 미소를 만들었다.

"캠프 오비스포 사람들 생각도 해야죠. 얼마나 힘들겠어요? 민간인들은 또 어떻고요? 우리도 각성제로 겨우 버티고 있잖아요."

극한상황을 헤치고 나온 사람들은, 군인과 민간인을 가리지 않고, 긴장이 풀리자 여기저기서 픽픽 쓰러졌다. 육체와 정신 양면에서 완전히 탈진해버린 것. 여기엔 각성제도 별 도움이 되지 않았다. 쉬는 것 외엔 답이 없었다.

"그건 그렇다 치고, 저쪽은 어떡합니까?"

병사가 남동쪽 하늘을 가리켰다. 아랫자락이 불그스름하게 달아올라, 마치 노을이 지는 서편 하늘과 같다. 거리가 한참 떨어져있음에도 불구하고, 여기까지 타는 냄새가 밀려올 정도였다.

정보가 없었다면 겨울도 걱정했을 것이다. 불이 번지는 속도를 감안하면, 저건 어지간한 나라 면적을 태울 대화재로 성장할 수도 있었다.

"괜찮아요. 저도 전달받은 내용인데, 자정이 지나기 전에 비가 내릴 가능성이 높다고 하네요. 내일은 하루 종일 쏟아질 테고요."

"정말입니까?"

"왜 속이겠어요? 오히려 아직 모른다는 게 이상하네요. 아, 상황이 상황이라 전달 체계가 혼란스러워서 그렇겠군요. 다른 사람들에게도 전파하세요."

"뭐, 알겠습니다."

근심을 덜었을 텐데, 병사는 시무룩한 기색이었다. 비슷한 몇 명을 추가로 접하면서, 겨울은 알 만 하다고 생각했다. 어떻게든 캠프로 돌아가고 싶었던 것이다.

캠프 샌 루이스 오비스포 사람들 정도는 아닐지라도, 캠프 로버츠의 브라보 중대 역시 혹독한 하루……아니, 이틀째를 보내고 있다. 스트레스를 받으면 반동이 생긴다. 익숙한 잠자리에서 마음 편히 쉬고픈 욕망이 생기는 것도 당연하다.

민간인 숙영지에서는 흐느끼는 소리들이 들려왔다. 캠프 로버츠보다 규모가 컸던 만큼, 무너질 때의 희생도 장난이 아니었다고 들었다.

"일병. 잠시 시간 괜찮을까요?"

낯선 병사는 겨울의 손짓에 과장된 반응을 보인다. 이 사람에게서도 경증의 쉘 쇼크가 엿보인다. 자꾸만 손가락을 비벼대는 모습이 몹시 불안정했다. 그런데도 무장하고 있다. 캠프 오비스포의 지휘관들도 어지간히 여유가 없는 모양이었다.

혹은 너무 많아서 손을 쓸 수 없을 지경이거나.

병사가 말을 더듬는다.

"무, 무, 무슨 일이십니까?"

"아니, 별 일 아니에요. 그냥 누군가와 대화하고 싶어서요."

상대에게 공감하는 한 마디. 사실 대화를, 곁에 있어줄 누군가를 바라는 건 병사 쪽일 것이다. 이런 상황에서, 이런 사람에게는, 배려한다는 느낌을 주지 않는 쪽이 더 효과적이다.

물론 상태가 정상이라면 눈치 챌 맥락이다. 그러나 병사는 정상이 아니었다. 그가 어설픈 걸음으로 다가오자, 겨울이 등을 두드리며 이끌었다.

"여기 자리 괜찮은가요?"

동일 대대 병사들이 둘러앉은 모닥불이었다. 그들은 겨울을 알아보고 다양한 말과 행동으로 환영했다. 그 중엔 억양이 낯선 이도 섞여 있다. 다민족 국가의 군대답다고나 할까.

바로 만들어진 두 사람 분의 자리. 겨울은 데려온 병사를 먼저 앉혀놓고, 자연스럽게 그의 총을 거뒀다. 그렇잖아도 먼저 자리 잡은 이들이 자기들 무기를 서로 기대도록 세워 놓은 참. 거기에 겨울과 쉘 쇼크 환자의 총이 더 얹어진다. 인디언 천막 뼈대 같은 모양새였다.

하루 종일 불과 연기에 시달렸는데도 불구하고, 차가운 밤에 마주하는 열기는 반가웠다. 겨울의 발치에 장작이 흩어져있었다. 하나 집어서 던져 넣으며, 병사들에게 묻는다.

"땔감이 어디서 났어요?"

"근처에 오두막이 하나 있습니다. 사냥꾼 숙소였나 본데, 벽난로를 쓰더군요. 어차피 지금은 주인도 없으니 좋게 좋게 빌려왔습죠."

넉살 좋게 말하지만 사실은 불법이다. 미국 정부가 낙관적인 분위기를 만들고자 열심이었으므로, 방치된 재산도 언젠가는 되찾을 수 있다는 인식이 널리 퍼져있는 상태였다.

'오늘을 계기로 어떻게 될지 모르겠지만.'

하루 사이에 얼마나 많은 희생이 있었는지 잘 모르겠다. 초상집 분위기인 사람들에게 물어볼 계제도 아니고. 그러나 한동안 안정되어있던 미국 입장에선 오랜만에 겪은 참화일 것이다. 분위기도 많이 달라지겠지.

겨울이 데려온 병사는, 쪼그려 앉아서 여전히 손가락을 비비고 있었다.

"어이, 펜우드. 이것 좀 마셔."

보다 못한 동료가 잔을 건넸다. 뜨거운 물이 찰랑거린다.

잔을 받아들고도 여전히 불안한 병사, 펜우드가, 눈치를 보며 물었다.

"이, 이제 어떤 이야기를 하, 할까요?"

겨울이 별빛처럼 잔잔한 미소를 만들었다.

"혹시 내가 부담스러워요?"

"아뇨. 그, 그런 건 아닙니다."

"계급을 떠나서, 친구 하나 사귄다고 생각해요. 그런데 미국에서는 친구끼리 무슨 이야기를 하죠? 난 한국 출신이라 잘 모르겠는데."

딱히 그럴 듯한 농담은 아니었건만, 다들 소리 내어 웃는다. 무엇이든, 그냥 웃을 기회가 필요했던 사람들. 펜우드 역시 경직된 얼굴로 웃었다.

디안젤로라는 이름의 여성 병장이 씨익 웃는다.

"저희들은 원래 장교랑 친구하기 싫어하는 편입니다만, 소위님은 예외로 하죠. 아까는 덕분에 목숨을 건졌습니다."

"음?"

그 말 듣고서 가만히 보니, 보았던 얼굴들이다. 낮에 공황발작을 일으켰던 병사, 길리어드를 억누른 두 명을 포함해 해당 현장에 있었던 이들이었다. 겨울이 고개를 끄덕였다.

"아아. 우리 구면이었네요. 다친 곳 없는 것 같아 다행이에요."

"그 때 소위님의 상황판단에 놀랐습니다. 사격실력도 그렇고요. 더군다나, 세상에, 그토록 신속한 무기교체는 한 번도 본 적 없습니다. 그렇게 빠른 손은 라스베이거스 도박판에서나 봤거든요. 타고난 꾼이시네요."

"걱정 말아요. 전 카드 게임에 흥미 없으니까."

"전 카드 만질 줄 모르는 사람은 친구로 안 사귀는데요?"

"저런."

병사들이 다시 자잘한 웃음을 터트린다. 가라앉기를 기다려 겨울이 여군에게 물었다.

"길리어드 상병은 무사한가요?"

"후송됐습니다. 손 때문에라도 의병제대할 가능성이 100%라고 하더군요. 하기야 손등 뼈가 작살나고 손가락도 두 개 떨어져 나갔으니, 나중에 다시 군인 노릇 하기는 힘들겠죠."

근래 미군에게 보급되는 총탄은 대인저지력을 최대로 늘린 것들이었다. 저지력은 관통력과 반대의 개념이며, 맞았을 때 꿰뚫는 대신 최대한의 충격을 준다. 인간보다 강인한 변종을 상대하기 위해 당연한 조치였다.

겨울이 쏜 권총탄도 다르지 않았다. 그걸로 다섯 발을 맞았으니, 손을 아예 못쓰게 될지도 모른다. 치료가 잘 된다 쳐도 후유증이 평생 남을 것이다. 겨울은 조금 가라앉은 목소리를 만들었다.

"유감이네요. 만나면 미안하다는 말을 전해주세요."

"네? 에이, 무슨 말씀을."

디안젤로는 터무니없는 소리를 들었다는 듯 인상을 찌푸렸다.

"그 친구는 오히려 고마워할 겁니다. 사고치는 거 막아줬지, 후방으로 빼줬지. 이젠 아예 전역하게 생겼는데요. 젠장. 마지막은 저도 부럽군요. 연금생활 할 기회인데."

본래 미국 군인 연금은 근속기간 15년 이상이어야 받을 수 있으나, 상이군인 연금은 종류가 다르다. 다만 겨울은 아직 구체적인 내용을 몰랐다. 아무리 회차를 거듭했어도 모든 정보를 다 숙지할 수 있는 건 아니니까. 그래서 던지는 질문.

"그 분, 확실히 연금이 나오나요?"

"복무기간이 30개월을 넘었고, 최전선에서 뛰었고, 퍼플하트는 당연히 받을 테고, 한 손을 아예 못쓰면 50% 장해 판정일 텐데요. 조금 쓸 수 있더라도 3~40% 판정은 나오지 않을까요? 당분간은 그……문제도 있을 거고. 그럼 볼 것도 없죠. 야, 40%면 얼마 나오냐?"

디안젤로가 얼버무린 부분은 여전히 불안정한 펜우드를 배려한 것이었다. 질문 받은 쪽은 자신 없는 태도로 답했다.

"어, 글쎄요. 오백? 육백? 그 정도 아닙니까? 퍼플하트 받으면 추가 보상도 붙을 건데? 가족이 있다면 거기서 또 늘어나고요. 정확히는 잘 모르겠습니다."

"걔가 부양가족이 있던가?"

"글쎄요."

겨울이 고개를 기울인다.

"그래봐야 600 달러 안팎인데, 사람 살기엔 부족한 금액 아닌가요?"

지력보정에 의해, 21세기 초엽의 환율로 환산된 금액을 알 수 있었다. 한화로 약 70만원. 「통찰」은 여기서도 작동했다. 관제 AI의 조언을 통해, 겨울은 이 금액이 당시의 최저생계비에 한참 못 미친다는 사실을 알아냈다.

그러나 병사는 겨울의 의혹을 싱겁게 부인한다.

"에이. 일해서 버는 돈도 있잖아요."

"취직이 쉽겠어요?"

"그거야 뭐⋯⋯정부에서 도와주겠죠."

겨울은 그 낙관적인 말에 약간 놀랐다. 그가 말하는 '정부'는, 겨울이 생전에 경험한 개념과 많이 다른 것 같았다. 무척 낯설게 느껴진다.

실제로 연방 제대군인부(VA)가 제공하는 혜택은 단순한 연금 지급에 그치지 않는다. 이어지는 병사들의 진술을 통해 확인할 수 있었다. 문자 그대로의 지속적인 관리와 예우. 심지어는 대출 보증마저 서준단다.

그러고도 노숙자가 되는 미국의 제대군인들이 많았다. 지력보정 정보를 전달받은 겨울은 내심 한숨을 쉬었다.

'반대로 말하면, 이 정도까지 해도 완전히 못 막을 문제란 거겠지.'

어떻게든 병사에게 믿음을 주는 게 중요하다. 내가 잘못 되더라도,

나라가 내게 보훈할 것이라고. 이것이야말로, 겨울이 경험한 모든 회차에서, 미국이 마지막까지 문명의 보루로 남는 이유 중 하나일 것이다. 미군의 전투력을 뒷받침하는 무형의 시스템.

'그나마 멀쩡한 나라가 지금 몇 개나 있더라……?'

러시아 말고는 당장 떠오르는 곳이 없다. 거긴 넓고 거친 국토가 자연방벽이 되어, 방역과 격리에 도움이 되는 경우였다.

겨울의 생각은 길게 이어지지 않았다.

한 번 전역 이야기가 나오자 대화에 열기가 오른다. 어느 나라를 가더라도, 전장의 병사들에게 전역은 뜨거운 화제일 수밖에 없다. 직업군인에게는 은퇴생활 같은 느낌일까?

아직도 제멋대로 움직이는 손을 주체할 수 없는 펜우드 역시 마찬가지였다.

대화에 몇 번 어울리던 그는, 갑자기 흐느껴 울기 시작했다.

"흐우우우, 흐으, 으우우."

떨리는 손으로 연신 눈물을 훔쳐낸다. 다른 병사들의 웃음기가 잦아들었다. 같이 눈시울이 붉어지는 사람도 있고, 어깨를 툭툭 치며 이겨내라고 응원하는 사람도 있다. 겨울은 후자였다. 상냥한 목소리 지어내기는 생전부터 익숙하다.

"울어요. 눈물도 참으면 병 된다고 하더라고요."

펜우드는 겨울의 가슴에 머리를 박고 한참을 울었다.

"정말, 앞으로 잘 부탁드립니다."

디안젤로가 겨울에게 건네는 한 마디는 상당히 깊었다.

펜우드 일병이 진정된 후 겨울은 그 모닥불을 떠났다. 상급부대에서 무전기로 겨울을 찾았기 때문이다. 「세븐스 캘리포니아」 1대대장을 만나기는 처음이었다.

라틴계 대대장은 다른 참모도 없이 혼자 겨울을 기다리는 중이었다. 단단한 인상이지만 어딘가 모르게 위태로워 보인다. 새벽부터 이어진 혹독했던 시간의 흔적이다. 책임자로서 느끼는 바는 병사와 또 다를 것이었다.

겨울이 경례했다.

"소위 한겨울입니다. 저를 호출하셨다고 들었습니다."

"대대장 파렐 라모스 중령이다. 만나서 반갑군. 거기 앉도록."

소년 장교를 맞은편에 앉힌 대대장이, 의례적으로 칭찬부터 꺼낸다.

"자네, 낮에는 잘 싸우더군."

"직접 보신 건가요?"

"어쩌다보니."

그리고 잠시 침묵. 겨울을 응시하던 중령이, 구부정하게 턱을 괴었다.

"바깥 분위기가 어떻던가?"

"좋진 않습니다만, 안정되는 것처럼 보입니다."

"자네는 다른 장교들과 다르군……."

무슨 말을 하고 싶은 걸까? 그간의 활약 때문에, 다른 장교들보다 병사들을 쉽게 안심시킨다는 의미인가? 아니, 조금 다른 어감이다. 잡아내지 못한 의미가 있다.

겨울은 대대장이 자신을 부른 이유를 아직 짐작할 수 없었다. 대대장도 그것을 눈치 챘다.

"내가 왜 불렀는지 궁금한가?"

"솔직히 그렇습니다."

"별 거 아냐. 한 번 만나보고 싶었네. 자네 덕분에 고비를 넘겼으니, 고맙다는 말도 해야 할 것 같고."

이렇게 말하는 대대장의 눈에, 감추지 못한 피로감과 자책감이 드러났다. 순간적이었으나, 겨울은 그것을 놓치지 않았다. 아주 무겁다.

대대장이 다른 말을 꺼냈다.

"앞으로는 같은 캠프에 주둔하게 될 거야."

"제 소속이 변경된다는 말씀이신가요?"

"아니. 주둔지가 바뀌는 건 우리 쪽이지."

"그렇습니까?"

"음. 샌 루이스 오비스포의 캠프가 도시와 가까운 편인데도 불구하고 연대전투단을 배치했던 건, 그곳이 남쪽으로 가는 길목이었기 때문이지. 한편으로는 바다로 가는 길목이기도 하고. 모로 만을 확보한다면 태평양 방면의 간이 거점이 하나 생기는 거니까. 하지만 일이 이렇게 되었으니, 위에선 캠프 로버츠를 강화하려고 할 거야."

논리정연한 말이었으나 역시 겨울에게 할 이유는 없었다. 초면이고, 소속이 다른데.

아. 겨울은 이제야 알 것 같았다. 다른 장교들과 다르다는 말. 그건 다른 장교들에겐 여유가 없었다는 뜻 아니었을까?

결국 대대장도 목적 없는 대화가 필요한 사람 가운데 하나였다.

때로는 사람의 존재 그 자체로 위로를 받을 수 있다. 그냥 함께 있어주는 것으로 충분하다. 다만 대대장은 그 직위 탓에 약한 모습을 보이면 안 되는 입장이다. 그러니 딱딱하고 형식적인 이야기를 꺼내는 수밖에.

겨울은 가만히 앉아서, 말없이 대대장을 위로했다.


새벽이 소년을 깨웠다.

텐트 입구로부터, 어둑한 쪽빛 하늘이 가늘게 새어 들어온다. 아직 눈 뜰 때가 아닌데. 겨울은 무거운 팔을 움직여 총부터 잡았다. 탄창 결합을 확인한 뒤, 천천히 몸을 일으킨다.

신체기능이 완전히 깨어나기까지는 어느 정도 여유가 필요했다. 연 이틀간 육체적 소모가 지나치게 격렬했고, 수면은 취하지 않아, 그만큼 많은 「피로」가 쌓여있었기 때문이다.

잠들어있는 시간은 조건설정 자동진행이었다. 깨어졌다면 이유가 있을 터. 겨울은 정신적인 고단함을 느꼈다. 이 세계관의 겨울이 꿈을 꿀 때, 그 안의 겨울도 휴식을 취한다. 다른 세계의 관객들을 신경 쓰지 않고, 홀로 오롯이 향유하는 고요한 어둠.

전장에서 과유불급은 의미가 없다. 겨울은 일단 같은 텐트 내의 병사들을 깨웠다. 물론 수마에 사로잡힌 병사들은 아무래도 일어나기가 힘겹다.

"어으……대체 무슨 일이십니까?"

"무장해요."

상태가 정상에 가까워지면서, 겨울은 비로소 「생존감각」의 둔한 경고를 감지할 수 있었다. 신경 말단이 간헐적으로 저려오는 감각. 아직 활성화 정도가 낮지만, 무언가 위협이 있다는 건 분명했다.

'치명적인 수준은 아닌가본데.'

정작 캠프 로버츠에서는 큰 도움이 되지 않았으나, 천재의 영역에 접어든 「생존감각」이면 자다가 비명횡사할 가능성은 거의 없다. 다만 피로로 인해 반응이 지연되었으므로, 조금 서두를 필요가 있겠다.

겨울의 분위기가 심상치 않음을 알고, 두 눈이 동그래진 병사가 필사적으로 자신을 일깨운다. 소년 장교에 대한 그들의 신뢰는 이제 미신의 영역에 근접했다.

빡!

……그렇다고 방탄으로 자기 머리를 치는 건 좀 심하지 않은가? 잠과 자신을 동시에 후려친 병사는, 잠시 엎드려서 무정물 흉내를 냈다. 겨울이 다가가서 어깨를 붙잡는다.

"괜찮아요?"

"괜찮습니다……."

그렇지 않아 보이지만, 어쨌든 그도 곧 준비되었다.

동숙하던 하사 한 명과 간부급 병사들은 행동이 빨랐다. 별다른 지시 없이도 중대 전체에 상황을 전파한다. 기상! 기상! 반복되는 외침이 축축한 바람을 타고 산울림으로 번졌다. 타 중대 숙영지에서도 무슨 일인가 나와 보는 병사들이 생긴다. 그들의 얼굴이 불안감에 물든다. 야습을 겪은 뒤 고작 하루 지난 시점이었다.

결국 겨울은 의도치 않게 연대급 병력을 다 깨우고 말았다. 옅은 안개 위로 싸락비 뿌려지는 가운데, 우의를 입은 병사들이 어수선하게 주위를 살핀다. 자기들이 일어난 이유를 몰라 더 초조한 모습들이었다.

그 사이에 겨울은 통신병을 불러 초병들과 교신하게 했다. 숙영지 경계선이 안전한지 확인하려는 것이었다.

조기기상의 발원지를 찾아온 중대장이 겨울에게 묻는다.

"대체 무슨 일인가?"

막상 질문을 받으니 답할 말이 마땅찮다.

"뭐라고 말씀을 드리면 좋을지 모르겠습니다만……. 어쩐지, 느낌이 좋지 않았습니다."

에서 대위가 황당한 표정을 짓는다.

"그냥 꿈자리가 사나웠던 건 아니고?"

여기엔 대답할 필요 없었다. 안개 저편의 총성이 설명을 대신했으니까. 겨울은 인상을 찌푸렸다. 귀에 꽂은 리시버에서 갑작스럽게 무전이 폭주했기 때문이다. 연대, 대대, 중대 채널에 이르기까지, 무슨일인지 확인해달라는 요청이 빗발쳤다.

총성이 다시 터졌다. 흩어지는 점사, 이어지는 연사. 「전투감각」이 총성의 방위와 대략적인 거리를 잡아냈다. 다만 거리는 조금 부정확했는데, 안개 탓이었다. 높은 습도는 소리가 확산되는 범위를 크게 넓힌다.

에서 대위가 즉각적으로 명령을 쏟아낸다. 경계선을 강화할 병력, 숙영지를 지킬 병력, 현장으로 출동할 병력을 순식간에 분할한다.

겨울은 출동하는 쪽이었다. 이동은 차량으로 이루어졌다.

현장에 도착한 겨울은, 이미 교전이 종료된 것을 확인했다. 숙영지 경계 부근에 변종 시체들이 드문드문 흩어져있었다. 많은 수는 아니다. 병사들이 하나하나 확인사살을 하는 중이었다. 그 와중에 노이즈 메이커의 소음 지원이 시끄럽다. 적어도 세 방향에서 동시에 울리는것 같았다.

'체계적인 공격이 아닌가?'

겨울이 전투 흔적을 살폈다. 대응이 늦었으면 위험했겠으나, 먼저 겪었던 야습에 비하면 아무 것도 아니다.

다만 실종자가 있었다. 변종들이 침입한 구간에 배치되었던 경계조 두 명이 사라진 것. 이쪽 방면을 담당한 중대장의 안색이 거무죽죽하게 가라앉았다. 캠프 오비스포에서 온 다른 모든 이들과 마찬가지로, 과도한 스트레스에 짓이겨지는 표정이었다.

"이제 다 끝났다고 생각했는데……왜 또 이런 일이……."

그는 기름기 찌든 얼굴에 마른세수를 하더니, 통신병을 불러 대대본부에 무전을 넣었다. 실종자 수색의 허가를 얻는 것이었다. 겨울이 그에게 청했다.

"제가 선두에 서겠습니다."

"자네가?"

초면이지만 겨울을 모르는 사람은 없다. 낯선 중대장은 짧게 고민하고 느리게 끄덕였다. 소속이 다른 장교에게 신세를 지는 것에 대해서는, 별다른 반감을 보이지 않는다. 자존심 같은 게 남아있을 리 없다. 그런 걸 내보일 상대도 아니고.

대대본부는 겨울의 가세를 쉽게 허락해주었다.

마지막으로 순번을 교대했던 병사들의 증언을 토대로, 겨울은 실종자들이 걸었을 순찰로를 살짝 비껴서 걸었다.

내리는 비로 물러진 땅에는 많은 발자국이 남아있었다. 풀에 가려졌으나, 4등급 「추적」을 지닌 겨울에게 그 정도는 장애가 되지 않는다.

다만 너무 많아서 문제. 시간대별로 겹쳐진 병사들의 군홧발만으로도 충분히 지저분한데, 그 위에 경계를 넘어온 변종들의 자취가 더해졌다. 죽은 것들 중 발을 질질 끄는 녀석들이 있었던 모양이다. 죽죽 밀어서 뭉개진 자국이 수두룩했다.

'조금 부족한가…….'

「통찰」은 전문가 수준 이상의 「추적」을 권고했다.

경험 자원을 쓰자니 계륵 같은 기술이다. 물론 있으면 도움은 된
다. 야생에서 살아남아야 할 때, 동물의 흔적을 포착할 수 있다는 건
대단한 강점이니까.

그러나 그 능력을 쓸 기회는 제한적이다. 사냥으로 식량을 조달해
야 할 만큼 종말이 진행된 상황도 아니거니와, 지금 같은 사건이 자주
벌어지는 것도 아니다.

애초에 익혔던 횟수 자체가 적다. 「탤런트 어드밴티지」가 낮아, 효
율이 떨어진다.

전에 본 적 없는 새로운 변종의 등장과, 그에 따른 난이도 상승을
감안하여, 겨울은 좀 더 효용성 높은 기술에 투자하고 싶었다.

연 이틀에 걸쳐 획득한 경험치가 상당하다. 전투를 통해 얻은
것보다 다른 사람에게 끼친 영향 평가로 더 많은 보상을 얻었다.

이 정도면 「무브먼트」를 초인의 영역으로 넣을 수도 있겠는데.

허나, 나중에 구할 열 사람이 지금 구할 한 사람을 대신하진 못하
는 법이다. 어차피 가상의 인격, 가상의 생명이지만, 거짓된 세계에
서나마 자신을 잃어버리지 않으려면, 삶의 방식이라도 지키는 편이
낫다.

겨울은 아쉬움을 접고 「추적」을 밀었다. 등급이 올라갈 때마다, 증
강현실로 제공되는 정보가 질적으로 달라졌다.

"이쪽으로."

겨울이 손짓하자, 소대가 대형을 짜서 몇 걸음 뒤를 따라온다. 일

정 간격을 두고 3개 소대가 산개한 채 신중하게 전진했다.

민간인 보호가 우선이었으므로, 이 이상 병력을 투입하는 것도 곤란하다.

비 내리는 새벽 숲길은 음울한 느낌이었다. 나무에 매달린 빗방울들이 낙엽 위로 묵직하게 떨어져, 타악기 같은 소리로 병사들의 신경을 자극했다. 겨울로서도 소음 많은 환경이 좋지만은 않다. 숲에 무언가 있다면 그것의 소음도 눅눅해질 테니.

비오는 날 소리가 쉽게 번진다고 해도, 빗방울 소리와 작거나 비슷하면 의미가 없다.

게다가 이따금씩 노이즈 메이커가 요란했다. 숙영지 방어 대책이다.

수색은 희미한 샛길을 따라 이어졌다. 낮아지는 산기슭. 호변이 가까워지면서, 안개가 점차 짙어진다. 종래에는 가시거리가 30미터까지 축소된다. 울창하게 자란 나무들이, 안개 속에 흐릿한 그림자를 드리웠다. 가끔 소스라치는 병사는, 그 그림자를 변종으로 착각하는 부류였다.

이런 환경에서는 열을 보는 야시경도 쓸모가 없다. 안개가 열까지 집어삼키는 까닭이다. 변종이 낙엽 속에 누웠을 가능성을 경계하느라, 겨울이라도 빠르게 전진하기 힘들었다.

바람이 불었다.

겨울이 주먹을 들었다.

병사들이 무릎쏴 자세로 주변을 경계했다.

농밀한 안개가 흔들릴 때, 잠깐이었지만, 겨울은 바닥에 누운 두 인간의 형상을 목격했다.

시체는 아무래도 미끼인 것 같았다.

물 냄새 짙은 대기에 두 가지 냄새가 있었다. 하나는 피비린내. 그리고 남은 하나는,

'씻지 않는 것의 악취.'

시큼하면서도 역한 냄새가 난다.

이 악취는 일반적인 변종의 썩은 내와 조금 다른 면이 있었다. 면역 거부반응을 극복했다면 「구울」밖에 없다. 겨울이 무전기에 대고 작게 속삭였다.

"전방에 실종자 시신 발견. 둘 다 죽었습니다. 그리고, 근처에 구울 무리가 있는 걸로 추정됩니다. 나무 위에 있을지도 모르니 경계하세요."

부스럭거리는 소리가 난다. 병사 몇 명이 나무 둥치에서 멀어지려고 애쓰는 것이었다. 한 소대장과 통신병이 본부에 현재 상황을 보고한다. 초병이 모두 죽었기 때문인지, 표정이 굉장히 나빠졌다.

갑작스럽게 들려오는, 바람 갈라지는 소리. 겨울이 반사적으로 사격했다.

티잉—!

정체불명의 투사체가 불꽃을 튀기며 부러진다. 두 조각으로 쪼개져, 휙휙 돌더니, 낙엽 속으로 푹 들어갔다. 근처에 있던 병사가 기겁을 했다. 겨울이 손짓을 보낸다. 뭔지 알아보라는 의미. 병사가 포복으로 움직여, 주위를 두리번거리며 낙엽더미를 더듬었다.

이윽고 그 손에 손잡이가 잡힌다. 병사가 다들 보라고 들어보였다.

반 토막 난 식칼이었다.

무전을 치다 굳은 소대장이, 당혹스럽게 중얼거린다.

"변종이 무기를 써?"

적잖은 동요가 번진다. 영장류가 대개 기초적인 도구를 쓰긴 하지만, 그래서 인간의 몸을 훔친 변종에게도 그럴 능력이 있겠지만, 실제로 보는 건 처음이었기에.

버려진 도시에서 주워온 모양이다.

이후 수십 개의 칼이 추가로 날아왔다. 일부는 겨울이 요격했으나, 조건이 나빴다. 안개를 뚫고 가까운 거리에서 튀어나오는 것들이었으므로.

짐승의 으르렁거림, 포효, 빠르게 뛰는 발소리 등이 어지럽게 들려왔다.

긴장한 병사들이 닥치는 대로 총을 쏘거나, 수류탄을 던지거나 했다.

그러나 조준 없는 사격으로는 효과를 보기 어려웠다. 비슷한 환경이었던 베트남전에서, 미군은 북베트남군 한 명을 죽이는데 2만 발 이상의 총탄을 썼다는 통계가 있다. 하물며 상대는 인간보다 강인한 변종, 그것도 강화종인 구울이었다.

수류탄도 마찬가지. 유효범위가 아무리 넓어도, 굴곡 있는 지형과 나무가 많은 환경 때문에 살상효과가 많이 줄어들었다.

역시나, 그것을 비웃듯이, 괴물이 일부러 내는 소리는 그침이 없었다.

'이쪽의 탄약을 소진시키려는 수작일까? 이상하게 머리가 좋은데……설마 베타 구울?'

저쪽의 숫자를 잘 모르겠다. 들리는 소리를 기초로 제공되는 「통찰」이 있었으나, 떼 지어 사냥하는 짐승은 대부분 역할을 구분할 줄

안다.

이래서는 능력만 믿고 함부로 나서기도 어렵다.

다른 세계의 생물처럼 꾸물거리는 안개를 보다가, 겨울은 좋은 생각을 떠올렸다.

"소대장님."

"음?"

"유탄 사수가 조명탄을 가지고 있나요?"

미군 보병소대는 분대 별로 6연발 유탄발사기(M32)를 하나씩 지급받고, 그 외에도 소총 아래에 액세서리로 다는 단발 유탄발사기도 존재한다. 유탄발사기로 쏠 수 있는 탄종은 의외로 다양하며, 그 중엔 조명탄도 있었다.

다만 크기가 작아 본격적으로 쓰긴 어렵다. 소대장도 그 점을 지적한다.

"조명탄은 왜? 그거 신호용이야. 누구에게 신호를 보내려고?"

본진에는 무전으로 연락하면 되지 않냐는 의문이었다. 겨울이 고개를 흔들었다.

"아뇨. 말 그대로 조명으로 쓸 겁니다."

말하면서 안개를 가리킨다.

"아직 주위는 어두운 편이에요. 안개는 짙고요. 밝은 광원이 생기면 안개에 변종의 윤곽, 혹은 그림자가 생기지 않을까요? 그 때를 노려서 일제사격으로 죽여 버리죠."

"그래봐야 한 발당 겨우 7초 타는데……. 차라리 지원을 요청하는 게 낫지 않을까?"

"그거야말로 저것들이 원하는 바라면 어쩌려고요?"

"응?"

"실종자를 미끼로 우리를 유인하고, 우리를 미끼로 더 많은 병력을 끌어내고, 그렇게 생긴 빈틈으로 파고들려는 함정일지도 모르잖아요?"

소대장이 당황했다. 겨울이 그를 설득했다.

"물론 가능성은 낮아요. 하지만 0이 아니라는 게 중요하죠. 숙영지엔 민간인 수천 명이 있잖아요. 대대장님도 엊그제 한 번 당한 경험이 있으시니까, 조금이라도 위험한 모험은 하지 않으실 걸요? 민간인 수천 명을 책임 져야 하는데요. 차라리 유해를 포기하라고 하시겠죠."

결국 소대장은 겨울에게 동의했다. 조명탄을 쏜 다음, 전진하여 엄폐물을 확보하면서 사격을 가하고, 유해를 확보하기로 합의를 본다.

유탄사수들이 손을 바쁘게 움직였다. 탄창을 비우고 새로 장전하는 작업이었다. 소총과 달리 낱개 단위로 일일이 넣어줘야 한다. 백색, 녹색, 적색의 조명탄은 본래 각각의 용도가 따로 있지만, 지금은 구분하지 않는다. 어차피 땅에 쏴서 박을 것이었다.

기다시피 해서 가까이 모인 유탄사수들에게, 겨울이 방위와 거리를 지정해주었다.

"내가 신호하면……한 명씩 시차를 두고, 이쪽부터 저쪽까지 세 발씩 끊어서 쏴요. 거리는 20, 40, 60에 맞춰주고요. 장애물이 많은 환경이니까요."

조명탄 터지는 위치가 입체적이어야 한다는 주문이었다.

"쏴요!"

투투퉁!

겨울은 조명탄이 날아가는 도중에 이미 다섯 목표를 포착했다. 안개에 비친 그림자가 해시계처럼 회전할 때, 그 중심을 조준선으로 빠르게 잡아내며, 한 호흡에 방아쇠를 다섯 번 당긴다.

'한 놈 놓쳤나.'

비명이 길게 이어진다. 맞긴 맞았는데 죽지 않았다는 뜻이었다. 겨울은 이미 뛰고 있었고, 어긋난 조명과 나무 그림자 사이에서 날뛰는 것들의 실루엣을 모조리 쏴 갈겼다.

둘 이상 겹쳐진 그림자의 중심을 쏘면, 여지없이 괴성과 고통스러운 포효가 뒤따른다. 각 조명탄의 색이 달라서 더욱 효과적이었다. 병사들도 의외로 쉽게 맞추는 중이다.

7초에 10미터 이상 나아가며 탄창 한 개 반을 비웠다.

"다음!"

또 한 차례, 조명탄 사격이 가해졌다. 삼색으로 발광하는 안개 속에서, 사거리를 확보한 인간은 강력한 화력으로 변종들을 압도했다.

세 번째가 되자 전진한 병사들이 드디어 시신을 확보했다. 변이되지 않는지 확인하는 사이, 나머지 병력은 숫자가 줄어든 구울 무리를 일방적으로 밀어냈다.

그것들이 내지르는 비명, 달음박질치는 짐승의 발소리가 빠르게 멀어졌다.

"해냈어!"

소대장이 손을 번쩍 들고 기뻐한다. 겨울이 시체를 확보한 병사들에게 다가갔다.

"시신은 괜찮은가요?"

중의적인 의미였다. 결손부위가 없느냐는 질문이기도 하고, 감염되지는 않았는가 확인하는 것이기도 하다. 분대장이 고개를 끄덕였다.

"칼에 찔려 죽었습니다. 처음부터 미끼로 쓰려고 한 모양인데……
솔직히 소름끼칩니다. 더 이상 예전의 멍청하던 변종들이 아니로
군요."

"어쩔 수 없죠. 우리가 적응하는 수밖에."

겨울이 그의 어깨를 두드려주었다.

시신을 회수하여 복귀하는 사이, 태양은 안개 너머로도 선명하게
떠올랐다.

대대장은, 안개가 제법 지워지고서야 부대 전체의 출발을 지시했
다. 캠프 로버츠까지는 약 20km. 어제, 같은 거리를 쪼개진 오후로 주
파한 걸 감안하면, 별 일 없을 경우 캠프에서 점심을 먹을 수 있을 것
이었다.

너무 긴 시간 집중하고 있었다. 겨울에게도 휴식이 필요한 시점.
남은 여정이 조용하기를 바란다. 소년은 험비 창틀을 팔꿈치로 누르
며, 턱을 괴고 눈을 감았다.

「종말 이후」의 전투피로는 정신적 외상(트라우마)을 표현하기 위한 하나의 장치입니다. 따라서 그것은 일상적으로 나타날 수 있습니다. 사람들의 일상이 전투나 다름없다면 말이죠.

그렇기에 전투피로 관리는 공동체 운영의 핵심적인 요소입니다. 보다 효율적인 운영을 위하여, 지도자는 구성원들의 전투피로를 억제하거나, 때로는 조장해야 할 필요가 있습니다.

네, 맞습니다. 잘못 읽으신 게 아닙니다. 전투피로를 의도적으로 만들어내는 것은 공동체 운영과 인력관리의 중요한 노하우 가운데 하나입니다.

예를 들어볼까요? 사람들의 트라우마는 정치적 성향으로 이어지기 쉽습니다. 그 트라우마를 다시는 겪고 싶지 않은 것이죠. 자신이 겪은 고통이 조금이라도 재현될 것 같으면, 본능적인 거부감을 드러냅니다. 자기 보전을 위한 본능입니다. 따라서 여기엔 이성적인 판단이 끼어들 여지가 없죠.

현실에서는 참전용사들의 정치적 보수화가 가장 좋은 예입니다. 너무도 끔찍한 경험을 했기 때문에, 자신의 생존과 공동체의 현상유지를 지상가치로 고려하게 되는 겁니다.

이는 곧 열광적인 지지자들을 만들어낼 수단이기도 합니다.

물론 이것은 선택사항입니다. 당신이 진정으로 뛰어난 지도자라면, 이런 수단을 의도적으로 쓰지 않더라도 충분히 지지를 얻을 수 있을 것입니다. 이는 또한 올바른 길이기도 하지요.

한편 전투피로는 성장의 계기가 되기도 합니다. 실제로도 그렇습니다. 니체는 저작 「우상의 황혼」에서 이렇게 말했지요. "나를 죽이지 못한 것은 나를 더욱 강하게 만든다."고. 정신적인 상처를 딛고 강해지는 사람의 이야기, 한 번쯤 들어보지 않으셨나요?

「종말 이후」에서, 그것은 잠재능력이 확장되는 방식으로 구현됩니다. 경험 누적에 의한 성장과 같은 맥락입니다만, 시스템 상에서는 구분되어 있습니다. 기술습득에 의한 강화와는 완전히 별개란 뜻입니다.

당연히 쉬운 일이 아닙니다. 그 사람이 견딜 수 있을 정도의 정신적 상처만을 남겨야 하는데, 사람마다 한계가 다 다른 법이니까요. 그것을 얼마나 「간파」할 수 있는가가 관건일 것입니다. 당신의 「통찰」이 뒷받침되지 않는다면 불가능하겠지요.

경우에 따라서는 아예 불가능할 수도 있습니다. 리더십 계열의 핵심인 「통찰」은 당신의 자질과 성향에 따라 작동방식 및 효율이 완전히 달라지는 까닭입니다.

_____

_____

_____

_____

_____

_____

_____

## 저널, 91페이지, 캠프 로버츠

캠프로 복귀한 뒤 사흘이 흘렀다.

그동안 주둔병력이 증강되었고, 캠프 사령관도 교체되었다. 캠프 로버츠의 위상이 높아진 만큼 사령관의 계급도 높아져야 했던 것. 이제는 「세븐스 캘리포니아」 연대장이 캠프 사령관을 겸임하게 됐다.

기존 사령관이었던 3대대장은 징계를 받았다. 작전과장에게 모든 책임을 전가하려는 시도는 실패로 돌아갔다. 이번 사태가 워낙 큰일이었기에, 봉쇄 사령부에서 본격적인 조사단을 파견했던 것이다. 대대장의 태업을 증언하는 사람은 많았다. 성탄전야, 그는 만취 상태로 곯아떨어졌다. 비상시국에 있어선 안 될 행동이었다.

문제는 새로운 사령관이었다. 포트 헌터 리겟은 성공적으로 야습을 막아냈으나, 캠프 로버츠 정도는 아니었다. 전사자가 많았다. 「세븐스 캘리포니아」의 전 연대장도 전사자 가운데 한 사람이었다. 그는 2대대와 함께 헌터 리겟에 주둔하고 있었다.

운이 없었다. 성탄전야에 경계를 서는 병사들을 위로하겠다며 야간 순찰을 돌다가, 공격이 시작되자마자 죽었다고 한다. 사람이 너무 성실해도 문제다. 덕분에 요 며칠간 캠프 사령관은 공석이었다. 새로운 연대장이 착임하기까지 걸린 기간은 사흘. 그동안은 1대대장 파렐 라모스 중령이 사령관을 대행했다.

그리고 오늘. 연대장이 도착했다.

취임식 같은 건 없었다. 대부분의 병력이 경계력 강화공사에 투입되어 있었고, 연대장 자신도 불필요한 행사로 인한 시간낭비를 원하지 않았다.

다만 나는 개인적인 호출을 받았다.

"만나서 반갑다, 중위. 오늘 부로 캠프 로버츠를 책임지게 된 160연대장, 제럴드 M. 래플린 중령……아, 이제는 대령이군. 미안하다. 아직 새로운 계급에 적용이 되지 않아서."

피부색 검은 연대장이 자신의 실수를 넉살 좋게 덮었다.

연대장의 실수는 직책진급 탓이다. 본래 계급과 무관하게, 직무수행에 필요한 계급을 임시로 부여하는 제도다.

미군 연대장은 보통 중령 계급이 맡는다. 다만 캠프 사령을 겸하며, 연대 이외의 다른 지원부대들, 그리고 난민 지원 병력을 함께 지휘하기 위해 대령이 된 경우였다.

이번에 보직해임 된 3대대장도 마찬가지. 캠프 사령을 맡으면서 중령이 된 거지, 본 계급은 소령이다. 급여도 소령 기준으로 지급받았을 것이다.

다만 그의 실수는 한 가지 더 있었다. 나는 쉬어 자세로 지적했다.

"실례합니다만, 제 계급은 소위입니다."

그러자 그가 조용히 웃었다.

"아니. 자네도 새로운 계급에 적용해야 할 거야. 가까이 오게."

다가가자, 그는 내 계급장을 떼고 새 것을 달아주었다.

"당황했나?"

솔직히 그렇다고 대답했다. 그러자 래플린 대령이 어깨를 두드려 주었다.

"놀랄 것 없네. 자네는 일찌감치 승진이 예정되어 있었잖나. 그걸 앞당겼을 뿐이야. 그렇다 쳐도 승진연한에 관한 모든 기록을 갈아엎고 있다는 건 사실이네만……자네가 한 일에 비하면 약과라고 생각하네. 진짜 보상은 따로 있지."

그 말을 들었을 때 짐작 가는 바가 있었다. 또 뭔가 훈장을 주려는 것이다. 미군에 지원하고서 채 반년도 지나지 않았는데, 벌써 네 번째다.

처음엔 동성무공훈장과 용맹장이었고, 다음엔 은성무공훈장이었으며, 아타스카데로에 다녀온 뒤 근무공로훈장을 받았다.

대령의 표정을 보니, 그가 말한 '진짜 보상'의 격이 상당히 높은 것 같았다.

설마 명예훈장인가?

피어스 상사의 이야기가 떠오른다. 내가 세운 전공은 처음부터 명예훈장을 받고도 남았지만, 난민들 사이의 상호견제를 유도하기 위해 격이 낮은 훈장을 주는 것 같다고.

"자네는 워싱턴에 다녀오게 될 거야. 의회가 자네의 수훈에 만장일치로 동의했다고 들었어. 오늘 밤 비행기로 출발하고, 내일 오후에 돌아오면 될 걸세."

연대장이 내 의심을 확신으로 바꿔주었다. 수훈에 의회의 승인이 필요한, 그리고 굳이 워싱턴까지 가서 받아야 할 훈장. 다른 걸 생각하기 어렵다. 그가 내게 손을 내밀었다.

"계급을 떠나, 진정한 영웅을 만나게 되어 영광이네."

맞잡은 그의 손에는 굳은 힘이 들어가 있었다. 더없이 진지한 그의 눈빛으로부터, 나는 새로워진 나의 입지를 실감했다.

이번 사태가 원인이다.

변종이 계획적으로 잠입한 것만 해도 놀라운데, EMP 공격은 상상을 초월하는 사건이었다. 민간인 사망자만 8만 명을 넘는다고 들었다. 몇 개의 주둔지가 지도상에서 지워졌고, 방어에 성공한 곳도 적잖은 피해를 봤다.

멀쩡한 곳은 캠프 로버츠가 유일했다.

나쁜 소식은 좋은 소식으로 덮는 법이다.

미군의 모병간판이 되기로 했을 때 각오한 일이지만, 점점 더 규모가 커지니 부담스럽다는 생각이 든다.

사람들이 나를 더 이상 같은 사람으로 보지 않는 것 같다. 영웅도 결국 필요에 따라 만들어지는 하나의 도구에 지나지 않는다.

그래서 나의 대답은 담담할 수밖에 없었다.

"다른 사람들의 도움이 없었다면 해내지 못할 일이었습니다. 말씀은 감사합니다만, 저 혼자 받을 명예가 아니라고 생각합니다."

"물론이지. 사령부에서 보낸 조사단이 죄과만 알아본 건 아니니까. 자네 말고도 몇 명 더 특진대상으로 선정되었네. 캡스턴 대위가 대표적이고. 훈장도 수여될 거야. 그러니 너무 부담스러워할 필요 없어."

좀 더 물어본 결과, 찰리 중대 대부분이 진급 혹은 서훈 대상자라는 걸 알게 되었다.

캡스턴 대위는 2계급 특진이다. 소령으로는 정상 진급이고, 중령으로는 직책진급이란다. 공석이 된 대대장을 그가 맡게 되어서 그렇다는 설명이었다.

면담이 끝날 때까지 줄곧, 연대장은 내게 우호적이었다.

# 저녁, 92페이지, 워싱턴 D.C.

워싱턴에 다녀와서 이 일자를 쓴다.

숙소는 백악관이었다. 잠시 머물렀을 뿐이라 숙소라고 하긴 어렵지만, 대신할 표현이 없다.

그곳에 있는 내내, 나는 철저하게 감시받았다. 모두가 내 탈출을 염려하는 기색이 역력했다. 말로는 경호라고 하는데, 보이는 데에만 1개 소대가 붙어있는 건 좀 너무하지 않은가 싶었다.

하기야 그런 걱정도 무리는 아니다. 난민이라면 누구나 봉쇄선 동쪽, 문명세계에서의 삶을 꿈꾼다. 그 사람들 입장에서는 내가 그러지 말란 법 없었겠지. 탈출하면 잡을 자신도 없을 테고, 사회적으로도 큰 파장이 될 것이었다.

원해서 된 건 아니지만, 어쨌든 난 전쟁영웅이니까.

탈출할 생각은 조금도 없었다. 내게는 책임져야 할 사람들이 있지 않은가.

다만 창밖의 풍경이 아름답긴 했다. 울타리 밖, 하얗게 눈 내린 정원, 그 너머에서 그치지 않고 솟아오르는 분수, 멀리 보이는 워싱턴 기념비의 우아함. 나를 보겠다고 몰려온 사람들이 없었다면 더욱 보기 좋았을 것이다.

변종의 습격을 걱정할 필요가 없다는 것. 여기서 느끼는 마음의 평온은 정말 각별했다.

산책을 해보고 싶은 마음이 간절했다.

혹시나 싶은 마음에 요청해보았다.

물론 거절당했다. 공기가 더욱 무거워졌다. 괜히 말했다는 후회가 들었다.

그래서 정 걱정되면 수갑을 채워도 된다고 했더니, 다들 굉장히 당황했다.

분위기를 풀고자 던진 농담이었는데.

수여식은 예행연습이 불필요할 만큼 간단했다. 진행시간은 20분 남짓. 박수치는 사람들 사이로 대통령과 함께 입장한 뒤, 내 역할은 그저 가만히 서있는 것 뿐이었다.

나머지는 진행을 맡은 장교, 수석군목(Chief of Chaplains), 그리고 대통령의 몫이었다.

"기도합시다."

수석군목의 한 마디에 모두가 고개를 숙였다. 나 또한, 비록 기독교나 천주교를 믿지는 않았지만, 허리 앞에 두 손을 맞잡고 눈을 감았다.

"전능하시고 영원하신 주님. 저희에게 이 훌륭한 땅과 진실된 믿음의 유산을 허락하신 분이시여. 당신께 청하오니, 당신께서 주신 모든 것을 지키기 위하여 의무의 부름에 응한 이 사람을 기리는 자리에 함께하여 주시옵소서."

"당신의 섭리 아래, 중위 한겨울은 용기와 명예, 헌신으로서 수많은 생명을 죽음으로부터 구했나이다."

"당신의 은혜에 의지하여, 우리는 이 사람이 앞으로도 동일한 미덕을 지켜나갈 것이라 믿습니다. 위대한 국가의 태피스트리를 새롭게 수놓은 이 영웅을 당신의 이름으로 명예롭게 하소서. 또한 다시 기도드리나니, 저희 미국인들이 이 사람과 같은 용기와 희생으로써 매일을 꾸려나가도록 하시어, 미국의 역사를 영원히 이어나가도록 해주소서."

"오늘 이 사람이 주의 은총으로서 저희 앞에 설 수 있도록, 섭리로 엮어주신 모든 만남과 사건들에 대해서도 감사드립니다. 고난과 역경의 시대에 투쟁으로 맞서고 있는 육군, 해군, 공군, 해병대와 해안경비대, 레인저의 모든 병사들 또한 한 마음으로 감사드립니다……."

"……마지막으로, 중위 한겨울과, 그가 지키려는 사람들, 그가 몸 바치려는 국가를 당신의 기쁨으로 여겨주시옵소서. 대통령 캘빈 쿨리지는 이렇게 말했습니다. 「그 수호자를 망각하는 국가는 그 스스로도 망각될 것이다.」 그가 수호한 국가의 일원으로서, 우리는 공공의 안보를 지켜낸 이 사람에게 줄 수 있는 모든 명예를 주고, 결코 잊지 않으려 노력할 것입니다. 이것을 당신과 당신의 거룩한 이름 앞에 맹세하나이다. 아멘."

미국은 종교국가가 아니지만, 전통 면에서는 종교국가에 가까웠다. 나로서는 그 특유의 정서에 공감하기 힘들었다.

이후 대통령이 내 전공을 정리하는 시간이 있었다.

이것은 오히려 기도보다도 더 길었다. 대통령은, 이번 사건에 관해서만이 아니라, 지금까지 내가 쌓아온 전공을 모두 요약하려고 했다.

그 이유는 아마도 이 자리에 준비된 무수한 카메라에 있을 것이었다.

이때 떠오른 추측이 있었다. 내가 상상 이상으로 유명해지면서, 이전까지의 서훈도 문제가 되었던 게 아닐까? 하고.

객관적으로 봤을 때, 난 파소 로블레스 때 이미 명예훈장을 받았어야 정상이다. 여기에 의구심을 품은 게 피어스 상사 한 사람은 아닐 것이었다.

어쨌든 식장에 모인 각계인사들은, 대통령의 말이 한 마디 끝날 때마다 뜨거운 박수로 화답했다. 내 느낌에, 그들의 열광이 마냥 꾸며진 것만은 아니었다.

푸른 바탕, 열세 개의 하얀 별이 그려진 액자 앞에서, 대통령은 마침내 내게 훈장을 달아주었다. 미국인으로서 도달할 수 있는 최고의 영예. 녹색 월계관을 두른 별. 중앙에는 지혜와 전쟁의 여신 아테네가 양각으로 도드라졌고, 뒷면에는 내 이름이 새겨져있었다.

「THE CONGRESS TO GYEO-UL HAN」

이것을 살아서 받는 경우는 무척이나 드물다. 대부분은 죽은 이후에 수여가 결정되기에, 죽은 군인들의 장식품이라고까지 불리니까.

수여식을 마친 뒤에는 대통령과 만찬을 함께했다. 난민들의 처우 개선을 요청했더니, 긍정적으로 검토하겠다는 답변을 받았다. 단순히 정치적인 수사인지, 정말로 검토하겠다는 것인지 구분하기 어려웠다.

한나절에 불과한 워싱턴 방문이 이렇게 끝났다.

돌아오는 비행기를 탔을 때, 나는 그 한나절의 기억에서 도무지 현실감을 느낄 수 없었다. 서운하고, 화려하고, 요란한 꿈을 꾼 기분이었다.

그렇게 나는 현실로 돌아왔다. 나의 현실, 내가 공감하는 사람들에게로.

## 과거 (5) 심리치료 (1)

여인은 핸들을 꺾었다. 승용차가 시가지를 벗어난다.

그녀가 향하는 곳은 사후보험공단 중부집중국.

만나고 싶은 사람이 있었다.

이곳에서만 만날 수 있다.

시설로 들어가는 도로는 을씨년스러웠다. 별세계로 들어가는 느낌이다. 널찍한 공간을 두고 둘러친 철조망은 3중으로 구축되었으며, 고압전류 경고판이 붙어있었다. 그 너머엔 콘크리트 장벽을 세웠고, 30미터 간격으로 감시탑을 세워놓았다.

감시탑에는 사람이 없다. 사후보험 관제 AI가 제어하는 무인포탑이 있을 뿐이다.

차량을 발견한 검문소의 병사들이 적색 경광봉을 흔들었다.

여인이 차단기 앞에서 차를 세웠다.

다가온 병사가 그녀를 보고 깜짝 놀란다. 여인도 조금 당황했다. 내 얼굴을 아는 건가?

아니었다. 시선을 쉽게 마주치지 못하는 모습이 무척이나 솔직하다. 여인은 습관적으로 얼굴을 가렸다. 손끝으로 이마를 짚고, 손가락 틈으로 상대를 보는 식. 병사는 아쉬워하며 손을 내밀었다.

"잠시 신분증 확인이 있겠습니다."

여인이 주민등록증을 꺼냈다. 넘겨받은 병사가 카드를 휴대용 단말에 대고 긁는다. 뚜, 뚜, 뚜. 단말에 녹색 불이 들어왔다.

「사후보험 관계자. 출입허가.」

신분과 방문목적을 읽은 병사는, 고개를 끄덕이며 신분증을 돌려주었다.

"미리 예약하셨군요. 들어가시죠, 박사님."

다행히 가짜 신분이 들통 나지 않았다.

그녀의 본래 신분으로도 출입은 자유롭다. 실제로도, 사후보험의 간접적인 관계자니까. 그러나 여인은 자신의 방문을 다른 사람들이 몰랐으면 했다.

차단기가 올라갔다. 여인이 조심스럽게 엑셀을 밟는다.

승용차가 집중국 남쪽 주차장으로 들어섰다. 주차장은 광활했다. 설립 당시, 방문자 수가 엄청날 것으로 예상했기 때문이다. 지상에 보이는 면적은 빙산의 일각. 지하로 더 넓은 열 두 층이 존재한다. 사후보험 도입 직후엔 그 예상이 맞았다. 사상부가 적출된 가족과의 면회를 원하는 사람들이 끝도 없이 몰려들었다.

지금은 다르다. 주차된 차량을 두 손으로 꼽을 수 있다.

까다로운 방문 절차 때문일까?

이건 어쩔 수 없었다.

사후보험은 세계에서 가장 발달한 가상현실–인공지능 복합체이자, 대한민국 경제의 가장 큰 성장 동력이다. 따라서 그 기술을 탐내는 국가, 기업, 단체는 얼마든지 많았다.

또한 물리적인 위험도 있었다. 사후보험과 인공지능에 정치적, 종교적, 사상적으로 반대하는 극단주의자들의 테러. 지금도 곧잘 벌어진다. 요즘 뉴스의 단골 소재였다.

사상부를 적출한 사후보험 가입자와 외부세계의 소통경로가 「텔레타이프」로 제한되는 것도, 그 과정에서 무수한 보안 프로그램이 필요한 것도 같은 맥락이었다. 방송처럼 일방적으로 송출하는 건 문제 없을지라도, 쌍방향 소통은 해킹의 우려가 있었다.

결국 시설에 수용된 사람과의 면회는 오직 시설 내에서만 가능하다.

여기까지가 여인이 아는, 그리고 세상에 일반적으로 알려진 내용이었다.

'아무리 그래도……여긴 너무 쓸쓸해.'

이곳 중부집중국에만 80만 명의 사상부가 안치되어있다. 이들의 가족에겐 그리움이 없는 걸까? 애틋한 마음 앞에선 먼 거리도, 긴 시간도, 까다로운 절차도 의미가 없을 텐데.

여인이 건물로 들어섰다.

중부집중국, 즉 사후보험공단의 중부지역 사상부 수용시설은 장엄하고 압도적이었다. 사람들은 이 건물을 「납골당」이라고 부른다.

그것은 일종의 비아냥거림이었다. 어차피 안에 있는 사람들은 보지도 못할 텐데, 왜 쓸 데 없는 외관에 돈을 낭비하느냐는 것. 정부는 국격을 위해서라고 대답했다. 그리고 여인은 다른 이유를 안다. 예로부터 정치인들은 토목과 건설을 좋아했다.

그래도 긍정적인 측면은 있다. 집중국의 내구성은 원자력 발전소 이상이다.

여인은 건물 내부를 한 눈에 살폈다. 방문객보다는 경비원이 더 많았다.

대기선이 그어져 있었으나, 기다리는 사람이 없었다. 격납고로부터 안내용 드론 하나가 날아온다. 안면과 홍채인식으로 신원을 식별하고서, 방문목적을 재확인한다.

「송수아 박사님. 사후보험 등록번호 B-612 한겨울님의 면회를 요청하신 것이 맞습니까?」

"맞아."

「면회 요청이 사전에 통고되었습니다. 한겨울님이 면회를 수락하셨습니다. 현재 대기 상태이므로 즉시 면회가 가능합니다. 지금 안내를 원하십니까?」

"응."

「알겠습니다. B 등급 구역으로 안내하겠습니다.」

납작한 원형 드론이 바닥으로 내려온다. 여인이 올라서자, 미끄러지듯 움직이기 시작했다.

집중국 시설은 비대칭의 방사(放射) 구조였다. 중앙의 홀을 기준으로, 장대한 복도가 일곱 방향으로 뻗어나간다. 높은 곳에서 내려다보면 한 쪽이 닳아 없어진 바큇살 같았다.

각 방향은 또한 서로 다른 구역의 경계이기도 했다. 구분 짓는 기준은 예치금의 규모다. S 등급이 가장 높고, F 등급이 가장 낮다.

그런 만큼, B 구역은 C 이하의 구역들보다 짧았으며, A 이상의 구역들보다는 길었다.

드론이 감속했다. 하얀 벽면에 검은 글씨로 B-612가 적혀있다.

「도착했습니다.」

"고마워."

의미 없는 인사는 그녀 자신을 위한 것이었다. 목례하듯이, 드론은 동체를 살짝 기울였다.

「면회를 마치시거나, 다른 장소로의 이동이 필요하실 경우 안내 드론을 부르시면 됩니다. 본 관제 AI는 사후보험 유관시설 내 모든 장소의 음성호출을 감지할 수 있습니다. 단, 10 데시벨 이하의 음성은 감지가 어려울 수 있으니 이용에 참고하시기 바랍니다.」

"알았어."

드론이 무소음에 가까운 비행으로 날아갔다.

주위가 적막에 잠긴다. 여인은 이제 정면을 바라봤다. 가상현실 접속기를 겸하는 B 등급 생명유지장치는, 오직 한쪽 단면만을 볼 수 있었다. 그것은 마치 벽면에 붙은 원형의 문처럼 보인다. 벽 안쪽으로 기다란 원통 형상이 감춰져있을 것이었다.

여인은 가만히 다가가서, 거기에 손을 대보았다.

이 안에 뇌와 척수가 들어있을 것이다. 그렇게 생각하니 굉장히 차갑게 느껴진다.

이번엔 옆을 보았다. 거기엔 또 하나의 원이 있다. 방문자를 위한 전신 접속장비였다. 점멸하는 버튼을 터치하자, 관이 조용히 밀려나온다.

사람 한 명 누울 자리였다.

몸을 눕히는 여인. 센서가 머리 뒤쪽과 목덜미에 밀착했다. 그것은 미지근한 액체 같은 질감이었다. 곧바로 시야 가득 증강현실 인터페이스가 나타난다. 장비를 구동시키자, 관이 다시 벽 속으로 밀려들어간다.

접속 중인 사용자를 외부 위협으로부터 보호하기 위한 밀폐.

폐쇄감을 느낄 틈은 없었다. 뇌파 특성이 곧 ID이자 패스워드였다. 로그인이 자동으로 이루어진다. 미리 작성해둔 정보가 가상의 그녀를 그려냈다. 다른 외모와 다른 목소리.

곧바로 하얀 세상이 펼쳐졌다.

소년은 아무 것도 없는 백색 공간, 「로비」에서 그녀를 기다리고 있었다. 시선은 예전과 사뭇 다른 느낌이다. 공허할 정도로 맑았다. 어딘가 모르게 초탈한 분위기가 느껴진다.

기억 속 모습과는 너무나도 다르다.

"아……."

여인은 신음을 흘린다. 만나서 어떤 인사를 건네야할지 많이 생각했었다. 그런데 당장 아무 말도 안 나오고, 습관처럼 얼굴을 가리는 자신이 있을 뿐이었다.

머릿속이 왱왱 울고 있다. 가면을 썼는데 쓰지 않은 착각이 든다. 착각이 아니라면 큰일이었다. 그녀는 아직 있는 그대로 마주할 각오가 되어있지 않았다.

사실 왜 찾아왔는지, 왜 만나고 싶었는지조차 스스로에게 설명할 수 없었다. 다만 찾아오지 않고는 견뎌내지 못할 것 같았다. 하루하루 혈관이 꽉 막히는 느낌이었다.

이유는, 동정심일지도 모르고, 죄를 대속(代贖)하고 싶은 마음일지도 모른다.

아니, 뒤쪽은 터무니없다. 난 그 사람을 사랑하지 않는데, 내가 왜?

가만히 바라보던 소년이 먼저 인사했다.

"안녕하세요, 선생님. 연락 받고 기다리고 있었습니다."

몹시도 차분한 음성이다.

여인은 가까스로 자신을 다스렸다. 연습한 미소를 반사적으로 머금고, 때 놓친 인사를 건넨다. 최대한의 상냥함을 담아.

"그래, 안녕. 네가 겨울이구나?"

나오는 목소리가 낯설었다. 그 사실이 그녀의 동요를 빠르게 덜어낸다.

한 발 나아가 손을 내밀었다. 소년은 고개를 기울이면서도, 그 손을 맞잡았다. 가벼운 악수.

"이미 알고 있겠지만, 난 송수아라고 해. 사후보험 가입자의 심리 재활을 맡고 있단다."

"조금 이상하네요. 전 그런 게 있다는 말을 들은 적이 없거든요."

의심이라기 보단 순수한 궁금증에 가깝다. 여인은 약간의 긴장을 느끼며, 준비한 대답을 말했다.

"응, 그렇겠지. 네가 특별한 경우니까."

"제가요? 왜죠?"

"미성년자에게 사후보험이 적용되는 경우는 드물거든. 네 나이에 충분한 예치금을 마련하는 경우는 거의 없지. 적어도 B 구역에서 미성년자는 너 뿐인걸."

"아아."

겨울이 고개를 끄덕였다. 은퇴한 성인은 국민연금을 사후보험으로 전환할 수 있지만, 미성년자는 그것이 사실상 불가능하다.

여인은 한결 더 마음을 놓는다. 소년은 어차피 비교대상을 만날 수 없을 테니, 이 변명은 언제까지고 유효할 터였다.

"우선 시작하기 전에, 내가 이곳 환경을 바꿔도 되겠니?"

두 사람이 서있는 「로비」는 기본 설정으로 남아있었다. 겨울이 다시 끄덕인다.

"권한을 넘겨드릴게요."

여인은 넘어온 권한을 확인하고, 손을 펼쳤다. 살풍경한 백색이 지워지며, 편안한 대화가 가능할 환경이 조성된다. 맑은 바람이 들어오는 창문, 따스한 빛, 반쯤 누워도 좋을 의자, 바깥에서 들려오는 잔잔한 자연.

이는 그녀 자신이 상담을 받아본 경험에 의거한 것이었다. 경험은 충분히 많았다. 상담사 흉내 정도는 어렵지 않으리라 생각할 만큼.

"앉으렴."

겨울은 시키는 대로 순순히 따른다. 그리고는 조금 어색하게 묻는다.

"이제 뭘 해야 하나요?"

정면에서 조금 어긋나도록, 비스듬히 마주앉은 여인이 상냥한 미소를 만들어냈다.

"아무 것도."

"네?"

"억지로 뭔가를 할 필요는 없어. 그냥 잡담 하는 시간이라고 생각하렴. 내용은 중요하지 않아. 사소한 것도 괜찮고, 두서가 없어도 좋아. 그냥 속에 있는 걸 꺼내는 걸로 충분해."

"그런가요?"

"응. 그러다보면, 스스로 알지 못했던 나 자신에 대해서 알게 될 때가 있거든."

이는 또한 여인의 목표이기도 했다. 속을 감추는 그녀의 말이 이어진다.

"내가 누구인지, 무엇에 아파하고 어떤 꿈을 꾸는지 아는 건 중요한 일이야. 설령 해결할 수 없는 문제라도, 그 문제가 무엇인지 아예 모르는 것보단 나아."

내가 그랬거든. 뒷말을 삼키고 다시 습관을 내비치는 그녀를, 소년은 물끄러미 바라보았다. 그 눈빛에 의혹이 스친다. 잠깐이었다.

겨울은 고개를 흔들었다.

"죄송하지만 소용없을 것 같아요."

"어째서?"

"선생님께 무슨 말씀을 드려야할지 모르겠어요. 뵙기는 오늘이 처음이기도 하고요. 서로에 대해 전혀 모르는데, 어떤 대화가 가능할까요?"

예상한 반응이었다. 여인이 다시 미소를 만든다.

"맞아. 난 네게, 다른 수많은 사람들과 다를 바 없는 한 사람일 뿐이지. 내게는 네가 그렇고. 우리는 아직 서로를 필요로 하지 않는구나."

소년은 모호한 표정이다. 그러나 여인이 미리 준비한 말은 아직 이어질 것이 남았다.

"사람이 처음 친해지는 과정에서, 말은 의외로 좋지 않은 도구란다. 오해를 사기 쉽거든. 억지로 만들기도 힘들고. 그럴 땐 일단 같이 있는 것부터 시작하면 돼. 서로에게 익숙해지면, 대화는 자연스럽게 시작될 거야."

"……."

"앞으로 정해진 날짜, 정해진 시각에 찾아올게. 혹시 네게 부담스러울까?"

"아뇨. 어차피 시간은 많은걸요."

"다행이다. 대화 상대가 필요하면 언제든 부르렴."

이것으로 끝이었다. 그녀는 자신의 말을 지켰다. 책을 불러내어 읽기 시작한다. 이 또한 그녀가 강구한 연극의 한 장이었다.

겨울은 처음엔 침묵이 불편했지만, 얼마 지나지 않아 익숙해졌다.

자연스럽게 생각의 나래가 펼쳐진다.

오늘은, 거래가 있었던 날로부터 두 달째 되는 날.

가상인격이 아닌 진짜 사람이 곁에 있는 건 오랜만이었다.

그런데 잘 구분이 가지 않았다. 진짜 사람이라고 실감하기 어렵다. 그로 인해 느껴지는 것은, 돌의 무게.

겨울은 그 감각에 집중했다. 잡힐 듯 잡히지 않는 어렴풋한 느낌이 있었다.

# 비 내린 뒤

## 블랙 마운틴

미 정부는 캠프 로버츠의 지위를 공식적으로 격상시켰다. 주둔 병력을 늘리고, 규모를 키우고, 시설을 개선하여 요새화 된 거점을 만들겠다는 계획이다.

그러다보니 더 이상은 캠프(Camp)로 남아있기 어렵게 됐다. 이제는 포트(Fort) 로버츠다.

난민들의 처우도 달라졌다. 난민구역에서 연립주택 건설이 시작된 것. 공기단축을 위한 조립식 건물이었고, 미관을 고려하지 않은 효율 우선의 설계였으나, 그래도 텐트보다는 모든 면에서 우월하다.

건설현장에 투입된 난민들은 의욕이 드높았다. 남녀노소를 가리지 않고 손을 보탰다. 건축 경험자들이 그들을 가르쳤다. 밤낮도 가리지 않았기 때문에, 감독을 맡은 공병대에서 불만이 나올 정도였다. 예정 공사기간이 반 토막 났다. 지금도 실시간으로 감소하는 중이고.

겨울은 이렇게 논평했다.

"다들 행복할 거예요. 자기 손으로 더 나은 내일을 만드는 중이니까요."

160연대 3대대장, 캡스턴 중령이 동의한다.

"희망은 삶의 필수품이지. 무기력을 학습하는 것만큼 불행한 일도 드물 거라고 생각하네. 물론 이 시대는 그 이상의 불행으로 가득하지만……."

그는 말끝을 흐리며, 슬쩍 겨울을 쳐다보았다. 음? 의아하게 반응하는 겨울. 중령은 별 것 아니라고 얼버무리고 다른 화제를 꺼냈다.

"지난 크리스마스 사태 당시, 민간인 피해가 큰 폭으로 축소 발표되었다는 의혹이 있네. 혹시 알고 있었나?"

"짐작은 했죠. 주둔지 몇 개 지워진 것 치고 발표된 수가 너무 적었거든요."

"역시나로군……. 난민들 분위기는 어떻지?"

"이 일로 미군에 대한 불신이 깊어 질까봐 걱정되시나요?"

"솔직히 그렇네. 이럴 때일수록 믿음이 중요한 법이니까. 지난 번 같은 사태가 언제 다시 일어날지 모를 일이기도 하고."

확실히 믿음은 중요하다. 그날 밤, 겨울 또한 난민들이 공황에 빠질 가능성부터 경계했다. 그런 상황에서 혼란을 억누르는 힘이 바로 믿음이다. 통제에 따르면 안전할 것이라는 확신.

적어도 집단 생존의 효율 면에서는, 최악의 질서가 최선의 혼돈보다 낫다.

겨울이 옅은 미소를 곁들여 대답했다.

"염려 놓으세요. 당분간은 다들 그런 생각을 할 이유도, 여유도 없을 테니까요."

"여유가 없다는 건 알겠는데, 이유가 없다는 건 무슨 뜻인가?"

"그렇잖아요. 행복은 때때로 비교우위에서도 나오는걸요."

중령은 아둔한 사람이 아니다. 핵심을 찌르는 한마디를 곧바로 이해했다.

캠프 시절부터 포트 로버츠에 있던 난민들은 이번 사태로 오히려 많이 안정화되었다. 다른 주둔지에 비해 위기를 워낙 잘 넘겼기 때문이다.

새로 유입된 난민과 시민들의 피폐한 모습이 결정적이었다. 그들을 견본삼아, 원래 있던 난민들은 자신들의 행운을 확인했다. 다른 곳에선 얼마가 죽었다더라, 어디는 아예 몰살을 당했다더라. 이런 수군거림들 사이에 동정하는 마음은 드물거나 없었다. 그나마 걱정하는 사람들은 자기 자신의 안위를 아끼는 것이었고.

"질이 나쁘죠. 남의 불행이 내 기쁨이면 안 되는 건데."

이렇게 말하면서 겨울은 자연스레 누이를 떠올린다. 행복하기를 바라지만, 행복할 수 없을 것이다. 소년이 이곳에서 불행할 거라고 생각할 동안에는. 그래서 면회 때마다 아무렇지 않은 모습을 보여주려고 노력했다. 그 노력이 충분하지 않았을까봐 걱정된다.

소년 장교의 안색에 그늘이 지자, 오해한 캡스턴이 조용한 말로 격려했다.

"어쩔 수 없는 일에 너무 마음 쓰지 말게. 당장 내일도 살아있을지가 불확실한 시대 아닌가. 상황이 바뀌면 사람들도 차츰 나아질 거야. 우리가 그렇게 만들어야겠지."

겨울은 애써 대답을 빚지 않았다. 오해가 깊어질 것 같았다.

마침 근처에서 나무를 베는 요란한 소리가 대화의 맥을 끊었다. 벌목작업을 위해 만들어진 중장비가, 10초에 하나 꼴로 나무를 베고 가지까지 쳐낸다. 그것을 트레일러에 올려놓으면, 인력으로 고정시켜 제재소로 실어간다.

여기는 블랙 마운틴 기슭의 제재소였다. 포트 로버츠에서 샌 미구엘을 지나, 파소 로블레스 동남쪽으로 15킬로미터 정도를 달리면 크레스턴이라는 이름의 작은 마을이 나오는데, 그로부터 다시 9킬로미터를 남하해야 비로소 블랙 마운틴이다.

오늘의 임무는 수송호위(Convoy Escort)다. 사실 1월 들어 줄곧 같은 임무가 반복되는 중이었다. 항공수송만으로는 포트 로버츠의 물자 소모를 감당하기가 불가능해서였다. 새로 부임한 캠프 사령관은 매우 의욕적이어서, 건설작업을 일부 미루는 대신 목재 정도는 직접 조달하겠다고 선언했다.

작업엔 난민 노무자들과 지원병들이 동원되었다. 버려진 시설을 재가동시키기가 쉽지 않았지만, 난민들 가운데엔 적합한 기술자들도 많았다. 전력공급이 해결된 뒤로는 일사천리였다.

누군가 한국어로 겨울을 불렀다.

"대장님! 잠시 와보셔야 할 것 같아요!"

「겨울동맹」의 전투조원 중 한 사람이다. 뛰어왔는지 많이 헐떡이고 있었다. 겨울이 캡스턴 중령의 양해를 구하고 그녀에게 다가갔다.

"무슨 일이에요, 한별 씨? 왜 무전으로 부르지 않으시고."

"그럴 수가 없는 일이라서요……."

아무래도 변종이 나타났다거나 하는 일은 아닌 것 같다. 맥락을 봐도 그렇고, 분위기를 봐도 그랬다. 숨을 헐떡일지언정 긴박함, 두려움 같은 감정은 느껴지지 않는다. 다만 여러모로 곤란한 표정이었다.

한별은 주위를 살피더니 작게 속삭였다.

"유라 조장이랑 진석 조장이 다투고 있어서, 대장이 좀 말려주셨으면 하고 온 거예요."

"싸워요? 두 분이?"

"네. 요즘 종종 말다툼을 하긴 했는데, 갈수록 심해지는 것 같아서요. 아, 이거 제가 말씀드렸다는 건 비밀로 해주세요. 아셨죠?"

무전을 쓰지 않은 이유를 알겠다. 당사자들에게도 들릴 테니까. 본인들이야 자기들 알력을 겨울에게 보이고 싶지 않을 테고, 겨울에게 일러바치는 걸 좋아할 리 없을 것이다. 어쩌면 조원들에게 이미 당부해두었을지 모른다. 당장 눈앞에 있는 여성에게서 그런 기미가 보였다.

'사이가 점점 나빠진다는 건 알고 있었지만⋯⋯.'

장애인 공동체에서 전달받는 메모를 통해 분위기 정도는 읽고 있었다. 그러나 장애인들의 동태 파악에도 한계가 있다. 애초에 숫자부터 부족하다.

금방 끝날 싸움 같으면 이렇게 오지도 않았을 터. 겨울이 한별을 다독였다.

"잘 말해줬어요. 안심해요. 비밀은 지킬 테니."

"하아, 다행이다."

"먼저 가 계세요. 같이 나타나면 의심받을 테니까요."

"네! 얼른 오세요!"

얼굴이 밝아진 그녀가 온 길을 되짚어 달려간다.

겨울은 조금 어긋난 방향으로 걸었다. 작업현장 외곽 경계를 서던 병사 및 지원병들이 조금 놀란 모습으로 눈인사를 보냈다.

"순찰이십니까?"

"비슷해요. 수고하세요."

그렇게 가다보니 거우 다투는 소리가 들리기 시작했다. 양쪽 다 본격적으로 목소리를 높이는 중이었다. 벌목작업의 소음 때문에 멀리 들릴 리 없다고 판단한 모양이다.

겨울은 두 사람의 사각에서 다가갔다. 근처의 다른 조원들에겐 뻔히 보이는 위치다. 소년은 그들을 향해 모르는 척 조용히 있으라는 신호를 보냈다.

유라가 두 손을 허리에 얹고 진석에게 따지는 모습이 보인다.

"……그러니까! 왜 남의 조에 신경을 쓰시냐고요!"

여기에 대답하는 진석은 답답함과 짜증이 가득한 얼굴이었다.

"같은 말을 몇 번이나 하게 만듭니까?! 근무태도가 불량하면 지적할 수도 있죠! 군대가 원래 그런 겁니다! 우리가 지금 뭘 하고 있는데요? 경계 서고 있잖아요! 사람들을 지켜주고 있는 거라고요! 방심하고 있다가 변종이라도 나타나면 책임질 겁니까? 예?"

"대체 누가 방심을 했다고 그래요? 졸기를 했어요, 놀기를 했어요? 나무에 좀 기대거나 그루터기에 앉아있으면 어때요? 제대로 보고 있기만 하면 되지! 경계를 꼭 정자세로 서라는 법 있어요? 사람이 무슨 마네킹도 아니고!"

"정신상태가 문젭니다! 여긴 오염지역 한복판이에요! 항상 긴장하고 있어야 정상 아닙니까? 자세가 흐트러지면 마음가짐도 해이해진다는 게 그렇게 이해가 안 돼요? 군대 경험이 처음이라 잘 모르시는 것 같은데, 기강도 중요한 겁니다! 내가 지금 똥군기 잡는 게 아니에요!"

"체력 문제는 생각 안 하세요? 한두 시간이면 저도 그러려니 하겠어요. 그치만 하루 종일이잖아요! 낮 시간 내내 서 있으면 사람이 얼마나 지치는 데요! 만약 진짜로 싸우게 되면 체력이 조금이라도 많이 남아있어야 유리하지 않겠어요? 그리고 집중력도 그래요! 몸이 편해야 오히려 더 오래 집중을 유지할 수 있다고 생각하거든요? 사람이 정신 따로 몸 따로 노는 건 아니잖아요!"

"하, 진짜! 사람들 보는 눈도 좀 생각하시죠! 여기 우리만 있습니까?"

"지금 겨우 체면 차리자는 거예요?"

"체면도 체면이지만, 일 하는 사람들 심리도 배려하자 이겁니다! 저기 나무 베는 분들, 우릴 믿고 작업하는 건데, 우리가 흐트러진 모습을 보이면 퍽이나 마음이 놓이겠습니다! 저 분들을 안심시키는 것도 우리가 할 일 아닙니까!"

들어보니 참 사소한 문제이긴 한데, 그래도 각자 일리 있는 말을 하고 있었다. 유라는 효율을 중시한다. 진석은 규율과 역할을 강조했다. 애초부터 다른 사람에게 민폐 끼치는 걸 용납하지 못하는 성격이었다.

겨울은 싸움의 내용보다 싸움이 성립한다는 사실 자체가 새롭게 느껴진다. 자신에게 엄격한 만큼 다른 사람에게도 엄격한 진석 쪽은 이해가 가지만, 성격이 부드러운 유라 쪽에서 맞서 싸우는 건 뜻밖이었다.

유라의 성격이 아무리 좋아도, 매번 싫은 소리만 하는 진석과의 관계는 나쁠 수밖에 없다. 그러나 그것만으로는 부족하다. 겨울 생각에, 유라 혼자였다면 싸움을 피했을 것이다.

'책임감일지도.'

최초의 전투조장을 맡길 때, 그녀는 겨울이 실망하지 않도록 최선을 다하겠다고 했었다. 그 말처럼, 이제 조원들에 대해서도 책임감을 느끼는 건 아닐까?

슬슬 싸움을 말릴까 하다가, 겨울은 조금 더 지켜보기로 했다. 어차피 두 사람 다 기분은 상할 만큼 상한 것 같고, 속에 있는 말이나 들어보자는 생각에서였다. 사람은 화가 나면 솔직해지게 마련이다.

물론 거기엔 악의에서 비롯된 왜곡이 들어가므로, 신중하게 걸러서 들어야 한다.

이어지는 싸움을 지켜보며, 겨울이 깨달은 사실은 두 가지였다.

첫째는 진석이 의외로 유라를 인정하고 있다는 것. 파소 로블레스의 첫인상을 그대로 간직하고 있었으면, 아예 대화를 포기하거나 인신공격을 퍼부었을 것이다. 민폐나 끼치는 여자라고. 그런데 그러지 않는다. 화를 내면서도 끝까지 자기 입장을 전달하고 있었다.

둘째는 유라의 늘어난 자신감이었다. 예전에 곧잘 움츠러들던 건, 한 사람 몫을 못 한다는 자책 탓이 컸다. 지금은 다르다. 훈련을 시킨 보람이 있다.

"두 분 모두 그쯤 해두세요."

겨울의 목소리에 진석과 유라가 소스라치게 놀란다. 진석이 말을 더듬었다.

"어, 언제부터 거기 계셨습니까?"

"그게 중요한가요?"

간결한 반문에 다시 당황하는 진석. 소년은 미소로 그를 안심시켰다.

"조장님들 하시는 말씀을 진지하게 들어봤어요. 양쪽 다 어느 정도 맞는 의견이었다고 봐요. 그렇다면 결론은 하나죠. 진석 씨의 전투조는 진석 씨의 방식으로, 유라 씨의 전투조는 유라 씨의 방식으로 하세요."

말은 둘 다 옳다고 해도, 결국 유라의 손을 들어주는 결론이었다. 진석은 납득하기 어려운 얼굴로 입을 열었다.

"하지만……."

"제 결정입니다."

겨울의 한 마디에 진석이 입을 다물었다. 전처럼 따지고 드는 일은 일어나지 않는다.

그것은 권위를 존중하는 태도였다. 겨울에겐 자신을 제지할 권리가 있고, 그 스스로는 거기에 따를 의무가 있다. 진석이 취한 부동자세는 명백히 그런 느낌이었다.

"전 이유라 조장을 싫어하는 게 아닙니다."

순찰이나 같이 돌자고 따로 불러낸 자리에서, 박진석이 자기 속을 털어놓았다.

"물론 좋아하지도 않습니다만, 확실하게 믿어도 되는 몇 명 중 하나라고 봅니다. 최소한 자기만 아는 겁쟁이들보단 백배 천배 낫습니다. 훈련하는 거 봤는데 사격 실력 좋더군요. 파소 로블레스 때하고는 완전히 다른 사람이었습니다. 그건 그만큼 노력했다는 증거 아닙니까?"

겨울은 그의 말에 잠자코 끄덕였다. 불을 끌 때 불씨를 남기면 안된다는 생각으로 만든 자리였다. 그에게 먼저 시간을 할애하는 것 자체가, 유라를 편애하는 게 아닌가 하는 의심을 불식시킬 가장 좋은 수단이다.

"저는 단지 아쉬운 겁니다. 위기의식이 부족합니다. 사실 이건 다른 사람들도 마찬가집니다. 긴장하고 또 긴장해도 모자랄 판에, 생활이 좀 안정되었다고 다들 너무 퍼져있지 않습니까?"

평소 동맹의 낙관적인 기류 자체가 마음에 들지 않았었나보다. 겨울은 그가 조원들을 성탄전야에도 훈련장으로 끌고 나가려고 했던 게, 그런 분위기로부터 자기 사람들을 분리시키려고 했던 게 아니었을까, 생각했다.

아무래도 대답을 기대하고 던진 질문인가보다. 겨울이 적당한 대답을 궁리했다.

"긴장감이 필요하다는 데엔 동의해요. 그래도 지금의 동맹 분위기가 꼭 나쁜 거라곤 생각하지 않아요. 삶이라는 게 항상 팽팽하게 당겨져 있을 순 없는 거잖아요?"

"왜 없습니까? 인류멸망의 위기입니다. 살고 싶으면 당연히 그래야죠!"

진석은 자신의 두려움을 역설했다.

"솔직히 말씀드리죠. 전 무섭습니다! 매일 같이 악몽을 꿉니다! 죽다 만 것들에게 쫓기다가, 혹은 뜯어 먹히다가 눈을 뜬단 말입니다. 그리고 그 꿈이 언젠가 현실화될까봐 다시 무서워집니다! 이게 과연 근거 없는 걱정일까요? 아뇨, 절대로 아닙니다!"

올라가는 목소리가 꽤나 감정적이다.

"지난 습격은 대장님 덕분에 무사히 넘겼지만, 매번 이렇게 운이 좋으란 법 있습니까? 위기가 찾아왔을 때 살아남을 가능성을 조금이라도 더 높이려면, 아주 작은 방심이나 게으름도 용납할 수 없습니다.

모두가 자신을 한계까지 몰아붙여야 합니다! 너무 힘들어서 죽을 것 같다고 느껴질 정도로! 그렇게 힘들어도, 정말로 죽는 것보단 훨씬 낫지 않겠습니까? 저는 그렇습니다! 그렇게 해서라도 살고 싶단 말입니다!"

결국 진석의 빡빡한 태도는, 그 나름대로 두려움에 맞서는 수단이었던 모양이다. 겨울이 고개를 저었다.

"이해해요. 하지만 모든 사람들이 박 조장님만큼 강하진 않아요. 정말로요. 두려움에 그런 식으로 맞설 수 있는 사람이 얼마나 되겠어요? 사람마다 한계가 다르잖아요? 전 정신적 여유가 윤활유 같은 거라고 생각해요. 윤활유 없는 기계가 쉽게 마모되고 곧잘 고장 나는 것처럼, 여유 없는 사람들은 서로 부딪히고 깎이면서 무너지지 않을까요?"

"……."

"개인의 최선과 공동체의 최선은 많이 다릅니다. 제가 느끼기로는 그래요. 한 사람에게 가능하다고 해서, 그 기준을 전체에게 강요할 순 없어요."

진석이 눈썹을 꿈틀거렸다.

"그럼 할 수 있는 사람이 하지 않는 건 어떻습니까?"

"네?"

"이유라 조장 말입니다. 지켜보면서 확신했습니다. 다른 사람들은 몰라도 이유라 조장은 가능합니다. 능력이 있어요. 그런데 안 하는 거죠. 그건 양심이 없는 겁니다!"

겨울은 앞부분에서 새롭게 느끼고, 뒷부분에서 의아해졌다.

"양심이요? 뭔가 잘못 말씀하신 거 아닌가요?"

"아뇨, 맞게 말씀드린 겁니다. 동맹이 이렇게 커졌는데도, 너 나 할 것 없이 대장님께 의존하려고만 하잖습니까. 미성년자 불러다가 리더 맡길 때 미안해하던 사람들 다 어디 갔습니까? 매번 가장 위험한 일을 도맡는 사람은 따로 있는데, 그 뒤에서 뻔뻔하게 삶의 여유를 찾아요? 전 그게 용납이 안 됩니다."

뜻은 좋지만, 진석의 태도는 상당히 공격적이었다. 표정에선 강한 혐오감이 엿보인다. 겨울이 어려운 미소를 만들었다.

"일단 좀 진정하세요. 너무 흥분하셨어요."

"……실례했습니다."

이 시간이 명목상으로는 순찰이었기 때문에, 숨을 돌릴 여유는 걷는 동안에 충분했다. 진석이 제법 가라앉은 뒤, 겨울이 말했다.

"글쎄요. 좀 더 길게 생각하셨으면 좋겠네요. 박 조장님……아니, 진석 씨는 스스로가 괜찮다고, 앞으로도 지금처럼 할 수 있다고 생각하시는 것 같은데, 제가 보기엔 정신적으로 굉장히 몰려있으시거든요. 현실이 이래서 어쩔 수 없다고 하신다면야 그 부분에 대해서는 할 말이 없어요. 다만 진석 씨가 계속 그러시면, 제 입장에선 아무래도 다른 사람들을 믿고 맡길 수가 없겠네요. 싫어하시잖아요."

진석이 눈에 띄게 동요했다.

"그건 별개의 문제입니다."

"정말 그렇게 생각하세요?"

겨울이 고개를 흔들었다.

"경멸하는 사람들을 진심으로 지키긴 어렵지 않겠어요? 진석 씨 입장을 이해는 해요. 그래서 더더욱 못 맡기겠어요. 사람들을 위해서도, 진석 씨를 위해서도 말이죠."

"아니, 하지만, 제 노력은……."

"그만. 지금 당장 어떻게 하겠다는 게 아니에요. 지금까지 잘 해오셨잖아요. 여유를 가져보세요. 그러면 더 많은 사람들을 책임질 수 있게 될 거에요."

진석이 입을 꾹 다물었다. 겨울이 모르는 척 다른 방향을 보았다. 너무 노골적이었던 게 아닐까 곱씹어보면서.

그래도 먹힐 것이다. 딱히 나쁜 뜻으로 한 말도 아니고.

진석을 보내고서, 겨울은 이번엔 유라를 찾아갔다. 그런데 도중에 보이는 유라조 병사들의 경계태도가 바뀌어있었다. 더 이상 어디에 기대지도, 앉아있지도 않았다.

유라는 겨울을 보자마자 울상을 지었다.

"아까는 죄송했어요. 안 좋은 모습을 보여드렸네요. 제가 그러면 안 되는 거였는데."

"괜찮아요. 그보다 오면서 보니까 조원들이 정자세로 서있던데, 유라 씨 지시에요?"

"앗, 네! 맞아요!"

그녀가 열심히 고개를 끄덕였다. 이 일로 전전긍긍하고 있던 티가 난다.

"머리가 식은 다음에 가만히 생각해봤는데, 진석 씨 말이 맞는 부분도 있는 것 같더라고요."

"그래요?"

"네네. 벌목작업 하시는 분들에게 성실한 모습을 보여줘야 한다는 부분이요. 우리는 그분들을 지키려고 나와 있는 거잖아요? 그런데 그분들이 안심하고 일할 수 있도록 하는 것도 결국 우리가 해야 할 일인

거잖아요? 진석 씨가 이것만큼은 맞는 말을 했는데 제가 화를 낸 거 잖아요? 평소에 쌓인 앙금 때문에 화풀이를 한 건 아닐까요? 여기까지 생각했더니 부끄러워졌어요. 전 바보예요. 당연히 떠올렸어야 하는 건데.”

정말로 창피한 표정이었고, 말은 엄청나게 빨랐다. 만나면 할 말을 속으로 열심히 되뇌고 있었나보다. 진석과 다투는 모습을 겨울에게 들켰다는 당혹감도 한 몫 한 것 같았다.

재미있었다. 겨울이 꾸미지 않은 웃음을 터트렸다.

“정말 훌륭하시네요.”

“훌륭? 놀리시는 거죠?”

“아뇨. 진심이에요. 제가 왜 유라 씨를 놀리겠어요?”

그래도 유라는 못 미더워했다.

굳이 그녀를 설득할 필요는 없었다. 진석과의 대화를 다 털어놓는다면 믿을 텐데, 그건 그것 나름대로 경솔한 행동이다. 진석이 자신의 속내를 밝힐 때, 그 대화가 아무데서나 샐 거라고는 생각하지 않았을 테니까.

총성이 울려 퍼졌다.

단 한 발이었지만, 작업 현장 전체가 얼어붙는다. 겨울은 난민 노무자들과 다른 병력들에게 안심하라는 수신호를 보냈다. 「생존감각」의 경고가 거의 없는 거나 마찬가지였으니까. 그 사이에 선조치 후보고를 알리는 무전이 돌았다.

[여기는 16번 경계지점. 구울 한 마리 사살했습니다!]

총을 쏜 것은 공교롭게도 장한별이었다. 유라와 진석의 싸움을 겨울에게 알렸던 사람. 그리고 인상적인 영점사격으로 피어스 상사가 지정사수감이라며 감탄하게 만든 사람. 유라와 겨울이 나란히 도착했을 때, 한별은 무척 흥분한 상태였다.

"대장님! 저기 보세요! 구울이 나타났는데, 제가 한 방에 보냈어요!"

가리키는 방향이 꽤나 멀었다. 거의 2백 미터 거리. 구울이 가만히 서있지는 않았을 텐데, 단발사격으로 맞췄다는 게 신기할 정도다. 게다가 단발로 죽었다면 머리나 그에 준하는 급소를 맞았다는 뜻이니 더욱 훌륭했다.

"대단하네요. 실력이 나날이 늘어나는 것 같아요."

"실력은 아니에요. 망원렌즈가 도움이 많이 됐어요. 저 이거 진짜 마음에 들어요."

그녀는 이제 지원병이 아니라 정규군이었기 때문에, 장비도 정규군 기준으로 지급받는다. 4배율 스코프도 그 중 하나. 딱히 그녀가 잘 쏴서 더 잘 쏘라고 준 게 아니라, 미국 보병의 기본 액세서리였다.

"겸손하실 필요 없어요. 그걸 감안해도 실력이 늘었거든. 저거 죽어 넘어진 꼴을 보니 달리다가 간 것 같은데, 예측사격으로 머리를 날린 거잖아요? 그것도 한 방에. 어지간히 숙련된 사수도 못 하는 일이에요."

기분 좋아진 한별이 기묘한 소리로 히히 웃기 시작했다.

칭찬은 누구에게나 통하는 동기부여다. 처음에 방아쇠 당기기를 그토록 겁내던 한별인데, 사격 훈련 때마다 계속해서 칭찬을 받자 누구보다도 사격을 좋아하게 됐다.

이제는 미군 교관들이 그녀를 미스 트리거해피라고 부르는 판이다.

다만 저 웃음소리가 조금……. 유라가 깨는 표정을 짓고 있다.

"저거 말고 다른 건 없었나요?"

"네. 하나뿐이었어요. 이상하죠?"

대답하는 한별의 목소리가 떨리고 있었다. 총을 쥔 양 손도 마찬가지. 전투흥분 때문. 두려움과 통하는 면은 있는데, 전체적으로는 완전히 다른 개념이다.

"이상하지 않아요. 아마 탐색이겠죠."

겨울의 말에 유라가 흠칫 놀랐다.

"탐색이요?"

"네. 우리는 요즘 같은 시간에 같은 경로로, 같은 장소에 와서 일하기를 반복하고 있잖아요. 변종들이 패턴을 학습해도 이상할 게 없어요. 무엇보다 구울 정도면 머리 좋은 개나 늑대 정도는 될 것이고, 아무 이유 없이 혼자서 얼쩡거리진 않을 거라고 봐요."

"갑자기 무서워지네요……."

"이렇게 나오는 놈들을 놓치지만 않으면 당분간은 괜찮을 거예요. 이것들도 나름 계획을 짜서 공격하는 모양이니까. 성탄절에 특수변종들이 많이 죽기도 했고요."

겨울의 추정을 「통찰」이 긍정했다.

"그런 의미에서 다시 한 번. 한별 씨, 참 잘하셨어요."

히힛. 한별이 총을 끌어안고 방긋방긋 웃는다.

그 뒤로는 벌목 작업이 완료될 때까지 별다른 일이 일어나지 않았다.

작업을 끝내는 시간은 오후 3시 30분이었다. 겨울이라 낮이 짧았고, 일몰시간 전에 확실하게 복귀하도록 작업일정을 짠 것이다.

오늘의 일몰은 오후 5시 13분. 일몰 후에도 박명(薄明)이 남으니 시간적 여유는 충분하다고 볼 수 있다.

출발 전 최종적으로 자재와 인원 점검을 진행하는데, 중국 난민 노무자 한 무리가 겨울에게 다가왔다. 마침 같이 있던 전투조원들이 조금 긴장하는 기색이었으나, 겨울이 손을 들어 안심시켰다. 지금의 겨울에게 해코지를 할 만큼 정신 나간 집단은 없었다.

'아니, 한 군데 있긴 있구나.'

점점 더 심각한 광신도 단체로 변해가는 「순복음 성도회」는, 합리성이 결여되어있기에 행동을 예측하기도 어려웠다. 그들에게는 겨울을 미워할 이유도 있었다.

하필이면 성탄절에 변종들의 대규모 공격이 일어났다. 그런데 겨울이 그것을 사전에 경고했다. 이게 그들에게는 예언으로 보였던 모양이다.

겨울은 그들 가운데 하나가 한 손에 성경을 들고 다른 손의 삿대질로 외치던 경구들을 떠올렸다.

"너는 거짓 예언자다! 악마를 불러오는 재앙의 나팔수다!"

"성경의 말씀을 들어라! 내가 고하라고 명하지 아니한 말을 어떤 선지자가 만일 방자히 내 이름으로 고하든지 다른 신들의 이름으로 말하면 그 선지자는 죽임을 당하리라!"

"성경의 말씀을 들어라! 주 여호와의 말씀에 본 것이 없이 자기 심령을 따라 예언하는 우매한 선지자에게 화가 있을진저! 너 선지자는 황무지에 있는 여우 같으니라! 허탄한 것과 거짓된 점괘를 보며 사람으로 하여금 그 말이 굳게 이루어지기를 바라게 하거니와 여호와가 보낸 자가 아니더라!"

"성경의 말씀을 들어라! 나 여호와가 말하노라! 몽사를 얻은 선지자는 몽사를 말할 것이요, 내 말을 받은 자는 성실함으로 내 말을 말할 것이라 겨와 밀을 어찌 비교하겠느냐? 나 여호와가 말하노라! 내 말이 불같지 아니하냐! 반석을 쳐서 부스러뜨리는 방망이 같지 아니하냐? 나 여호와가 말하노라! 그러므로 보라! 서로 내 말을 도적질하는 선지자들을 내가 치리라!"

겨울은 생각했다. 성경에 달리 좋은 구절도 많을 텐데, 거기서조차 보고 싶은 것만 보는구나, 하고.

생각에 빠져있던 시간은 짧았지만, 중국인 노무자들이 다가오기엔 충분했다.

표면적으로는 별다른 의도 없이, 그저 지켜준 것에 대해 감사 인사를 건네기 위해 온 것처럼 보였다. 전투조원들이 긴장을 풀었다. 그러나 겨울은 아직 의아했다. 작업이 이어지는 보름 동안 이랬던 일이 없었기 때문이다.

"따꺼(大兄)! 오늘도 수고 많으셨습니다!"

"저희가 따꺼 덕분에 마음 놓고 일을 합니다!"

이런 말들을 받던 중에, 악수를 청하는 이가 있었다. 맞잡자 손아귀에서 모난 감각이 느껴진다. 접힌 종이의 질감이었다. 편지? 겨울은 모르는 척 받아서, 눈에 띄지 않는 동작으로 주머니에 넣었다.

복귀하는 차량행렬의 호위는 튼실한 편이었다. 험비 이외에도 다수의 경전투차량(LSV)이 대열 좌우를 폭넓게 오가며 광범위한 영역을 경계했다.

겨울은 험비 안에서 편지를 펼쳤다.

## 포트 로버츠

포트 로버츠로 돌아가는 풍경은 과거와 많이 달랐다. 인근의 광활한 땅에, 파헤쳐진 직선이 짙은 흙빛으로 수천 가닥이나 그어져, 마치 거대한 농경지에 접어드는 기분이다.

농경지의 면적은 실시간으로 넓어지고 있었다. 파종기를 견인하는 미군 트럭 수십 대가, 시속 2마일의 느린 속도로 꾸역꾸역 선을 긋는다. 물론 정말로 농사를 짓는 건 아니었다. 심는 게 종자가 아니라 지뢰였기 때문이다. 크고 굵은 쟁기가 땅을 가르고 지나가면, 푹 패인 고랑으로 지뢰가 떨어지고, 넓적한 쇳덩어리가 흙을 밀어 고랑을 메운다.

하차 보병 한 명이 그 뒤를 평범한 걸음으로 따라다녔다. 지뢰가 제대로 파묻혔나, 육안으로 확인하는 역할이었다.

'죽음을 심는 농부들.'

겨울은 자신이 떠올린 엉뚱한 은유가 재미있다고 생각했다.

저 넓은 땅에 얼마나 많은 불꽃이 발아를 기다리고 있는 걸까.

자동화된 지뢰매설장비(M57 ATMDS) 하나가 한 나절에 2,300개의 지뢰를 묻는다. 「전투감각」이 「통찰」을 불러왔다. 증강현실 UI에 추정치가 떠오른다. 당장 보이는 범위에만 약 2만 7천 개가 묻혀있었다.

그 전부가 대전차지뢰였다. 주로 「그럼블」에 대한 접근거부 수단이다. 전차를 박살내고 장갑차를 날려버리는 위력이니, 아무리 「그럼블」이라도 밟는 즉시 죽는다. 그 밖에 다른 특수변종들에게도 위협적일 것이다. 대개 체중이 많이 나가는 편이니까.

겨울이 보기엔 일장일단이 있다. 일단 방어력은 확실해지겠다. 그러나 유사시 빠져나갈 길이 제한된다. 그럴 가능성은 거의 없지만, 방어선이 붕괴되거나, 요새 내부에서 감염확산이 시작될 때 여러모로 곤란해질 것이다.

운전병이 히죽거리며 물었다.

"그거 혹시 연애편지입니까?"

음? 겨울은 눈을 깜박거리다가, 운전병의 짓궂은 눈짓에 자신의 손을 내려다본다. 이런. 무의식중에, 오는 길 내내, 잘 접은 편지지를 만지작거리고 있었던가보다.

"그렇게 낭만적인 건 아니에요."

"에이. 그러지 마시죠. 읽고 꽤 진지하게 고민하시는 것 같던데. 누굽니까?"

동승한 병사들 모두가 호기심을 드러냈다. 작금의 미국에서 겨울보다 유명한 사람은 드물다. 그리고 유명인의 사생활은 흥미로운 가십거리였다. 그게 연애문제라면 더더욱 그렇고.

자칫 이상한 소문이 돌게 생겼다. 겨울이 고개를 흔들었다.

"그런 거 아니라니까요. 애초에 보낸 사람이 여자도 아닌걸요."

"이럴 수가! 남자 취향이셨습니까?"

"……."

재미없는 농담이었다.

편지를 보낸 사람은 「삼합회」의 일원으로서, 자신을 화승화(和勝和)와 수방방(水房幇) 생존자들의 공동 대리인이라고 소개했다.

그는 서간에서 겨울의 인덕과 업적을 호사스러운 미사여구로 드높인 뒤, 본격적인 용건을 기술했다.

「대형! 저희들은 더 이상 리친젠을 인정하고 싶지 않습니다. 그가 과거에 신의안(新義安)의 용두였던 것은 사실이지만, 다시 한 번 용두가 되려면 전통에 따라 정식으로 선출되는 과정을 거쳐야 합니다.」

「게다가 우리는 본디 신의안과 별개의 조직이었습니다. 대형께서 저희를 똑같은 무리로 보실 것을 압니다. 그렇습니다. 크게 볼 때 삼합의 큰 틀에 속하는 것은 맞습니다. 하지만 그 안에서도 다시 조직과 계보가 갈라진다는 것을 알아주셨으면 좋겠습니다. 흑사회 안에 다시 삼합회가 존재하듯이 말입니다.」

「다만 이곳에서 저희는 숫자가 적었고, 가족과 함께 의탁할 곳이 필요했습니다. 바로 그렇기에 리친젠은 지금껏 저희를 차별해왔습니다. 동등한 형제로서 대우해주겠다는 서약을 먼저 어긴 것입니다. 대형께서도 그것을 경계하여 삼합회에 합류하지 않으셨다고 들었습니다. 참으로 지혜로우셨습니다.」

「그런 차별에도 불구하고, 저희들은 참을 수밖에 없었습니다. 삼합회에 속해있는 동안 다른 동포들과 척을 저버렸기 때문입니다. 독립하더라도 희생이 불가피하며, 숫자가 줄어든 뒤에 자립이 가능할지조차 의문이었습니다.」

「더군다나 저희들 가운데에는 고아와 미망인이 많습니다. 시창(屍瘡)이 번질 때 동포들을 구하겠다고 나섰던 다른 형제들은, 다시는 돌아오지 못했습니다. 저는 화승화의 백지선으로서 그들 대신 그들의 가족을 책임지기로 약속했습니다. 수방방의 사정도 마찬가지입니다. 그저 깡패들뿐이라고 생각하진 말아주십시오. 한어로 쓰면 유민과 건달은 같은 단어(流氓)입니다.」

「대형! 저희를 거두어주십시오. 항상 의(義), 인(仁), 협(俠)을 지키는 당신을 따르고자 합니다. 「화수(和水)」의 초대 용두가 되어주셔도 좋고, 저희를 「겨울동맹」에 넣어주셔도 좋습니다. 은혜는 꼭 갚겠습니다. 부탁드리겠습니다.」

종이를 아껴 작은 글자로 빼곡해진 편지 말미에는, 자신들과 은밀하게 접촉할 수 있는 방법이 추신처럼 달려있었다.

편지의 내용이 사실이라는 전제 하에 구제의 여지는 있다. 깡패의 죄는 깡패의 책임이다. 그 가족들에게까지 연대책임을 지울 순 없다. 그들이 어려운 상황에 놓여있다면, 요청을 받아들이는 것도 고려해볼 만 하다.

의심스러운 부분은 있었다. 시창(屍瘡)은 역병 모겔론스의 중국식 명칭이었다. 시체처럼 피부가 썩는 병이란 뜻이다. 즉 북미 서해안 감염확산 당시, 화승화와 수방방의 범죄자들이 중국인들을 구하겠다고 발 벗고 나섰다는 소린데, 정말일까? 도박장을 운영하며 사창가에 여자를 팔고 마약을 밀거래하던 인간 백정들에게 그 정도의 인간성이 있었을까?

겨울은 충분히 가능하다고 판단했다.

'깡패들이야 뭐……허세가 중요한 사람들이니까. 대내적으로 보여주기 위해서라도 정말 나섰을지 모르지. 보호세를 받았을 거 아냐? 그럴듯하게 나가서 어느 안전한 장소에 숨어 있다가, 적당히 시간을 보내고 돌아올 작정이었을지도.'

혹은 아주 희박한 확률로, 거대한 재앙을 맞이한 자들의 극적인 변화였을 수도 있고.

어쨌든 겨울 혼자 내릴 결정은 아니었다. 적어도 두 부장에게는 조언을 구해야 한다. 그들을 존중한다는 걸 보여주기 위해서라도.

급할 건 없었다.

기지로 들어선 차량 중 일부는 공사현장으로 직행했다. 건조기로 말리고 규격에 맞게 가공한 목판들은, 추가적인 손질 없이 쓸 수 있는 수준이었다.

겨울은 자재의 분배과정을 감독했다. 동맹의 보호를 받는 협력 조직들로부터, 분배과정에서 부정이 일어나지 않도록 해달라는 요청이 들어온 탓이었다. 소년 장교에게 감독 권한이 있느냐 없느냐는 중요하지 않았다.

구역 별로 돌아다니며 자재를 내리는데, 대부분의 사람들이 겨울을 책임자로 생각했다. 심지어 본래 감독역인 공병대마저 그랬다.

"깜언! 깜언!"

자재를 받으러 나온 사람들이 겨울에게 감사를 표한다. 그걸 보고 미군이 이상하게 여겼다.

"뭘 오라는 겁니까?"

"저분들 언어로 고맙다는 뜻이에요. 이리 오라(Come on)는 게 아니라."

"아하."

난민구역의 민족다양성은 대단히 높다. 동아시아와 오세아니아에서 온 사람들이 몰려있으니, 국적으로만 수십 개다.

그러나 인구 분포는 한중일이 대부분이며, 호주와 뉴질랜드 난민들은 아예 다른 기지로 이송되었고, 기타 국적의 난민들은 한 줌에 불과했다. 가장 극단적으로, 투발루 출신 난민은 딱 한 가족뿐이었다.

숫자가 적다보니 그냥 한 거류구에 몰아넣었고, 그나마도 중국계 거류구 건너에 위치해있었다. 평소엔 만날 일이 없다.

겨울은 그 뒤에야 동맹으로 향했다. 동맹의 영향권은 공사가 가장 먼저 시작된 곳이었다. 기공식도 여기서 열렸다.

"대장님, 이제 돌아오십니까? 오늘도 정말 수고 많으셨습니다. 하하하."

낯선 남자가 다가왔다. 두꺼운 옷을 입었고, 오른팔에는 동맹의 상징인 눈꽃매듭을 완장처럼 달고 있었다. 중간 간부들을 나타내는 수단이다. 웃음은 조금 비굴한 느낌이었으며, 허리가 자연스럽게 구부러진다.

"아, 네. 몇 번 뵈었던 분이네요……. 죄송하지만 성함이 어떻게 되셨죠?"

겨울이 알고도 물었다. 남자의 입매가 미세하게 흔들렸다. 잠깐이다. 그는 눈이 보이지 않을 정도로 웃으며 자신을 소개했다.

"어이구, 죄송이라뇨. 공사다망하신데 잊으실 수도 있죠. 제 이름은 백산호입니다."

"그렇군요. 잠시 무전기 좀 빌릴까요?"

"네! 여기 있습니다!"

공사현장에서는 군용 채널을 쓰지 않는다. 겨울에겐 자기 무전기 설정을 바꾸는 것보다, 현장에 있는 사람의 것을 빌리는 게 편했다. 남자는 과장된 공손함으로 무전기를 내밀었다. 그 사이 비계(飛階) 위에서 작업하던 사람들도 겨울에게 인사를 건넸다. 안녕하십니까, 안녕하십니까. 소년은 그들에게 간단한 목례 몇 번으로 답하고, 무전으로 부장들을 호출했다.

"장연철 부장님, 민완기 부장님. 저 한겨울입니다. 들리십니까?"

「네. 말씀하십시오.」

「듣고 있습니다!」

"논의할 일이 있으니 잠시 본부로 돌아와 주세요."

「즉시 가겠습니다.」「바로 갑니다!」

거의 동시에 돌아오는 대답이 서로와 겹쳐진다. 본부는 겨울과 동맹원들이 처음 만났던 바로 그 텐트다. 지금은 거주인원이 대부분 교체되었다. 동맹의 관리사무소 격이었다.

겨울은 백산호에게 무전기를 돌려주었다. 그리고 그의 옷차림을 가만히 바라보다가, 악수를 청한다.

"그럼 고생하세요."

"하하, 네. 대장님도 수고하십시오."

백산호의 맨손은 따뜻했다. 꺼끌거리는 느낌 없이 부드럽다.

그는 곧장 공사현장으로 뛰어갔다. 주위에 있던 사람들이 한 번씩 꼭 돌아본다. 몇몇은 고개를 갸웃거리고, 몇몇은 그와 겨울을 번갈아 보며 인상을 찌푸린다. 멀었으나, 「개인화기숙련」 보정으로 뻔히 보이는 거리였다.

'땀 냄새가 나지 않았어.'

물론 작업이 꼭 땀 흘리는 일만 있는 건 아니다.

겨울은 악수를 나누었던 손을 물끄러미 내려다보았다. 손가락 사이로 흐르는 저물녘 바람이 차다.

저 사람, 바람 불고 추운 날에 야외작업을 하면서, 장갑도 끼지 않았는데 손이 따뜻하고, 더군다나 흙도 톱밥도 묻어있지 않았다.

겨울은 장작을 쑤셔 넣은 드럼통을 바라보았다. 그런 쉼터가 몇 군데 마련되어 있었으나 실제로 쉬는 사람은 몇 없었다.

눈꽃 매듭을 진 중간 관리자들도 마찬가지. 다들 날씨에 비해 가볍게 입었다.

소년은 고개를 흔들었다.

'적당히 쓰다가 자르라고 해야겠다.'

지적하고 고쳐지길 기다리는 방법도 있다. 그 편이 더 공정하기도 할 테고. 그러나 동맹은 신생조직이다. 초기 간부진의 신뢰도는 중요한 문제였다.

무엇이 공정한가와 무엇을 할 것인가의 경계는, 곧 겨울이 생각하는 자기 자신의 한계나 마찬가지였다.

본부 막사는 거의 비어있었다. 남녀 몇 명이 들어오는 겨울에게 고개를 숙였다. 구석엔 말 못하는 노인이 한 명 앉아있다. 강영순 노인은 온화한 미소로 겨울의 귀환을 반겼다. 두 손으로 수화를 보내는데, 사실은 수화가 아니다. 받을 쪽지가 있다는 뜻이었다.

당장 찾을 필요는 없다. 겨울은 잠시 후에 뵙겠다고 손짓하고, 좀 더 안쪽으로 들어갔다.

그곳엔 석유난로와 테이블이 놓여 있었다. 겨울이 난로 가까이에 의자 셋을 끌어 놨다. 난롯불 근처에 앉아 잠시 열을 쬐고 있으려니, 먼저 도착한 건 장연철이었다. 젊은 만큼 체력도 좋다. 뛰어왔는지 호흡이 거칠었다. 겨울이 맞은편 의자를 가리켰다.

"앉으세요. 조금 시간이 필요한 이야기거든요."

조금 늦게 민완기도 도착했다. 그는 겨울에게 살짝 목례하고, 서두르지 않는 동작으로 나머지 한 자리를 채운다.

겨울이 사정을 설명했다.

"⋯⋯그런 이유로 우리 입장을 결정해야 할 것 같은데, 두 분 생각은 어떠세요?"

그러자 대답이 엇갈렸다.

"찬성합니다!" "전 반대입니다."

전자는 장연철, 후자가 민완기였다. 두 부장이 서로를 돌아보는 모습에, 겨울은 자연스레 가벼운 미소를 머금었다.

이제 슬슬 익숙해질 때도 됐다. 대부분의 경우 두 사람의 온도차는 명분과 실리의 경계에서 비롯된다. 사명감이 의욕으로 직결되는 장연철이었으나, 민완기와 대화할 땐 좀 더 실리적인 관점에서 접근하려고 노력했다.

"어째서입니까? 전 신뢰가 우리의 가장 큰 힘이라고 생각하는데요. 「겨울동맹」은 약자를 외면하지 않고, 항상 바른 길만 걷는다는 믿음 말입니다. 다들 그렇게 믿으니까 이 큰 조직이 안정적으로 운영되는 거 아닐까요?"

청년 간부의 역설 앞에, 전직 학자가 안경 너머에서 눈웃음을 짓는다.

"뭐어……그 점에 대해서는 동의하겠습니다. 단기간에 구성원이 급증했는데도 동맹이 이렇다 할 마찰 없이 원만하게 돌아가는 건, 모두가 동맹을 그만큼 믿고 있기 때문이겠지요. 공정하고, 깨끗하고, 정의롭다고. 그래서 약한 사람은 빼앗길까봐 걱정하지 않아도 되고, 강한 사람은 빼앗기 전에 다시 한 번 고민하게 됩니다. 사람은 무대와 역할에 맞게 자신을 바꾸는 동물이에요. 예, 그것은 공동체의 보이지 않는 자산입니다. 보이지 않아서 경시하기 쉽지만, 사실 정말로 귀중한 거지요."

"바로 그겁니다! 그 말씀을 드리고 싶었습니다. 처음에 동맹을 만들 때 작은 대장님이 뭐라고 하셨는지 기억나십니까? 다른 나라에서 왔다고 배척하고, 피부색 다르다고 혐오하고, 쓰는 말 낯설다고 외면

하긴 싫다고 하셨습니다. 그리고 우리는 인간답게 살고 싶은 사람들이라고도 하셨고요."

여기서 조금 놀라는 겨울. 소년은 자신이 그런 말을 했던 걸 기억하고 있다. 사실 어느 정도는 예습에 기초하므로, 기억하지 못하는 게 이상하다.

그러나 연철이 토씨 하나 틀리지 않는 건 뜻밖이었다. 연철은 천재가 아니다. 어디 적어놓고 일부러 외웠다고 볼 수밖에.

연철이 살짝 눈치를 본다. 겨울이 입꼬리를 짧게 끌어올렸다. 안도한 청년 부장은 자신의 주장에 한층 더 진한 자신감을 칠했다.

"이번 건은 그 약속이 사실이었다고 다시 한 번 확인시켜줄 좋은 기회 아니겠습니까? 그리고 다른 나라 사람들도 「겨울동맹」을 새롭게 보지 않을까요? 저기가 한국인들만 가는 데는 아니구나, 하고요. 훨씬 더 많은 사람들이 작은 대장님을 지지하게 될 겁니다."

그걸 약속이라고 표현하는구나. 겨울은 내심 고개를 끄덕였다. 하긴, 사람의 모든 말이 약속이어야지. 가볍게 내뱉은 말은 타인의 상처가 되기 쉽고.

무엇보다 소년은 동맹의 대표자였다.

대표자로서 겨울이 연철의 의견을 평했다.

"네, 공감되네요. 국적이 다른 사람들은 서로를 너무 쉽게 미워해요. 어차피 같은 난민, 같은 사람들인데……. 감정의 골이 더 깊어지기 전에, 그래서 돌이킬 수 없게 되기 전에, 이러면 안 된다고 알려줄 필요가 있어요. 누군가는 해야 하지만 아무도 하지 않으니까요."

연철이 마음 여미는 표정으로 고개를 주억거린다.

민완기가 지적했다.

"그래도 항상 현실적인 한계를 유념해야 합니다. 우리가 사는 세상은 무척이나 질박하잖습니까. 때로는 마음에 들지 않는 길을 걸어야 할 때가 있는 법이죠."

연철이 눈에 띄게 실망했다. 겨울이 눈길을 돌린다.

"민 부장님은 아직 반대하시는군요. 이유를 들어볼까요?"

라고 물어보면서도, 겨울은 민완기가 제기할 문제를 예상하고 있었다. 적어도 셋 이상. 그렇다고 앞서 말하기는 모양새가 나쁘다. 발언기회를 주는 것 자체도 중요했다. 말하는 민완기와, 지켜보는 장연철 모두에게.

민완기가 묻는다.

"몇 가지 있는데, 괜찮으시겠습니까?"

역시나. 겨울이 허락했다.

"그럼요. 말씀하세요."

"첫 번째입니다. 우리가 그 사람들을 받아주면, 「삼합회」는 어떻게 됩니까?"

짧은 신음은 장연철의 것이었다. 민완기는 들은 내색 않고 차분하게 말을 이었다.

"그치들, 세력이 거기서 더 줄어들면 망할 위기 아닙니까? 지금도 우리와의 협력으로 간신히 체면 차리고 있는 마당입니다. 뭐 저야 그깟 왈패들 죽든 말든 상관없습니다만, 대장님이나 장 부장님은 마음이 불편하실 것 같군요."

장연철이 반론한다.

"우리가 지켜주는데 과연 다른 조직이 넘볼까요?"

"말씀 드렸잖습니까. 간신히 체면을 차리고 있다고. 깡패 두목이 체면을 잃으면 더 볼 것도 없지 않겠어요? 편지 쓴 사람도 그렇게 써 놨고요. 그치들 안에 여러 패거리가 있는데, 최소한 우리는 리친젠을 두목으로 모시기 싫다고 말입니다. 지금까지야 「삼합회」가 최대 세력이라 떡고물이 많아서 그럭저럭 유지되어 온 모양입니다만, 이젠 그것도 아닙니다. 자기들끼리 치고받고 죽이겠죠."

"……."

"우리 동맹이, 그리고 작은 대장님이 거기까지 막아줄 수 있겠습니까? 아니, 그들이 도움을 받아들이기나 할까요? 배신했다고 비난이나 안 하면 다행이겠지요."

장연철에게는 속이 쓰려지는 「통찰」이었다. 실제 삼합회의 역사에서도 비일비재한 것이 내부분열과 항쟁이었다. 이름 모를 백지선이 편지를 통해 증언한 바와 같이, 그들 내부의 계파는 서로 다른 조직명을 쓸 정도로 사이가 좋지 않다.

장년의 간부는 목격자의 증언을 요청했다.

"직접 대화해보신 대장님께서는 어찌 느끼십니까?"

"민 부장님과 같아요."

"그럴 거라고 생각했습니다."

민완기는 한 번 희미하게 웃고, 다음으로 넘어갔다.

"자, 그럼 두 번째입니다. 우리가 그런 식으로 「삼합회」 몰락의 직접적인 단초를 제공했을 때, 우리를 배신자라고 비난하는 게 과연 「삼합회」뿐이겠습니까? 다른 중국계 조직들이 우리를 어떻게 볼까요?"

"동맹 맺고 뒤통수나 치는 자라새끼들이라고 하겠죠."

"직설적이시군요. 아무튼 「겨울동맹」은 중국인들에게 영향력을 행사하기 어려워질 것이고, 그들 가운데 힘든 사람들을 돕기도 더 난처해지지 않을까 싶습니다.”

합당하다. 애초에 겨울 또한 「삼합회」가 중국계 거류구에 영향력을 행사할 창구가 되길 기대했었다. 이름 모를 백지선의 요청을 받아들이면, 얻는 건 적은 수의 중국인들뿐이다. 반대로 현상유지를 택할 경우, 훨씬 더 많은 중국인들과 닿을 수 있다.

그러나 사람 구하기는 숫자로 비교할 수 없다는 게 겨울의 지론이기도 하다.

'파소 로블레스에서도 그 문제로 진석 씨와 싸웠었지.'

계속되는 민완기의 말이 예상을 벗어나지 않는 범위였다. 그는 겨울의 지향성을 안다.

“물론 저도 압니다. 앞으로 구할 수 있을지 모를 더 많은 사람들의 존재가, 지금 당장 구할 수 있는 소수의 사람들보다 더 귀할 순 없지요. 사람은 물건이 아니니까요. 어느 쪽이 더 귀하다고 단정 짓기 힘듭니다. 그렇다면 여기서는 다른 변수를 고려해야지요.”

“변수라는 건 우리 동맹의 사정을 말씀하시는 겁니까?”

한숨처럼 나온 말은 장연철의 것이었다. 민완기가 긍정한다.

“예, 그래요. 저는 동맹의 이익이라고 표현하고 싶습니다만, 그거야 장 부장님과 저의 시각차이라고 생각하고 넘어갑시다.”

“……”

“한꺼번에 너무 많이 먹으면 배탈이 납니다. 예외는 있지요. 최근 장애인 분들의 소개를 거쳐 들어온 사람들은 심성이 검증되어있어서 다행이었습니다. 물론 그분들 지켜보기도 조금은 피곤한 일입니다만.”

뒤로 갈수록 전직 학자의 목소리가 작아진다.

"지켜 보다뇨? 그게 무슨 소립니까?"

"저는 장애인 분들도 100% 믿는 게 아닙니다. 그 분들이 처음부터 의도적으로 장 부장님께 접근해서 동맹에 들어오고, 다음 순서로 미리 약속된 첩자를 데려온 거면 어쩌시겠습니까?"

연철의 입이 쩍 벌어졌다.

민완기는 겨울이 말하기 전에 자신이 해야 할 일을 알고 있었다. 그는 자기 일을 찾아서 하는 사람이었다. 연철도 마찬가지였지만, 분야가 다르다.

같은 텐트에 말 못하는 노인이 있는지라, 장연철도 낮은 소리로 항의했다.

"지금까지 계속해서 차별 받아온 분들입니다. 여기서 까지 차별 받아선 안 됩니다."

"장 부장님, 언더도그마를 경계하십시오. 약자가 반드시 선하다는 믿음에는 근거가 없습니다."

"그 정도는 압니다. 저도 바보는 아니니까요. 하지만 저분들이 왜 그러겠습니까? 다른 조직을 편들어서 좋을 게 뭐가 있다고요? 사실상 장애우 분들이 가장 지내기 좋은 공동체가 우리 「겨울동맹」인데요. 거기다 작은 대장님은 이제 모두에게 필요한 사람이 되셨습니다. 누구도 대장님을 대신할 수 없고, 그게 또 우리 동맹의 입지 아닐까요?"

민완기가 어깨를 움츠렸다.

"음, 제가 장 부장님을 무시하는 것처럼 느껴졌다면 미안합니다. 전 그저 만에 하나의 경우를 대비하자고 꺼낸 말이었습니다."

겨울이 그를 편들어주었다.

"이 건에 대해서는 저도 같은 생각이에요. 민 부장님은 필요한 일을 하고 계시다고 봐요. 납득하기 어려우시더라도, 저를 봐서 넘겨주세요."

"아니, 대장님……."

연철은 억울한 표정을 지었으나, 더 이상의 말은 꺼내지 않는다.

"어흠. 그럼 다시 본론입니다."

어색한 헛기침으로, 민완기가 자기 순서를 되돌렸다.

"문제는 확실하게 믿을 만한 사람이 부족하다는 겁니다. 관리능력이 규모의 성장을 따라잡지 못하고 있다는 뜻이지요. 아마 중간 관리자들 가운데 검증되지 않은 사람이 많을 거예요. 이런 마당에 깡패들을 끌어들이는 건 너무 부담스럽습니다."

검증되지 않은 사람. 소년은 손이 따뜻했던 남자를 떠올렸다.

이 문제를 장연철이라고 모르는 게 아니었다. 청년 부장은 잠시 앓는 소리를 내며, 겨울이 들려준 편지의 내용을 되새김질했다.

"그 백지선인지 뭔지, 자기네를 동맹에 받아줄 수 없으면 두목이라도 맡아달라고 했었죠. 대장님이 그쪽 두목까지 겸하게 되면……아니, 이건 안 되겠군요."

단순히 겨울이 깡패 두목이 된다는 거부감 때문만은 아니었다. 연철은 골치가 아픈지 머리를 긁다가, 비듬이 떨어지자 얼굴이 빨갛게 물들었다.

민망함을 덜어줘야겠다. 이유를 알면서도, 겨울이 질문했다.

"그건 왜 안 될까요?"

"어, 음, 대장님이 너무 바쁘시기 때문입니다. 동맹 운영조차도 민부장님과 저한테 거의 다 맡겨두시는 대장님이, 그쪽까지 제대로 관리하긴 어려우실 겁니다. 가뜩이나 그 사람들도 원래 파벌이 갈린다고 하잖습니까. 화승화? 그거랑 수방방이요. 관리가 안 되면 말썽이 일어나겠죠. 사정이 어떻든 원래는 범죄자들이고, 중국인들 성향도 좀 그런 편이고요."

"마지막 말씀은 뜻밖이네요. 장 부장님답지 않다고 할까……."

그렇게 말하며 소년이 웃음을 지어내자, 연철은 한 층 더 얼굴을 붉혔다.

"아무튼 작은 대장님 이름을 더럽히는 건 용납 못 하겠습니다. 그러니 안 됩니다."

토론은 이걸로 끝이었다. 장연철이 조심스럽게 묻는다.

"어떻게 하시겠습니까? 그쪽 사정을 좀 더 알아볼까요?"

"네. 두 분이 좀 더 힘써주세요. 성급하게 결정할 필요는 없으니까요. 아쉬운 쪽에서 기다리겠죠. 그 전에 해두면 좋을 일도 있고."

"그게 뭡니까?"

"전에 한 번 말씀드렸을 거예요. 경찰을 끌어들여서 마약상들을 쓸어보겠다고."

"아아……. 얼마 전이었지요. 기억합니다."

"지금이 딱 좋을 때라고 봐요. 캠프 사령은 교체됐고, 캡스틴 중령이 대대장으로 승진했고, 새로 들어온 병력과 난민들 때문에 기존의 유착관계가 흔들리는 시기 아니겠어요?"

어떤 결정을 내리던 리친젠과는 다시 한 번 대면하게 될 것이다. 그 전에 행동력을 과시해두는 편이 나을 것이다.

겨울이 화제를 바꿨다.

"이건 다른 이야기인데, 혹시 두 부장님들 중에 백산호라는 사람을 아시는 분 계세요?"

민완기가 손을 들었다.

"제가 압니다. 근래 새로 영입한 관리자입니다만, 뭔가 문제가 있었습니까?"

"좋은 사람이 아닌 것 같아서요. 대신할 사람이 생기면 자르세요."

"……."

대답이 바로 나오지 않는다. 전직 학자는 조금 모호한 낯빛이었다. 긍정으로도, 부정으로도 비춰지지 않았다. 민완기가 벌써부터 인맥, 학연, 지연, 청탁 따위로 누군가를 감쌀 인물은 아닌데. 합리적인 목적과 이유가 있을 것이다. 뭘까. 그런 사람을 어디에 쓰려는 것일까?

겨울이 잠시 후 고개를 저었다.

"본보기는 안 돼요."

"그 스스로 자유롭게 선택하고 행동한 결과일 텐데 말입니까?"

"그래도 안 돼요."

"……어쩔 수 없군요. 알겠습니다."

민완기가 아쉬워하며 미련을 접는다. 맥락을 잡지 못한 장연철이 두 눈을 깜박거렸다.

필시 민완기는 백산호의 행태를 의도적으로 방치할 작정이었을 것이다. 조직 운영의 신뢰도를 손쉽게 제고하기 위해서, 그의 방종이 충분히 부풀어 오를 때까지.

소년은 그런 계획을 인정할 수 없었다.

장애인과 비장애인이 동등한 인간이라고 주장하는 사람은 많다. 그러나 언행이 일치하는 경우는 드물다. 딱히 그 사람들이 사악해서라기보다, 그냥 어렵기 때문이다.

무엇이 그리 어려운가?

'동정심을 품지 않기가 어렵지.'

겨울은 생각했다.

측은지심은 인간의 본성이며, 나보다 모자란 상대를 가엾게 여기는 마음이다. 그러므로 누군가에 대한 동정심은 또한 그 누군가가 나보다 부족하다는 인식이기도 하다.

착한 사람은 착해서 장애인을 차별하고, 악한 사람은 악해서 장애인을 차별한다.

장연철이 대표적이다. 그는 장애인을 장애우라고 부른다. 이 호칭에는, 비장애인이 장애인을 우정으로 배려해야 한다는 의무감이 녹아 있다. 그 선의는 참으로 훌륭하다. 그러나 진정한 평등주의자는 이렇게 말할 것이다. 장애인이 왜 니 친구냐고.

겨울이 강영순 노인에게 말했다.

"제가 같은 실수를 하면 지적해주세요. 무의식중에 실례를 저지를까봐 걱정스럽네요."

곱게 늙은 노인이 웃으며 펜대를 움직인다.

「그 마음이면 충분합니다. 공자조차도 나이 칠십이 되어서야 모든 행동이 법도에 맞았다고 하지 않습니까. 작은 대장님께 성인의 노년을 기대하는 건 과욕이라고 생각합니다. 장연철 부장님에게는 죄송한 마음뿐이고요.」

장애인들을 편견으로 대하는 장연철에 대하여, 강 노인은 오히려 미안해하고 있었다.

장연철은 심성이 바른 사람이다. 편견을 지적하면 부끄러워하고 고치려고 할 것이며, 그를 존중한다면 마땅히 그래야만 한다. 그러나 노인은 그러지 않았다. 대신, 겨울에게 그의 편견을 이용해야 한다고 조언했다. 이 때 늙은 여인은 단 한 줄로 겨울을 설득했었다.

「편견의 그늘이 클수록, 거기에 숨기도 좋을 테니까요.」

장애인들은 겨울의 눈과 귀가 되겠다고 자청했다. 이 일은 사람들의 경계심이 낮을수록 쉬워진다. 그러자면 장애인은 불쌍한 사람들로 취급받는 편이 낫다……

장애인들 스스로가 원하는 일이다. 그들은 스스로의 장애에서 새로운 가능성을 발견하고, 그로부터 공동체에 기여한다는 보람을 느끼고 싶어 했다.

"사정을 알면 장 부장님도 나쁘게는 생각하지 않으실 거예요. 모순적이지만 이렇게 볼 수도 있어요. 편견으로 쌓은 잘못을 편견으로 갚고 있다고. 무엇보다, 우리가 미안해야 할 사람들은 장 부장님 말고도 많아요. 모두를 속이는 꼴인걸요. 단지 이게 현실적으로 필요한 일이고, 결과적으로 모두를 위한 일이기도 하니까 타협하는 거죠. 그러니 신경 쓰지 마세요."

노인은 문자 대신 미소로 화답한다.

겨울은 강영순 노인에게서 넘겨받은 메모를 읽기 시작했다.

비밀스러운 내부감시는 장애인 중 한 사람, 이훈태의 역할이었는데, 다른 장애인들이라고 가만히 있지는 않았다. 힘든 시기를 함께 보내서인지 동료의식이 강하다. 덕분에 겨울에게 들어오는 정보의 양이 갈수록 늘어난다.

동맹 내 종교 활동에 관한 부분은 조금 오래 읽었다. 신경 쓰이는 내용이 있었다. 일부 기독교인들의 소모임에서 있었던 한 예배의 기록이다.

「주님께서는 우리를 사랑하십니다. 주님께서는 우리를 살리고자

하십니다. 그런데 지금 우리를 살리는 사람이 누구입니까? 우리를 사랑하는 사람은 누구입니까? 그 사람이야말로, 우리 곁에 머무는 주님의 의지가 아니겠습니까?」

「이 세상에 주님의 섭리 아닌 것이 없습니다. 창세의 순간부터 심판의 날까지, 모든 역사와 사건들이 주님의 계획안에 있음을 믿습니까? 그리하여 한겨울이라는 이름의 소년이, 사람의 아들이, 인간의 몸으로 오신 주님의 은총임을 믿습니까?」

「믿어야 합니다. 믿어야 합니다. 주님께서는 기적으로 깨우쳐주셨습니다. 은총이 함께하지 않고서야 어찌 소년이 그 많은 위업을 이룩했겠습니까? 어찌 예언으로서 사람을 구하며, 어찌 가는 곳마다 새로운 기적이 일어나겠습니까? 그 일신이 실로 신의 뜻이 아니겠습니까?」

「사람의 아들은 아직 자기 자신을 알지 못합니다. 자신이 성령의 기름부음을 받아야 한다는 사실을 모릅니다. 아무도 그에게 알려주지 않았기 때문입니다. 왕으로 나신 이가 어디에 있느냐, 그를 경배하러 왔노라, 이렇게 말하는 사람들이 없었기 때문입니다.」

「이것이 바로 우리에게 주어진 사명입니다. 우리는 선택 받을 사람들입니다…….」

현장에서 숨겨두고 적었는지 삐뚤삐뚤한 글씨들이었다. 기록자는 사람들의 열광적인 반응에 대해서도 지면을 할애했다. 눈물 흘리고, 환호하고, 갈채를 보내는 등.

소년이 고개를 젓는다.

"아무래도 제가 이슬람에 귀의하던가 해야겠네요."

마주앉은 노인이 입을 가리며 웃었다. 그리고는 종이 위에서 펜을 굴렸다.

「그들의 구세주가 되어보실 생각은 없으십니까?」

"농담은 그만 두세요. 장점보다는 단점이 더 많은걸요."

실제로 그렇다. 종교적인 공동체는 보수화되기 쉽다. 모든 질문에 대한 궁극적인 답이 존재하기에, 그 이외의 모든 것을 부정하는 것이다. 성서무오설과 샤리아가 대표적인 예다. 물론 종교공동체도 충분히 합리적일 수 있다. 그러나 구세주 재림을 믿는 공동체에 걸기엔 어려운 기대였다.

그렇다고 메시아 행세가 쉬운 것도 아니다. 실천의 어려움보다는 마음의 거부감이 더 크다. 지키고 싶은 삶의 방식과 지나치게 거리가 멀었다.

노인이 수첩을 들어보였다.

「그리 말씀하실 수 있는 게 귀하의 훌륭한 점이라고 생각합니다만, 그들을 그냥 두면 안 된다고 생각합니다. 방치하면 더 많은 사람들이 휩쓸릴까봐 걱정스럽군요. 이미 알고 계시겠지만, 동맹 안팎으로 당신께 경도되어있는 이들이 굉장히 많습니다.」

"글쎄요……. 일단 기억해두기로 하죠. 먼저 해결해야 할 다른 문제도 있고요."

일단 모임의 중심인물을 만나볼 필요가 있다. 과연 자기 말을 정말로 믿고 있는 것인지, 아니면 겨울의 이름을 팔아 이익과 영향력을 얻고 싶은 것인지. 어느 쪽인가에 따라 대처방안이 달라질 것이었다. 정급하면 맞불을 놓을 수도 있고.

노인이 새로운 질문을 적었다.

「그 문제가 무엇인지요?」

겨울은 잠깐 생각하고서, 이름 모를 백지선의 편지와 두 부장의 의견차에 대해 노인에게 털어놓았다. 비밀스럽게 취급해야할 일이었으나, 그것이 단지 비밀이라는 이유로 감추는 것은 의미가 없다. 노인은 소년과 이미 더 큰 비밀을 공유하고 있는 까닭이다.

"들어보니 어떠세요? 제가 어떻게 하는 게 좋다고 보시나요?"

질문을 받은 강영순 노인이 평소보다 조금 느리게 글을 적었다.

「저로서는 어느 쪽이 낫겠다고 말씀드리기가 무척이나 어렵습니다. 조언을 드릴 자격이 없기 때문입니다.」

"자격이 없다? 왜 그런 말씀을 하시나요?"

「제가 6.25를 겪은 세대라서 그렇습니다.」

겨울이 고개를 기울이자, 노인이 몇 줄의 해명을 덧붙였다.

「저는 아직까지도 꿈속에서 전쟁을 봅니다. 뼛속까지 새겨진 두려움이지요. 요즘은 새로운 두려움이 더해졌습니다만, 새것이 옛것의 자리를 빼앗지는 않더군요. 그리고 그 악몽의 한 구석엔 중공군에 대한 공포도 분명히 존재합니다.」

「그래서입니다. 저는 중국인을 미워하고 있을지도 모릅니다. 물론 저 스스로는 그렇지 않다고 느끼지만, 제 꿈이 아직도 옛 전쟁에 사로잡혀있는 이상, 그 영향이 무의식에 반드시 존재하지 않겠습니까?」

즉 이번 일이 중국인들과 관련되어있는 만큼, 객관적인 판단을 내릴 자신이 없다는 뜻이었다. 겨울이 부드러운 미소를 만들었다.

"제가 그걸 감안하고 들으면 되겠네요. 전 단지 결정을 내리기 전에 최대한 많은 의견을 들어보려는 것뿐이에요. 그러니 너무 어렵게 생각하실 필요 없어요. 편하게 말씀하세요."

펜이 잠시 쉬었다. 노인은 바른 자세로 앉아 긴 숙고를 거쳤다. 이윽고 결심이 글 줄기가 되어 흐르기 시작한다.

「장연철 부장님의 선의에 많은 도움을 받은 입장에서, 이유 불문하고 다른 사람들을 돕자는 데 반대하기가 면구스럽지만, 제겐 민완기 부장님의 의견이 더 타당해 보입니다.」

「그들 가운데엔 과거부터 범죄를 일삼았던 자들이 포함되어 있습니다. 죄는 미워하되 사람을 미워하진 말라고 하였으나, 이번 일은 경우가 다릅니다. 제가 보기엔 그들의 죄가 아니라 죄로 인해 맺어진 원한관계가 문제입니다.」

「편지를 쓴 사람은 삼합회 내에서 화승화와 수방방의 구성원들이 차별을 받았다고 했습니다. 가족을 인질 잡힌 셈이었으니, 삼합회 입장에서 얼마나 쓰기 편한 칼이었을까요? 그만큼 많은 피가 묻었을 것입니다.」

「그러니 동맹이 그들을 받아들이고 또 지켜준다면, 화승화와 수방방에 원한을 품은 사람들이 또한 동맹 사람들과 대장님에게도 원한을 품지 않을까요?」

겨울이 반론했다.

"그런 원한이라면 삼합회와 손잡았을 때 이미 시작되었을 걸요. 겨울동맹 때문에 다른 중국계 조직들이 삼합회를 어쩌지 못하고 있잖아요."

강영순은 겨울의 말이 끝나기도 전에 답변을 적기 시작했다.

「그것도 조금 다릅니다. 지금까지는 간접적인 영향을 주는 제3자였다면, 백지선 일파를 받아들인 이후로는 원한의 당사자가 되는 셈이지요.」

「또한 그들 조직의 유지를 위한 수단으로서도 우리와 원한관계를 만들 필요가 있습니다. 겨울동맹의 삶이 더 좋아 보여서, 혹은 내부압력으로부터의 도피를 위해 이탈하는 사람들이 계속해서 나타날 테니까요. 단순히 싫어하거나 반감을 가지는 것과는 차이가 있습니다.」

겨울이 그녀의 의견을 평했다.

"어떻게 보면 민완기 부장님의 반대의견과 같은 맥락이긴 한데, 그래도 미처 생각하지 못했던 면이 있네요. 좋은 의견 감사합니다. 말씀해주신 내용은 좀 더 고민해볼게요."

노인이 온화하게 웃었다.

그 뒤, 겨울은 남아있는 메모를 꼼꼼하게 읽고, 그것들을 갈무리하며 자리에서 일어났다.

"시간이 늦었으니 오늘은 이만 쉬세요."

소년은 노인에게 목례하고, 동맹의 본부 막사를 빠져나왔다.

해가 이미 지평을 넘어갔어도 공사현장은 여전히 분주했다. 여러 인사를 받으며, 겨울은 숙소로 향하는 내내 이런저런 것들을 생각했다.

지금까지 겨울동맹이 더 살기 좋다고 생각하는 중국인들은 많았겠으나, 실제로 의탁하고 싶어 하는 사람은 없었다. 동맹이 한국인들의 터전이라고 생각했을 테니까. 아말리아의 요청으로 들어온 무국적자는 겨우 다섯 명이었고, 따라서 국적의 차이는 보이지 않는 벽이었다.

백지선 일파를 받아들이면 그 벽이 무너진다. 이것이 장연철의 주장이었고, 사실 겨울도 바라는 바였다. 다른 중국계 단체들은 당연히 이를 싫어할 것이다. 강영순 노인도 지적하지 않았나. 그들, 국적의 벽을 원한의 벽으로 대신하리라고.

그게 얼마나 효과가 있을지는 의문이지만.

최악의 경우, 연쇄이탈을 막기 위해서라도, 중국인들이 백지선 일파를 어떻게든 죽이려 할 가능성이 있었다. 어쩌면 거기서 그치지 않을지도 모른다. 겨울에게도 경고하고 싶을 것이다. 우리 일에 간섭하지 말라고.

정면으로 싸움을 걸어올 가능성은 없을 것이다. 그것은 자살행위나 다름없다. 그러나 겨울동맹을 겨냥한 불특정다수의 무차별 테러라면 어떨까?

문득 겨울은 리친젠을 만나러 갔던 때를 떠올렸다. 「생존감각」과 「전투감각」은 활이나 슬링 계통으로 추정되는 투사무기의 사선을 경고했었다. 가뜩이나 요즘 곳곳에서 진행되는 공사 때문에 무기 만들 재료 구하기가 쉬워진 상황.

'이거, 쓸 수 있을지도.'

평범한 날붙이라면 모를까, 본격적인 투사무기는 미군부터가 용납하지 않을 것이다. 그것은 기지 보안에 심각한 위협이 된다. 당연히 중국인들도 그것을 안다. 위험한 상황만 아니라면, 실제로 쓰려고 하지는 않을 것이다.

위험한 상황만 아니라면.

포트 로버츠에서 살리나스 강변을 따라 하류로 10km를 내려가면, 브래들리라는 이름의 작은 마을이 나타난다. 오늘 겨울에게 주어진 임무는 이 마을을 점령하는 것이었다. 점령하고 나면 공병대와 난민 노무자들이 투입되어 거점 공사를 시작하기로 되어있었다.

겨울은 병력이 마을 입구로 접근하는 것을 지켜보았다. 대부분 삼합회의 지원병들이었고, 관리 및 지원을 위해 에이블 중대로부터 차출된 1개 분대와 운전병들이 추가로 붙었다. 후자의 최상급자는 아르

투로 "알" 리베라 하사.

즉 이번 작전의 책임자는 다름 아닌 겨울이었다. 아무리 사소한 작전이라지만, 소년 장교에게 작전지휘를 일임한 미군의 태도변화는 무척 인상적인 것이었다. 지원병 중심이라곤 해도 병력규모가 1개 중대에 달한다. 사실상 임시중대장 역할을 맡긴 셈이었다.

은성무공훈장을 수여받을 당시 보류되었던 승진의 조건이 장교교육 정식 수료였음을 생각하면, 현재의 겨울이 교육을 이수하지 않았음에도 불구하고 지휘능력을 인정하겠다는 뜻으로 해석할 수 있다. 그래도 앞으로를 위해 정식 교육과정을 거칠 필요가 있었다.

'조만간 권고진행이 있을지도 모르겠네.'

관제 AI가 상황연산의 개연성을 위해 특정 형식의 진행을 권고하는 상황. 이것을 권고진행이라 한다. 거부해도 무방하나, 좋을 것은 없었다.

겨울이 중대 채널에 무전을 넣었다.

"전 병력, 잠시 대기."

지시 한 마디에 전 병력이 도로 좌우로 갈라져 경계에 들어갔다. 무릎쏴 자세다. 인간을 상대로 싸우던 시절과 달라지지 않은 것은, 그것이 여전히 효과적이기 때문이었다. 노출면적의 감소와 명중률의 증가. 물론 환경이 달라지면 개정된 교리를 따른다.

병사들이 흘끔흘끔 훔쳐보는 가운데, 겨울이 성당을 향해 걸었다. 마을 입구 어귀의 첫 번째 건물이었다. 가지마다 장식이 있는 특유의 십자가와 벽 속의 성모상을 통해, 개신교 교회가 아닌 카톨릭 성당임을 짐작할 수 있었다.

'하긴, 캘리포니아는 가톨릭의 교세가 강한 지역이지.'

겨울이 경험으로 알게 된 사실이었다. 라틴계 이민자가 많기 때문인지, 캘리포니아에서는 세 명 중 한 사람 꼴로 가톨릭을 믿는다.

성당은 하얗게 회칠한 단층 건물이었다. 보통의 주택만도 못한 앙증맞은 크기. 예배당을 꽉 채우면 서른 남짓 들어갈 것 같다. 둥그스름한 종탑은 지붕보다 딱히 높지도 않았다.

성당 입구에서 조금 떨어진 위치에 멈춰선 겨울이 병력 선두를 향해 손짓한다.

"1소대 1분대. 성당을 수색, 확보하세요."

이번 작전은 겨울이 지목한 삼합회 전투 병력의 첫 실전경험이다. 그래서 실전과 훈련의 색채가 반씩 섞여있었다. 차량대열이 마을로 진입하지 않는 이유이기도 하다.

리아이링이 그녀의 분대와 함께 천천히 뛰어왔다. 오면서도 경계를 늦추지 않는, 제대로 된 전술이동이었다. 그들 나름대로 훈련에 열을 올렸다는 증거다.

그 와중에 아이링의 모습이 새롭다. 그녀는 계급장 없는 전투복을 입었고, 머리를 한 갈래로 묶었고, 어디서 났는지 모를 선글라스를 끼고 있었다. 풍경을 반사하는 까만 강화 유리가, 하얀 피부와 대조되어 선명하게 도드라진다. 복장규정 위반은 아니다. 아이링 개인에 대한 호불호를 떠나, 겨울은 그 모습이 제법 멋지다고 생각했다.

'유라 씨와 진석 씨에게도 선글라스를 하나씩 구해줘야겠다.'

두 사람 중 위압감이 부족한 유라에게 더 도움이 될 것이다.

의외로 메시지 로그가 폭주하지 않는다. 세계관에서 보기 드문 수준의 미인, 아이링과 마주할 때마다 폭주하던 과거와 많이 달라졌다. 다른 세계의 관객들도 이제 슬슬 소년에게 익숙해진 증거일 것이다.

겨울이 지켜보는 가운데, 아이링의 분대가 성당 외벽에 주르륵 붙었다. 아직까지는 훈련받은 대로인데, 긴장한 기색이 역력하다. 남녀를 가리지 않고 손이 가늘게 떨리는 중이었다. 아이링이 자꾸만 겨울을 돌아보았다. 선글라스가 눈을 가렸어도 나머지 얼굴만으로 속을 읽을 수 있을 정도였다.

첫 실전에서는 당연한 반응이다. 겨울동맹의 전투조원들도 샌 미구엘에서 비슷한 모습을 보이지 않았던가.

'사람을 죽인 적은 있을지 모르지만, 변종과 직접 싸워본 경험은 없을 테니까.'

겨울이 무전기 리시버를 눌렀다.

"지원은 없습니다. 분대장 판단 하에 돌입하세요. 훈련 받은 대로만 하면 됩니다."

행동을 재촉 받은 아이링이 입술을 깨물었다. 좌절? 무언가 기대하고 있었던 모양이다.

범죄조직의 여간부는 머뭇머뭇 건물 주위를 살폈다. 안쪽을 엿볼 방법을 찾아보는 것이었다. 그러나 그런 방법은 존재하지 않았다. 문은 굳게 닫혀있었고, 창문은 불투명한 유리였다.

다른 조직원이 방탄모를 벗더니 문에 귀를 가져다댔다. 위험한 행동이었다. 문이 갑자기 벌컥 열리기라도 하면 어쩔 셈인가. 최소한 다른 동료들이 엄호사격이라도 준비해야 정상이다. 그런데 마냥 벽에 붙어서 지켜보기만 했다. 아이링은 건물 측면에서 따로 노는 중이다.

긴장한 탓에 훈련받은 내용이 싹 사라진 상황이었다. 그나마 「생존 감각」에 감지되는 위험 수준이 낮았으니 겨울이 그냥 지켜보고 있는 거지, 아니었으면 당장 개입했을 것이다.

"분대장! 부분대장! 분대원들을 통제해요! 분대원들은 지시 없이 흩어지지 마세요!"

겨울의 강력한 경고를 받은 그들이 벼락을 맞은 것처럼 전율했다. 쩔쩔 매는 모습들. 도저히 범죄자들이라고 생각하기 어렵다. 공포 앞에선 모두가 똑같은 사람일 뿐이었다.

'그나마 질서의식 있는 일반인 쪽이, 군인으로서는 범죄자보다 낫지.'

어쨌든 익숙해지고 나면 좀 더 나아질 것이다. 겨울은 유사시를 대비해, 총구를 교회 쪽으로 늘어뜨린 채, 개머리판을 어깨에 단단히 붙여놓았다.

그러다가 조금 이상한 느낌이 들어 돌아보니, 나머지 병력이 하라는 경계는 안 하고 죄다 이쪽을 구경하고 있다. 겨울이 지긋이 바라보자 황급히 고개를 돌리는 중국인들. 그런데 눈이 마주쳐도 멀뚱멀뚱 마주보는 사람이 몇 명 있다.

백 번의 훈련이 한 번의 실전만 못하다는 것을 온 몸으로 증명하는 사람들이었다.

"1분대를 제외한 중대 전원에게 알립니다. 각자 맡은 경계구역을 확실하게 감시하세요. 임무에 소홀한 사람은 복귀 후 징계하겠습니다."

겨울에게 받을 징계는 별 문제가 아니다. 삼합회 내에서 가해질 2차 징계가 더 무서울 터. 구경꾼들의 군기가 삼엄해졌다.

그 사이 아이링은 분대를 둘로 분할했다. 겨울이 그들 사이의 무전을 가만히 들어봤다. 분대장 아이링이 이제야 지시다운 지시를 내리고 있었다.

[쿤타오! 깡촨과 함께 교당 좌측 출입문을 경계해! 음, 그리고……
그래, 쫑치우, 귀진! 두 사람은 교당(敎堂) 우측 출구를 지켜! 즈위앤!
쩌광! 너희는……입구 좌우로 붙어! 수류탄이 터지는 즉시 돌입해!
나머지는 나와 함께 움직인다!]

조금 더듬긴 했지만 충분히 양호한 수준이다.

'굳이 수류탄을 쓸 필요까지는 없겠지만.'

겨울은 굳이 간섭하지 않았다. 자신감을 북돋워줄 필요가 있었다.

아이링이 손수 창문을 깼다. 강하게 휘두른 개머리판이, 처음에는
엉뚱하게 창틀을 때린다. 두 번째는 제대로 쳤다. 콰창! 구멍이 생기
자마자 이름 모를 행동대원 하나가 수류탄을 던져 넣는다.

기다린다.

폭발이 일어나지 않는다.

겨울이 고개를 기울였다.

……불발?

아이링과 그 행동대원이 몇 마디 대화를 나누는 모습이 보인다. 소
리를 작게 죽여 놓은 대화라 엿듣기는 무리다. 그러나 표정과 몸짓을
볼 순 있었다. 아이링은 한참 화를 내다가, 허리에 손을 얹고 하늘을
보았다. 혼난 쪽은 얼굴이 벌개진 채로 땅만 쳐다본다.

'핀을 안 뽑고 던진 모양이구나.'

겨울이 짧게 한숨을 쉬었다.

아이링이 이제 깨진 창문으로 총구를 들이밀고, 조심스럽게 건물
안을 살핀다. 조용하다. 보통의 변종이 있었다면, 소음에 반응해 벌서
창문으로 몸을 던졌을 것이다.

아이링의 어깨에서 힘이 빠진다. 긴장이 풀린 것 같다. 하지만 아

직 이른데. 구조를 보건대 안쪽에 다른 방도 두어 개 있을 것이고. 겨울은 주의 깊게 그녀와 부하들을 지켜보았다.

정문을 통해 진입하려는 것 같다. 리아이링은 양쪽 측면을 경계할 병력을 남겨두고 나머지를 정문으로 모았다. 겨울은 그들의 등 뒤 5미터 정도에 서서 만약을 대비했다. 배후의 소년 장교를 확인한 그들은 한 층 더 마음을 놓는 것 같았다.

그들이 정문을 박차고 들어간다. 돌입하자마자 좌우로 퍼져서 화망을 확보했다. 긴장감이 사라지면서 오히려 행동이 유연해진 모습이었다. 겨울이 문지방을 밟고 섰다.

중앙 바닥에 잘못 던져진 수류탄 하나 덩그러니 놓여있다. 아이링이 찡그린 얼굴로 던진 장본인을 쏘아보았다. 그 남자가 머뭇머뭇 수류탄을 주우러 다가간 순간.

위에서 허연 것이 뚝 떨어졌다.

겨울이 즉시 방아쇠를 당겼다.

드드득!

밖에 있던 겨울이 표적을 포착할 수 있었던 시간은 고작 0.3초 정도. 그것은 사지를 펼친 인간의 형상이었다. 소년의 삼점사는 그것의 머리를 관통했다.

"으아아아악!"

구울의 시체에 깔린 중국인이 비명을 지르며 온 몸으로 버둥거렸다. 뒤늦게 반응한 나머지 분대원들이 총을 겨냥하기에, 겨울이 즉시 악을 썼다.

"쏘지 마! 쏘지 마! 이미 죽었어! 총구 내려!"

뒤엉켜있는 와중에 집중사격을 가하면, 깔려있는 남자는 벌집이 되어 죽을 것이다. 방아쇠를 당길 뻔 했던 중국인 지원병들이 허옇게 탈색된 얼굴로 소년 장교를 돌아보았다.

겨울은 천장을 한번 슥 훑어본 뒤, 흔들리는 샹들리에 외에 아무것도 없음을 확인하고, 성큼성큼 걸어가 발작을 일으킨 중국인을 끌어냈다. 온 몸으로 치는 몸부림이 겨울에게도 버겁다. 소년은 언제 오사할지 모를 그의 총부터 발로 걸어 차버렸다. 사고 예방을 위해서였으나, 남자는 더더욱 겁에 질렸다. 눈을 꽉 감고 손짓발짓으로 겨울을 밀어낸다.

"떨어져! 저리가! 으아아아악! 엄마! 엄마! 나 죽어! 죽는다고!"

"정신 차려요!"

짜악! 겨울이 그의 따귀를 세차게 올려붙였다. 그리고 한 손으로 멱살을 붙잡아 단숨에 끌어 올리며, 닿을 듯한 거리에서 소리친다.

"창룽! 창룽! 눈 뜨고 나를 봐요!"

명찰을 보고 이름을 부른 것이 효과를 봤다. 남자가 두 눈을 뜨고 겨울을 본다. 비명은 사라지고, 쌕쌕거리는 숨소리만 남는다. 겨울이 말했다.

"진정해요. 이제 괜찮으니까."

"……."

겨울은 그를 천천히 놓아주었다. 다리에 힘이 풀렸는지, 똑바로 서지 못하고 주저앉는다. 겨울이 손목시계를 확인했다. 작전 개시 후 13분 지났다.

'하루가 길겠구나.'

그래봐야 건물의 숫자가 얼마 되지도 않는다. 굼벵이처럼 진행해도 임무 완수에 지장은 없을 것이다.

소년은 단독으로 수색을 진행했다. 아이링의 분대에게 엄호라도 맡기고 싶었으나, 그들은 아직까지도 창백한 안색이었다. 등 뒤를 맡 겼다간 무슨 일이 생길지 모르겠다.

[한 중위님. 거기 괜찮은 겁니까?]

무전기로부터 차석지휘관 리베라 하사의 음성이 흘러나왔다. 겨울 이 곧바로 답신했다.

"네. 구울 하나가 나왔을 뿐이에요. 천장에 매달려 있다가 떨어지 더군요. 사살했고, 사상자는 없습니다."

[세상에……요즘 놈들이 똑똑해졌다더니 정말이로군요. 달리 지 시하실 사항은 없으십니까?]

"딱히 없네요. 오래 걸리진 않을 테니 좀 더 기다리고 있어요."

[알겠습니다. 교신 종료.]

대화를 끝낸 겨울이 예배당 뒤편으로 다가간다. 두 개의 문이 있었 다. 한 쪽 문을 박차고 들어가니, 그곳은 성물보관실이었다. 갇혀있던 공기가 답답하다. 변종의 냄새는 없었다. 면역거부반응을 극복해서 살이 썩지 않는 구울이라고 해도, 오랫동안 씻지 않은 사람과 비슷한 수준의 악취가 나는 법이었다.

반대편 문을 경계하며 뒷걸음질로 성물보관실에 들어간 겨울은, 주위를 살펴 작은 성물들을 적당히 갈무리했다. 동맹원들 가운데 가 톨릭을 믿는 사람들에겐 좋은 선물이 될 것이다.

이제 남은 한 쪽 문을 걷어차고 들어가니, 이번엔 썩은 내가 확 밀 려온다. 그러나 변종이 있는 것은 아니었다. 오래 전에 죽은 것 같은 시체 하나가 덩그러니 놓여있다. 그 곁에 약병이 하나 구른다. 자살한 것 같다. 신부의 거처였으나 자살한 사람은 신부가 아니었다. 무슨 사연인지는 모르지만, 죽기 전에 성당을 찾아왔다가 이곳에서 생을 끝 낸 것 같았다.

수색을 금방 마친 겨울은, 아이링의 분대원들을 구울의 사체 가까 이로 불러 모았다.

"와서 보세요. 여러분은 변종에게 좀 더 익숙해질 필요가 있어요."

중국인들은 이미 죽은 구울조차도 가까이 하려 하지 않았다. 그들 의 두려움을 읽은 겨울이 구울의 머리를 붙잡아 그들을 향하게 했다. 아이링이 입을 가린다. 발은 떼지 않았으나 상체가 뒤로 빠진다.

안 된다. 다른 사람은 몰라도 그녀만큼은 피하면 안 된다. 이끄는 입장이니까. 겨울이 유독 그녀에게 시선을 고정시키는 이유였다.

"똑바로 봐요. 죽은 놈을 보는 것만으로도 그래서야, 실제 싸움은 어떻게 할 생각이에요?"

"윽······."

솔직히 구울이 혐오스럽게 생기긴 했다. 중증 한센 병 환자라면 근 사치 정도는 될 것이다. 마치 살이 녹아 흐르다가 굳어진 것 같은 얼 굴이었다.

겨울이 남은 손으로 그 얼굴 아래를 잡고 턱을 뽑았다. 동시에 머 리를 더욱 뒤로 젖혀, 입 안쪽이 잘 보이도록 만들었다. 쭉 빠지는 혀 는, 자세히 보면 인간의 것과 차이가 있었다.

"보여요? 감염돌기는 입 안에 있어요. 달리 말해, 직접적으로 물리 거나 돌기에 접촉하지만 않으면 감염되지 않는다는 뜻이에요. 그러 니까 좀 더 다가와요. 만져보라고요. 실전에서 붙잡혔을 때 꼼짝도 못 하고 죽고 싶지 않다면 말예요."

명백히 자신에게 건네는 말이었으므로, 아이링은 어쩔 수 없이 와서 구울을 향해 손을 뻗는다. 흠칫, 흠칫. 겨울이 냉정한 지시를 내렸다.

"장갑 벗어요."

"……네?"

"감염 안 되니까, 장갑 벗으라고요."

"꼭 해야 되나요?"

겨울은 굳이 대답하지 않는다.

그녀가 장갑을 벗었다.

회색으로 뭉개진 괴물의 살갗에, 가늘고 긴 손끝이 닿는다. 아이링이 눈을 꼭 감고 바르르 떨었다. 애초에 변종이 아니더라도, 더럽고, 냄새나며, 보기에 흉측하기까지 하니, 생리적인 거부감을 느끼는 게 자연스럽다.

잠시 후 아이링이 떨리는 목소리로 물었다.

"이 정도면 충분한 거 아닌가요?"

"네, 아니에요."

"……"

그나마 「교습」의 작용 덕분에 무가치한 시간 소모를 줄일 수 있었다. 겨울은 남은 대원들 모두에게 끔찍한 경험을 선사한 뒤에야, 비로소 밖으로 나갈 것을 허락해주었다.

작전이 재개되었다.

## 브래들리

겨울은 통제 받지 않는 중국인들이 어떻게 움직이는지 지켜보았다.

우– 몰려다니다가, 와– 하고 흩어진다.

깡패들의 패싸움을 보는 것 같았다.

실전의 긴장감은 머릿속을 하얗게 만든다. 경험이 없는 사람들은 실전에서 훈련을 잊게 마련이었다. 고작 몇 주에 걸친 훈련이 숙련된 전사를 만들어줄 순 없다. 다만 교범을 몸에 새겨서, 명령에 반사적으로 반응할 기초를 닦아줄 뿐.

그래서 지도력을 발휘할 사람이 필요하다. 리아이링이 많이 어설프긴 했으나, 일단 그 역할을 수행하기는 했다. 리베라 하사는 이렇게 평가했다.

"웨스트포인트에서 갓 나온 햇병아리 수준이군요."

부당한 평가다. 아이링에 대해서가 아니라, 사관생도 출신의 소위들에게.

웨스트포인트는 미국 육군사관학교의 소재지였다. 미국의 사관생도 교육은 대단히 실전적이다. 세계에서 전쟁을 가장 많이 하는 나라의 군사교육이 허술할 리 없다. 다만 제아무리 강도 높은 훈련으로도 한 번의 실전경험을 대신할 순 없다는 게 문제.

그렇게 생각하면서도 겨울은 별 말을 하지 않았다. 어차피 사심 섞인 농담에 불과했다. 미군 부사관들은 사병 계급에서부터 올라온다. 실전경험 풍부한 입장에서, 초임소위의 어리숙함이 불편한 것도 당연하다.

'괜한 감정은 아니지. 자기 목숨이 달린 일이니까.'

중국인들도 이번 경험을 계기로 한 층 성장할 것이다. 미군의 교육 체계가 이런 면에 특화되어있기도 했다. 방탄헬멧에 달린 컴뱃 카메라가 모든 작전과정을 녹화한다. 나중에 누구든 자신의 행동을 객관적으로 되짚어볼 수 있었다. 자신의 시야로, 또 제3자의 시선으로.

내가 저기서 저랬으면 안 되는 건데. 다음엔 좀 더 잘할 수 있을 것 같은데. 이 느낌이 중요하다.

겨울은 필요할 때에만 그들에게 조언을 주었다.

어쨌든 이런 식인데도 작전이 순조롭게 진행되는 건, 브래들리가 정말로 별 것 없는 마을이었기 때문이다. 브리핑에 따르면 감염확산 이전의 브래들리 인구는 90명 남짓이었다. 항공정찰 결과 이렇다 할 위협이 발견되지도 않았다.

리아이링이 여기에 의혹을 느꼈던 모양이다. 그녀의 분대에 휴식이 주어지자, 겨울에게 다가와 물었다.

"미군이 왜 이 마을을 필요로 하죠?"

조금 지친 목소리였다. 겨울은 진행되는 건물 수색에서 눈을 떼지 않은 채 되물었다.

"무슨 뜻으로 하시는 말씀인가요?"

"작전에 무슨 의미가 있는지 궁금해져서요. 중요한 시설이 있는 것도 아니고, 주변 지형이 방어에 유리해 보이지도 않아요. 혹시 저희들의 실전경험을 쌓기 위해서……"

큰 소란이 그녀의 말허리를 끊었다. 중국인들이 악을 쓰고 있었다. 전투상황에서 칭찬받을 만 한 행동은 아니다. 그러나 아예 움직이지도 못하던 처음에 비해 많이 나아졌다.

누군가 문을 박차고 수류탄을 까 넣었다. 쾅! 불씨가 파편과 함께 쏟아져 나온 뒤, 문 옆에 붙어있던 중국인 지원병 두 명이 안쪽으로 지향사격을 가했다. 탄창을 싹 비우는 우악스러운 연사였다. 겨울이 무전을 넣었다.

"지금 사격하시는 분들, 기왕이면 높낮이를 달리 해서 쏘세요."

두 사람이 멈칫 뒤를 돌아본다. 겨울이 다시 지적했다.

"총구를 동료에게 향하시면 안 됩니다. 총은 항상 장전되어있다고 생각하고 다루세요. 그리고 지금 훈련하는 거 아니에요. 전방을 주시하셔야죠. 그러다 죽으면 억울하실 텐데요? 아, 재장전, 재장전 하세요. 훈련 내용을 떠올려요. 침착하게 하면 됩니다."

지시를 받는 두 사람은, 큰 실수라도 저지른 것처럼 허둥거렸다. 겨울이 그들을 윽박지르지 않는 이유였다.

리아이링이 선글라스를 벗더니 한 손으로 얼굴을 덮는다. 부끄러움이 느껴진다. 아마도 저들의 모습에서 자신을 겹쳐봤을 것이었다. 겨울은 굳이 돌아보지 않고도, 곁눈으로 그녀의 행동을 알 수 있었다. 소년은 여인에게 저들보다 당신이 나았다고 하려다가, 그만 둔다. 실속 없는 위로라고 생각할 가능성이 높다. 대신 움직이지 않는 사람들에게 말을 걸었다.

"분대장. 다음 지시 없습니까?"

[넷! 죄송합니다, 대형! 야 이 게을러터진 난만쯔 새끼들아! 들어가! 들어가!]

"고운 말 쓰시고요."

[아, 알겠습니다!]

난만쯔(南蠻子)는 남쪽 오랑캐라는 뜻이다. 삼합회의 기원이 홍콩에 있고, 홍콩은 광둥에 붙어있으므로, 삼합회 사이에서 관습 비슷하게 통하는 욕설일지는 모르겠다.

군대에서 욕설이 횡행하는 거야 이상하지 않은 일이지만, 적어도 병사로서 제 역할 하게 만들려면 깡패 물은 빼줘야 한다. 고운 말 쓰라는 건 그런 맥락이었다.

그럭저럭 서로를 잘 엄호하며 내부로 돌입했던 대원들이, 두 구의 시체를 밖으로 끌어냈다. 피부가 침식된 평범한 변종들이었다. 끌어내고 나서는 손을 바지에 문지르며 호들갑을 떤다.

시체를 일일이 끌어내는 것은 성과를 가시적으로 확인하게 만들기 위한 지시사항이었다. 어떻게든 자신감을 붙여주려는 노력의 일환이다.

겨울은 수색을 마친 분대에게 경계를 겸한 휴식을 허락해주었다.

아이링이 차갑게 말했다.

"아타스카데로의 형제들이 어떻게 죽었는지 알 것 같군요."

그것은 자기 자신에 대한 책망이기도 했으나, 겨울은 고개를 흔들었다.

"그런 말씀은 하시면 안 돼요. 아무튼, 아까는 무슨 질문을 하려고 하셨었죠?"

잠깐 사이에 다른 폭음이 들려왔다. 미군 병사들과 리베라 하사의 통제 하에, 중국인 지원병들이 몇 채의 건물을 동시에 수색하는 과정이었다. 작전의 끝자락이다. 워낙 작은 마을이다 보니 더 이상 점령할 건물이 남지 않았다.

폭발 잔향이 가라앉길 기다려, 아이링은 지연된 의문을 다시 풀었다.

"혹시 이 작전은, 그러니까, 선생께서 저희들을 위해 입안하신 게 아닌가요?"

"제게 그럴 권한이 없다는 건 알고 계실 텐데요?"

겨울은 자신이 아는 한도 내에서 작전의 의의를 설명했다.

"저도 캡스턴 중령님께 들은 사실이지만, 미군이 원하는 건 길을 확보하는 거예요. 하류로 좀 더 내려가면 샌 아르도 유전이 있거든요. 거길 점령해서, 난민 노무자들을 투입해 운영할 계획인가 봐요. 규모가 꽤 크다고 들었어요. 이곳 브래들리는 수송로의 중간지점 쯤 되고요."

샌 아르도 유전은 21세기 초엽 연간 약 4만 배럴을 생산하던 유전이다. 「종말 이후」 세계관의 개시 시점에서는 가채 수명이 얼마 남지 않은 상태였으나, 포트 로버츠 혼자 쓰기엔 넘쳐날 정도의 매장량이었다.

"아마 시추기 몇 개만 재가동시켜도 포트 로버츠의 연료수요를 감당할 수 있겠죠. 장기적으로는 다른 기지에 대한 연료 보급을 담당하게 될지도 모르고요. 물론 정제소를 지속적으로 유지해야 한다는 부담은 있겠지만, 이 정도면 충분한 이유 아닌가요?"

이에 대한 아이링의 반응은 조금 조급한 느낌이었다.

"그래도 이 작전에 중국인들만 동원한 것이나, 선생께서 지휘를 담당하신 게 우연의 일치는 아닌 것 같은데요. 정말 아무 것도 안 하셨나요?"

"건의는 했죠. 처음부터 그러기로 약속했었잖아요."

"……."

리친젠과의 협상에서 겨울이 걸었던 조건이다. 말은 거창하게 해놓고 미군에 대한 영향력 행사가 전혀 없는 리친젠에 비해, 겨울은 앞으로가 어찌되건 약속을 지키고 있었다.

"선생의 부하들이 많이 반대했다고도 들었어요."

"부하가 아니에요. 전 그분들이 선출한 대표일 뿐이거든요. 그리고, 예, 반대가 있었어요. 외부작전에서 지원병 비중이 이렇게 높은 적이 없었던 데다, 그게 전부 삼합회의 무장인력이잖아요. 미군이 있다고 해도 숫자가 적고요. 솔직히 말해서, 삼합회를 못 미더워하는 분들이 아직 많으시거든요."

사실 괜한 걱정이다. 지원병들에게도 출동 시 컴뱃 카메라가 지급되기 시작하면서, 미군은 난민관리에 좀 더 적은 인력을 투입할 수 있었다. 카메라가 블랙박스 역할을 겸했기 때문이다. 난민 지원병들에게 생각이 있다면 미군을 어쩌지 못할 것이었다.

리아이링이 열성적으로 고개를 끄덕였다.

"어쨌든 그 반대에도 불구하고 저희와의 의리를 지키신 것이군요."

그녀를 가만히 바라보던 겨울이 이렇게 묻는다.

"뭐가 그렇게 불안하세요?"

삼합회의 여향주가 입을 다물었다. 겨울은 그녀가 왜 삼합회에 대한 자신의 호의를 확인하고 싶어 하는지 궁금했다.

[한 중위님. 전 구획을 완전히 확보했습니다. 임의로 3소대를 서쪽 진입로 근처에 분할 배치해 주변을 감시하도록 해두었습니다만, 추가 지시사항이 있으십니까?]

무전기에서 리베라 하사의 음성이 나온다. 겨울이 교신에 응했다.

"잘 하셨어요. 하사의 판단 하에 나머지 소대의 경계구역을 정하세요. 그리고 1소대가 예비병력입니다. 제가 데리고 있을 게요. 병력 배치가 끝나면 곧바로 공병대를 부르세요."

[알겠습니다. 리베라 아웃.]

작전절차를 숙지하고 있었기에, 겨울의 지시에는 거침이 없었다. 증강현실 UI의 보조는 있으면 좋고 없어도 아쉽지 않은 요소였다.

군이 1소대를 예비대로 삼겠다고 한 것은 아직 끝나지 않은 리아이링과의 대화 탓이었다. 겨울이 교신하는 동안 그녀는 자기 입술을 꼬집고 있었다. 너무 쉽게 속을 보였다고 후회하는 듯한 행동이다. 물론 그조차도 연기일 가능성을 염두에 두어야 한다. 겨울은 범죄자의 딸이며 그 자신도 범죄에 몸담은 여자를 쉽게 믿을 생각이 없었다.

교신이 끝난 뒤에도 아이링은 침묵을 지켰다. 그러나 겨울이 그녀의 말을 기다리는 게 명백한 이상, 아이링이 계속해서 침묵하긴 어려웠다.

"솔직히 말씀드릴게요. 저는 중국인들이 희생양이 될까봐 걱정스러워요."

"희생양?"

"네. 사회가 불안해졌을 때 불만을 집중시킬 희생양을 찾는 건 흔한 일 아닌가요? 시창이 의도적으로 만들어졌을지 모른다는 이야기가 나온걸요."

세계관 내 시간으로 얼마 전, 미국 질병통제예방센터(CDC)가 현재까지 밝혀진 모겔론스의 전염경로와 특성을 발표했다.

공기전염이 이루어지지 않는다는 건 이미 경험적으로 알려져 있던 사실인지라, 감염변종의 구강 내에 생성되는 감염돌기에 의해서만 감염된다는 것이 그리 유용한 정보는 아니었다. 다만 사람들에게 확신을 준다는 점에서 발표의 의의가 있었다.

겨울에게 새로운 정보가 없지는 않았다. 모겔론스가 단일 병원체에 의한 질병은 아니라는 것. 확신할 순 없지만, 공생관계를 형성한 기생충과 바이러스, 그리고 그 외 다른 병원체의 합병증으로 추정된다는 발표였다.

그러면서 CDC 대변인은, 이 대역병이 인공적으로 만들어졌을 가능성을 언급했다. 인간을 숙주로만 존재할 수 있는 다종의 공생관계. 이것이 자연발생적이긴 어렵다는 뜻이었다.

겨울이 말했다.

"뭘 걱정하시는지는 알겠지만, 미국이 그렇게까지 미쳐 돌아갈 것 같진 않네요. 애초에 그런 연대책임의식은 동양권에서나 통하지 않던가요?"

다민족 국가인 미국에서는 일어나기 힘든 일이다. 하지만 아이링은 겨울과 관점이 달랐다.

"모든 게 전과 같을 수 없는 시대예요. 미국인들도 마찬가지죠. 그래서 저는, 가치를 증명해야 한다고 생각했어요."

"사육사에게 말이죠?"

아이링이 멈칫 했다. 예전에 그녀가 썼던 표현이다. 그녀는 겨울이 품종 좋은 가축일 뿐이고, 더 나은 품종이 생기면 가차 없이 버려질 것이라고 경고했었다. 사실상의 협박이었다. 아이링이 머뭇거리다가, 졌다는 듯 심각한 표정을 지우고, 어설프게 웃는다.

"한 선생은 성격이 좋은 건지 나쁜 건지 구분하기 어려울 때가 있어요."

"사람은 누구나 그래요. 한계가 있거든요."

"한계?"

겨울은 자신의 말을 설명하지 않았다. 별로 중요한 것이 아니라고 여겼는지, 아이링 역시 캐묻지 않는다. 그저 고개를 끄덕이며, 끊어진 맥락으로 다시 돌아간다.

"맞아요. 분풀이로 도살당하지 않으려면, 쓸모 있는 가축이라는 걸 증명해보여야 해요. 선생처럼 말이죠. 그래서 오늘, 저 자신에게, 그리고 형제자매들에게 너무나 실망스러웠어요. 각오에 비해 너무 부족하더군요. 그래서, 다른 방법을 찾아야겠다고 생각했어요."

"다른 방법? 그런 게 있나요?"

"지금은 자신이 없으니 말씀드리지 않겠어요. 영영 말씀드리지 못할 지도 모르지만요."

갑작스럽게 소란이 밀려들었다. 공병대와 난민 노무자들이 불필요한 건물을 철거하고, 중장비(Trencher)를 가동해 외곽에 깊은 호를 파는 작업을 개시한 까닭이었다. 참호를 만드는 건 아니고, 여기에 철골을 박은 뒤 콘트리트를 부어 장벽의 기초를 다지기 위함이다.

소란이 가까운 곳까지 다가오면서, 대화는 자연스럽게 중단되었다.

# Inter Mission 하늘에서 별 따기

이 세상에는 남들보다 유달리 빛나는 사람들이 있습니다. 빼어난 외모와 타고난 미성, 그 밖의 비범한 재능으로 만인의 사랑을 한 몸에 받는 사람들.

우리는 그들을 스타라고 부릅니다.

스타. 정말 좋은 표현 아닙니까? 거리감이 느껴진다는 점에서 말이죠. 그렇잖아요. 별은 손닿지 않는 아름다움이죠. 별을 향한 동경은, 그 마음이 얼마나 순수하고 뜨거운가에 상관없이 동경으로 끝날 수밖에 없습니다.

그럼에도 불구하고 가끔씩 별을 향해 손을 뻗는 사람들이 있습니다. 비뚤어진 애정, 어긋난 집착으로 어떻게든 그걸 손에 넣어 보려고요. 대개의 경우 이들의 노력은 범죄로 귀결됩니다. 사생활을 도촬하거나 사유물을 훔치는 정도는 양반이죠. 가질 수 없다면 차라리 부숴버리겠다는 생각으로 루머를 퍼트리고, 협박을 하고, 때로는 죽이기까지 합니다.

별을 손에 넣어도 문제입니다. 그들의 아름다움은 투철한 직업의식의 단면이거든요. 민낯이 별빛 같으리라고 믿으면 곤란한 법이죠. 단적으로 말해, 그들도 화장실을 간다고요! 별빛이 그들의 본질이라면 왜 그토록 많은 스타 부부들이 잦은 이혼으로 구설수에 오르는 것일까요? 우리는 마약과 불법도박, 병역비리, 성적 스캔들로 명성을 잃은 스타들을 너무도 많이 알고 있습니다. 하늘에서 별을 땄을 때, 당신은 진정으로 만족할 수 있겠습니까?

별은 멀리서 볼 때 가장 아름다운 법입니다.

그렇습니다. 이게 바로 현실입니다.

하지만 저희 낙원그룹 가상현실사업부는 이렇게 말하겠습니다.

현실 X까.

가상현실 속에선 모든 것이 가능합니다! 있는 그대로의 별빛을 손에 넣을 수 있지요. 물론 당신에게 충분한 돈이 있을 때의 이야기입니다만.

무슨 뜻이냐고요?

우리 회사와 계약한 연예인들의 가상현실 캐릭터 상품들을 구입하시라는 말입니다.

제가 왜 쓸 데 없는 이야기를 했겠어요? DLC 팔아먹으려는 거지.

방법은 간단합니다. 사후보험 DLC 스토어에서 당신이 좋아하는 연예인의 이름을 검색하세요. 그러면 다양한 상품 목록이 뜰 겁니다. 지금부터 그 종류를 간단히 소개해드리겠습니다.

첫 번째는 스킨 패키지입니다. 이건 해당 연예인의 외모를 구입하는 것이죠. 이 외모는 당신이 사용할 수도 있고, 당신이 이용하는 가상현실 세계관의 특정 가상인격에게 덮어씌울 수도 있습니다. 아, 바뀌는 건 어디까지나 구매자에게 보이는 외모뿐입니다. 실제로 상황연산에 작용하는 매력 수준에는 아—무런 영향을 미치지 않습니다. 순전히 자기만족용이죠. 그런 만큼 가격은 가장 저렴한 편이랍니다.

두 번째는 표준 가상인격 패키지입니다. 네, 이것을 구매하시면 당신의 세계관에 언제든 해당 연예인을 등장시킬 수 있습니다! 세계관에 따라 적절한 합류 임무가 부여되지요! 임무 실패는 걱정하실 필요가 없어요. 왜냐면 관제 AI의 상황연산 자체가 무조건적인 성공으로 흘러가거든요. 정말 간절히 바랐을 때 온 우주가 나서서 도와주는 느낌일 겁니다.

첫 만남의 형태도 구매자가 설정하게 됩니다. 위기에서 극적으로 구해주는 상황을 연출하여, 처음부터 한눈에 반하도록 하는 것도 가능해요. 하하, 누군가의 팬이라면 한 번쯤 상상해보았을 만 한 상황 아닙니까? 일반적인 가상인격들과 달리, 구입하신 캐릭터는 어떤 과정을 거치더라도 결국 당신을 사랑하게 되어 있습니다.

표준 가상인격 패키지는 스킨 패키지와 달리 해당 연예인의 경력과 성격, 특기, 능력이 일괄 적용됩니다. 다른 건 몰라도 매력 하나는 끝내주겠죠. 성격은 변경 가능한 옵션이지만, 해금에 별도의 요금이 적용되는 경우가 많습니다. 부담스러우신가요? 팬심으로 극복하세요.

마지막은 필모그래피 가상인격 패키지입니다. 가장 성능이 좋고, 가장 값비싸고, 활용은 가장 제한적인 고오급 상품이죠. 이 상품은 해당 연예인이 특정 영화나 드라마에서 열연했던 가공의 캐릭터를 구현하고 있습니다. 성격과 배경, 능력 모두가 그 캐릭터에 맞게 조정된 상태죠.

설정이 구체적인 만큼 시대적 배경이 다르면 쓰기 어렵습니다. 당신이 서부개척시대를 배경으로 한 세계관 「석양이 진다」를 이용하고 있는데, SF 세계관의 캐릭터가 갑자기 튀어나오면 이상하잖아요? 사후보험 관제 AI의 상황연산능력이 아무리 좋아도 그런 상황에 개연성을 부여할 순 없거든요. 이건 표준 가상인격 패키지도 어느 정도 해당되는 주의사항입니다. 그러니 구매하시기 전에 호환되는 세계관을 신중히 확인하시기 바랍니다.

환불해드리기 귀찮아요.

아무튼 이런 상품들은 대체로 단가가 센 편입니다만, 잘 찾아보시면 의외로 싼 상품이 많습니다.

고객 여러분이 별로 관심이 없어서 그렇지, 비싼 것보다는 싼 것이 훨씬 더 많아요. 바로 비인기 듣보잡 연예인들, 그리고 한 물 간 스타들의 캐릭터 패키지들입니다.

사실 연예인은 돈을 엄청 못 버는 직업이죠. 상위 0.1%만이 시대의 영광을 누립니다. 나머지는 뭐……일감 찾기 힘든 일용직 노동자들이에요. 그러니 자신의 외모와 캐릭터 상품이나마 어떻게든 팔아보고자 애쓰는 것이고요.

연예계의 정점에 오른 스타들도, 자기 이미지를 비싸게 팔 수 있는 시기는 잠깐입니다. 전성기라는 게 그리 길게 유지되진 않는걸요. 원 히트 원더로 주저앉는 스타들이 수두룩하죠. 계속해서 데뷔하는 신인들도 적잖이 위협적이고요. 그래서 스타들에게는 강박관념이 있습니다. 팔 수 있을 때 팔아야 한다. 항상 그런 부담을 느끼는 겁니다. 이쯤에서 생각나는 올드 팝이 하나 있네요.

「제가 더는 젊고 아름답지 않아도 절 여전히 사랑해주실 건가요?」

「당신이 그럴 것을 알고 있어요.」

「제가 아픈 영혼 말고는 가진 게 없을 때에도 절 여전히 사랑해주실 건가요?」

「당신이 그럴 것을 알고 있어요.」

# Inter
## MIssion

노래 속 화자의 자문자답이 어째서 처량한 느낌을 주는지, 우리는 그 이유를 알고 있지요. 별을 향한 뜨겁고 순수한 동경도, 그저 한 순간의 열정일 뿐입니다.

영원불멸의 사랑 같은 건 존재하지 않아요.

스타들의 인기에 비해 캐릭터 패키지의 할인이 의외로 잦은 이유가 바로 이겁니다. 연예인으로서의 생명이 끝물이다 싶을 땐 눈물의 똥꼬쇼가 펼쳐지기도 합니다.

그러니까 가격 비싸다고 지레 겁먹지 마세요. 지름신이 여러분을 가호하십니다.

지금까지 연예인 캐릭터 상품들을 안내해드렸습니다만, 어떻습니까? 구매의욕이 마구마구 솟아오르시나요? 별을 쫓는 여러분, 지갑을 털어 당신의 두 손이 별빛으로 넘쳐나게 하세요!

고객 여러분의 행복을 위하여, 사실은 돈을 위하여, 낙원그룹 가상현실 사업부는 앞으로도 최선의 노력을 경주하겠습니다. 감사합니다.

# Day after apocalypse

**LOG OUT** *98.4%*

〈3권에서 계속〉

# 트릭스터 종합보고서

## 작전개요

1. 실종된 아군 정찰대 수색 및 구조
2. 아타스카데로 주립병원 내 위협요소 제거
3. 아타스카데로 주립병원 내 의약품 징발

## 편성정보

명칭: 331 임무대대
선임 장교: 제프리 베델 브라운 소위
파견 장교: 한겨울 소위
부사관: 마빈 리버만 중사
차량: M1025 6량
장비 지원: 클레이모어 10EA, M2 브라우닝 6EA
전투 지원: 노이즈 메이커 사용

## 작전 이동

　1차 정찰대가 잡은 동일한 루트로 했으나, 1차 정찰대가 이동중 교전 상황 무전을 토대로 예측 교전지를 피할 수 있었음. 동일 루트이나 안전 확보로 우회하는 루트로 선정.

## 작전 이동시 교전.

　파소로블레스 46번 국도를 타고 이동중에 변종 13마리와 조우함. 제프리 소위는 선두 차량에게 사살명령을 하달. 본부를 통해서 소음지원 요청. 13마리 사살.

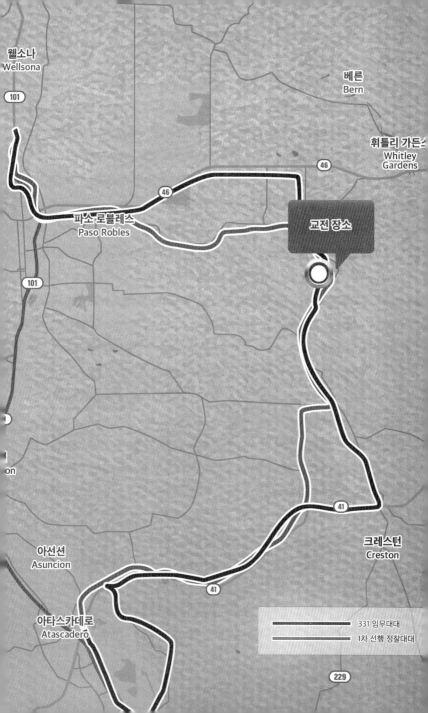

# 작전행동

1차 목적이었던, 아군 수색은 남쪽 주차장에 발견됨.
– 차량과 장비는 온전함.
– 아군과 난민지원자는 발견하지 못함.

2차 목적인 의약품 징발.
– 산발적인 교전을 치르고서는 의약품 창고 발견.
– 항생제, 소염진통제 등 의약품 확보.

3차 목적인 아타스카로데 위협요소 제거.
– 간헐적인 통신장애가 발생
– 병원 국기게양대 진지를 포위하며 접근하는
  아기형 감염변종떼와 교전함.
– 트릭스터을 목격하고 병원 내 수색에 들어감.
– 3개분대로 나누어서 신종 감염변종을 몰이함.
– 트릭스터과 대적함. (참고 자료 한겨울 소위 액션캠)
  트릭스터를 사방이 막힌 장소로유인.
  섬광폭음탄 2발을 사용하여 트릭스터의 시청각 혼란.
  곧바로 집중사격으로 단번에 사살함.

San Rafael Rd
교전 장소
fael Rd
샌 라파엘 로드
아타스카데로 주립병원
Atascadero State Hospital
San Rafael Rd

# 트릭스터

뮤테이션 코드: 트릭스터(Trickster)


외형: 박쥐 귀처럼 넓고 큼.
　　　늘어진 팔. 근육질 외형


특징: 가슴골 부분이 붉은 것이 특징
　　　근육 탄성으로 활용한 원거리 공격.
　　　생체전기를 이용한 전파방해, 전기 공격을 사용
　　　(다음 장 트릭스터 부검기록 첨부)
　　　상대방을 공격 시 전기충격으로 일시적으로 마비시킴
　　　소리에 민감하며, 생체전기를 통해서 초음파를 사용
　　　타 감염 변종보다 지능이 높은 것으로 추정
　　　상황에 따라 변종 무리 내에 있거나 후방에 있음


대처: 저격용 총으로 원거리 저격(권장)
　　　섬광폭음탄, 나인뱅[1]으로 시청각 차단 후, 일제 사격.


개선사항
장비 개선: 2개씩 배급되는 섬광폭음탄을 4개로 상향
　　　　　　전투복 및 전투화에 추가 절연 코팅


병력 개선: 난민 지원자를 토대로 저격병과 교육 확대

---

**1**　섬광폭음탄의 일종으로 이름 그대로 9번 터진다.

# U.S.PHS of Chief Medical Examiner

Today's Date ██/██/██

Name of Mutation  Trickster

Autopsy Case # ███─██████

Examiner Dr. ████████

## FULL BODY ADULT DIAFRAM(front )

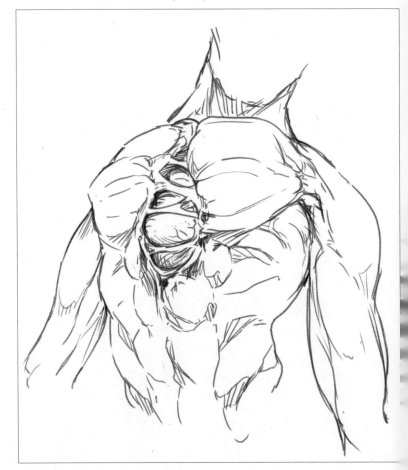

## 트릭스터 검시기록.

횡문근이 지나칠 정도로 발달했으며, 복배근 쪽은 전기뱀장어와 비슷한 전기판이 있다. 조직 구조는 무척 촘촘하다. 이를 통해서 전기를 방출하고 생성하는 중요기관으로 귀, 뇌, 팔, 다리에 연결되어서 감각기관들을 상황에 따라서 발달시키는 것 같다.

특히, 손과 발이 상당히 배복근 만큼 있는데 건물 외벽을 붙을 정도로 강력한 자성을 만들어내는 것으로 보인다.

귀 부분은 박쥐가 가지고 있는 달팽이 관이 발달했으며, 마치 달팽이관이 4개 붙어있는 형상으로 보아서는 전파를 수신하고 발신하는 능력이 있는 듯하지만, 해당 기관은 연구 중이다.

흉부는 갈비뼈를 움직여 공동을 만들어낸다. 이는 전자레인지에서 사용되는 마이크로웨이브 파를 만들기 위한 공간으로 보인다. 복배근에서 축적된 전기를 마이크웨이브로 만드는데 걸리는 시간은 대략 3초로 추산되며, 범위는 직선상 약30미터로 방사시키는 위협적인 능력을 갖추고 있다.

# 헌티드 시티 1권

**본격 하드보일드 사이버펑크 이야기, 시작!**

글 : 글쓰는기계 / 그림 : 노뉴
가격 : 9,000원

글 : 박제후 / 그림 : GAMBE

가격 : 10,000원

+027

# 납골당의 어린왕자 2

1판 1쇄 발행   2017년 06월 01일
1판 3쇄 발행   2023년 06월 30일

**저자** 퉁구스카
**표지** 노뉴

**편집** 전준호
**디자인** 윤아빈
**크리처 삽화** 황주영
**마케팅** 이수빈

**발행인** 원종우
**발행처** (주)블루픽

**주소** (13814) 경기도 과천시 뒷골로 26, 2층
**영업부** 02-6447-9000   **편집부** 02-6447-9000   **팩스** 02-6447-9009
**메일** edit@bluepic.kr   **웹** bluepic.kr

**ISBN** 979-11-6085-085-7 02810   (세트) 979-11-6085-131-1